Die verschwundene Bibliothek des Alchimisten

Dieses Buch ist ein Roman. Handlungen und Personen sind frei erfunden. Ähnlichkeiten mit lebenden oder toten Personen sind nicht gewollt und rein zufällig.
Ein Glossar befindet sich auf Seite 356.

MARCELLO SIMONI

Die verschwundene Bibliothek des Alchimisten

MITTELALTER-THRILLER

Aus dem Italienischen
von Barbara Neeb und Katharina Schmidt

emons:

Bibliografische Information der Deutschen Nationalbibliothek
Die Deutsche Nationalbibliothek verzeichnet diese Publikation
in der Deutschen Nationalbibliografie; detaillierte bibliografische
Daten sind im Internet über http://dnb.d-nb.de abrufbar.

Die Originalausgabe erschien 2012 unter dem Titel »La biblioteca
perduta dell' alchimista« bei Newton Compton editori, Rom.

© Marcello Simoni
© der deutschsprachigen Ausgabe Emons Verlag GmbH
Alle Rechte vorbehalten
Umschlagmotiv: Stephen Mulcahey/Arcangel Images;
fotolia.com/Christos Georghiou
Umschlaggestaltung: Tobias Doetsch
Gestaltung Innenteil: César Satz & Grafik GmbH, Köln
Lektorat: Christina Neiske
Druck und Bindung: CPI – Clausen &Bosse, Leck
Printed in Germany 2014
ISBN 978-3-95451-387-1
Mittelalter-Thriller

Unser Newsletter informiert Sie
regelmäßig über Neues von emons:
Kostenlos bestellen unter
www.emons-verlag.de

Für Leo Simoni, Alchimist der Form und der Farbe

PROLOG

Im Jahr des Herrn 1227, Diözese Narbonne.

An ihrem höchsten Punkt wurde die Fassade der alten Pfarrei von einer runden Öffnung beherrscht, durch die nicht einmal an den sonnigsten Tagen Licht hereinfiel. Es wäre vermessen gewesen, sie als *oculus* zu bezeichnen, da es sich eher um eine von der Witterung geschaffene Scharte handelte. Sie wirkte wie eine Augenhöhle in einem riesigen Schädel, durch die die Windböen hindurchpfiffen, wenn sie sich gegenseitig jagten.

An dieser Öffnung lehnte einsam eine Nonne und ließ den Blick über das Tal schweifen, über die ausgedehnten grünen Weiden, auf denen sich weiß die Schafherden absetzten. Ihre Augen bewegten sich langsam und achteten nicht der Anzeichen des vorzeitigen Frühlings, denn die Aufmerksamkeit der Frau war auf etwas ganz anderes gerichtet. Sie sann über die finsteren Zeitläufte nach und war so versunken in ihre Erinnerungen, dass sie meinte, die Glocken von Saint-Denis zu hören, die vor Monaten die Rückkehr Ludwigs des Achten nach Paris angekündigt hatten.

Der König war von seinem Kreuzzug als Leiche zurückgekehrt, eingenäht in eine Rinderhaut.

Die Nonne teilte jedoch nicht die Meinung des Volkes, sie weigerte sich, in diesem Unglück den Anbruch der Zeit der Ernte zu sehen. Es waren nicht die Reiter der Apokalypse, die ihre Heimat mit Feuer und Schwert verheerten, die die Furcht vor der Häresie schürten oder falschen Propheten ihre Stimme liehen. All das war nicht das Werk Gottes, sondern das der Menschen. Zum Teil auch ihres.

Sie schloss die Augen in dem Versuch, die Gedankenkette in ihrem Kopf zu unterbrechen, aber die unaufhörliche Flut von Bildern brachte ihr die Erinnerung an jene unterirdische Hölle zurück, in der nicht die Toten litten, sondern die Lebenden. Und einen Augenblick lang fühlte sie, wie sich die Finsternis von *Airagne* um sie legte …

Eine Frauenstimme holte sie in die Wirklichkeit zurück, aber die Nonne erfasste zunächst nicht den Sinn der Worte. Sie blickte hinunter in den Hof und schenkte der jungen Mitschwester, die sie gerufen hatte, ein dankbares Lächeln. »Was ist geschehen?«, fragte sie, als wäre sie gerade aus einem Traum erwacht.

»Kommt herunter, *bona mater*«, rief die junge Frau. Sie versuchte zwar, nach außen hin gelassen zu erscheinen, doch ihre Stimme verriet, wie beunruhigt sie tatsächlich war. »Wir haben noch einen gefunden.«

»*Bona mater*«, wiederholte die Nonne oben in der Fensteröffnung. Obwohl sie sich dessen nicht gern rühmte, war sie doch keine gewöhnliche Nonne. Sie hatte diese Pfarrei zu neuem Leben erweckt und sie in einen Zufluchtsort für fromme Frauen, eine *béguinage*, verwandelt. Ein wenig Trost für dieses vom Krieg zerfleischte Land und ein Weg, das, was ihm angetan wurde, wenigstens zum Teil zu heilen.

Sie richtete sich ein wenig auf und bereitete sich innerlich darauf vor, hinunterzugehen. »Bist du dir sicher?«, rief sie.

»Ein Besessener, genauso wie die anderen.« Die Mitschwester hatte nun jede Zurückhaltung abgelegt und schimpfte aufgeregt: »Wir haben ihn gefunden, als er aus unserem Brunnen trank.«

Die Nonne legte sich die Hand an die Brust, ihr Gesicht blieb jedoch so hart und ausdruckslos wie das eines Soldaten. »Hat er die *Zeichen*?«, fragte sie.

»Ja, er hat die Zeichen von Airagne.«

Jetzt zögerte die Nonne nicht länger und beeilte sich, nach unten zu kommen, während sich in ihrem Kopf wieder die Gedanken überschlugen. Vielleicht hatten die Menschen doch recht, und die Apokalypse stand unmittelbar bevor. Während sie die Treppe hinunterging, war ihr nicht bewusst, dass sie zwar aus einem Alptraum erwacht war, doch nur, um in einem noch schlimmeren zu enden. Dem Alptraum namens Wirklichkeit.

ERSTER TEIL
DER GRAF VON NIGREDO

»Wisset, alle Erforscher der Weisheit, daß das Fundament dieser Kunst, um derentwillen viele zugrunde gegangen sind, etwas Einziges ist, was stärker und erhabener ist als alle Naturen bei den Philosophen; bei den Unverständigen aber ist es aller Dinge Niedrigstes, was wir verehren.«

»*Turba philosophorum*«, XV

»Auf der Suche nach der schönen Philosophie haben wir entdeckt, dass sie sich aus vier Teilen zusammensetzt und so das Wesen jedes Einzelnen erforscht. Der erste Teil ist durch Schwarz gekennzeichnet, der zweite durch Weiß, der dritte durch Gelb und der vierte durch Purpur.«

»*Komarius-und-Kleopatra-Traktat*«, V

1

Die Abenddämmerung senkte sich herab, während Ignazio da Toledo von einer Anhöhe aus die an den Ufern des Guadalquivir entlangmarschierenden Soldaten beobachtete und versuchte, die Farben ihrer Wappen zu erkennen.

Er stieg vom Karren ab, schob die Kapuze zurück, die ihn während der heißen Stunden des Tages vor der Sonne geschützt hatte, und enthüllte so zwei listige Augen und einen Bart, der ihn wie einen Gelehrten aussehen ließ. Die Soldaten immer im Blick, lief er ein Stück den Abhang hinunter. Ihr einzig mögliches Ziel war eine Festung in der Umgebung von Córdoba. Dort würde auch er den finden, nach dem er suchte, dessen war er sicher. Doch irgendetwas beunruhigte ihn, obwohl er solchen Vorahnungen nicht leicht erlag. Im Gegenteil, er war ein Mann der Vernunft, gewohnt, nur das zu glauben, was er verstehen konnte, und allem Übrigen zu misstrauen. Eine seltsame Einstellung für jemanden, der mit Reliquien handelte.

Eine Stimme holte ihn aus seinen Gedanken. »Du wirkst besorgt.«

Ignazio sah zum Wagen. Die Stimme gehörte seinem Sohn Uberto, der dort auf dem Bock saß und die Zügel fest in der Hand hielt. Ein junger Mann von knapp fünfundzwanzig Jahren mit langen schwarzen Haaren und großen bernsteinfarbenen Augen.

»Es ist alles in Ordnung«, beruhigte ihn Ignazio und schaute wieder hinunter ins Tal. »Diese Soldaten tragen das Wappen von Kastilien, zweifellos sind sie auf dem Rückweg zum Hauptquartier von König Ferdinand dem Dritten. Wir sollten ihnen folgen, ich möchte mich mit Seiner Majestät noch vor Einbruch der Nacht besprechen.«

»Ich kann es kaum glauben. Nie hätte ich mir vorstellen können, dass ich einmal dem König begegnen werde.«

»Gewöhne dich an den Gedanken. Unsere Familie dient dem Königshaus von Kastilien bereits seit zwei Generationen«, sagte Ignazio mit dem Anflug eines bitteren Lächelns. Er musste an seinen

Vater denken, der *notarius* von Alfons dem Neunten gewesen war. Die Erinnerung an ihn überkam ihn selten, und wenn es passierte, bemühte er sich, schnell an etwas anderes zu denken, um nicht mehr das Bild von diesem bleichen, unruhigen Mann vor Augen zu haben, der fast sein ganzes Leben bis ins hohe Alter damit verbracht hatte, in der Dunkelheit eines Turms stapelweise Papiere vollzukritzeln.

»Du wirst bald merken, dass dieses ›Privileg‹ mehr Lasten als Ehren mit sich bringt«, sagte er seufzend.

Uberto streckte sich. »Ich habe viele Gerüchte über Ferdinand den Dritten gehört. Es heißt, er sei ein religiöser Eiferer, weshalb man ihn auch den ›Heiligen‹ nennt.«

»Und im Namen des Kreuzzugs gegen die Mauren erweitert er nach Süden hin sein Reich und führt Krieg gegen den Emir von Córdoba …«

Ignazio verstummte, da das Geräusch klappernder Pferdehufe ihn aufhorchen ließ. Er wandte sich in östliche Richtung und sah, wie ein Reiter von dort im gestreckten Galopp auf ihn zuritt. »Willalme ist zurück«, stellte er fest und winkte ihm zu.

Der Reiter hielt vor dem Karren an und sprang aus dem Sattel. »Ich habe die Hauptstraße abgesucht und einen guten Teil der Nebenwege«, berichtete er und wischte sich den Straßenstaub aus dem Gesicht und von den blonden Haaren. Nachdem er so viele Jahre in Kastilien verbracht hatte, war sein französischer Akzent kaum noch bemerkbar. »Uns ist niemand gefolgt.«

»Sehr gut, mein Freund«, sagte Ignazio und legte ihm die Hand auf die Schulter. »Binde dein Pferd am Wagen an und steig auf. Wir fahren weiter.«

Der Franzose gehorchte. »Hast du erfahren, wo sich das Lager des Königs befindet?«

»Ich glaube schon«, antwortete Ignazio und setzte sich wieder neben Uberto. »Wir müssen nur diesen Soldaten folgen.« Er zeigte auf den Trupp Bewaffneter, die sich auf eine kleine Stadt zubewegten. »Wir sollten zusehen, dass wir das Lager so schnell wie möglich erreichen. Wenn es dunkel wird, wimmelt es in dieser Gegend nur so von Räubern.«

Sie nahmen ihren Weg wieder auf. Der Wagen ratterte langsam hinab ins Tal, holperte über jedes Loch der unbefestigten Straße, und je näher sie dem Fluss kamen, desto üppiger und dichter wurde der Wald, durchsetzt mit vielen Palmen. Obwohl dies schon die ersten Sommertage waren, lag ein leichter Nebelschleier über den Weinbergen in der Ferne.

Eine Zeit lang folgten die drei dem Weg der Soldaten, und nachdem sie den Fluss auf einer alten Steinbrücke überquert hatten, die von fünfzehn Bogen getragen wurde, sahen sie, dass die Männer hinter den Befestigungsmauern der kleinen Stadt verschwanden. Doch als sie dort ankamen, war das Tor bereits wieder geschlossen.

Uberto zog an den Zügeln und sah sich um. Das Tal lag still da. Die Stadt erhob sich auf einer kleinen Anhöhe, die von einer Befestigungsmauer umgeben war. Ganz oben sah man ein mit Türmen bewehrtes *castillo*, auf dessen Zinnen die königlichen Wappen flatterten.

In dem Moment preschte ein Trupp Soldaten aus dem Unterholz hervor und umzingelte den Wagen. Alle waren gleich gekleidet: Kettenhemden aus Eisen, Helme mit Nasenschutz und rote Übergewänder. Der mächtigste von ihnen, mit einer dichten Mähne, näherte sich dem Karren, eine Lanze drohend nach vorn gerichtet. »Nicht weiter, *señores*! Dies hier ist ein Stützpunkt des Königs von Kastilien!«

Ignazio, der so etwas vorhergesehen hatte, bedeutete seinen Begleitern, sie sollten sich ruhig verhalten, hob beschwichtigend die Arme und stieg vom Karren. »Mein Name ist Ignazio Alvarez da Toledo. Ich handle mit Reliquien und befinde mich hier auf ausdrücklichen Befehl Seiner Majestät, König Ferdinands des Dritten.«

Ein anderer Soldat sagte: »Ich traue diesen Schurken nicht!« Er spuckte auf den Boden und zog sein Schwert. »Für mich sind das Spione des Emirs.«

»In dem Fall werden sie enden wie die da«, bemerkte ein dritter Soldat grinsend und zeigte auf vier Leichen, die von den Zinnen herabhingen.

Vollkommen unbeeindruckt wandte sich Ignazio an den Soldaten mit dem dichten Haarschopf, der trotz seines wilden Aussehens der vernünftigste von allen zu sein schien. »Ich bin im Besitz eines Schreibens mit dem königlichen Siegel, das meine Worte bestätigt.« Er wies auf seine Tasche. »Wenn Ihr es wünscht, zeige ich es Euch.«

Der Soldat nickte und befahl seinen Begleitern zu schweigen.

Ignazio reichte ihm eine Pergamentrolle, doch da er überzeugt war, dass keiner von ihnen lesen konnte, fügte er hinzu: »Seht Euch das Siegel an, das erkennt Ihr zweifellos.«

Der Soldat nahm die Pergamentrolle, überflog die Zeilen und sah sich das Wachssiegel an. »Ja, das ist das königliche Siegel.« Er gab Ignazio das Dokument zurück und verneigte sich leicht. »Die Herrschaften mögen die raue Begrüßung verzeihen, aber die maurischen Truppen lagern hier ganz in der Nähe und versuchen hin und wieder, ihre Späher in unser Lager einzuschleusen. Seid unbesorgt, ich gebe jetzt das Zeichen, dass man Euch Einlass gewährt.« Er wandte sich den Mauern zu und gab in Richtung eines Holzturms am Tor ein Zeichen. Die Wache dort antwortete, indem sie eine Fackel schwenkte.

»Jetzt fahrt weiter zum Tor.« Der Soldat betrachtete die Reisenden noch ein letztes Mal argwöhnisch. »Sobald Ihr dort seid, öffnen sie es und lassen Euch hinein. Willkommen in Andújar, dem antiken Iliturgis.«

Ignazio stieg wieder auf den Karren, und Uberto gab den Pferden die Zügel.

Sie ließen die äußere Befestigungsmauer hinter sich und drangen weiter in das vor, was bis vor Kurzem noch ein blühendes Zentrum der Landwirtschaft und des Handwerks gewesen war. Gebäude jeder Art säumten die Straßen, die nun jedoch verlassen und vom Feuer geschwärzt waren. Die einzigen Häuser, in denen es noch Anzeichen von Leben gab, waren Tavernen, vor denen Grüppchen betrunkener Soldaten standen, die sich laut unterhielten.

Auf der *plaza del mercado* hatten die Truppen ihr Lager aufgeschlagen, darunter auch einige Berber, die getrennt von den regulären Einheiten untergebracht wurden. Uberto betrachtete sie neugierig. Sie trugen eine Uniform aus Stoff und darüber einen Kapuzenmantel, der *burnus* genannt wurde. So seltsam es auch schien, diese Männer gehörten zu den Kamelreitern aus Nordafrika.

13

»Wundere dich nicht darüber, dass es hier auch maurische Krieger gibt«, sagte Ignazio zu seinem Sohn. »Der Kalif des Maghreb hat sich mit Ferdinand dem Dritten verbündet und deshalb Verstärkung gesandt.«

»Aber Ferdinand kämpft doch gegen den Emir von Córdoba. Warum unterstützt ihn dann ein islamischer Kalif?«

Ignazio zuckte mit den Schultern. »Dies hier ist kein Krieg der Religionen, sondern der politischen Interessen.«

»Wie jeder Krieg«, bemerkte Willalme.

Als sie die Burg fast erreicht hatten, kam ihnen ein Ritter in Rüstung entgegen, dessen Schild ein Wappen mit einem blumenbekränzten Kreuz trug. »*Señores*, hier könnt Ihr nicht weiter«, sagte er ziemlich barsch. »Es sei denn, Ihr habt einen Passierschein.«

»Den haben wir, mein Herr«, versicherte ihm Ignazio. »Seine Majestät erwartet uns.«

»Dessen werde ich mich höchstpersönlich versichern und Euch danach zu ihm geleiten.«

Ignazio da Toledo reichte ihm das Schreiben mit dem königlichen Siegel. Der Reiter nahm es mit der eisenbewehrten Hand, las es aufmerksam durch und gab es ihm zurück. »Anscheinend ist alles in Ordnung.« Er hob das Visier seines Helms und zeigte ein jugendliches, sonnengebräuntes Gesicht. »Ich bin Martin Ruiz de Alarcón. Folgt mir, ich führe Euch zu den Ställen.«

Nachdem der Ritter sie wie versprochen dorthin gebracht hatte, forderte er die drei Reisenden auf, Karren und Pferde einem Stallburschen anzuvertrauen. Dann gingen sie zu Fuß zur Mitte der Festung weiter, wo sich der Wehrturm erhob.

Inzwischen war es Nacht geworden, die Wachen entzündeten Feuer entlang der Mauern.

»Seine Majestät hält sich oben im Wehrturm auf«, erklärte Alarcón. »Zu dieser Stunde berät er sich mit den Würdenträgern und dem Kriegsrat.«

Sie stiegen die Stufen bis zur Spitze des mächtigen Turms hinauf. Hier war alles düster: Kein Schmuck zierte die Steinmauern, sie trugen nur die schwarzen Spuren vom Feuer der Fackeln.

»Wundert Euch nicht, wie vernachlässigt hier alles ist«, sagte der Ritter, als er das Erstaunen der drei Reisenden bemerkte. »Seine Majestät kommt nur selten hierher und ausschließlich für militärische Angelegenheiten. Aber diese Mauern haben eine lange Geschichte, die bis hin zu Karl dem Großen zurückreicht.«

»Diese Festung ist ja auch nur ein Brückenkopf auf dem Weg nach Córdoba«, bemerkte Uberto, nachdem er Willalme heimlich zugeblinzelt hatte. »Schließlich ist allgemein bekannt, dass Ferdinand der Heilige den endgültigen Schlag gegen das Emirat plant.«

»Die Gründe für die *reconquista* Seiner Majestät sind mehr als berechtigt«, erklärte Alarcón, dann lächelte er ihn nachsichtig an. »Aber an Eurer Stelle würde ich ihn nie in seiner Anwesenheit den ›Heiligen‹ nennen. Ferdinand von Kastilien ist in Bezug auf gewisse Beinamen, so unschuldig sie sein mögen, ziemlich empfindlich.«

»Entschuldigt die Frechheit meines Sohnes«, sagte Ignazio seufzend und verbarg hinter seinem Bart ein beifälliges Grinsen. Im Laufe der Zeit erwies sich Uberto als ihm immer ähnlicher, vor allem was die Unduldsamkeit gegenüber jeglicher Form von Obrigkeit betraf und den Spaß daran, jene, die ihr mit blindem Gehorsam folgten, zu reizen. Andererseits unterschied sich Uberto auch sehr von ihm, denn sein Blick und seine Absichten waren immer so klar und rein wie Quellwasser, während Ignazio nicht leicht zu durchschauen und voller Geheimnisse war. Die Erfahrung hatte ihn gelehrt, dass man über gewisse Themen besser schwieg, insbesondere über die verbotenen Aspekte des Wissens. Nur allzu leicht konnte man missverstanden werden, was ihm in der Vergangenheit beinahe eine Anklage wegen schwarzer Magie eingebracht hatte.

Nachdem sie zwei Treppen hinaufgestiegen waren, erreichten sie ein Vorzimmer, dessen Wände mit Teppichen geschmückt waren und das von einer Ansammlung Soldaten und Knappen bewacht wurde.

»Wartet hier, bis ich Euch gemeldet habe, dann tretet langsam nacheinander ein.« Alarcón warf Uberto einen letzten, diesmal warnenden Blick zu. »Und redet nur, wenn Ihr angesprochen werdet.«

Nach einer kurzen Wartezeit wurden die drei eingelassen.

Ignazio ging voran, und nachdem er das Vorzimmer hinter sich gelassen hatte, durchquerte er gemessenen Schrittes einen weitläufigen Raum. Die Wände waren in übertriebenem Maß mit Heiligenbildern bedeckt und zeugten von einer geradezu manischen Frömmigkeit.

In der Mitte des Raumes saß Ferdinand der Dritte von Kastilien, ein Mann um die dreißig, bekleidet mit einem hellblauen Samtumhang und einer karierten Tunika. Die langen kastanienbraunen Haare fielen ihm in die Stirn, ein leichter Bartansatz betonte das fliehende Kinn, und seine hellen blauen Augen blickten ins Leere. Er war von seinen Beratern umringt, von Geistlichen und Adligen.

Alarcón hatte sich zu ihnen gesellt und unterhielt sich gerade mit einem Mann in voller Rüstung, der jedoch ziemlich auffiel, da sein Gesicht von einer Kettenhaube verdeckt war, die nur zwei Sehschlitze für die Augen frei ließ.

Nachdem Ignazio all das mit einem schnellen Rundblick erfasst hatte, kniete er vor dem König nieder und küsste ihm, dem Zeremoniell folgend, ehrerbietig die Hand. Uberto und Willalme schlossen zu ihm auf und knieten sich zu beiden Seiten neben ihn.

Ferdinand der Dritte öffnete den Mund, womit er zu verstehen gab, dass er sprechen wollte, und sogleich verstummte jegliche Unterredung.

»Ihr seid also Ignazio Alvarez.« Die Stimme des Königs war leise und klang beinahe träge. »Euer Ruf eilt Euch voraus. Es heißt, Ihr habt in der Jugend abgelehnt, *clericus* und sogar *magister* zu werden, und stattdessen ein Wanderleben vorgezogen. Wir verhehlen nicht, dass Uns das neugierig gemacht hat.«

»Ich habe nichts zu verbergen, Sire.« Ignazio wählte seine Worte sorgsam. »Fragt also, was Ihr wünscht, und ich werde Euch antworten. Aber wisset auch, dass ich nur ein einfacher Mann bin, ich verfüge über keine besonderen Talente.«

»Diese Entscheidung überlasst Uns, Meister Ignazio.« Ferdinand blickte ihn durchdringend an, als wollte er die Aufrichtigkeit seines Gegenübers erforschen. »Wir wissen alles über Eure Unternehmungen. Es heißt unter anderem, Ihr seiet 1204 nach Konstantinopel gereist und dort in den Dienst des Dogen von Venedig getreten, ob-

16

wohl diesen der Bann der Exkommunikation getroffen hatte. Wisset denn, dass Wir ein solches Verhalten nicht dulden. Eine Familie, die mit Unserem Namen verbunden ist, darf die vom Heiligen Stuhl Verfolgten niemals unterstützen, selbst wenn es sich um Adlige oder Heerführer handelt.« Er seufzte. »Aber Wir werden Großmut walten lassen. Wenn Ihr Unserer Forderung entsprecht, werden Wir über Eure Verfehlungen hinwegsehen.«

»Weshalb wendet Ihr Euch an mich?«

Ferdinand winkte verärgert ab. »Euer Vater, ein selten kluger Mann, hat Unserem Haus bis zu seinem Tode gedient und sich immer untadelig verhalten. Von Euch erwarten Wir den gleichen Gehorsam.«

Uberto verfolgte aufmerksam jede Nuance des Gesprächs, vom *pluralis majestatis* des Königs bis zum ausweichenden Ton seines Vaters, und dennoch gelang es ihm nicht, den Blick von einem merkwürdigen Detail zu wenden. Ferdinand hielt eine kleine weiße Figur in der Hand, die Statue einer Frau, und streichelte sie von Zeit zu Zeit eifrig, eine beinahe kindliche Geste. Uberto erinnerte sich, schon von der Statue gehört zu haben: Es handelte sich um die berühmte Elfenbeinmadonna, von der der König sich niemals trennte, nicht einmal auf dem Schlachtfeld.

Inzwischen hatte der König seine Rede wieder aufgenommen: »Und vor allem, Meister Ignazio, werden Wir Euren Gehorsam an dem messen, was Ihr tun werdet. Euch erwartet eine bedeutende Aufgabe, deshalb haben Wir Euch zu Uns gerufen.«

Der Händler sah auf und suchte den Blick des Königs, um darin zu lesen, was ihn erwartete, aber er sah nur zwei ausdruckslose helle Augen. Er hatte sich schon oft in ähnlicher Lage befunden. Es war nicht ungewöhnlich, dass seine Dienste an den Höfen der hohen Herren verlangt wurden, damit er für sie heilige Reliquien oder absonderliche Gegenstände aufspürte, die sich an fernen und unzugänglichen Orten befanden. Dennoch konnte er sich nicht vorstellen, was der König von ihm wollte. Außerdem verärgerte ihn, dass jener ständig von Gehorsam sprach.

»Erhebt Euch, Meister Ignazio.« Ferdinand klang ein wenig widerwillig. »Sagt Uns, habt Ihr etwas über die Entführung Unserer Tante Blanca von Kastilien gehört, der Königin von Frankreich?«

Ignazio wusste nicht, was er antworten sollte. In den vergangenen Jahren waren die Beziehungen zwischen Kastilien und Frankreich von dem mehr oder weniger offen geäußerten Willen zweier Schwestern gelenkt worden, der legitimen Töchter des verstorbenen Königs Alfons des Achten von Kastilien. Berenguela, die ältere von beiden, war die Mutter Ferdinands des Heiligen, und obwohl sie keine direkte Macht ausübte, hatte sie ihrem Sohn strenge religiöse Prinzipien eingeschärft, die ihn dazu trieben, das Königreich zu erweitern und einen Kreuzzug gegen die Mauren in Spanien zu führen. Blanca, die jüngere, war die Frau des französischen Königs Ludwig des Achten gewesen, genannt »der Löwe«, und nachdem sie vor Kurzem Witwe geworden war, hatte sie die Herrschaft über Frankreich übernommen, weil der Dauphin noch zu jung war, um ein Reich zu führen.

Blanca hatte sich als tatkräftige Regentin erwiesen, nicht nur weil sie sich gegen eine Schar Barone behauptete, die einer Frau vom Blute Kastiliens den Gehorsam verweigerten, sondern auch weil sie den Kreuzzug gegen die Ketzerei der Katharer im Languedoc fortführte, den ihr Ehemann begonnen hatte. Ihr Handeln hatte ihr viele Feinde eingebracht, aber zugleich die Unterstützung des Heiligen Stuhls gesichert, vor allem des päpstlichen Gesandten Romano Bonaventura.

Ignazio dachte, dass die Entführung von Königin Blanca hervorragend in die allgemeinen politischen Wirren passte. Doch er wusste nichts darüber, deshalb senkte er den Blick und schüttelte den Kopf. »Ich bin bestürzt, Sire. Obwohl ich in Verbindung zu zahlreichen Händlern in Frankreich und Reisenden dorthin stehe, habe ich davon keine Kenntnis erhalten.«

»Dann stimmt es also, die Nachricht hat sich noch nicht verbreitet.« Ferdinand stellte die kleine Statue auf die Lehne seines Stuhls und schaute zu dem Krieger mit der Kettenhaube, bevor er sich wieder an Ignazio wandte. »Es muss rasch und mit höchster Vorsicht gehandelt werden.«

»Sollen etwa wir der Königin Blanca von Kastilien zu Hilfe kommen?« Das hatte nicht Ignazio gefragt, sondern Uberto, der sein Erstaunen nicht mehr bezähmen konnte. Sofort waren alle Augen im Raum auf ihn gerichtet.

Ignazio da Toledos Gesicht rötete sich vor Verlegenheit. Er hasste es aufzufallen. »Entschuldigt die Frechheit meines Sohnes, Majestät.« Er warf dem bestürzten Uberto einen vernichtenden Blick zu, dann betrachtete er angelegentlich das Muster des persischen Teppichs zu seinen Füßen. »Verzeiht ihm bitte.«

»Wir sehen keinen Grund«, sagte der König entschieden. »Er hat vollkommen recht.«

»Aber wie …? Verzeiht …« Ignazio sah wieder auf, seine Stirn war nachdenklich gerunzelt. »Wir sind nur eine Familie von einfachen Händlern …«

»Ihr wisst selbst genau, dass das keineswegs stimmt. Doch Eure Rolle in dieser Mission wird eher untergeordneter Natur sein, die eigentliche Verantwortung wird jemandem übertragen werden, der entsprechend qualifiziert ist.«

Der König sah erneut zu dem Grüppchen hinüber, in dem auch Alarcón stand, und auf sein Zeichen näherte sich der Mann mit der Kettenhaube. Er lief an dem vollkommen erstarrten Ignazio vorbei, verbeugte sich elegant vor dem König und stellte sich an seine linke Seite.

Mit einer weiteren Geste brachte Ferdinand das aufgeregte Raunen im Raum zum Verstummen. »Begreift Ihr, Meister Ignazio? Dieser Mann wird alle strategischen Überlegungen leiten und wenn nötig auch kriegerische Handlungen, die zur Befreiung Unserer Tante Blanca von Kastilien führen.« Er bedeutete dem geheimnisvollen Krieger, er solle seine Kettenhaube abnehmen. »Sieur Philippe, bitte enthüllt Euer Gesicht.«

Daraufhin legte der Mann das Kettengeflecht ab, das sein Haupt bedeckte, und zum Vorschein kam ein derbes Gesicht, das einer Kupfermaske glich. Doch vor allem die Augen, die eine ungewöhnliche Klugheit ausstrahlten, ließen es furchterregend wirken.

Ohne seine Überraschung zu zeigen, erinnerte sich Ignazio daran, dass er diesem Mann schon einmal vor einigen Jahren begegnet war.

Aufgeregtes Geflüster hinter ihm bestätigte ihm, dass Willalme und Uberto sich genau darüber unterhielten. »Sieur Philippe de Lusignan«, sagte Ignazio. »Ich freue mich, Euch nach so langer Zeit und bei so guter Gesundheit zu sehen.«

»Ich freue mich ebenfalls, auch darüber, dass Ihr Euch an mich erinnert, Meister Ignazio«, antwortete der Krieger und kräuselte die Lippen zu einem Lächeln.

»Wie könnte ich Euch je vergessen? Ich stehe tief in Eurer Schuld, seit ich damals auf der Reise nach Burgos den Schutz Eurer Begleitung genoss. Seitdem sind fast zehn Jahre vergangen.«

»Ich bitte Euch, fühlt Euch mir nicht zu Dank verpflichtet. Es war kein Opfer für mich, Euch zu helfen. Doch wenn Euch daran gelegen ist, könnt Ihr Euch vielleicht demnächst revanchieren.«

»Wir haben keine Zeit für Höflichkeiten«, unterbrach sie Ferdinand der Dritte. »Dazu gibt es zu dringende Probleme. Sieur de Lusignan, bitte seid so freundlich und erklärt die Lage.«

Philippe de Lusignan legte die Kettenhaube und die gepanzerten Handschuhe auf einem dafür vorgesehenen Gestell ab und begann: »Während der gerade beendeten Fastenzeit hat sich in Narbonne ein Konzilium versammelt, um das weitere Vorgehen für den Kreuzzug gegen die häretischen Katharer im Languedoc zu beschließen. Bei dieser Gelegenheit wurde der Kirchenbann gegen die Grafen von Toulouse und Foix ausgesprochen, die sich mit den Ketzern gegen Blanca von Kastilien verschworen haben.« Er legte eine Pause ein, um den Anwesenden Gelegenheit zu geben, die Nachrichten aufzunehmen. »Die Königin hat es als wichtig erachtet, diesem Konzilium beizuwohnen, doch seitdem fehlt uns jegliche Nachricht von ihr. Und genau darum geht es, Blanca scheint wie vom Erdboden verschluckt zu sein.« Ferdinand sah Ignazio an. »Es gibt Gerüchte, sie sei entführt worden und werde jetzt im Süden Frankreichs von einem gewissen Grafen von Nigredo gefangen gehalten. Mehr wissen wir nicht.«

Ignazio strich sich nachdenklich über den Bart. »Woher kommen diese Nachrichten?«

»Von Seiner Exzellenz Fulko, dem Bischof von Toulouse«, erwiderte Philippe de Lusignan. »Er hat beim Exorzismus eines Besessenen davon erfahren.«

»Einem Exorzismus?«

Philippe de Lusignan öffnete ratlos die Arme. »Mehr wissen wir nicht. Monsignor Fulko erwartet unsere Delegation, um weitere Erklärungen persönlich zu übermitteln.« Nach einer kurzen Pause versuchte er es ein wenig überzeugender: »Ich begreife Euer Befremden, Meister Ignazio, und bin teilweise Eurer Meinung. Die Worte eines Besessenen sind nur ein schwacher Hinweis, aber das Verschwinden von Königin Blanca bleibt eine Tatsache. Daran besteht kein Zweifel. Wenigstens wissen wir, wo wir mit unseren Nachforschungen beginnen müssen.«

»Ich stimme mit Euch überein, obwohl mir immer noch nicht klar ist, wie ich in dieser Angelegenheit helfen könnte«, wandte sich Ignazio an den König, doch sein fragender Blick prallte an den ausdruckslosen Augen des Monarchen ab. »Hier ist mit Sicherheit diplomatisches Geschick gefragt, doch da, das muss ich gestehen, fehlt mir jegliche Erfahrung …«

Bei diesen Worten erhob sich aus dem Hintergrund eine Stimme: »Ignazio Alvarez, was sagst du da? Drückst du dich vor deinen Pflichten wie schon damals, als du ein Junge warst?«

Ignazio fuhr überrascht zusammen. Er kannte die Stimme, doch er hatte sie seit Ewigkeiten nicht mehr gehört. Als er zu den Vorhängen hinter dem Thron hinübersah, erblickte er einen hageren alten Mann, der gerade dazwischen hervorgekommen war, mit weißen Haaren und einer Haut so braun wie Datteln. Er trug eine Art Mönchskutte, die jedoch etwas eleganter wirkte.

Als er in das Licht der Fackeln trat, verneigte sich der Greis leicht vor dem König. »Ich habe schon zu lange zugehört, Sire. Erlaubt, dass ich mich an der Unterhaltung beteilige.«

Ferdinand der Dritte nickte. »Redet, Magister.«

Ignazio, der das Ganze mit wachsendem Erstaunen beobachtet hatte, ging auf den alten Mann zu, ohne ihn einen Augenblick aus den Augen zu lassen, dann nahm er seine Hand und verbeugte sich vor ihm. »Meister Galib, seid Ihr es wirklich?«

Der alte Mann hob lächelnd die schlohweißen Augenbrauen. »Ja, mein Sohn, ich bin es wirklich.«

Während Ignazio ihn weiter anstarrte, erinnerte er sich an ihre erste Begegnung. Das war 1180 gewesen, er selbst war noch ein Junge. Damals hatte man Ignazio trotz seiner Jugend in die Medizinschule von Toledo aufgenommen. Sein Vater war sehr stolz darauf gewesen, weil man sich dort der monumentalen Aufgabe verschrieben hatte, die Manuskripte aus dem Orient zu übersetzen. Damals war Meister Galib ein herausragender Gelehrter von fünfundzwanzig Jahren gewesen, er war für die Ausbildung der Schüler verantwortlich und unterstützte den Gelehrten Gherardo da Cremona, der sich in Toledo zu dem Zweck angesiedelt hatte, die Traktate der arabischen und griechischen Philosophen ins Lateinische zu übersetzen.

Und ebendieser Galib hatte sich des jungen Ignazio angenommen und darauf gedrungen, dass er Latein lernte, da er in ihm eine überdurchschnittliche Intelligenz erkannt hatte. Zu dieser Zeit war Gherardo da Cremona zu beschäftigt gewesen, als dass ihm der Jüngling aufgefallen wäre, doch später hatte er ihn an seine Seite geholt, und er war einer seiner liebsten Schüler geworden. All das hatte Ignazio nur Galib zu verdanken.

»Ich hielt Euch für tot«, sagte Ignazio, den die Erinnerungen überwältigten. »Niemand wusste zu sagen, wo Ihr geblieben wart.«

»Ich bin einfach nur aus Toledo weggegangen«, erwiderte Galib. »Dort hatte ich nach dem Tod von Gherardo da Cremona noch eine Weile unterrichtet, aber dann hatte ich beschlossen, mich in den Dienst von König Ferdinand zu stellen.« Sein Lächeln trübte sich, und sein Gesicht verriet eine tiefe innere Erschöpfung. »Der Herr hat sich einen Scherz mit diesem armen alten Mann erlauben wollen und hat ihm das Geschenk eines ungewöhnlich langen Lebens gemacht ...«

Ignazio hätte ihm gern eine Menge Fragen gestellt, doch Galib kam ihm zuvor. »Du darfst diesen Auftrag nicht ablehnen, mein Sohn. Deine Beteiligung ist lebenswichtig.«

»Erklärt Euch, Magister.«

»Ich beziehe mich nicht auf die Angaben, die Bischof Fulko während eines Exorzismus erfahren zu haben behauptet.« Der Greis erhob den knochigen Zeigefinger. »Ich habe schon vom Grafen von Nigredo gehört und weiß, welcher Ruf ihm vorauseilt. Er ist ein Feind, den man fürchten muss, ein Alchimist. Deshalb ist es notwendig, dass du Sieur Philippe in die Grafschaft Toulouse begleitest und Seite an Seite mit ihm Erkundigungen bezüglich des Verschwindens von Königin Blanca einholst. Ich weiß genau, was ich sage. Du warst bei Weitem der beste Schüler von Gherardo da Cremona und bist vor allem in den hermetischen Wissenschaften und der Erforschung des Okkulten bewandert. Mir ist ebenfalls bekannt, dass du Händler geworden bist, gerade um diese Kenntnisse auf deinen Reisen zu vertiefen, leugne es nicht.«

»Ein Alchimist …« Ignazio hatte inzwischen seinen üblichen unerschütterlichen Gleichmut wiedergefunden. »Dann wart Ihr es, der mich für diese Aufgabe vorgeschlagen hat.«

»Ja.« Galib verschränkte die Arme vor der Brust, wodurch sein schmächtiger Körper zwischen den Falten seines Gewandes noch kleiner zu werden schien. »König Ferdinand hat mich gebeten, ihm den geeignetsten Mann zu nennen, und ich habe sofort an dich gedacht. Ich wäre gern an deiner Stelle gegangen, aber ich bin zu alt für eine solche Unternehmung. Also, was wirst du tun?«

Ignazio wandte sich zu Uberto und Willalme um, sah den fragenden Ausdruck auf ihren Gesichtern und antwortete schließlich: »Ich nehme den Auftrag an.« Er lächelte ein wenig. »Außerdem glaube ich nicht, das Recht zu haben, mich einem Befehl des Königs zu widersetzen.«

»So ist es«, bestätigte Philippe de Lusignan, der mit lebhaftem Interesse zugehört hatte. »Wir brechen gleich morgen auf. Heute Nacht werdet Ihr in der Burg schlafen.«

»Ausgezeichnet.« Ferdinand der Dritte wirkte nun nicht mehr so angespannt. »Jetzt, da das Problem gelöst ist, können wir uns zum Abendessen begeben.« Er klatschte in die Hände. »Ihr seid natürlich herzlich eingeladen, Meister Ignazio, mit Euren Begleitern daran teilzunehmen.«

Nach diesen Worten erhob sich der König und ging auf die Tür zu, gefolgt von einem Schwarm Adliger, die einander wegzudrängen versuchten. Anstatt sich diesen Leuten anzuschließen, zog sich Ignazio in eine Ecke des Raums zurück. Er war nicht erpicht darauf, sich diesem Haufen zuzugesellen. Da packte eine knochige Hand seinen Arm.

»Folge mir, mein Sohn«, sagte Galib. »Ich kenne eine Abkürzung zum Speisesaal.«

2

Das Abendessen fand im oberen Stock des Wehrturms statt. Der Raum wurde von einem zentralen runden Kamin beherrscht, um den sich eine hufeisenförmige Tafel zog. Ignazio ließ seinen Blick über die Tischgäste schweifen, um seine Aufmerksamkeit dann auf Galib zu konzentrieren, der ihm gegenübersaß und unruhig wirkte. Uberto und Willalme hatten sich neben sie gesetzt.

In der Hoffnung, dass der Magister jetzt eher dazu aufgelegt war, Näheres zu seinem Auftrag zu enthüllen, hatte Ignazio am linken Ende der Tafel Platz genommen, wo nur ein paar mit sich selbst beschäftigte Edelleute und Ritter niederen Ranges saßen. Dort würden seine Worte vom allgemeinen Geschwatze im Hintergrund überdeckt werden, während König Ferdinand, der den Mittelplatz des Hufeisens einnahm, sich mit Philippe de Lusignan und einem misstrauisch wirkenden Dominikanermönch unterhielt.

»Magister, quält Euch etwas?«, fragte Ignazio.

»Das erkläre ich dir später«, erwiderte Galib und versuchte, heiter und gelassen zu erscheinen. »Jetzt lasst uns über etwas anderes reden. Erzähl mir etwas über dich und deine Begleiter …«

Ignazio berichtete von seinen Reisen, die ihn in den Orient, entlang der Küsten Afrikas und in die unterschiedlichsten Länder Europas geführt hatten. Dann erzählte er von seiner waghalsigen Pilgerfahrt auf dem Jakobsweg im Sommer des Jahres 1218. Unter diesen gefährlichen Umständen hatte er Philippe de Lusignan kennengelernt, der ihm gegenüber noch immer genauso höflich wie geheimnisvoll war wie damals.

Inzwischen betrat eine Schar von Knappen den Saal, schwer beladen mit Krügen, Platten und Schüsseln. Sie schwärmten geordnet zu den Seiten der Tafel aus und servierten den ersten Gang, der üblicherweise aus kalten Speisen bestand, wie Obst und Gebäck.

Ignazio bereitete sich innerlich auf ein hochkomplexes Zeremoniell des kastilischen Hofes vor, auf ein Abendessen, das der Tradition nach von einem Dutzend Gängen geprägt war. Weit lieber wäre ihm heute Abend ein karges Mahl mit nur wenigen Tischgenossen gewesen, vielleicht im Halbdunkel einer Schenke. Dann erfasste ihn Sehnsucht nach dem heimischen Herd und vor allem nach seiner Frau Sibilla. Er hatte sie seit Monaten nicht gesehen, und der Gedanke, dass er sie wieder allein gelassen hatte, plagte sein Gewissen.

Ich bin wirklich ein schlechter Ehemann, dachte er und versuchte, sich einen Moment lang vorzustellen, was sie jetzt fühlte, allein in dem leeren Haus, ohne den Mann, der geschworen hatte, sie zu lieben. Ihn überkamen ein ungeheurer Kummer und das unstillbare Verlangen, zu ihr zu eilen. Doch diese Schuldgefühle vergingen ebenso schnell, wie sie ihn überfallen hatten, und kurz darauf zeigte das Gesicht des Händlers sich wie gewohnt verschlossen. Seine Vernunft erlaubte es ihm, nur zeitweise zu lieben, und hieß ihn, rasch wieder seine Gefühle hintanzustellen. Ja, es stimmte, einmal mehr hatte er sein Heim verlassen, aber er hatte keine Wahl gehabt. Um seine Traurigkeit endgültig zu vertreiben, schenkte er sich einen Becher gewürzten Wein ein.

Galib hatte inzwischen Willalme nach seiner Heimatstadt Béziers ausgefragt, die von den Kreuzrittern mit Feuer und Schwert vernichtet worden war, weil sie ketzerische Katharer beherbergt hatte. Willalme erklärte, dass er danach geflohen war und sich nur durch ein Wunder gerettet hatte.

»Und deine Familie?«, fragte Galib unwillkürlich.

Willalmes Gesicht verdüsterte sich. »Tot«, sagte er nur. Sichtlich erregt nahm er einen Apfel und schnitt ihn wütend in Scheiben. »Mein Vater, meine Mutter, meine Schwester … sie wurden alle während der Einnahme von Béziers von den Kreuzrittern getötet.«

Galib wollte ihn nicht weiter bedrängen und nutzte die Gelegenheit, dass ein neuer Gang aufgetragen wurde, um das Thema zu beenden. Nach den süßen Früchten und dem Mandelgebäck ging man jetzt zu salzigen Speisen, Käse und Oliven, über. Die Tischgesellschaft wirkte heiter, obwohl hinter der äußeren Gelassenheit eine unterdrückte Anspannung zu spüren war, die einigen Gästen deutlich ins Gesicht geschrieben stand. Ignazio da Toledo bemerkte dies, aber er sprach mit niemandem darüber. »Gestattet Ihr mir eine Frage, Magister?«, sagte er plötzlich. »Was hat Philippe de Lusignan mit der ganzen Angelegenheit zu schaffen? Als ich ihn kennenlernte, gehörte er nicht zum Hof von Kastilien, er trug das Gewand der Tempelritter und hatte auf seinen Adelstitel verzichtet.«

»Philippe de Lusignan ist einer der wertvollsten Botschafter Ferdinands in Frankreich«, erklärte Galib und schob angeekelt eine Schale mit Fleisch in Traubensoße von sich. »Er kam vor ungefähr sieben Jahren an den Hof, und in dieser Zeit hat er sich tadellos verhalten, sodass Seine Majestät ihm die Aufnahme in den Ritterorden von Calatrava ermöglicht und dafür gesorgt hat, dass er eine Komturei erhielt.«

»Und wer ist der Dominikaner, der rechts vom König sitzt?«

Bei diesen Worten zuckte Galib zusammen, doch das wunderte Ignazio nicht. Er hatte bemerkt, wie oft der alte Mann zu dem Mönch hingeschaut hatte.

»Das ist Pedro Gonzalez de Palencia, der persönliche Beichtvater Seiner Majestät«, erwiderte Galib. »Ferdinand tut nichts, ohne ihn um Rat zu fragen.«

»Ich habe schon von ihm gehört, er hat den Ruf, ein profunder Kenner der Heiligen Schriften zu sein.« Ignazio lächelte boshaft. »Wollt Ihr mir erzählen, warum Ihr ihn so feindselig anseht?«

»Pater Gonzalez ist kein aufrichtiger Mensch. Immer sehr bedacht und berechnend. Außerdem glaube ich, dass er geheime Informationen über die Entführung von Blanca von Kastilien hat. Er muss mehr wissen, als er uns einreden will, zumal er es auch war, der Seine Majestät überzeugt hat, etwas in dieser Angelegenheit zu unternehmen.«

Ignazio runzelte die Stirn. Nach der Unterredung mit Ferdinand dem Dritten hatte er selbst bereits skeptische Überlegungen angestellt. Aus welchem Grund sollte der König von Kastilien, wenngleich er mit der Königin von Frankreich blutsverwandt war, dieser zu Hilfe eilen? Ein derartiger Schritt konnte als Einmischung in die ohnehin schon angespannte politische Situation des Languedoc gewertet werden. War es möglich, dass der Pariser Hof nach dem

27

Tod Ludwigs des Achten die Lage nicht selbst in den Griff bekam? Gab es in Frankreich keine Ritter, die die Königin retten konnten? Und welche Vorteile konnte Pater Gonzalez daraus gewinnen, wenn er seinen Einfluss auf Okzitanien ausübte? Was genau bedeutete der Feldzug gegen den Grafen von Nigredo?

Er bemühte sich, seine Besorgnis nicht zu zeigen, und aß ein wenig von der Taubenpastete mit Zimtkruste, die ihm gerade vorgesetzt wurde. Galib ließ sich hingegen einen schlichten Roggenbrei mit Erbsen bringen.

Doch Ignazio ging zu viel durch den Kopf, als dass er hätte schweigen können. »Magister, erzählt mir von dem Besessenen, den Bischof Fulko von Toulouse angeblich befragt hat.«

»Darüber weiß ich genauso wenig wie du, mein Sohn.« Galib wischte sich den Mund mit dem Ärmel ab. »Ich habe keine Ahnung, wo Bischof Fulko diesen Besessenen aufgetrieben hat oder was der ihm erzählt hat. Das musst du selbst herausfinden. Morgen wirst du mit Philippe de Lusignan nach Toulouse aufbrechen, doch eure Mission darf nicht bekannt werden. Ihr werdet einen Geleitbrief von Pater Gonzalez empfangen, den ihr ausschließlich Fulko aushändigen werdet.« Galib klang jetzt noch ernster. »Aber ich habe noch eine Aufgabe für dich, neben der des Königs.«

»Ihr überrascht mich.«

Galib runzelte die Stirn. »Die Angelegenheit ist sehr verwickelt. Wie gesagt habe ich schon vom Grafen von Nigredo gehört. Das war vor vielen Jahren, als ich in Südfrankreich einem gewissen Raymond de Péreille aus dem Hause der Mirepoix begegnet bin. Er hat mir zum ersten Mal vom Grafen von Nigredo erzählt und ihn als Alchimisten beschrieben, aber ich maß dem damals nicht viel Bedeutung bei und hielt es für eine Legende. Erst später entdeckte ich, dass es den Grafen von Nigredo tatsächlich gibt.«

»Es wäre nützlich, diesen Raymond de Péreille zu treffen«, mischte sich Uberto ein.

Galib nickte. »Genau darum bitte ich euch, aber die Angelegenheit muss geheim bleiben. Wir können nicht einmal de Lusignan trauen, da er alles an Pater Gonzalez berichten würde. Und diesem

Dominikaner traue ich erst recht nicht.« Er zögerte kurz und sah sich um. »Raymond de Péreille beschützt die Ketzer, er hält es mit den Katharern. Versteht ihr nun, warum man so vorsichtig sein muss?«

Uberto betrachtete das bestürzte Gesicht seines Vaters, dann fragte er: »Wie können wir Raymond de Péreille denn treffen, ohne dass es bekannt wird?«

»Ganz einfach«, antwortete Galib. »Einer von euch dreien geht nicht mit Philippe de Lusignan nach Toulouse, sondern bricht noch heute Nacht auf und trifft sich heimlich mit de Péreille. Ich glaube, du, Uberto, wärst am besten für diese Aufgabe geeignet.«

»Das kommt überhaupt nicht in Frage«, knurrte Ignazio. »Mein Sohn bleibt bei mir.«

Doch der alte Mann gab nicht nach. »Ich verstehe deine Besorgnis, Ignazio. Aber wenn ihr tut, was ich gesagt habe, vermeidet ihr, dass Pater Gonzalez und Bischof Fulko euch nur nach ihrem Belieben benutzen.«

»Und wenn dieser de Péreille mit dem Grafen von Nigredo unter einer Decke steckt?«, wandte der Händler ein, dem seine Sorge jetzt deutlich anzumerken war. »Was ist, wenn vielleicht gerade er Blanca von Kastilien entführt hat? Schließlich würde es den Katharern in die Hände spielen, wenn man die Königin aus dem Weg räumt.«

Galib schüttelte den Kopf. »Raymond de Péreille will sich bestimmt nicht die Kreuzritter oder gar den französischen Hof zu Feinden machen«, erklärte er. »Er verfügt über so wenige Soldaten, dass er auf den Schutz des Grafen von Foix angewiesen ist. Er hat überhaupt nicht die Mittel, um die Entführung einer Königin zu planen. Außerdem ist er, soweit ich ihn kenne, stets bemüht, nicht aufzufallen und sich von allen Scharmützeln fernzuhalten.«

Uberto stützte sich mit den Ellenbogen auf den Tisch und sah seinen Vater eindringlich an. »Meister Galib hat recht«, sagte er und kniff die Augen zu Schlitzen zusammen wie eine Wildkatze. »Diese Aufgabe ist wichtig. Und ich kann sie sehr gut allein bewältigen, ich bin nicht mehr der naive Junge von früher. Ich werde Raymond de Péreille treffen, ihm die notwendigen Informationen über den

Grafen von Nigredo entlocken und dann in Toulouse wieder zu euch stoßen.«

»Ich bin nicht sicher, ob das wirklich das Beste ist«, entgegnete Ignazio. Natürlich wusste er genau, wie sehr es Uberto danach verlangte, sich einmal selbst zu beweisen, aber er als Vater musste seinen Tatendrang im Zaum halten. Er wandte sich an seinen ehemaligen Lehrmeister. »Wo hält sich de Péreille zurzeit auf? Wohin müsste mein Sohn reisen?«

Galibs Stimme klang jetzt sanfter. »Zu einem bekannten Rückzugsort der Katharer in den Pyrenäen: der Festung von Montségur.«

Ignazio wirkte plötzlich erleichtert. »Das ist südlich von Toulouse, in der Nähe der Burg von Foix. Dann müsste Uberto mir nur vorausreiten ...«

»Es besteht keine Gefahr«, erwiderte Galib, der nun seine Worte mit lebhaften Gesten unterstrich. Er schien so begeistert über die neue Wende, die die Angelegenheit genommen hatte, dass er beinahe seinen Roggenbrei umgestoßen hätte. »Auf diese Weise werdet ihr verlässliche Informationen erhalten und müsst euch nicht auf das Gefasel eines Besessenen verlassen!«

Galib hatte die letzten Worte etwas zu laut ausgesprochen, sodass sich ein beunruhigtes Raunen an der Tafel erhob.

Ein Ritter niedrigen Ranges, der gerade gierig mit den Händen aus einer Schale mit gelblicher Soße geschöpft hatte, brach in schallendes Gelächter aus. »Überlasst diesen Besessenen mir! Ihr werdet sehen, wie schnell ich den wieder zu Verstand gebracht habe!« Einige Lacher aus dem Hintergrund stachelten ihn an, fortzufahren, und nach einem schnellen Blick in die Runde erklärte er: »Sieh mal einer an! Am anderen Ende der Tafel wird über Alchimie, über Besessene und ähnlichen Unsinn getuschelt! Als brauchte der König solche Taugenichtse, um zu herrschen.« Er riss ein Stück Braten ab und tauchte es in die Soße, wobei es ihm gleichgültig zu sein schien, dass er bis über die Fingerknöchel darin versank. »Was sollen uns Geschwätz und verstaubte Bücher? Um Satan zu bekämpfen, braucht man nur ein Schwert und ein gutes Pferd! Und wem vertrauen wir uns stattdessen an? Einem sabbernden Alten und einem zwielichtigen Mozaraber.

Ja, meine Herrschaften, habt Ihr ihn etwa nicht erkannt? Ein Mozaraber, genau das ist Ignazio da Toledo und ein elender Schakal, der gekommen ist, um uns mit seiner Hinterlist zu verhexen.«

»Achtet nicht auf dieses Schwein«, riet Galib, der selbst Mozaraber war. »Der ist gewiss sturzbetrunken.«

Doch der Ritter setzte seine Rede fort: »Schaut, wie unser Mozaraber sich hier den Wanst vollschlägt! Wen kümmert schon sein nekromantisches Geschwätz? Mit meinen Händen hier nehme ich es mit jedem Alchimisten auf.«

Ignazio ließen diese Worte nicht gleichgültig, obwohl sie von einem *guerrejador* des Königs von Kastilien kamen. Die Sorge um Uberto hatte ihn aufgewühlt und ließ ihn seine übliche Besonnenheit vergessen, außerdem sah er eine Möglichkeit, die Situation zu seinem Vorteil zu nutzen. Deshalb schlug er scheinbar wütend mit der Hand auf den Tisch und sagte leicht spöttisch und so laut, dass es jeder hörte: »Dieser liebenswürdige Herr scheint ja sehr beschlagen in den okkulten Wissenschaften«, woraufhin sich sofort die Aufmerksamkeit aller auf ihn richtete.

Der *guerrejador* ließ das Bratenstück in die Soße fallen, unterdrückte einen Rülpser und sprang auf. »Was faselst du da, du Maurenbastard? Ein christlicher Ritter kann immer zwischen Gut und Böse unterscheiden.«

Der Händler breitete die Arme aus und heuchelte Erstaunen. »Meiner Treu, ich habe ja wirklich einen großen Magister vor mir!« Er wartete ab, bis das Lachen im Saal verebbt war, dann setzte er seine Posse fort. »Bestimmt weiß er alles über die Rituale der Ketzer oder über die Geheimnisse der Alchimie.«

»Ich habe in meinem Leben noch nie etwas wissen müssen!«, schrie der Ritter und fuchtelte mit den soßenverklebten Händen herum. »Ich brauche nicht die Weisheit eines Dominikaners, um einen Ketzer oder einen Hexer zu erkennen, wenn er vor mir steht. Und das gilt auch für dich, du sarazenisches Halbblut!« Er musste bemerkt haben, dass er gerade über das Ziel hinausgeschossen war, denn er beeilte sich, hinzuzufügen: »Wenn ich doch einmal unsicher bin, könnte ich natürlich trotzdem einen guten Mönch um Rat fragen.«

»Seid Ihr denn in der Lage, einen Mönch von einem Ketzer zu unterscheiden? Oder einen Philosophen von einem Alchimisten?« Mit einem spöttischen Grinsen hob Ignazio mahnend den Zeigefinger. »Vorsicht, mein Herr. Wenn Ihr so denkt, werdet Ihr früher oder später einmal vor einem Esel auf die Knie fallen.«

Bei dieser Bemerkung brach die gesamte Tafel in Gelächter aus. Die gleichen Gäste, die zunächst den *guerrejador* aufgestachelt hatten, hingen jetzt an Ignazios Lippen.

Der Ritter knurrte einen Fluch, und ohne groß nachzudenken, zückte er sein Kurzschwert und stürzte auf Ignazio los. »Mal sehen, ob du noch zu Scherzen aufgelegt bist, armseliger Wurm, wenn ich dir Nase und Ohren abgeschnitten habe!«

Der Händler reagierte überhaupt nicht auf die Drohung, sondern blickte nur in Richtung Ferdinands des Dritten und der Tischgäste in seiner Nähe. Willalmes Faust umklammerte hingegen den Knauf seines arabischen Dolchs, den er im Gürtel trug, er war zum Kampf bereit. Aber dazu kam es nicht. Eine befehlsgewohnte Stimme unterbrach die Auseinandersetzung.

»Ritter, Ihr steckt sofort die Waffe ein und setzt Euch!« Pater Gonzalez de Palencia war von seinem Stuhl aufgesprungen, in seinem Gesicht stand Verachtung. »Ihr habt Euch schon ausreichend zum Gespött gemacht.«

»Der da hat mich beleidigt!«, brüllte der Ritter und richtete das Schwert gegen Ignazio.

»Er hat sich nur mit der Wahrheit gegen Eure Schmähungen gewehrt. Ihr seid ein Rüpel, der nichts kann als ein Schwert zücken. Jeder Viehhüter, der bei Kräften ist, könnte das genauso gut erlernen.« Gonzalez verzog verachtungsvoll das Gesicht. »Gehorcht jetzt, wenn Ihr nicht wollt, dass man Euch in Eisen schlägt.«

Angesichts dieser Drohung mäßigte sich der Ritter und setzte sich brummend mit gesenktem Kopf hin. Der Dominikanermönch verfolgte das streng, dann wandte er sich Ignazio zu. »*Señor*, bitte nehmt im Namen Seiner Majestät und des ganzen Hofes unser tiefstes Bedauern über den Vorfall entgegen. Solltet Ihr Euch beleidigt fühlen, wird dieser unbedachte Ritter sich bestimmt bei Euch entschuldigen.«

»Das ist nicht nötig, Pater Gonzalez«, antwortete Ignazio gelassen. »Mein Dank gilt Euch, weil Ihr mich verteidigt habt, und Seiner Majestät, weil Er es Euch erlaubt hat.«

Der Beichtvater des Königs schenkte dem Händler ein neugieriges Lächeln. »Oh, Ihr kennt also meinen Namen …«

»Ich halte es für die Pflicht eines Gastes zu erkunden, wer der Mann ist, der zur Rechten des Hausherrn sitzt.«

»Ich bewundere Euren Feinsinn, Meister Ignazio.« Pater Gonzalez musterte ihn ebenso genau wie unauffällig. »Ich schätze denkende Menschen, zu denen ich mich ebenfalls zähle. Als ich vor Jahren nach einem Sturz vom Pferd zu hinken begann, stellte ich fest, dass ich dem Körper und dem irdischen Leben zu viel Bedeutung beigemessen hatte. Im Kopf, im Verstand wohnt die wahre Stärke, und ich hoffe, Ihr werdet sie im rechten Moment zu gebrauchen wissen, denn das Böse kommt gerade besonders heftig über die gesamte Christenheit.« Dabei krampften sich seine Hände unwillkürlich um die Tischkante. »Das Abendland wird von vielen Plagen bedroht: den Sarazenenhorden, den ketzerischen Katharern und den Seuchen. Was würde geschehen, wenn nun auch noch Blanca von Kastilien umkäme, das Schwert Gottes und die erbarmungslose Feindin der Ketzer? Wer würde die Herrschaft über Frankreich übernehmen? Ganz gewiss nicht der junge Dauphin, er ist zu unerfahren. Das Reich würde der Anmaßung der okzitanischen Grafen und ihrer Schützlinge, der Katharer, anheimfallen, die sich rasch wie die Kakerlaken ausbreiten würden, von südlich der Alpen über die Pyrenäen bis in die Reiche von Aragón und Kastilien.«

»Und wie, glaubt Ihr, lässt sich das verhindern, ehrwürdiger Vater?«

Die Hände des Dominikanermönchs spreizten sich zunächst wie die Flügel einer Taube, um sich dann fest zu schließen. »Begebt Euch rasch nach Toulouse und fragt Bischof Fulko um Rat. Er konnte ja bereits mittels eines Exorzismus Einblick in die wahren Tatsachen erhalten, nun wird er Euch den rechten Weg zeigen. Ihr werdet ihm meinen Brief zeigen, den ich bereits Sieur Philippe gegeben habe und in dem ich Euren wahren Glauben und die Verbindung zum kastilischen Hof bezeuge. Wenn Ihr dort angekommen seid, werdet Ihr außerdem den Schutz der Ritter von Calatrava genießen. Zehn von ihnen sind bereits vor zwei Tagen aufgebrochen und werden in der Nähe von Toulouse zu Euch stoßen.«

»Jetzt fühle ich mich schon viel sicherer«, sagte Ignazio, obwohl ihn diese letzte Eröffnung tatsächlich eher beunruhigt hatte. Zu viele Leute, dachte er, die einem in die Quere kommen können.

»Man wird Euch für Eure Dienste entsprechend entlohnen«, schloss Gonzalez. »Abgesehen davon, dass Eure Seele davon profitieren wird. Den Dienern Christi ist das Paradies sicher.«

Ignazio neigte das Haupt und tat, als fühlte er sich sehr geehrt. Seine kleine Komödie hatte perfekt funktioniert. Indem er den Zorn dieses stumpfsinnigen *guerrejadors* gereizt hatte, hatte er den Dominikanermönch zum Eingreifen gezwungen und damit seine Pläne und seinen Einfluss bei Hof erkunden können. Und beides schien ihm recht bedeutsam. Nun wusste er, dass er diesen Mann nicht unterschätzen durfte.

Gonzalez wartete ein Zeichen von Ferdinand dem Dritten ab, bevor er sich wieder setzte.

Das Abendessen ging seinem Ende zu und gipfelte in einer Reihe von vorbereiteten kalten Speisen. Danach stellten die Bediensteten an den Enden der Tafel Schüsseln mit Wasser auf, damit die Tischgäste sich die Finger säubern konnten.

Galib beschloss sein Mahl mit einem Trank aus Johannisbeeren, dann teilte er Ignazio mit, dass er und seine Begleiter in einem Raum im Untergeschoss des Wehrturmes übernachten würden. Zuletzt wandte er sich an Uberto. »Ich hoffe, du bist nicht zu erschöpft, mein Junge. Ich wecke dich dann vor Sonnenaufgang.«

Nach diesen Worten wollte er sich mit einem Lächeln verabschieden, doch in seinem wächsernen, beunruhigten Gesicht zeigte sich nur ein verkrampftes Grinsen.

3

Die Nacht war über die Burg von Andújar hereingebrochen. Die Mehrzahl der Bewohner lag schon in tiefem Schlaf, die Stille wurde nur ab und zu von den Schritten der Wachen oder von klagenden Tierlauten aus der Ferne durchbrochen.

Ignazio da Toledo befand sich mit Uberto und Willalme in einem Raum im Untergeschoss des Turms. Alle drei ruhten auf Strohlagern, aber keiner von ihnen fand Schlaf bei dem Gedanken an das, was vor ihnen lag.

Plötzlich klopfte es an die Tür.

Uberto öffnete ein Auge und versuchte, in der Dunkelheit etwas zu erkennen. Das war sein Zeichen. Er stand auf, bereits vollständig angezogen, und ging vorsichtig zur Tür, ohne seine Begleiter auf den anderen Lagern anzustoßen.

Vor der Tür erwartete ihn Galib mit einer brennenden Öllampe in der Hand. »Schnell, mein Sohn, bevor mich jemand bemerkt«, flüsterte er atemlos.

Uberto ließ ihn ein. Ihm fiel auf, dass der Magister nicht mehr so rüstig wirkte wie vor einigen Stunden, sondern erschöpft, er schwankte sogar.

Galib ließ das Licht an den Wänden entlanggleiten und leuchtete den Raum ab, der karg mit einem Schemel, einer Truhe und drei Strohlagern eingerichtet war. Schließlich senkte sich der Schein der Lampe auf Ignazios übernächtigtes Gesicht.

Der Händler grüßte ihn knapp. »Ist alles bereit, Magister?«

»Selbstverständlich.« Die Augen des alten Mannes funkelten. »Dein Sohn muss mit mir in die Stallungen.«

Willalme sprang auf. »Ich begleite euch, das ist sicherer.«

»Nein«, widersprach Galib. »Das wäre zu auffällig. Gonzalez' Spione –« Er konnte den Satz nicht beenden, denn er sank in sich zusammen, als wäre ihm schwindelig.

»Ihr scheint Euch nicht wohlzufühlen, Magister«, sagte Ignazio besorgt, und als er im Halbdunkel den alten Mann betrachtete, stellte er fest, dass dessen Gesicht gerötet und mit Schweiß bedeckt war. Sein Atem ging unregelmäßig. »Ich sehe, dass Ihr schwitzt und schlecht Luft bekommt ... Was fehlt Euch?«

»Nichts Schlimmes«, beruhigte ihn Galib und stützte sich an einer Wand ab. »Ich leide an einer leichten Übelkeit. In meinem Alter ...« Er rang sich ein Lächeln ab.

Als der alte Mann sich erholt hatte, ging Willalme zu Uberto und schüttelte ihm die Hand. »Gute Reise, mein Freund.« Dann holte er zur Überraschung des jungen Mannes seinen arabischen Dolch aus dem Gürtel und hielt ihn Uberto etwas verlegen hin. »Da, steck ihn ein. Vielleicht kann er dir nützlich sein.«

Der betrachtete die Waffe mit der Scheide aus Elfenbein. »Aber das ist doch deine *jambiya*. So ein Geschenk könnte ich niemals annehmen ...«

Der Franzose warf ihm den Dolch zu, sodass er ihn einfach fangen musste. »Hör auf, ich mag keine langen Abschiede. Du gibst ihn mir zurück, wenn wir uns das nächste Mal sehen.«

Ignazio sah noch einmal prüfend zu Galib, der immer noch schwankte, dann ging er zu seinem Sohn und drückte ihn an sich. Obwohl diese einfache Geste einem aufrichtigen Bedürfnis entsprang, fiel sie ihm schwer. Gefühle zu zeigen kostete ihn jedes Mal Mühe und machte ihn verlegen.

Uberto befreite sich aus der Umarmung. »Vater, lass das, du hast mich zum letzten Mal umarmt, als ich fünfzehn war.«

»Sei vorsichtig, mein Sohn«, ermahnte ihn Ignazio. »Ich würde mir nie verzeihen, wenn dir etwas zustieße.«

»Keine Angst, ich werde schnell und vorsichtig sein. Wir sehen uns in Toulouse wieder. Wahrscheinlich werde ich schon da sein, wenn du kommst. Wenn nicht, warte auf mich oder hinterlasse mir Anweisungen, wo ich dich erreichen kann.«

Der Händler nickte. »Falls etwas passiert, hinterlasse ich eine Nachricht im Gästehaus der Kathedrale.«

»Ich werde daran denken.«

Galibs Stimme klang düster durch den Raum: »Es ist Zeit.«

Nach einem letzten Gruß hängte sich Uberto seine Tasche um und verließ hinter Galib den Raum.

Der alte Mann und Uberto verließen den Turm und umgingen achtsam die Wachtposten, bis sie den Hof erreicht hatten, wo sie sich im Schatten der Bäume leichter vorwärtsbewegen konnten. Galib hatte zunehmend Mühe beim Gehen, und mehr als einmal wollte Uberto ihn stützen, doch da der alte Mann seine Hilfe ablehnte, beschränkte er sich darauf, ihm ohne Zögern zu folgen und dabei auf der Hut zu sein. Innerhalb weniger Stunden hatte er ein paarmal seine Meinung über ihn geändert. Wenn er Gelehrten oder Männern vom Königshof begegnete, fiel es ihm oft nicht leicht, sie einzuordnen. Anfangs hatte er Galib für einen ehrgeizigen Menschen gehalten, der sich den König zu Dank zu verpflichten suchte und wilde Gerüchte verbreitete. Doch dann bei Tisch war er ihm zurückhaltend und nervös erschienen, und schließlich hatte er auch seine Klugheit und die ehrliche Zuneigung für Ignazio schätzen gelernt. Erst jetzt glaubte er, sich eine klare Meinung über ihn gebildet zu haben: Galib war stur und stolz, keineswegs ängstlich, aber umsichtig und vor allem von dem Gedanken beseelt, er handele im Sinne des Allgemeinwohls. Dennoch war Uberto immer noch überzeugt, dass er etwas vor ihm verheimlichte.

Er sah den Schatten seines Führers vor sich über das Gras gleiten, doch die Bewegungen des alten Mannes waren nicht flüssig, sondern er schleppte sich mühsam vorwärts wie ein Kriegsversehrter. Mit dieser Mission wollte er sich bestimmt nicht wichtigmachen oder seine Langeweile als Gelehrter bekämpfen, sondern es schien ihm eine Herzensangelegenheit zu sein, die unter allen Umständen zu Ende gebracht werden musste. Gerade deswegen und weil er in all seiner Schwäche so viel Würde zeigte, hatte Uberto ihm vertraut und entschieden, ihm widerspruchslos zu folgen.

Nach kurzer Zeit erreichten sie einen kleinen Bau, der aus mit Lehm verstrichenen Steinen bestand. Galib lehnte sich an die Eingangstür und sah sich um. »Hier hinein, schnell«, flüsterte er.

Sobald Uberto die Schwelle überschritten hatte, schlug ihm der

Geruch von Heu und Pferdemist entgegen. Das Mondlicht, das durch die Mauerritzen hereinfiel, beleuchtete die Wände, an denen verschiedene Gerätschaften für die Stallknechte sowie Zaumzeug für Jagd, Krieg und Paraden hingen.

Galib durchquerte den Raum. »Folge mir.«

Als sie eine Art Vorraum hinter sich gelassen hatten, erreichten sie das Innere des Reitstalls. Zum ersten Mal, seit sie den Turm verlassen hatten, wandte sich Galib Uberto zu und fragte freundlich: »Magst du Pferde?«

»Ja, schon«, antwortete Uberto.

Galib ging auf einen wunderbaren schwarzen Hengst zu, der bereits gesattelt war, und kraulte seine Mähne. Dann überzeugte er sich, dass Zaumzeug und Sattel hinreichend befestigt waren. »Mit diesem Tier wirst du schnell sein wie der Wind.«

Das war ein Rassepferd, nicht etwa eins von diesen turkmenischen Streitrössern, wie man sie nun mehr und mehr nach Spanien brachte, weil sie stark genug waren, Krieger in Rüstung zu tragen. Dieses Tier hier erinnerte eher an arabische Rennpferde, obwohl es kräftiger war und über muskulösere Beine verfügte.

»Das ist ein wunderbarer Hengst«, sagte Uberto ehrfürchtig.

Galib lächelte stolz. »Er heißt Jaloque. Der Name kommt aus dem Arabischen, *šaláwq* bedeutet ›Meeresbrise‹. Ich habe ihn als Geschenk vom Kalifen Abu l'Ula Idris al-Ma'mun, dem Herrscher über den Maghreb, im Tausch für einige astrologische Schriften erhalten. Die berberischen Bogenschützen reiten Pferde der gleichen Rasse. Jetzt gehört er dir.«

Uberto verneigte sich dankbar und ging zu dem Pferd. Er streichelte seine Nüstern und klopfte liebevoll seinen Hals, dann entdeckte er den Jagdbogen, der hinten am Sattel angebracht war.

»Nur zur Vorsicht«, erklärte Galib und reichte ihm einen Köcher mit Pfeilen an einem Bund. »Du könntest ihn brauchen.«

Uberto nickte. Er befestigte den Köcher an der rechten Flanke des Pferdes, setzte einen Fuß in den Steigbügel und saß gewandt auf. Das Rennpferd tänzelte kurz mit den Hufen, dann neigte es den Kopf und schnaubte.

»Bei dir brauche ich keine Sporen, was, Jaloque?«, flüsterte Uberto dem Pferd ins Ohr und kraulte seine Mähne. »Du siehst aus, als wolltest du gleich lospreschen.«

Galib, wieder ernst geworden, zog aus seinem linken Ärmel ein Pergament und drängte es Uberto förmlich auf. »Diesen Brief wirst du Raymond de Péreille übergeben, sobald du die Festung Montségur erreicht hast. Ich habe ihm geschrieben, er soll dir alles mitteilen, was er über den Grafen von Nigredo weiß, und ich bitte ihn darin auch, dir die Abschrift einer seltenen Schrift über die Alchimie aus seinem Besitz mitzugeben: die ›Turba philosophorum‹. Ich glaube, dass sie sich als sehr nützlich für dich und deinen Vater erweisen könnte, um die Schachzüge eurer Feinde zu verstehen. Keine Sorge, Raymond de Péreille kennt mich schon lange und wird nicht zögern, dir zu helfen.«

»Ich werde tun, was Ihr sagt, Magister.«

»Sehr gut, mein Sohn. Jetzt hör mir zu: Wenn du die Burg verlassen hast, wende dich nicht zum Haupttor der Stadtbefestigung, sondern reite in die entgegengesetzte Richtung. Folge den Mauern, bis du an ein kleines Gittertor kommst. Dort warten zwei Wachen auf dich, die auf mich hören.« Galib reichte ihm eine gut gefüllte Börse. »Gib ihnen das, und sie werden dich passieren lassen.«

Uberto nahm die Geldbörse und verstaute sie im Gürtel nahe bei der *jambiya*. »Sagt meinem Vater, er soll in Toulouse auf mich warten.« Er trieb das Pferd an und verließ die Stallungen im Trab.

Galib sah ihm hinterher, als ein plötzlicher Schmerz in der Brust ihn zu Boden zwang. »Denk daran!«, rief er, während seine Finger sich um ein Strohbüschel krampften. »Denk an die ›Turba philosophorum‹!«

Uberto, der sich schon ein wenig entfernt hatte, bedeutete ihm, dass er verstanden hatte, aber er drehte sich nicht um.

Der junge Reiter entfernte sich immer mehr und verschwand in der Dunkelheit der Nacht.

Während Galib sich bemühte, in sein Zimmer zu gelangen, spürte er, dass ihm nicht mehr viel Zeit blieb. Ein geheimnisvolles Gift wütete in seinem Körper. Vielleicht hatte er es während des Abendessens zu sich genommen, in dem Roggenbrei oder in dem Trank aus Johannisbeeren. Vielleicht hatte man es ihm aber auch erst später im Schlaf verabreicht, vor seinem geheimen Treffen mit Uberto. Wie auch immer, dieses verdammte Gift trübte allmählich seine Wahrnehmung.

Die Flammen der Fackeln züngelten blendend hell aus der Dunkelheit hervor und zogen sich wie Schneckenschleim nach oben. Der Geruch nach Harz und Salpeter drang verstärkt und ekelerregend in seine Nase, und das wachsende Schwindelgefühl behinderte sein Vorwärtskommen, während mit jedem Schritt die Beklemmung in seiner Brust heftiger wurde.

Das war der Grund, warum er es mit Uberto so eilig gehabt hatte, selbst auf die Gefahr hin, schroff und verdächtig zu erscheinen. Vor etwa einer Stunde hatte Galib die Symptome bemerkt, und seine Erfahrung auf diesem Gebiet hatte ihn sofort auf eine Vergiftung schließen lassen. Deshalb musste er handeln, solange er noch in der Lage war, klar zu denken. Und er hatte es geschafft. Er hatte den Jungen auf einen guten Weg gebracht.

Nun musste er nur noch seine Unterkunft erreichen und in seinen Büchern nach einem geeigneten Gegengift suchen, obwohl er dies beinahe für vergebliche Mühe hielt. Doch zuvor musste er Ignazio noch über seinen Verdacht informieren.

Der Weg zum Wehrturm kam ihm endlos vor, und die drückende Hitze auf dem Gesicht und der Brust zwang ihn, mehrfach stehen zu bleiben und Atem zu holen. Als er wieder einmal an einer Wand Halt suchte, sah er sich plötzlich einer Gestalt gegenüber, die in einen schwarzen Umhang gehüllt war.

Diese Begegnung kam so überraschend, dass Galib einen Schritt zurückwich und beinahe gestürzt wäre. »Wer seid Ihr?«, fragte er zunächst, doch er korrigierte sich sofort: »Ach, ich kenne Euch …«

»Gut«, erwiderte der Mann mit dem Kapuzenumhang. »Dann werdet Ihr vertraulicher mit mir sprechen und mir sagen, wohin Ihr den Jungen mit solcher Eile geschickt habt.«

»Ihr … Elender.« Galib legte sich eine Hand an die Brust. »Dann habt also Ihr mich vergiftet!«

»Ihr seid scharfsinnig, Magister. Ihr lest genauso gut in den Herzen der Menschen wie in Euren Büchern.« Die Gestalt kam langsam auf Galib zu. »Da wir schon bei Büchern sind, ich nehme an, Ihr wisst, was ich suche. Kommt schon, sagt mir, wo sich die ›Turba philosophorum‹ befindet.«

Galib wich noch einmal zurück. »Ich werde Euch nichts sagen.«

»Nun gut«, seufzte der Mann in dem Kapuzenumhang. »Soll ich Euch etwas verraten? Die Menge Gift, die ich Euch verabreicht habe, wäre für einen gesunden Mann nicht tödlich, aber Ihr seid alt und klapprig. Euch bleiben vielleicht nur noch ein paar Augenblicke … Wie es scheint, fällt Euch das Atmen bereits schwer.«

Der Magister fühlte eine Ohnmacht nahen, aber er widerstand, und mit erzwungener Selbstkontrolle hielt er sich aufrecht. In diesem letzten Aufblitzen von klarem Verstand sah er etwas am Hals des Mannes im schwarzen Umhang glänzen, einen goldenen Anhänger, der ein Insekt mit acht Beinen darstellte. »Das Zeichen von Airagne!«, rief er erschrocken aus. »Dieser Ort der Verdammnis …«

»Ja, die Burg von Airagne«, sagte der Schatten und näherte sich drohend.

»Airagne, der Stammsitz des Grafen von Nigredo … Aber natürlich! Dann seid Ihr …«

»Ihr wisst viel, Magister. Sogar *zu viel*!«, sagte der Mann im Kapuzenumhang und stürzte sich auf ihn.

Galib in seinem Fieberwahn sah keinen Menschen auf sich zukommen, sondern acht lange, dünne Beine und zwei kugelrunde Augen, die in der Dunkelheit funkelten. »Airagne!«, wollte er laut rufen und sich über das Erstickungsgefühl hinwegsetzen, aber die Angst schnürte ihm die Kehle zu. Als er diese grauenhafte Kreatur auf sich spürte, erfasste ihn Todesschrecken, und sein Herz hörte auf zu schlagen.

4

Burg von Airagne

Erster Brief – Nigredo

Mater luminosa, *ich schreibe diese Seiten zu deinem Lob, da du mir eine gute Amme und Lehrerin warst. Deine fabula über den jardin der Alchimie war nicht erlogen. Ich fand diesen Garten im Schatten des Klosters, hinter dem düsteren Portal der* Nigredo. *So nenne ich die erste Arbeit des Werks, da die Materie, die es zu schmieden gilt, sich noch in einem schwarzen, unvollkommenen Zustand befindet. Diese Schwärze erinnert mich an Rohwolle, denn auch diese hat keine schöne Form und ist unansehnlich. Keiner würde ihr mehr Wert beimessen als einem Krümel Weinstein, obwohl sie wunderbare Eigenschaften verbirgt. Und genauso verbirgt sich ein großes Geheimnis in der* Nigredo, *dem braunen Bauch der Erde.*

Kardinal Romano Bonaventura verzog zweifelnd das Gesicht und legte den Brief zu den anderen ungelesenen in das Kästchen zurück, in dem er ihn gefunden hatte. Wer konnte so einen Fieberwahnsinn geschrieben haben? Ganz bestimmt eine Nonne, die während der Klausur verrückt geworden war, oder eine Begine.

Das Zucken seines linken Augenlids kündigte Kopfschmerzen an. Der Geistliche seufzte laut und fand sich damit ab, den Schmerz als unabänderliche Folge des Wechsels von Gefühlslagen anzunehmen. Er litt schon seit früher Jugend unter diesen Anfällen, doch in letzter Zeit hatten sie sich verschlimmert und zwangen ihn nun, in absoluter Dunkelheit und Ruhe Zuflucht zu suchen.

Letztendlich, so sagte er sich, war die Verschlimmerung seiner Nervenattacken in manchen Situationen ganz normal, besonders wenn man ein Gefangener war. Seit Wochen verrottete er hier in diesem Turm, vielleicht auch seit Monaten, das war schwierig zu beurteilen. Die zweibogigen Fensteröffnungen gingen auf einen grauen nebelverhangenen Himmel, der so voll von dunklem Rauch war, dass man nicht erkennen konnte, ob es Tag oder Nacht war. Es war schon ein Wunder, wenn man an diesem Ort bei klarem Verstand blieb.

Das Geräusch von leisen Schritten kündigte das Nahen einer Dame an, deren rote Haare zu einem Knoten zusammengenommen waren. Bonaventura verneigte sich ehrerbietig, dann erstarrte sein mächtiger Leib, und er verschränkte die Finger vor dem Bauch, sodass sechs goldene Ringe sichtbar wurden.

»Eure Majestät erscheint mir besorgt«, merkte der Prälat an.

»Wie sollte ich es nicht sein, Eminenz?«

Der Kardinal spürte einen Stich an der linken Schläfe, dann pochte es in seiner Stirn. »Verliert nicht den Mut, meine Königin. Schließlich seid Ihr Blanca von Kastilien, Königin von Frankreich. Man wird Euch bald zu Hilfe eilen.«

Die Dame warf ihm einen tadelnden Blick zu: »Kardinal von Sant'Angelo, bitte erspart mir das übliche Geschwätz.«

Bei diesen Worten verschlimmerten sich die Kopfschmerzen des Kardinals, und in Bonaventura keimte der dringende Wunsch auf, sich auf die Frau zu stürzen und sie zu erwürgen. Dieser Drang war genauso heftig wie seine Abneigung gegen sie, die durch die sie umgebende Aura von Sinnlichkeit und Hochmut hervorgerufen wurde. Es war bestimmt kein Zufall, dass man ihr am Hof den Spitznamen »Dame Hersent« gegeben hatte, der Wölfin aus dem »Roman de Renart«. Und er sah sie in dem Moment genauso, als eine dreiste und unzüchtige Frau.

Doch während sich diese Gefühlsverwirrung allmählich wieder legte und der Kardinal und Gesandte überlegte, ob er diese »Dame Hersent« nicht wie eine armselige Dirne ohrfeigen sollte, befahl er sich, ruhig zu bleiben, biss die Zähne zusammen und brachte ein väterliches Lächeln zustande. »Eure Majestät muss jetzt Geduld haben und stark sein. Ihr werdet sehen, dass schon bald Euer Heer die Burg umstellen wird, und dann muss der Graf von Nigredo Euch freigeben.«

»So einfach ist das nicht.« Blanca ging hüftschwenkend in ihrem blauen Gewand auf den Kirchenmann zu. Sie war noch keine vierzig, und obwohl sie gerade erst das elfte Kind geboren hatte, wirkte sie frisch wie eine Rose. »Tut Ihr nur so, oder versteht Ihr wirklich nicht? Unser Heer ist zerfallen und irrt kopflos durch das Languedoc. Schließlich ist sein Befehlshaber, unser Konnetabel Humbert de Beaujeu, hier mit uns im Turm lebendig begraben.«

Der Kardinal von Sant'Angelo stellte überrascht fest, dass er nickte, während er die Augen nicht von ihr abwenden konnte. Seine Kopfschmerzen bereiteten ihm ein leichtes Schwindelgefühl, das den Jähzorn, der eben in ihm aufgewallt war, verschwinden ließ. Jetzt bedrängten ihn ganz andere Tagträume. Er malte sich aus, wie er seine Finger leicht an ihrem Hals entlanggleiten ließ, um dann tiefer unter ihre Gewänder vorzudringen … Hastig drückte er Daumen und Zeigefinger gegen die Stirn, wie um zu verhindern, dass sein Kopf entzweibräche. Warum quälten ihn auf einmal solch ungekannte Gefühle? Ach, hätte er sich doch nur das Gesicht mit kaltem Wasser kühlen können! Er kämpfte gegen diese ungesunden Regungen an und zwang sich, unbeteiligt zu klingen: »Bestimmt wird jemand Euren *lieutenant* Humbert de Beaujeu ersetzen und die Führung des Heeres übernehmen.«

»Vielleicht habt Ihr recht«, gab Blanca zu, den inneren Aufruhr des Kardinals schien sie nicht zu bemerken. »Aber sagt, gibt es noch immer nichts Neues von unserem Kerkermeister?«

»Er hat sich nicht sehen lassen.«

»Das verstehe ich nicht.« Blanca seufzte.

Der Kardinal von Sant'Angelo nickte zustimmend. »Es ist wirklich seltsam, dass der Graf von Nigredo immer noch nicht seine Forderungen geäußert hat. Er hält uns nur gefangen. Vielleicht genügt ihm das schon, um seine Ziele verfolgen zu können.«

»Wie meint Ihr das?«

Bonaventura breitete ratlos die Arme aus, sein Blick war getrübt. »Indem er die Königin, ihren beratenden Kardinal und den Konnetabel gefangen hält, meint der Graf von Nigredo wohl, dass er den ganzen französischen Hof in der Hand hat.« Er ließ die Hände auf seine kräftigen Schenkel sinken. Allmählich schienen sich seine

Kopfschmerzen wieder zu legen, und er bemerkte, dass er sich erneut im Griff hatte. »Außerdem ist nach dem Tod Eures Gemahls die Loyalität der Barone des Reiches geschwunden. Viele haben sich als bestechlich und nicht mehr vertrauenswürdig erwiesen.«

»Das war schon vorher so, Eminenz. Indem ich den Kreuzzug im Languedoc fortführte, verfolgte ich das Ziel, sie enger an die Krone zu binden.« Blanca verzog traurig ihr Gesicht. »Ihr selbst habt mir dazu geraten, erinnert Ihr Euch denn nicht mehr? Ihr sagtet, mit dem Kreuzzug würde ich die Adligen unterwerfen und mir die Gunst des Heiligen Stuhls erwerben.«

»Genauso war es«, erwiderte der Kardinal. »Andererseits bin ich überzeugt, dass hinter dem Grafen von Nigredo einer Eurer Feinde aus dem hiesigen Adel steht.«

»Weil man für mich noch kein Lösegeld oder anderes gefordert hat?«

»Das ist doch sehr wahrscheinlich, meine Königin.« Kardinal Bonaventura sah sich um und versuchte, in der Dunkelheit des Raumes etwas zu erkennen. »Wo ist nur Humbert de Beaujeu abgeblieben? Ich habe ihn seit Stunden nicht mehr gesehen.«

Bevor sie antwortete, ging Blanca von Kastilien zu einem der zweibogigen Fenster, auf der Suche nach einem Sonnenstrahl. Doch sie sah nichts als Nebel. Der Kirchenmann betrachtete sie mit ehrlicher Verehrung. Auf einmal kam sie ihm sanft vor, ätherisch wie ein Engel. Die wölfische »Dame Hersent« war verschwunden, und jetzt sah er sich einer schutzlosen Frau gegenüber.

»Sieur de Beaujeu ist in die Tiefen des Turms hinabgestiegen, um einen Fluchtweg zu finden«, erklärte Blanca. »Ich hoffe, er lässt sich nicht von den Wachen überraschen.«

»Der Mann ist wahnsinnig!«, rief der Kardinal von Sant'Angelo, der keine unbedachten Unternehmungen mochte. »Ich hoffe nur, dass sein Wagemut uns nicht alle in Gefahr bringt.«

Humbert de Beaujeu war alle Treppen des Turms hinabgestiegen, in dem man ihn gefangen hielt. Es war nicht leicht gewesen, aber er hatte sich der Wachsamkeit der Wächter entzogen, indem er sich an den

Wänden entlangdrückte und Mauernischen nutzte. Das Haupttor des Turms war zu gut bewacht, als dass man hätte versuchen können, dadurch ungesehen nach draußen zu gelangen, deshalb war er weiter hinab in die unterirdischen Stockwerke des Turms vorgedrungen, die sich als überraschend weitläufig und verwinkelt erwiesen. Die Luft dort war warm und stickig, und es stank erbärmlich.

Während er dem Gang nach unten folgte, wurden die Fackeln an den Wänden, die seinen Weg beleuchteten, immer spärlicher, bis es beinahe dunkel war. Irgendwann musste er auf allen vieren weiterkriechen und sich am Mauerwerk abstützen. Dann stellte er plötzlich fest, dass die Wände aus Quadersteinen sich zu einem grob in den Fels gehauenen Gang öffneten. Aus dem Flur war ein Tunnel geworden.

Humbert de Beaujeu folgte dem Gang, er war finster entschlossen, einen Fluchtweg zu finden, um zu seinem Heer zu stoßen und einen Gegenangriff zu planen. Er musste etwas tun, wenn er die Königin retten wollte.

Der Gang führte ihn zu einer großen Öffnung, die mit Spitzhacken in den Fels gehauen war. Humbert erkannte in ihrer Form etwas Atavistisches, was ihn zutiefst beunruhigte. Trotzdem schritt er hindurch, doch eine beißende Dampfwolke zwang ihn sofort zum Rückzug. Diese Ausdünstungen rochen nach Schmiedeofen, doch viel intensiver, sodass man kaum atmen konnte. Humbert wappnete sich innerlich, schützte sein Gesicht mit den Händen und schritt mit halb geschlossenen Augen vorwärts, bis er zu seiner großen Überraschung ein Geländer erreichte. Mit einem Ausruf des Erstaunens begriff er, dass er sich oberhalb einer Kehre befand. Vor seinen Augen öffnete sich ein trichterförmiger Abstieg. An den gewölbten Wänden führten in den Stein gehauene Stufen entlang, die nach unten hin immer schmaler wurden.

Humbert de Beaujeu hatte jede Orientierung verloren, aber er fasste Mut und stieg weiter nach unten.

Die Stufen waren hoch und ohne Geländer, ein falscher Schritt, und er würde in die Tiefe stürzen. Je weiter er hinabstieg, desto mehr machte ihm die Hitze zu schaffen. Wenigstens beleuchtete ein spärli-

46

cher Schein von unten seinen Weg, dieser Umstand beruhigte ihn. Er hielt sich eng an der Wand und klammerte sich an Felsvorsprüngen fest, wobei er sich ständig fragte, wohin ihn diese Treppen bringen würden. Der letzte Absatz endete in einem Raum, in dem zahllose Kessel und Steinwannen standen, aus denen die Dämpfe aufstiegen, die ihn schon oben bei der Kehre eingehüllt hatten. Humbert vernahm ein rhythmisches Geräusch, das sich wie ein sehr tiefes Atmen anhörte. In seinen Ohren klang es wie der Wind, der in den Bergen heulte.

Ihm blieb keine Zeit herauszufinden, wo er sich befand, denn plötzlich traf er auf einen Mann, der in Lumpen gehüllt war. Mit ausgestreckten Armen kam der auf ihn zu, das Gesicht zu einer ängstlichen Grimasse verzogen. Humbert gelang es, ihm auszuweichen, doch gleich darauf sah er, dass sich hinter ihm viele andere drängten. Eine Vielzahl an Elendsgestalten, die zum größten Teil von Verbrennungen und anderen schweren Verletzungen gezeichnet waren. Viele von ihnen schwangen Ketten oder andere Gegenstände aus Metall.

»Kommt nicht näher, ihr Unglücklichen!«, rief Humbert de Beaujeu und wandte sich der Treppe zu.

Die Menge bewegte sich weiter auf ihn zu und begann, etwas zu flüstern, worin er immer mehr einen Satz erkannte: »*Miscete, coquite, abluite et coagulate!*«

»Kommt nicht näher!«, rief Humbert de Beaujeu noch einmal.

Doch die Gestalten drängten weiter auf ihn zu.

»*Miscete, coquite, abluite et coagulate!*«

»Kommt nicht näher!«

5

Die Flammen hatten sich hoch über den Häusern von Béziers erhoben und den Himmel mit dichtem schwarzem Rauch verdunkelt. Seitdem war viel Zeit vergangen, aber Willalme fühlte sich auf einmal wieder mitten im Geschehen: Er sah die in Panik geratene Menge wieder vor sich und spürte erneut die Hitze des Feuers auf seinem Gesicht.

Alle hatten sich in die Kirche Sainte-Marie-Madeleine geflüchtet. Dort war auch er, ein Kind, Dutzende Körper drängten sich eng um ihn, sodass er kaum atmen konnte. Er klammerte sich an der Hand seiner Mutter fest und sah sich mit rußgeschwärztem Gesicht um. Ein Mädchen neben ihm weinte.

»Hab keine Angst, kleine Schwester, ich werde dich beschützen«, hatte er gesagt und sie gestreichelt.

Das Mädchen hatte sich das Gesicht abgewischt und ihn mit tränenfeuchten Augen angesehen. Dann hatte sie gelächelt.

Ein schwerer Schlag. Das Kirchenportal erzitterte unter den Schlägen eines Rammbocks. Bei jedem Stoß zitterte es wie ein weidwundes Tier, bis es schließlich krachend zerbrach. Willalme erinnerte sich, wie plötzlich das Tageslicht hereinfiel, so hell und schön, dass er sich beinahe schämte, sich dort in die Dunkelheit geflüchtet zu haben. Die Soldaten mit dem Kreuz auf dem Mantel waren in die Kirche geströmt, und die Flüchtlinge hatten geschrien und sich zusammengedrängt wie eine von Panik ergriffene Viehherde.

Willalme hatte die kleinen Fäuste geballt, bereit, Mutter und Schwester zu verteidigen. Die Soldaten sollten sie nicht töten, wie sie schon seinen Vater getötet hatten. Doch als er sich umdrehte, sah er sie nicht mehr.

Jetzt war niemand mehr in der Kirche Sainte-Marie-Madeleine außer ihm und einer Welt aus Asche.

Und auf einmal hörte er wieder den Schlag des Rammbocks. Düster und böse dröhnte er in seinen Ohren.

»Meine Erinnerungen bestehen aus Asche.«
Wieder dröhnte es.

Willalme fuhr auf, als die Zimmertür eingeschlagen wurde. Instinktiv griff er zu seinem Säbel, den er neben sein Strohlager gelegt hatte, aber Ignazio hielt ihn auf: »Leg die Waffe hin! Willst du uns ins Verderben stürzen?«

Ohne zu begreifen, was vor sich ging, sah Willalme, dass Ignazio aufsprang und auf die Bewaffneten zuging, die sich gewaltsam Zutritt verschafft hatten. Es handelte sich um Wachen der Burg. Sie hatten die Tür ohne irgendeine Warnung eingeschlagen, also musste etwas sehr Schwerwiegendes vorgefallen sein.

Ignazio ging zum Anführer der Wachen und sah ihn in einer Mischung aus Verärgerung und Erstaunen an. »Was hat dieses gewaltsame Eindringen zu bedeuten? Ich verlange eine Erklärung!«

»Ihr, mein Herr, müsst uns einiges erklären«, sagte der Soldat laut. Er sah sich im Zimmer um und zog dabei die buschigen Augenbrauen hoch. »Wo ist Euer Sohn?«

In dieser Situation zog Ignazio es vor, die Wahrheit zu sagen: »Er ist heute Nacht auf den ausdrücklichen Befehl von Magister Galib abgereist.«

Der Soldat zeigte sich unbeeindruckt, seine Hand strich nur drohend über den Schwertknauf. »Was Ihr sagt, ist unsinnig. Kommt jetzt mit. Folgt uns und leistet keinen Widerstand.«

Ignazio und Willalme sahen einander fassungslos an, doch dann folgten sie den Soldaten und ließen sich von ihnen aus dem Wehrturm nach draußen in den Hof führen.

Die goldenen Farben des Sonnenaufgangs milderten die groben Gesichtszüge der Soldaten keineswegs. Vor allem die des Anführers wirkten äußerst hart und entschlossen. Doch sie verrieten nichts weiter, außer dem Eindruck, dass etwas sehr Schwerwiegendes vorgefallen sein musste.

Kurz darauf hatten sie einige Männer erreicht, die sich anscheinend um etwas versammelt hatten, das vor ihnen auf dem Boden lag. Bevor Ignazio und Willalme noch feststellen konnten, worum es sich dabei handelte, trat der Ritter hervor, der sich am Vorabend mit Ignazio angelegt hatte.

»Was macht unser Maurenbastard denn so ein finsteres Gesicht? Heute Morgen ist er wohl nicht zu Scherzen aufgelegt«, sagte der *guerrejador* feixend. »Und er tut gut daran, denn bald werden wir ihn am Galgen baumeln sehen.«

»Ich sehe, dass Eure Hände und Euer Maul noch genauso dreckig sind wie gestern Abend beim Essen«, erwiderte Ignazio, ohne ihn auch nur eines Blickes zu würdigen. Seine Augen waren auf den Platz inmitten der Gruppe gerichtet, zu dem die Wachen ihn anscheinend bringen wollten.

Als sie näher kamen, machten die Menschen ihnen Platz, und Ignazio konnte endlich sehen, was ihre Aufmerksamkeit erregt hatte: die Leiche eines alten Mannes, die dort auf dem Steinpflaster lag.

»Magister!«, schrie er entsetzt und lief zu dem Toten. »Wer hat es gewagt? Was haben sie Euch angetan …?«

Ein Knoten an Gefühlen presste ihm das Herz zusammen, als er sich vor die Leiche kniete, aber er wusste, dass er jetzt mehr denn je kaltes Blut bewahren musste. Es galt, schnell zu verstehen, was hier passiert war, sonst würde es ein böses Ende mit ihm nehmen. Dem Ausdruck auf Galibs Gesicht entnahm er, dass diesen vor seinem Tod etwas zutiefst erschreckt haben musste. Die Muskeln des Toten wirkten verkrampft, fast wie zu Stein erstarrt, Hals und Gesicht waren noch viel stärker gerötet als in der vergangenen Nacht. Vielleicht Anzeichen einer Verdauungsstörung. Aber es war der grüne Schleim, der aus dem linken Ohr hinauslief, der Ignazios Misstrauen erregte.

Als er die seltsame Flüssigkeit berührte, stellte er fest, dass sie klebrig war wie Pflanzensaft, und als er daran roch, hatte er keinen Zweifel mehr. »*Herba diaboli* … Teufelskraut«, sagte er leise.

Der Anführer der Wachen packte ihn am Arm und fragte barsch: »Was habt Ihr gesagt?«

Der Soldat konnte nichts mehr hinzufügen, denn sogleich hatte sich Willalme auf ihn gestürzt. »Lass ihn in Frieden!«, zischte der Franzose drohend und riss ihn von Ignazio weg.

»Halt ein!«, befahl ihm der. »Willst du unsere Lage noch verschlimmern?«

Bei diesen Worten hob Willalme bestürzt die Hände und ergab sich. Der Anführer der Wachen nahm das mit einem Schnauben zur Kenntnis, rückte Kettenhemd und Übergewand zurecht, dann sah er Ignazio scharf an: »Wiederholt, was Ihr gesagt habt, *señor*.«

Ignazio warf einen letzten Blick auf den Leichnam seines ehemaligen Lehrers, als wollte er sich so von ihm verabschieden, dann richtete er sich zu seiner vollen Größe auf, sodass er den Soldaten um einiges überragte. »Teufelskraut«, wiederholte er und betonte jede Silbe so, dass alle ihn verstanden. »Dabei handelt es sich um ein Kraut, das Halluzinationen und Geistesverwirrungen hervorruft, in hoher Dosis ist es giftig. Man kennt es auch unter seinem arabischen Namen *tatorha*.«

Der Soldat fuhr sich über die dichten Augenbrauen, als wollte er sie hinter der Sturmhaube verbergen. »Und was hat das mit dem Tod dieses Mannes zu tun?«

Ignazio da Toledo zeigte auf den Leichnam. »Seht Ihr diese grünen Flecke auf dem Hals und dem linken Ohrläppchen des Magisters? Das sind die Überreste eines Destillats aus Teufelskraut, das man ihm, vermutlich während er schlief, ins Ohr geträufelt hat. Falls Ihr es noch nicht begriffen habt, Magister Galib wurde vergiftet.«

»Das ist mir klar.« Die Augen des Anführers blitzten auf. »Ich frage mich nur, warum Euer Sohn das getan hat.«

»Mein Sohn? Ich weiß nicht, was Ihr meint.«

»Er ist dabei beobachtet worden, wie er sich nachts hier ganz in der Nähe aus den Ställen geschlichen hat.« Der Soldat zeigte auf das Gebäude neben den Stallungen. »Er muss den Magister getötet haben. Dann hat er ein Pferd gestohlen und ist geflohen. Allerdings glaube ich nicht, dass er durch das Haupttor der Stadtmauern geritten ist, denn niemand hat ihn gesehen.«

»Uberto hatte überhaupt keinen Anlass, ein derartiges Verbrechen zu begehen«, wandte Ignazio ein, während er Willalme beobachtete, dessen Gesicht sich sorgenvoll verdüsterte.

Da bahnte sich der *guerrejador* seinen Weg durch die Menschen und richtete den Zeigefinger auf Ignazio. »Vielleicht hattet Ihr ja einen Grund, ihn umzubringen, und habt Euren Sohn damit beauftragt.«

»Ich habe Meister Galib geliebt«, erwiderte Ignazio und durchbohrte den Ritter mit Blicken, als wollte er ihn zu Asche verwandeln. »Warum hätte ich ihn mit Teufelskraut vergiften sollen?«

»Oh, Ihr nennt noch einmal diese diabolische Pflanze.« Der Ritter verzog seine groben Gesichtszüge zu einem Ausdruck des Triumphs. »Das beweist Eure Schuld. Außer Euch hat hier nämlich niemand je von dem Zaubermittel gehört, mit dem das Verbrechen begangen wurde …«

»Das stimmt nicht, Ritter«, unterbrach ihn jemand aus der Nähe. Es war Pater Gonzalez de Palencia, der hinkend mit Philippe de Lusignan auf sie zukam. »Aber Ihr kennt es unter einem anderen Namen, der hier weiter verbreitet ist: ›Hexenkraut‹. Es hat große Blätter und stachlige Beeren, seine Blüten sind weiß oder zartlila und trichterförmig. Es heißt, die *brujas*, die Anbeterinnen des Dianakults, verwenden sie für ihre Zauber und um zu fliegen.«

»Um sich *vorzustellen*, sie könnten fliegen«, berichtigte Ignazio ihn, und sein Gesicht entspannte sich. Durch das Eintreffen der beiden Autoritätspersonen fasste er wieder Mut. »Die Extrakte aus Teufelskraut rufen Halluzinationen hervor, man hat heftige Tagträume, sodass man die Phantasie nicht mehr von der Wirklichkeit unterscheiden kann.«

»Betrachtet man das Gesicht des armen Magisters, so hat er in den letzten Momenten seines Lebens bestimmt keine angenehmen Träume gehabt«, stellte Philippe fest und ging auf den Toten zu.

»Nur ein Abgesandter Satans kann ein solches Verbrechen begangen haben«, sagte Pater Gonzalez, während eine kleine Windbö seinen schwarzen Umhang zerzauste. Die Morgensonne beleuchtete das Gesicht eines Mannes, der die vierzig noch nicht erreicht hatte, aber wesentlich älter aussah. Diese vorgezogene Greisenhaftigkeit schien aus seinem Inneren zu kommen, als hätte sich der Körper seinem verknöcherten Geisteszustand angepasst.

»Also handelt es sich doch um Hexerei«, erklärte der *guerrejador*

52

mit lauter Stimme. »Schluss mit den Worten. An den Galgen mit ihm. Hängen wir den Mozaraber auf!«

Gonzalez baute sich vor ihm auf, und da der König nun nicht anwesend war wie am Vorabend, tat er sich keinen Zwang an. »Schweig, du Idiot!« Es klang so einschüchternd und hart, dass sich bleiernes Schweigen über alle Anwesenden senkte. Der Pater warf dem Anführer der Wachen einen befehlenden Blick zu. »Hauptmann, nehmt diesen gedankenlosen Menschen und sperrt ihn ins Verlies. Schon gestern Abend hat er meine Geduld herausgefordert.«

Der Soldat legte die Hand an den Helm, unsicher, wie er den Befehl deuten sollte. »Meint Ihr den Händler aus Toledo oder –?«

»Nein, du Dummkopf! Ich meine den Ritter dort!«, schrie Gonzalez. »Schafft ihn mir aus den Augen!«

Diesmal war sein Befehl unmissverständlich, und die Wachen folgten ihm. Sie packten den *guerrejador* an den Armen und schleppten ihn mit sich fort, während der Unglückselige um sich trat wie ein Maulesel und laut fluchte. »Das könnt Ihr nicht mit mir machen, Mönch! Ich bin ein Mitglied dieses Hofes! Ich bin viel nützlicher als dieser –«

»Was faselt Ihr da?« Man hörte Gonzalez die abgrundtiefe Verachtung an. »Ihr und die ganze Soldatenbande seid nur nützlich, um die Schlachtfelder mit Blut und Fleisch zu bedecken, egal ob mit Eurem oder dem der anderen. Das allein ist die Rolle, die Euch und Euresgleichen in der Geschichte zukommt. Es wäre besser, wenn man die Ereignisse mit Vernunft und Augenmaß bestimmen könnte, anstatt sich einer Bande von fanatischen und hirnlosen Trotteln bedienen zu müssen. Glaubt mir, Ritter, Ihr seid nicht nützlicher als jeder beliebige Soldat. Einer mehr oder weniger … da bleiben noch unendlich viele.«

Nach seiner flammenden Rede beruhigte sich der Mönch und sah Ignazio an.

»Ich muss unbedingt mit Seiner Majestät sprechen«, sagte der. »Wo hält der König sich zurzeit auf? Warum ist er nicht hier, um uns selbst über den Mord zu befragen?«

»Der König wird nicht kommen.« Gonzalez zuckte mit den

Schultern, als wollte er damit zu verstehen geben, dass seine Autorität mehr als ausreichend war, um mit der Situation umzugehen. »Im Augenblick nimmt er an einem Kriegsrat teil. Anscheinend nähert sich das Heer des Emirs von Córdoba von Westen. Es muss eine Entscheidung getroffen werden, wie man es zurückdrängt.«

»Keine Angst, Meister Ignazio«, meldete sich Philippe de Lusignan zu Wort. »Sowohl ich als auch Pater Gonzalez sind von Eurer Unschuld überzeugt. Es muss jedoch festgestellt werden, wo Euer Sohn abgeblieben ist.«

»Das habe ich schon dem Hauptmann der Wachen erklärt«, erwiderte Ignazio. »Uberto ist vor Tagesanbruch wegen eines Auftrags aufgebrochen, den ihm Magister Galib anvertraut hatte.«

»Also ist der Magister gestorben, nachdem er sich mit ihm getroffen hatte«, schloss Philippe.

»So muss es gewesen sein.«

»Vielleicht galt das Interesse des Mörders ebendieser Mission«, schlussfolgerte Pater Gonzalez. »Sagt, Meister Ignazio, worum handelte es sich?«

Der Händler aus Toledo seufzte tief und begann, schamlos zu lügen. »Leider habe ich nicht die leiseste Ahnung. Galib hat ein Geheimnis daraus gemacht und gesagt, er werde mir heute Morgen alles erzählen. Und wie Ihr sehen könnt, wird er nicht mehr in der Lage sein, uns zu enthüllen, wohin er meinen Sohn geschickt hat.«

»Ich verstehe«, sagte Gonzalez leise. »Auf jeden Fall dürfen wir nicht länger warten, Ihr müsst unbedingt mit Sieur Philippe in die Grafschaft Toulouse aufbrechen. Bischof Fulko erwartet Euch. Die Rettung von Blanca von Kastilien hängt ganz von Euch ab.«

Ignazio verneigte sich. »Wie Ihr befehlt, hochwürdigster Pater.«

»Ich erwarte Euch in einer Stunde in den Stallungen«, ordnete Philippe de Lusignan an. »So habt Ihr ausreichend Zeit, um Euch zu stärken und Reiseproviant zu besorgen.«

»Ich hingegen werde mich um das Begräbnis des armen Meisters Galib kümmern und befehlen, dass man die Umstände seines Todes untersucht«, erklärte Gonzalez. »Der Mörder wird nicht ungestraft davonkommen.«

Auf ein Zeichen des Dominikanermönchs hin hoben Soldaten der Wache den Leichnam des Magisters hoch und legten ihn auf eine Holztrage. Dabei fiel Galibs Kopf zur Seite, und für einen Augenblick sah es so aus, als käme Leben in sein Gesicht. Doch das war nur Schein. Nachdem sie ihn hochgehoben hatten, liefen die Männer mit der Trage zu einer Kapelle aus verblichenen Ziegelsteinen in der Nähe des Wehrturms. Dort würde Galibs Leichnam bis zur Beisetzung verbleiben.

Ignazio schloss sich wortlos dem Zug an, und Willalme an seiner Seite erlebte einen der seltenen Momente, in denen die Augen des Händlers menschliche Empfindungen zeigten. Er wusste genau, dass sehr schnell nichts mehr davon zu sehen sein würde.

Heftiger Schirokko hatte die milde Wärme des Morgens verdrängt, während die Sonne, die inzwischen hoch am Himmel stand, die Farben der Hochebenen aufleuchten ließ. Ignazios Augen folgten einem Schwarm Flamingos, die von den Ufern des Guadalquivir aufflogen. Die Vögel zeichneten am blauen Himmel einen Bogen und wandten sich in Richtung der inzwischen schon fernen Burg von Andújar.

Willalme saß neben ihm auf dem Bock des Karrens und hielt die Zügel fest in der Hand.

Philippe de Lusignan ritt ihnen auf einem Schimmel voraus, den Blick stets nach Osten gewandt.

Die Reise hatte begonnen.

55

ZWEITER TEIL
DER BESESSENE VON PROUILLE

»Wer bezweifelt, dass es Dämonen gibt, der möge die Besessenen beobachten, denn indem der Teufel durch ihre Münder spricht und so grausam in ihren Körpern wütet, gibt er einen deutlichen Beweis seiner Existenz.«

Caesarius von Heisterbach, »Dialogus miraculorum«, Buch V, Kapitel XII

6

Ignazio öffnete die Augen und kniff sie gleich wieder zusammen, geblendet vom hellen Schein der späten Vormittagssonne.

»Hast du geschlafen?«, fragte ihn Willalme, der den Karren über eine staubige Straße lenkte.

»Beinahe.« Ignazio betrachtete den Weg vor sich, einen Streifen roter Erde, der nur hier und da von ein paar struppigen Büschen gesäumt wurde. Die Sonne brannte bereits unerbittlich herab und heizte die Steine im sandigen Boden auf. In der Ferne zeichneten sich Obstgärten und bewirtschaftete Felder so unwirklich wie eine Fata Morgana ab.

Seit einigen Tagen hatten sie Kastilien hinter sich gelassen und durchquerten nun die Hochebenen Aragóns. Am Nachmittag würden sie die kleine Stadt erreichen, die sich auf einem nahen Hügel erhob.

Philippe de Lusignan zügelte sein Pferd und lenkte es an die Seite des Karrens. »Wir sind fast in Teruel. Ich schlage vor, dass wir dort bis übermorgen bleiben.«

»Eine ausgezeichnete Idee«, sagte Ignazio. »So können wir alle wieder zu Kräften kommen. Die Tiere sind erschöpft.«

»Der Weg ins Languedoc ist noch lang«, ergänzte Willalme, während er zu einem Schwarm schwarzer Vögel hochblickte, der bedrohlich über ihren Köpfen kreiste. »Auf dem Seeweg wären wir schneller gewesen, wenn wir an Valencia und Katalonien vorbei nach Narbonne gesegelt wären.«

»Das ist wohl richtig«, pflichtete ihm Philippe bei, »aber in letzter Zeit machen islamische Piraten diesen Teil des Meeres unsicher. Ihre Schiffe ankern vor Mallorca, dem König von Aragón zum Trotz, daher wäre eine Schiffsreise wohl riskant gewesen.«

Willalme wollte schon etwas erwidern, doch als er den Blick senkte, bemerkte er in der Ferne einen Zug von Menschen, der sich in ihre Richtung bewegte. Um mehr erkennen zu können, schirmte er seine Augen mit der Hand vor der blendenden Sonne ab. Ihrer Kleidung wegen hielt er sie zunächst für eine Prozession von Mönchen, doch als die Leute näher kamen, musste er seinen Eindruck korrigieren, denn es waren auch Frauen und Kinder darunter. »Habt ihr diese vielen Menschen gesehen?«, fragte er seine Weggefährten.

»Sie scheinen auf uns zuzukommen«, erwiderte Ignazio. »Aber wir müssen uns wohl nicht beunruhigen; so wie sie gekleidet sind, sind es Begarden oder Büßer.«

»Büßer?«, entgegnete Lusignan leicht verächtlich. »Eher ein Haufen Bettler. Seht Ihr nicht, in welch erbärmlichem Zustand sie sind?«

Allmählich näherte sich der Zug zerlumpter Menschen den drei Weggefährten. Einige von ihnen waren sehr blass und abgemagert, von Erschöpfung und Krankheiten gezeichnet, andere hatten Tränenspuren auf ihren Wangen, und man sah ihnen an, wie verzweifelt sie waren. Ignazio war wohlbekannt, dass in Spanien zahlreiche Landstreicher und Pilger auf dem Weg nach Santiago de Compostela unterwegs waren, doch noch nie war er auf eine so große und gleichzeitig so elende Gruppe gestoßen. Er bat Willalme, den Karren anzuhalten, neigte den Kopf zum Gruß und wandte sich dann an einen hageren Alten, der sich mit einem Pilgerstab in der Hand mühsam vorwärtsschleppte und den Zug anführte. »Wer seid Ihr?«

»*Bons chrétiens*«, erwiderte der Alte mit heiserer Stimme, sein ausgezehrtes Gesicht mit den scharf eingeprägten Zügen erinnerte an die Greifvögel der spanischen Wüsten. »Fürchtet Euch nicht. Wir haben nicht vor, Euch ein Leid zu tun, wir wollen nur unsere Reise fortsetzen.«

Philippe de Lusignan runzelte die Stirn. »»*Bons chrétiens*‹, habt Ihr gesagt? Ihr kommt mir eher vor wie die sogenannten ›Armen von Lyon‹, die Anhänger dieses Ketzers Petrus Valdes.« Er riss an den Zügeln seines Pferdes, das unruhig tänzelte, und legte die Hand auf seinen Schwertknauf. »Ihr seid nicht zufällig auf der Suche nach ein paar Priestern, um sie auszurauben?«

Die Augen des Alten weiteten sich erschreckt. »Nein, Sieur, um Gottes willen! Wir sind keine Waldenser.«

59

Philippe nahm zwar die Hand vom Schwert, doch sein Gesicht verzog sich zu einem bedrohlichen Grinsen. »Wer seid Ihr dann?«

»*Bons chrétiens*, nichts anderes als *bons chrétiens*.« Der Alte hob ihm flehentlich die gefalteten Hände entgegen. »Wir sind keine kriegerischen Menschen, wir tun niemandem etwas zuleide …«

Ignazio, dem deutlich anzusehen war, wie verärgert er über die Wende war, die das Gespräch genommen hatte, fragte wesentlich freundlicher: »Woher kommt Ihr?«

Bei diesen Worten entspannte sich der alte Mann und zeigte auf die kleine Stadt, die sich auf dem nahen Berg erhob. »Wir wurden aus Teruel verjagt, daher ziehen wir weiter zu den Städten in der Umgebung.«

»Ihr seid aber nicht aus Aragonien, denn Ihr habt einen provenzalischen Akzent.«

»Ja, wir kommen aus dem Süden Frankreichs.«

Ignazio musterte ihn neugierig. »Und wieso haltet Ihr Euch dann hier in dieser Gegend auf?«

Bei dieser Frage blitzte erneut Furcht in den Augen des alten Wanderers auf. »Wir fliehen vor den Archonten.«

»Den Archonten?«

»Ja, Sieur.« Der alte Mann stützte sich müde auf seinen Stab. »Das sind Krieger, die unter dem Banner der Schwarzen Sonne die Straßen des Languedoc und der Provence bevölkern und jeden *bon chrétien* töten, auf den sie treffen.«

Lusignan rieb sich deutlich zweifelnd das Kinn, doch er schwieg. Scheinbar gleichgültig ritt er einmal um den Karren herum, doch dabei prägte er sich genau den Ort, die Worte und die Gesichter der Menschen ein.

Ignazio hatte genug gehört und hob daher die Hand, um sich zu verabschieden. »Gute Reise Euch und Euren Gefährten. Möge der Herr Euch beschützen.«

»Euch ebenfalls, Sieur«, erwiderte der Alte.

Die zerlumpten Menschen wanderten weiter, und der Zug verschwand langsam am Horizont.

Sie hatten Teruel beinahe erreicht, da brach Philippe de Lusignan endlich das Schweigen: »Dieses elende Gesindel, das waren zweifelsohne Ketzer.«

»Das denke ich auch«, bestätigte Ignazio. »Sie haben sich als *bons chrétiens* bezeichnet, so pflegen die Katharer des Languedoc sich zu nennen. Und wie wir gesehen haben, waren sie in einem erbärmlichen Zustand.«

»Sie haben allerdings die Archonten erwähnt«, sagte Lusignan weiter. »Wenn ich nicht irre, ist das der Name der Dämonen, die die höllischen Heerscharen anführen.«

»Nicht nur. Wenn die Häretiker von den Archonten sprechen, verstehen sie darunter die übernatürlichen Wesen, die das Licht des Geistes in der Materie einfangen und so die Welt schaffen, in der wir leben.«

»Ihr wisst viele Dinge, Meister Ignazio, und einige davon sind an der Grenze dessen, was ein guter Katholik wissen darf«, bemerkte Philippe de Lusignan mit einem nicht gerade freundlichen Grinsen. »Wenn Ihr nicht der kastilischen Krone und dem Heiligen Stuhl treu ergeben wäret, wäre ich wahrscheinlich gezwungen, Euch bei einem bischöflichen Gericht anzuzeigen.«

Als Antwort zog Ignazio nur eine Augenbraue hoch. »Das wäre sogar Eure unbedingte Pflicht. Aber lasst uns lieber beim Thema bleiben, wir haben bis jetzt ein wichtiges Detail ausgelassen.«

»Was meint Ihr?«

»Als der alte Mann von eben die Archonten erwähnte, bezog er sich nicht auf übernatürliche Wesen, sondern er sprach von einem Heer, das unter dem Banner der Schwarzen Sonne marschiert.«

»Ich erinnere mich gut, doch das kommt mir seltsam vor. Soweit ich weiß, gibt es keine Armee, die ein ähnliches Symbol als Wappenzeichen führt.«

»Vielleicht ist es ja keine reguläre Armee, sondern etwas ganz anderes.«

»Das müsst Ihr mir erklären.«

»Die Schwarze Sonne ist das Zeichen der Nigredo, der ersten Phase in der Alchimie zur Herstellung des Steins der Weisen. Und unser Gegner ist zufällig ein Alchimist, der Graf von Nigredo genannt wird. Sagt Euch das nichts?«

Lusignan nickte, sichtlich beeindruckt von dieser Schlussfolgerung. »Ihr habt recht, das habe ich nicht erkannt ... Glaubt Ihr, dass die Soldaten, von denen dieser Alte sprach, die Truppen des Grafen Nigredo sind?«

»Das kann ich nicht ausschließen.«

Philippe musterte ihn ausführlich und sah aus, als wollte er gleich etwas Wichtiges sagen, doch da unterbrach Willalme ihr Gespräch: »Seht doch, man kann schon die Stadtmauern erkennen.«

Teruel bot sich ihren Augen mit der spröden Anmut einer Wüstenrose dar. Die Außenmauern waren in den gleichen rotbraunen Tönen gehalten wie die umliegende Erde, als wären sie von der Gluthitze der Hochebene verbrannt, doch nicht nur die mächtigen Stadtmauern beeindruckten die drei Männer, sondern vor allem die elegante Anlage der Ansiedlung selbst, die mit ihren verschlungenen Gassen und den mit Keramikfliesen geschmückten Türmen einer orientalischen Stadt glich. Die Häuser waren zum Großteil im Mudéjar-Stil gehalten, dieser Mischung aus romanischer und arabischer Architektur. Schließlich lebten hier auch zahlreiche Muselmanen friedlich mit der christlichen Gemeinde zusammen.

Die Gefährten bahnten sich ihren Weg zwischen Häusern und Zelten, zwischen Turbanträgern und Menschen in Kapuzenumhängen auf der Suche nach einer Herberge, wo sie zu Abend essen und die Nacht verbringen konnten, bis sie schließlich zu einem Viertel voller Handwerkerbetriebe kamen. In den Werkstätten konnte man viele junge Männer sehen, die geschäftig zwischen Öfen hin- und hereilten und mit langen Schiebern erdfarbenes Geschirr hineinschoben oder herausholten.

»Ich hätte beinahe vergessen, dass Teruel eine Stadt der Töpfer ist«, sagte Ignazio, während er einigen Handwerkern bei der Arbeit zusah.

Anstatt etwas zu entgegnen, zog Philippe de Lusignan heftig an den Zügeln und nahm Haltung an. Auf der *plaza* war soeben ein Trupp Fußsoldaten unter Führung eines berittenen Mönches erschienen. Es handelte sich um eine mit Lanzen bewaffnete Infanterieabteilung, katalanische *almogàvers* unter Befehl des Königs von Aragón.

Bei ihrem Anblick zerstreute sich ein Großteil der Menge, die Menschen drückten sich an die Hauswände oder verschwanden eilends in die Nebengassen.

Der Mönch ritt hochmütig näher und musterte die drei Fremden misstrauisch. Er begutachtete ihre Kleidung und den Zierrat an dem Karren und an Philippes Pferd, bis sein Blick schließlich bei Ignazio hängen blieb. »Ihr scheint mir nicht von hier zu sein, *señor*. Wer seid Ihr?«

»Wir kommen aus Kastilien, ehrwürdiger Vater«, erwiderte der Händler freundlich. »Wir sind gerade erst in der Stadt eingetroffen und suchen nun eine Herberge oder einen Gasthof, wo wir die Nacht verbringen können.«

»Ganz in der Nähe findet Ihr ein recht ansprechendes Haus, gleich neben der großen Kathedrale«, sagte der Geistliche. »Aber Ihr habt mir noch nicht geantwortet: Wer seid Ihr?«

»Ich heiße Ignazio Alvarez da Toledo, und das hier sind meine Reisegefährten. Wir sind unterwegs nach Frankreich.«

Der Mönch nickte bedächtig. »Ich habe noch nie von Euch gehört, *señor*, doch scheint Ihr nicht zu den Personen zu gehören, die ich suche.« Er verzog den Mund zu einem hochmütigen Lächeln. »Ihr könnt mir dennoch behilflich sein.«

»Erklärt Euch bitte näher.«

Der Mönch atmete tief durch, als würde er sich darauf vorbereiten, eine offizielle Proklamation zu verkünden, doch dann erwiderte er ruhig: »Ich heiße Juan de Mantalbán und diene dem bischöflichen Gericht von Saragossa als *testis synodalis*, das heißt, ich ermittle im Namen des Bischofs. Ich verfolge eine Gruppe von Häretikern, die aus der Provence geflohen sind. Sie wurden schon einmal ermahnt, von hier zu verschwinden, doch sie treiben sich weiter in der Gegend herum. Nun denn, Ihr werdet wissen, dass wir hier per Gesetz in unseren Diözesen keinerlei Form von Häresie dulden. Falls Ihr also über diesbezügliche Neuigkeiten verfügt, seid Ihr verpflichtet, diese zu berichten, unter Strafe der *diffamatio* oder der Exkommunikation, wenn nicht Schlimmerem.«

Ignazio reagierte darauf nicht weiter, sein Gesicht blieb undurchdringlich wie das einer Sphinx. »Um welche Art von Häretikern handelt es sich denn?«

»Katharer, daran besteht kein Zweifel. Viele kennen sie allerdings unter dem Namen ›Manichäer‹, nach ihren orientalischen Vorläufern, oder als ›Albigenser‹«, erklärte der Mönch, und sein Gesicht verriet abgrundtiefe Verachtung. »Sie sehen aus wie ein Haufen Lumpenpack. Soweit ich erfahren habe, wurden sie gestern Abend aus dieser Stadt vertrieben.«

Darauf hörte man Philippe de Lusignan laut und deutlich sagen: »Wir haben sie vor wenigen Stunden gesehen, ehrwürdiger Vater.«

Der Mönch blickte nun zu ihm. »Seid Ihr Euch sicher?«

»Ganz sicher«, bekräftigte der Komtur und reckte entschlossen das Kinn vor. »Sie kamen aus Teruel und zogen Richtung Südosten.«

»Ausgezeichnet, ich bin Euch sehr dankbar.«

Philippes Augen funkelten stolz, als er antwortete: »Es war nur meine Pflicht, Euch das mitzuteilen, Pater Juan. Ich hoffe, dass meine Angaben Euch von Nutzen sein können.«

»Das werden sie bestimmt.«

Nach einem flüchtigen Gruß verließ sie der Mönch und rief einen Befehl, woraufhin sich die Truppe in geordneten Reihen aufstellte, fertig zum Abmarsch.

Die *almogàvers* wandten der *plaza* den Rücken zu und strebten zum Stadttor. Die Menschen, an denen sie vorüberkamen, sahen ihnen mit angespannten Gesichtern nach.

Ignazio wandte sich tadelnd an Philippe, dabei achtete er sorgsam darauf, dass niemand ihn hören konnte. »Ich wundere mich über Euch, Sieur. Ihr habt diese armen Menschen soeben verdammt.«

Der Ritter zuckte mit den Schultern. »Wie ich schon sagte, es war unsere Pflicht, das zu melden. Ein königliches Edikt verbannt alle Häretiker, die sich auf aragonesischem Gebiet befinden.«

»Ich kenne dieses Edikt sehr wohl.« Ignazio beobachtete besorgt, wie Willalme wütend die Zügel umklammerte. »Es wurde vor Jahren von Peter dem Zweiten von Aragón erlassen und sieht unerbittliche Strafen vor. Ketzer, die gegen die Regeln verstoßen, werden auf dem Scheiterhaufen verbrannt.« Seine Stimme wurde scharf. »Wird das Weinen dieser Kinder Euch heute Nacht nicht den Schlaf rauben?«

Philippe de Lusignan verzog den Mund zu einem zynischen Grinsen. »Ganz gewiss nicht. Als Tempelritter und nun als Komtur des Ordens von Calatrava musste ich oft wesentlich schlimmere Entscheidungen treffen.« Mit fahrigen Bewegungen gab er seinem Pferd die Sporen. »Aber lasst uns jetzt lieber eine Unterkunft finden, ich muss eine Depesche an Pater Gonzales de Palencia schicken, um ihm unseren Standort zu melden.«

Ignazio musterte Philippes Gesicht aufmerksam, und zum ersten Mal bemerkte er, dass sich hinter der äußeren harten Schale kein guter Mensch verbarg, sondern vielmehr ein sadistischer Charakter. Es mochte ja angehen, wenn dieser Ritter ab und an eine gewisse frömmelnde Haltung an den Tag legte, doch eine derartige Bösartigkeit konnte ihn nicht gleichgültig lassen. Dem Händler schauderte bei dem Gedanken, noch länger gezwungen zu sein, mit diesem Mann zusammenzuarbeiten. Und in Willalme regte sich instinktiv Hass auf Philippe, der sich noch ins Unermessliche steigern sollte.

Gegen Abend konnte man beobachten, wie unweit vor den Toren von Teruel eine schwarze Rauchsäule aufstieg und sich herzzerreißende Schreie erhoben.

7

Auf dem Rücken des schnellen Jaloque hatte Uberto die Hochebenen Spaniens in Windeseile durchquert. Er hatte ohne Schwierigkeiten den *camino aragonés* verfolgt, die Pyrenäen beim Somport-Pass überquert und war schließlich auf französisches Herrschaftsgebiet gelangt. Dies war seine erste Reise allein, daher erfüllte ihn eine geradezu euphorische Freude, vermischt mit einem starken Gefühl von Freiheit. Außerdem sah er sich in einer Art Wettstreit mit seinem Vater. Er wollte seine Mission schnell beenden und Toulouse früher als vereinbart erreichen, um ihm seine Fähigkeiten zu beweisen. Aber das war nur ein Teil der Wahrheit. Vor allen Dingen war es ein Wettstreit mit ihm selbst. Seit Jahren war er Ignazio auf der Suche nach heiligen oder auch weltlichen Gegenständen, mit denen sie Handel treiben konnten, von den Häfen an den Küsten bis zu Städten tief im Herzen Europas gefolgt, und der Vater hatte stets dafür gesorgt, dass er auch alles über die besuchten Städte wie auch über die verschiedenen Bereiche der Wissenschaft erfuhr, sodass er immer gebildeter und sein Blick immer geschulter wurde. Allerdings hatte er auch unangenehme Erinnerungen an diese Reisen, denn Ignazio war ein Mann, der kaum Gefühle zeigen konnte. Uberto hatte sehr darunter gelitten, zumal er in der Kindheit ganz auf den Vater hatte verzichten müssen, da dieser mehr als ein Jahrzehnt im Exil gelebt hatte, ohne jemals ein Lebenszeichen zu geben. Ignazio hatte ihn damals in die Obhut eines Klosters gegeben, sodass der Junge von seiner Familie getrennt aufwachsen musste. Obwohl Uberto die Gründe für diese Entscheidung nachvollziehen konnte, hatte er sie ihm niemals ganz verzeihen können, und auch später, als beide wieder vereint waren, hatte nichts die Einsamkeit dieser Jahre ausfüllen können. Wenn er mich nicht mehr unter seinen Fittichen hat, wird er sich endlich einmal Sorgen um mich machen müssen, hatte der junge Mann gedacht, als er die Mission von Galib übernommen hatte.

Die Reise war ohne größere Vorfälle verlaufen, nur in der Gascogne hatte es eine Woche lang ununterbrochen geregnet. Uberto hatte sich davon allerdings nicht beirren lassen. In einen dicken Umhang gehüllt war er im strömenden Regen durch ausgedehnte Birken- und Buchenhaine weiter nach Süden geritten und hatte nur darauf geachtet, dass die Erde nicht unter den Hufen seines Pferdes abrutschte. Als es endlich aufhörte zu regnen, wurde die Luft heiß und schwül, und Uberto kam durch grüne Vorgebirge, während er die Mauern von Foix und von Mirepoix hinter sich ließ.

Schließlich kam er zu einer einsamen Lichtung, die er mit instinktiv wachsendem Unbehagen überquerte, bis er auf die Überreste eines niedergebrannten Dorfes stieß. Das Feuer war eindeutig mit Absicht gelegt worden, und zwar vor nicht allzu langer Zeit, außerdem deuteten Spuren im Erdreich darauf hin, dass zwischen den Bewohnern und den Angreifern ein Kampf stattgefunden haben musste. Merkwürdig war allerdings, dass keine Leichen zu sehen waren.

Uberto wollte sich in den Ruinen nicht weiter aufhalten und setzte seinen Weg durch den Wald fort. Er folgte einem Bach, einem kleinen Nebenarm des Flusses Ariège, und als die Mittagshitze ihren Höhepunkt erreichte, machte er im Schatten der Bäume an einem Weiher Rast.

Die Reise hatte ihn erschöpft, seit Wochen hatte er sich nicht mehr rasiert, daher band er sein Pferd an einem Busch fest und genehmigte sich endlich eine Pause. Er entledigte sich seines durchgeschwitzten Wamses und tauchte die Hände in das eiskalte Nass, dann steckte er den Kopf unter Wasser und besprengte sich die Brust. Er fühlte, wie seine Lebensgeister wieder erwachten.

Nach einer kurzen Rast nahm er seinen Weg wieder auf, ließ eine Abzweigung nach Toulouse hinter sich und ritt dann den ganzen Nachmittag gemächlich dahin. Als er sich gerade Gedanken darüber machen wollte, ob er ein Nachtlager finden würde, bemerkte er, dass er am Fuße eines Berges angekommen war. Er blickte nach oben und entdeckte dort eine Burg, die im Rot der untergehenden Sonne erglühte. Die Festung von Montségur!

Die Freude darüber, sein Ziel erreicht zu haben, verlieh ihm neue

Kräfte, und so trieb er sein Pferd sofort den Weg hügelan, zunächst durch dichten Baumbestand, der dann immer steiler ansteigenden Weiden mit struppigen Büschen wich. Auf dem letzten Wegabschnitt mussten sie über nackte Felszacken, und manche Vorsprünge führten direkt ins Nichts, doch Jaloque scheute nicht ein einziges Mal.

Montségur erhob sich auf einem unwirtlichen Gipfel aus Kalkstein. Die Burg hatte eine merkwürdige Form, ähnlich der eines Pentagons, und wurde im Nordwesten von einem mächtigen Wehrturm mit rechteckigem Grundriss dominiert. Doch das Seltsamste, davon hatte Uberto schon gehört, waren die zwölf Öffnungen in seinen Außenmauern, durch die er wie ein altes Observatorium wirkte.

Plötzlich hörte er in der Nähe Männerstimmen, dann sah er zwischen den Felsen eine Gruppe Soldaten hervorkommen. Einige trugen dreieckige, »drachenförmige« Schilde, andere hatten Lanzen und Rundschilde dabei. Uberto deutete auf den Eingang der Festung, der inzwischen am Ende des Weges gut zu sehen war, und erklärte, eine Botschaft für den Burgherrn zu haben. Nach diesen Worten ließen sie ihn passieren.

Hinter den Burgmauern befand sich ein kleiner Platz, auf dem Zelte und Holzhütten standen. Trotz der späten Stunde war noch viel Volk unterwegs, zum Großteil ärmlich gekleidete Bauern.

Uberto gab Jaloque in die Obhut eines blutjungen Stallburschen, dann wandte er sich Richtung Wehrturm, da er glaubte, Raymond de Péreille dort am ehesten zu finden. Doch zunächst wurde er von der Unruhe unter den Leuten abgelenkt, die sich in der Mitte des Platzes sammelten. Von der allgemeinen Begeisterung angesteckt, folgte er den Menschen, und als er selbst zum Mittelpunkt des Geschehens vorstieß, sah er einen in eine Kutte gekleideten jungen Mann, der vor einem ehrwürdigen Greis kniete. Er richtete ein Bittgebet an ihn, das *Benedicite*, während der alte Mann ihm eine Hand auf den Kopf legte und das Vaterunser sprach.

Uberto erkannte das katharische Ritual des *consolamentum*, aber mit einer gewissen Enttäuschung stellte er fest, dass es keineswegs zu den von den katholischen Geistlichen beschworenen Gräueln und Obszönitäten kam. Niemand schnitt hier kleinen Kindern die

Kehle durch, betete Katzen an oder küsste Satans Hintern. Das Ritual bestand aus einer einfachen Fürbitte eines Jungen an einen alten Mann, er möge für ihn beten. Umberto war bewusst, dass man kaum jemals solchen Szenen in der Öffentlichkeit beiwohnen konnte.

Als das Vaterunser beendet war, hob der Junge in der Mitte des Platzes die Augen zum Himmel, er war nun im Geiste wiedergeboren. Während sich die Menge allmählich zerstreute, setzte Uberto seinen Weg zum Wehrturm fort. Wenig später hatte er ihn erreicht.

Der Turm erhob sich am Rande des Platzes, vor dem Eingang standen Wachen. Als der junge Mann das Gebäude bewunderte, bemerkte er, dass eine Frau ihn aus einem Fenster beobachtete. Sie kam ihm sehr schön vor, obwohl Sorgen sie zu belasten schienen, und so grüßte er unwillkürlich. Sie lächelte ihm kurz zu, bevor sie verschwand.

Die Stimme einer Wache rief ihn wieder in die Wirklichkeit zurück: »Fremder, Ihr könnt hier nicht stehen bleiben.«

»Ich muss den Burgherrn Raymond de Péreille sprechen«, erwiderte Uberto. »Ich habe eine Botschaft für ihn.«

Uberto wurde in die Gemächer des Burgherrn gebracht, die ganz oben im Turm lagen. Die Wachen ließen ihn vor einer großen, verschlossenen Tür warten, während sie Raymond de Péreille von seiner Anwesenheit unterrichteten. Wenig später wurde ihm der Zutritt gewährt.

Der Saal, den er betrat, war von einigen wenigen Fackeln erleuchtet, Wandteppiche schmückten die Wände, und die Bogenfenster gingen auf den Platz vor dem Turm. In der Mitte des Raumes stand ein rechteckiger Tisch.

Das flackernde Licht beleuchtete die Gestalt eines Mannes, der soeben aus dem Schatten herausgetreten war. Er war klein und untersetzt, zwischen vierzig und fünfzig, mit rotblondem Haar, das sich bereits lichtete. Sein runder Kopf wurde durch den lockigen Bart noch betont. Er trug einen blauen Umhang und eine Tunika aus rotem Samt, auf der Gürtelschnalle prangte das Wappen des Hauses Mirepoix. Das konnte nur Raymond de Péreille sein.

Ein wenig schwankend ging er in die Mitte des Saales und kniff seine verschlagenen Frettchenaugen zusammen, während er den jungen Mann vor sich musterte. Zum Gruß hob er seinen Kelch und leerte ihn auf einen Zug. »Ihr seid also Uberto Alvarez und aus Kastilien bis hierher gekommen ...«, sagte er mit rauer Stimme, dann wischte er sich mit dem Ärmel einen Speichelfaden ab, der ihm aus dem Mund gelaufen war. »Wer hat Euch noch einmal zu mir geschickt?«

»Der ehrwürdige Galib, der einst *socius* von Gherardo da Cremona war«, erwiderte Uberto, der sich nicht sicher war, ob der Mann vor ihm betrunken war oder nur so tat. »Ich habe ein Schreiben von ihm, das meine Behauptung bestätigt. Es ist an Euch adressiert.«

»Zeigt es mir«, sagte de Péreille wohlwollend. »Und macht es Euch nur bequem. Ihr seid mein Gast.«

Uberto wühlte in seiner Tasche und zog die Pergamentrolle hervor, die ihm Galib übergeben hatte. Er reichte sie dem Edelmann, dann sah er sich suchend nach einer bequemen Sitzgelegenheit um, bis er einen einladenden Stuhl mit Rückenlehne und Armstützen entdeckt hatte.

Raymond beobachtete ihn, wie er Platz nahm. »Ihr seid bestimmt müde von der Reise.«

»Ja, das bin ich«, erwiderte der junge Mann.

Der Burgherr ließ seinen Blick noch einen Augenblick auf ihm ruhen, dann überprüfte er nach außen hin gelangweilt das Schreiben. »Der Brief scheint echt zu sein ... Ja, anscheinend wurde er wirklich von Meister Galib geschrieben.« Er zog eine Augenbraue hoch. »So wie es aussieht, unterrichtet der Magister nicht mehr an der Medizinschule von Toledo ...« Er las weiter und schloss dann: »Ich würde sagen, die Lage ist ziemlich ernst.«

»Wir hoffen sehr auf Eure Unterstützung.«

Raymond wedelte mit dem Brief wie mit einem Fächer, dann ließ er die Arme sinken. »Was genau wollt Ihr von mir? Erklärt es mir kurz mit Euren eigenen Worten, die Weitschweifigkeit dieses Schreibens verwirrt mich bloß ... Vielleicht habe ich auch einfach zu viel getrunken ...«

Uberto stützte die Ellenbogen auf die Armlehne und beugte sich vor. Er nahm bei seinem Gegenüber eine gewisse Feindseligkeit wahr. »Wie Meister Galib geschrieben hat, hätten wir gern nähere Auskünfte über den Grafen von Nigredo.«

Der Burgherr lachte sarkastisch. »Ach, das ist alles. Sonst wollt Ihr nichts?«

»Der Magister hat eine alchimistische Handschrift erwähnt, die sich in Eurem Besitz befinden soll, die ›Turba philosophorum‹. Er fragt, ob man davon wohl eine Kopie erhalten könnte.«

»Um Blanca von Kastilien zu helfen?«

Uberto runzelte die Stirn und sah dem Edelmann direkt in die Augen. »Genau darum geht es.«

De Péreille wandte die Augen ab. »Es tut mir leid, mein Herr. Aber ich kann Eurer Bitte nicht nachkommen.«

Uberto war bestürzt. »Wieso nicht? Der Meister hat mir versichert …«

Raymond, dessen Miene sich zusehends verfinstert hatte, versuchte, sich zu rechtfertigen. »Ja, es ist wahr, vor vielen Jahren habe ich Galib kennengelernt und ihn auch längere Zeit sehr verehrt. Ich hätte ihn gerne für meine Gefolgschaft gewonnen, um von seinen Ratschlägen zu profitieren. Wer würde das wohl nicht wollen? Er ist ein großer, ein weiser Mann.« Er seufzte. »Dennoch hindern mich die derzeitigen Umstände daran, seine Wünsche zu erfüllen.«

»Welche Umstände denn? Erklärt es mir.«

Die Augen, die nun wieder auf Uberto ruhten, waren keineswegs die eines Betrunkenen. »Ihr scheint mir ein aufgeweckter junger Mann zu sein, Monsieur. Zweifelsohne werdet Ihr mitbekommen haben, was hinter den Mauern von Montségur vorgeht. Welche Menschen hier Zuflucht finden, will ich damit sagen.«

»Katharer, das ist offensichtlich.« Uberto lehnte sich steif gegen die Rückenlehne, er fühlte die Bedrohung. »Kaum hatte ich die Festung betreten, konnte ich schon einer Handlung beiwohnen, die man selten in der Öffentlichkeit sieht. Ein Mann hat vor den Augen aller das *consolamentum* empfangen.«

Raymond nickte, und sein Gesicht rötete sich leicht, als er ein wenig spöttisch sagte: »Ich hoffe, es hat Euch nicht verwirrt, ein Ritual mitzuerleben, das allgemein als … wie soll ich es ausdrücken … ketzerisch gilt.«

»Oh nein, wo denkt Ihr hin?« Uberto erhob beschwichtigend die Hände. »Da müssen schon andere Dinge geschehen, um mich zu verwirren.«

»Im Übrigen ist das *consolamentum* das einzig gültige Sakrament für denjenigen, der das Johannesevangelium wortgetreu befolgt. Daher bezeichnen sich die Katharer gern als *bons chrétiens*. Ihre *boni homines* hingegen, ihre Lehrmeister, werden *perfecti* genannt. Einer von ihnen ist Bernard de Lamothe, der alte Mann, den Ihr auf dem Platz gesehen habt.«

»Ich verstehe immer noch nicht, wie Euch das daran hindern könnte, Galibs Bitten zu erfüllen. Weder ich noch der Magister stören uns daran, welcher Glaubenskult hier betrieben wird.«

Raymond zuckte mit den Achseln und verlieh seiner Antwort eine spöttische Note: »Ich muss gestehen, ich habe Euch zunächst für einen Spion des Papstes oder etwas in der Art gehalten, Monsieur. Aber ich kann von mir behaupten, im Verlauf von vielen widrigen Umständen gelernt zu haben, einen Lügner zu erkennen, wenn er vor mir steht. Eure Aufrichtigkeit ist unbestritten. Doch das Gleiche kann ich nicht von dem Königreich behaupten, das Ihr vertretet. Ferdinand der Heilige ist ein strenger Katholik, wie auch seine Tante Blanca … Versetzt Euch einmal an meine Stelle. Wie kann ich Euch vertrauen?«

Uberto versuchte, seine Besorgnis zu verbergen, ganz so, wie es ihm sein Vater beigebracht hatte. »Ich vertrete keineswegs Ferdinand den Dritten. Kein Mitglied der *curia regis* Kastiliens weiß über dieses Treffen Bescheid.«

»Oh, Ihr Träumer.« Raymond de Péreille konnte kaum ein Lachen unterdrücken, als er Galibs Brief auf den Tisch legte und zu einem Tonkrug griff. »Heute Abend bin ich äußerst unhöflich, ich habe Euch noch nicht einmal etwas zu trinken angeboten. Möchtet Ihr einen Schluck von diesem ausgezeichneten Wein? Er heißt *aygue ardent* und kommt von der Oberen Garonne.«

»Nein danke.«

»Wie Ihr wollt.« Der Burgherr wirkte ein wenig enttäuscht. Dennoch füllte er sich den eigenen Kelch und führte ihn zum Mund. Nachdem er den Wein getrunken hatte, blitzten seine Augen auf. »Nichts geschieht am Hofe Kastiliens ohne die Zustimmung von Ferdinand dem Dritten und von Pater Gonzalez de Palencia. Folgt meinem Rat und unterschätzt diesen verfluchten Dominikaner nicht. Der überlässt niemals etwas dem Zufall.«

»Wollt Ihr damit sagen, dass Pedro Gonzalez persönlich in diese Angelegenheit verwickelt ist?«

»Ich will damit sagen, dass Gonzalez sich ganz sicher mit einem sehr einflussreichen Mann der Kirche aus dieser Gegend hier verbündet hat, von dem Ihr bestimmt schon gehört habt: Fulko von Marseille, dem Bischof von Toulouse.« Raymond stellte seinen leeren Kelch auf dem Tisch ab. »Nach außen sieht es so aus, als wären sie den Interessen verschiedener Reiche verpflichtet, aber letztendlich gehorchen sie beide einer einzigen Person …«

»Dem Papst«, mutmaßte Uberto.

»So ist es. Bischof Fulko erstattet dem Abgesandten des Heiligen Stuhls in Frankreich Bericht: Romano Bonaventura, dem Kardinal von Sant'Angelo. Ihm ist er treu ergeben, mehr noch als der Königin.«

»Mich interessieren diese Intrigen nicht«, erklärte der junge Mann, »ich will nur den Grafen von Nigredo finden.«

»Ihr seid naiv, Monsieur. Wovon, glaubt Ihr, reden wir die ganze Zeit? Der Graf von Nigredo steht diesen Prälaten sehr nahe, mehr, als Ihr denkt.«

»Wie könnt Ihr Euch da so sicher sein?«

»Auch der Graf von Nigredo hasst die Katharer«, antwortete der Edelmann nur. »Seine verdammten Söldner verwüsten allmählich das gesamte Languedoc, sie brennen jedes Dorf nieder, das die *bons chrétiens* aufnimmt.«

»Jetzt begreife ich …« Uberto kniff die Augen zu schmalen Schlitzen zusammen. »Aber seine Söldner töten die Einwohner nicht. Sie machen sie zu Gefangenen, oder?«

De Péreille wirkte vollkommen überrascht. »Woher wisst Ihr das?«

»Ich habe nur nachgedacht.« Für einen Moment glaubte Uberto, er habe seinen Gesprächspartner in der Hand. »Ich bin heute auf dem Weg nach Montségur auf ein niedergebranntes Dorf gestoßen. Das war zweifelsohne das Werk eines Heeres, aber ich habe keine Leichen gesehen. Erst jetzt habe ich die einzelnen Mosaiksteinchen zusammengefügt: Aus irgendeinem Grund, den ich noch nicht kenne, entführen die Truppen des Grafen Nigredo die Einwohner der katharischen Dörfer. Und Ihr zögert, mir zu helfen, da Ihr sie fürchtet.«

»In der Nähe von Montségur, habt Ihr gesagt?« Raymond ließ sich auf einen Stuhl fallen, der am Tisch stand. »Die Archonten sind weiter nach Westen vorgedrungen, als ich gedacht hatte …«

Uberto schlug empört mit den Händen auf die Armlehnen. »Wohin werden die Dorfbewohner gebracht? Und wer sind die Archonten?«

»Ihr wisst bereits zu viel, Monsieur«, sagte der Burgherr leise.

Uberto sprang auf und baute sich mit in die Seiten gestützten Fäusten vor ihm auf. »Und doch nicht genug, mein Herr. Helft mir bitte.«

Raymond schüttelte den Kopf. »Es tut mir leid. Wenn der Graf von Nigredo sich angegriffen fühlt, kann er sich als ein unerbittlicher Gegner erweisen … Und ich verfüge nicht über genügend Soldaten, um mich gegen ihn zu verteidigen.«

»Aber Ihr genießt doch den Schutz des Grafen von Foix!«

»Foix?« Der Burgherr lächelte spöttisch. »Glaubt mir, der ist im Moment mehr daran interessiert, das Fürstentum Andorra in die Hand zu bekommen.«

»Dann gebt mir wenigstens eine Kopie der ›Turba philosophorum‹«, beharrte Uberto. »Dann verschwinde ich sofort, und Ihr werdet nie mehr etwas von mir hören, das schwöre ich.«

Die Miene Raymonds de Péreille wurde hart und ließ eine Mischung aus Verschlagenheit und Bedauern erkennen. »Habt Ihr es immer noch nicht begriffen, junger Mann? Die ›Turba philosophorum‹ wird niemals diesen Ort verlassen. Sie wird hier unter dem Zeichen des Löwen im Schatten verborgen bleiben … Und auch Ihr werdet diese Festung nicht verlassen.« Er blickte zur Tür und rief laut und gebieterisch: »Wachen, ergreift diesen Mann!«

Die Tür zum Saal öffnete sich, und zwei Soldaten kamen herein, die Uberto an den Armen packten und ziemlich grob mit sich schleiften.

Der junge Mann wehrte sich erbittert und warf Raymond wütende Blicke zu. »Das könnt Ihr nicht tun! Ihr habt kein Recht, mich einzusperren! Handelt, wie es Euch Eure Ehre gebietet!«

Der Burgherr verzerrte wütend sein Gesicht. »Ehre ist ein Luxus, den ich mir nicht leisten kann, Junge.« Er zeigte auf ein Fenster, das auf den Hof ging. »Schau dir die Menschen an, die hier innerhalb der Burg wohnen. Was müssten sie erleiden, wenn diese Mauern belagert würden? Und meine Familie? Welches Schicksal würde ihr zuteil? Wie kannst du glauben, dass ich in einem Moment wie diesem an Ehre denken kann? Ich habe nur eine einzige Mission, und die heißt, Montségur zu verteidigen.« In einer unerwarteten schnellen Bewegung packte er den Brief von Meister Galib und hielt ihn an die Fackel, damit die Flamme ihn verzehren konnte. Sein Mund verzog sich dabei zu einem unerbittlichen Grinsen. »Was mich anbelangt, so kann Blanca von Kastilien in alle Ewigkeit in den Gängen von Airagne verrotten.«

Uberto hörte dies gerade noch, ehe die Tür hinter ihm und den beiden Soldaten zuschlug, die ihn die Treppe hinunterzerrten und in einen unterirdischen Kerker warfen. Erst da, allein in der Dunkelheit, überwältigte ihn die Verzweiflung.

Er konnte natürlich nicht wissen, dass gerade ganz in der Nähe Dinge geschahen, die sein Leben für immer verändern sollten.

8

Bruder Blasco da Tortosa lief mit nervösen Trippelschritten durch das Verhörzimmer zum einzigen Fenster und blickte hinaus auf die hügelige Landschaft, die still im Mondlicht dalag. In dieser Nacht roch man einen Hauch von salziger Meeresbrise. Wahrscheinlich brachte sie der Wind von der katalanischen Steilküste herüber oder eher noch von den Stränden des Languedoc. Wenn er ans Meer dachte, wurden in ihm immer Erinnerungen an seine Kindheit wach.

Nachdem er einmal tief durchgeatmet hatte, wandte er sich mit gerunzelter Stirn wieder nach drinnen, wo ein junger Franziskaner, der an einem Schreibtisch saß, und ein Riese von einem Sarazenen mit tiefdunkler Haut auf seine Befehle warteten. Vor allem der Maure, der den Namen Kafir trug, war ihm treu ergeben. Bruder Blasco war vor etlichen Jahren auf einem Sklavenmarkt bei Barcelona auf ihn gestoßen. Er hatte ihn freigekauft, um ihn dann mit viel Geduld zum Christentum zu bekehren, und hatte in ihm einen verschwiegenen und treuen Diener gefunden.

Bruder Blasco wedelte gleichgültig mit der Hand. »Für den Moment ist es genug, Kafir. Lass sie zu Atem kommen.«

Auf diese Worte hin näherte sich der Maure einem großen Holzbecken, das in der Mitte des Raumes stand und ihm bis zur Brust ging. Aus dem bis zum Rand mit Wasser gefüllten Becken ragten zwei kleine weiße Füße hervor. Sie hingen an einem Seil, das über eine an der Decke befestigte Rolle geführt wurde.

Kafir packte das Tauende und zog mit seinen muskulösen Armen daran. Daraufhin tauchte aus dem Wasser der reglose Körper einer jungen Frau auf, die kopfüber hing.

Bruder Blasco musterte die weibliche Gestalt ungerührt. Auf der Suche nach einem Lebenszeichen trat er an sie heran und kämpfte gegen die Verführung durch dieses junge, anziehende Gesicht an, von dem dicke schwarze Locken schwer herabhingen.

Die Brust der Gefangenen zog sich auf einmal krampfartig zusammen, und ihr Gesicht verzerrte sich bei dem anschließenden Hustenanfall.

»Sie lebt, Gott sei Dank«, rief der Franziskaner schrill hinter seinem Schreibtisch hervor, und da er nicht umhinkam, die nackte Schönheit der Frau zu bewundern, räusperte er sich verlegen. »Man sollte sie besser in ihre Zelle zurückbringen, damit sie sich erholen kann.«

»Erst wenn sie uns geantwortet hat«, erklärte Blasco da Tortosa unerbittlich. Dann bemerkte er, dass die Gefangene nun wieder regelmäßig atmete, und knurrte drohend in ihre Richtung: »Nun denn, Weib, gibst du zu, dass du eine Ketzerin bist?«

Man hörte ein leises »Nein …«.

»Lügnerin, gerade erst hast du das Gegenteil gestanden.«

»Ihr habt mich tagelang hungern und dursten lassen …«, stieß sie hervor und hustete wieder. »Das war die einzige Möglichkeit, damit Ihr mir wenigstens etwas zu trinken gabt …«

»Und, bist du nicht zufrieden? Jetzt hast du so viel Wasser, wie du willst.« Bruder Blasco klammerte sich am feuchten Beckenrand fest und konnte gerade noch einen wollüstigen Schauder unterdrücken. »Sag mir, du Schlange des Bösen, gehörst du der Sippe der Katharer an? Oder bist du etwa eine Waldenserin?«

»Nein …«

»Dann betest du vielleicht die *foeminae sylvaticae* oder die drei *fatae* an. Viele Dorfbewohner hegen heimlich diesen Aberglauben. Ist das auch bei dir der Fall?«

»Nein …«, flüsterte die junge Frau wieder.

»Lügen! Alles Lügen!«, schrie der Mönch erbost. »Man hat dich hier in der Nähe aufgegriffen, an den Grenzen des Languedoc. Du irrtest in der Gegend umher und hast etwas vom Grafen von Nigredo und von den Archonten gefaselt. Sagst du mir jetzt endlich, woher du kommst? Du bist nicht von hier, du sprichst Latein, aber mit einem fremden Akzent.«

»Ich komme aus der Hölle … von einem Ort des Feuers und des flüssigen Metalls …«

»Du willst dich weiter über mich lustig machen! Dir werd ich's

77

zeigen …« Bruder Blasco fuhr zornig mit der Hand durch die Luft. »Kafir, lass das Seil ab!«

Der Maure gehorchte, und ehe die junge Frau noch Luft holen konnte, war sie schon wieder im Becken versunken. Sie zappelte im Wasser, während sich die Haare um ihr Gesicht wickelten wie Algen. Ihre Hände, die hinter ihrem Rücken gefesselt waren, konnten nichts ausrichten, wodurch sich dieses Gefühl der Ohnmacht, das sie als noch schlimmer als das Ersticken und die Angst empfand, ins Unermessliche steigerte und ihr Denken ausfüllte. Die Tatsache, dass andere nach ihrem Gutdünken über ihren Körper verfügen konnten, dass sie sie gefangen halten und unerhörten Demütigungen aussetzen konnten, ließen in ihr einen stummen Zorn auflodern. Allein diese Wut bewahrte sie davor, sich völlig der Verzweiflung hinzugeben, und ließ sie jede Demütigung ertragen. Es war, als ob eine unbekannte Seite ihrer Seele, härter und mutiger, aus dem Schatten hervorgetreten wäre, um sie an die Hand zu nehmen.

Der Franziskaner ließ den Griffel fallen, mit dem er gerade alles aufgezeichnet hatte, und sprang verzweifelt auf. »Wir dürfen sie nicht auf diese Weise quälen! Niemand hat sie einer Verfehlung beschuldigt. Welches Recht haben wir –«

»Wir haben jedes Recht dazu, Pater Gustave«, wies ihn Bruder Blasco in die Schranken. »Die Dekretale ›Ad abolendam‹ erlaubt es uns, Menschen, die der Ketzerei verdächtigt werden, zu befragen, auch ohne dass es Zeugen dafür gibt. Und darüber hinaus gebietet uns das Vierte Laterankonzil, jede Abweichung des Glaubens zu unterbinden …«

»Doch Folter ist nicht erlaubt …«

»Und wieder irrt Ihr, mein Lieber. Bei einem Verhör erlaubt das ›Decretum Gratiani‹ drei Ausnahmen, bei denen die Folter angewendet werden darf: von einem Ankläger des Bischofs, bei einem Sklaven oder einem Verdächtigen aus dem gemeinen Volk. Und das ist ganz eindeutig hier der Fall.« Bruder Blasco zog ein noch grimmigeres Gesicht. »Ich weiß, was ich tue. Beschränkt Euch darauf, das Protokoll des Verhörs zu verfassen, und schaut nicht mehr so erschrocken drein.«

Pater Gustave versank hinter den Papieren auf seinem Schreibtisch, nahm das Tintenfass hoch und starrte gebannt auf die bebende Wasseroberfläche. »Lasst sie in Gottes Namen hochziehen. Sie wird das nicht mehr lange durchhalten.«

»Sie kann mehr ertragen, als Ihr Euch vorstellen könnt.«

Unter Wasser nahm die junge Frau nur dumpfe, verzerrte Töne wahr, die von außerhalb des Beckens zu ihr drangen. Sie wusste, dass man über sie sprach, doch dies war ihr gleichgültig, denn allmählich machte sich eine gewisse Betäubung in ihr breit. Wirre Bilder jagten durch ihren Kopf, bis sie plötzlich ein aufgewühltes Meer vor sich sah. Die Wellen brachen sich schäumend und laut donnernd an den von grünen Algen bewachsenen Felsen, während sich draußen auf offener See ein schrecklicher Strudel auftat …

Ein plötzliches Rauschen und das wiedergewonnene Gefühl des eigenen Gewichts rissen sie aus ihrem Wachtraum. Sie musste so heftig husten, dass es mehr einem Würgen glich. Keuchend schnappte sie nach Luft, während ihr magerer Körper hilflos in der Luft hing.

Der unerbittliche Bruder Blasco war sofort wieder bei ihr. »Sprich endlich! Sag mir, wer der Graf von Nigredo ist!«

»Ich weiß es nicht … Das weiß niemand …«

»Das glaube ich dir nicht. Sag es mir, oder ich lasse dich wieder eintauchen.«

Die erneute Androhung von Folter fuhr ihr wie ein Nagel ins Hirn, und wieder loderte diese Wut in ihr auf, die sie nicht zu unterdrücken vermochte. Und die andere Seite ihres Ichs, die in einem Winkel ihres Kopfes lauerte, brach sich instinktiv Bahn. »Er ist der Teufel! Bist du nun zufrieden?«, schrie sie. »Der Teufel! Der Teufel! Und jetzt lass mich gehen, Verfluchter! Mach mich los! Ich will hier weg! Mach mich looos!«

Pater Gustave sprang wieder höchst erregt auf. »Das sind Fieberphantasien. In diesem Zustand ist sie nutzlos für uns.«

Die Frau, die weiter kopfüber dahing, hörte gar nicht mehr auf zu schreien, Schaum bildete sich um ihren Mund wie bei einer Besessenen, bis schließlich ihre Augen nach innen sanken und sie ohnmächtig wurde.

»Verfluchte Hexe«, rief Bruder Blasco erbost. »Sie hat einen Weg gefunden, sich dem Verhör zu entziehen.« Ungehalten darüber, dass er ihr einen Aufschub gewähren musste, wandte er sich an den Mauren. »Binde sie los und bring sie in ihre Zelle zurück, Kafir. Aber sie soll nicht glauben, dass sie so davonkommt. Morgen werden wir weitermachen, und zwar mit der Streckbank.«

Die Verliese befanden sich in den unterirdischen Gewölben des Klosters. Um dorthin zu gelangen, musste man die Folterkammer verlassen, die in einem eigenen Gebäude untergebracht war, um die Ruhe der Mönche nicht zu stören, und dann einen Garten durchqueren, der an offenes Land angrenzte.

Kafir warf sich die bewusstlose junge Frau über die Schulter, der er nur einen groben Leinenkittel übergezogen hatte, um ihre Blöße zu bedecken, und folgte Bruder Blasco und Pater Gustave aus dem Saal. Sie liefen durch einen schmalen Gang zum Ausgang und ließen sich dabei vom Schein zweier Fackeln zu dessen Seiten leiten.

Als sie nur noch wenige Schritte vom mächtigen Portal entfernt waren, vernahmen sie von der anderen Seite ein seltsames Kratzen.

Blasco da Tortosa lauschte und sah prüfend durch den Spion nach draußen, doch bis auf eine harmlose Wiese konnte er dort nichts erkennen. Vielleicht war es ja bloß der Wind gewesen oder das Rauschen der Zweige, sagte er sich und drehte den Schlüssel mehrmals, um die Tür zu entriegeln. Er war niemand, den man so leicht ins Bockshorn jagen konnte. Vor Jahren hatte er an der Seite von Petrus Nolascus den Sarazenen vor Mallorca die Stirn geboten. Trotzdem entfuhr ihm ein Schreckensschrei, nachdem er die Tür geöffnet hatte.

Im Dunkel der Nacht funkelten ihn zwei Wolfsaugen an. Ein schwarzes Fellbündel stürzte sich auf ihn, und unter Knurren gruben sich Reißzähne in seine Kehle. Er schrie noch lauter.

Kafir ließ das Mädchen fallen und zog sein Kurzschwert aus der Scheide, die er seitlich am Gürtel trug. Er war der einzige bewaffnete Mann weit und breit, daher musste er einschreiten. Er schob Pater Gustave beiseite und starrte gebannt das Tier an, das über dem Mönch kauerte. Er zögerte einen Moment, denn diesem Anblick haftete etwas Teuflisches an. Dann hob er die Klinge und wollte sie auf die angreifende Bestie niedersausen lassen, doch etwas hielt ihn zurück. Zwei magere, noch feuchte Arme hatten sich auf einmal mit überraschender Kraft um seinen Hals geschlungen. Das Mädchen! Der Maure schrie außer sich vor Wut auf und versuchte, sie abzuschütteln.

Doch sobald er sich von ihr befreit hatte, griff ihn der schwarze Hund an. Er fiel zu Boden, das Tier hatte sich tief in seinen rechten Unterarm verbissen, während sich das Mädchen seine vorübergehende Hilflosigkeit zunutze machte, um ihm das Schwert abzunehmen. Drohend schwang sie es über ihren Kopf, bereit, ihn zu töten, und starrte ihn mit ihren jadegrünen Augen hasserfüllt an. Doch sie schlug nicht zu. Nach einem kurzen Moment der Unentschlossenheit ließ sie die Waffe fallen und lief weg.

Als der Hund sah, wie sie davoneilte, ließ er von Kafir ab und folgte ihr.

Der Maure erhob sich, während sein rechter Arm schmerzvoll pochte, näherte sich dem in einer Blutlache zusammengekrümmt daliegenden Bruder Blasco und beugte sich über ihn. Der Brustkorb des Mönchs hob und senkte sich unregelmäßig und immer schwächer.

Der Hund hatte ihm die Kehle aufgerissen, doch plötzlich stammelte der Mönch noch etwas: »Es ist um mich geschehen … lauf … töte diese *foemina sylvatica* … töte sie für mich.«

Ehrerbietig versprach ihm der Sarazene dies, während das Leben aus dem schroffen, ungewöhnlich blassen Gesicht des Mönches wich. Gehorchen, das war es, er musste nur gehorchen. Das hatte er von Kindesbeinen an gelernt. Und das würde er tun. Einen Moment später hatte er schon sein Schwert aufgehoben und eilte fort, während Pater Gustave immer noch schreckensstarr am Boden kauerte.

Als er in den Hof trat, konnte er gerade noch zwei dunkle Schatten erkennen, das Mädchen und den Hund, ehe sie jenseits des windschiefen Zauns in der Dunkelheit der Felder verschwanden.

9

Der Kerker, in den Uberto eingesperrt worden war, erwies sich als nicht ganz so finster wie erwartet. Die Wände waren aus Kalkstein und immerhin so hoch, dass er aufrecht stehen konnte, der Boden war sauber und mit Stroh ausgelegt. Sogar ein Lager gab es, doch nachdem Uberto es begutachtet hatte, vermied er es, sich dort hinzulegen, da es darin nur so vor Flöhen wimmelte. Er rollte sich lieber auf dem Boden vor der verrammelten Tür seines Gefängnisses zusammen.

Zwei Tage vergingen, in denen nichts anderes passierte, als dass sich das Licht änderte, das durch eine schmale Fensteröffnung hereinfiel, während die weite Welt draußen, deren ferne Geschehnisse hier nicht wahrnehmbar waren, sich über ihn lustig zu machen schien.

Uberto, der keine geschlossenen Räume ertrug, von Nichtstun ganz zu schweigen, versank in tiefen Kummer. In den Tagen davor, während er über die Hochebenen von Aragonien und des Languedoc geritten war, hatte er sich groß und erwachsen gefühlt und gemeint, die Welt in Händen zu halten. Sogar als er Raymond de Péreille gegenübersaß, hatte er bis zum letzten Moment noch geglaubt, er könnte ihn überzeugen, da er sich für gewitzter und intelligenter hielt. Stattdessen hatte er sich wie ein absoluter Dummkopf benommen! Er war so begierig gewesen, seine Mission zu erfüllen, dass er unbedacht gehandelt hatte. Das war die Wahrheit. Dass er sich nun in dieser misslichen Lage befand, hatte er überwiegend sich selbst zuzuschreiben. Er hätte vorsichtiger handeln, seine Worte besser abwägen und ahnen müssen, was der Burgherr plante … Am meisten ärgerte ihn jedoch, dass er bei einer Aufgabe versagt hatte, die sein Vater vermutlich mit Leichtigkeit gemeistert hätte. Fast meinte er, seine tadelnden Worte zu hören, weil er sich so unbesonnen verhalten hatte, und lächelte bitter. Allerdings hätte er in diesem Moment die Vorwürfe lieber von ihm höchstpersönlich gehört, anstatt hier in diesem Kerker eingesperrt zu sein. Vor allem wenn er daran dachte, dass man ihn hier gut und gern verrotten lassen konnte, ohne dass irgendjemand erfuhr, was für ein Ende er genommen hatte.

Doch in der dritten Nacht seiner Gefangenschaft tat sich etwas. Uberto schreckte aus einem unruhigen Schlaf hoch und bemerkte, dass die Zellentür erzitterte, dann hörte er das Knarren des Schlosses und sah, wie die Tür aufging. Eine zierliche Gestalt huschte herein und erhellte das Verlies mit ihrer Öllampe. Eine Frau.

Uberto erkannte sie nicht sofort, aber dann erinnerte er sich, dass er sie vor seiner Begegnung mit de Péreille an einem Fenster des Wachturms gesehen hatte. Inzwischen war er aufgesprungen, bereit, die Gelegenheit zur Flucht zu nutzen. »Wer seid Ihr?«, fragte er.

Leichtfüßig kam sie näher und sah ihm direkt in die Augen. Ehe sie das Wort an den eingekerkerten jungen Mann richtete, beleuchtete sie sein Gesicht mit der Öllampe. »Ich bin Corba Hunaud de Lanta, die Ehefrau von Raymond de Péreille.«

Uberto nickte zögerlich, er hatte schon von ihr gehört. Sie war eine gute Partie für de Péreille gewesen, da sie mit dem Grafen von Toulouse verwandt war, doch das Haus, aus dem sie stammte, war auch für seine Neigung zum Ketzertum bekannt, die von den *perfecti* der Katharerbewegung unterstützt wurde.

Trotz seiner misslichen Lage kam Uberto nicht umhin zu bemerken, wie schön die Frau war. Sie hatte ein fein geschnittenes Gesicht, lange kastanienbraune Haare, und trotz ihrer Zierlichkeit konnte man im Halbdunkel erkennen, dass sie hochgewachsen war. Vermutlich war sie sogar ein wenig größer als er selbst. Sie trug einen knöchellangen gelben *bliaut* und hatte einen blauen Schal um die Schultern gelegt.

»Was wollt Ihr hier in diesem Kerker?«, fragte er sie und versicherte sich mit einem Blick über ihre Schulter, dass sich nicht noch jemand dort in der Dunkelheit verbarg. Er war sich nicht sicher, was er von diesem unerwarteten Besuch halten sollte, doch er würde sich nicht ein zweites Mal überrumpeln lassen. »Die unterirdischen Verliese sind bestimmt kein Ort für eine Edelfrau.«

»Ich verstehe Euer Misstrauen, Monsieur.« Corbas Stimme klang beinahe zärtlich. »Doch Ihr sollt wissen, dass ich gekommen bin, um Euch zu befreien.«

»Das verstehe ich nicht … Euer Mann …«, stammelte Uberto.

»Wundert Euch nicht. Auch wenn Ihr es kaum glauben könnt, ich tue dies auch in seinem Interesse.«

»Seid Ihr Euch da sicher? Der Burgherr schien mir gegenüber nicht besonders wohlgesinnt zu sein.«

»Ihr müsst Raymonds Verhalten entschuldigen«, seufzte sie. »Für gewöhnlich ist er nicht so harsch, aber vor zwei Tagen, als er Euch empfangen hat, war er tief erschüttert. Er war gerade erst aus Labécède zurückgekehrt, wohin er in Verkleidung gereist war, um sich nach dem Schicksal einiger guter Freunde zu erkundigen, die man gefangen genommen hatte. Doch er ist zu spät gekommen. Sie waren bereits von Bischof Fulko als Ketzer verurteilt und zusammen mit ihren Angehörigen auf dem Scheiterhaufen verbrannt worden.«

»Es tut mir leid. Das konnte ich nicht wissen.«

Corba nickte. »Ich weiß, wie schwer es ist, Raymond zu verstehen. Er ist keineswegs feige, doch er macht sich große Sorgen um die, die ihm nahestehen. Und habt Verständnis, wir durchleben schwierige Zeiten … Seit Langem wird Montségur von der Kirche als Zufluchtsort der Katharer angeprangert. Und wenn wir uns nun auch noch den Grafen von Nigredo zum Feind machen …«

»Dann wäre das Euer Ende«, ergänzte Uberto. »Euer Gemahl hat mir dies bereits erklärt. Aber sagt mir, seit wann stellt der Graf von Nigredo für Euch eine Bedrohung dar?«

»Im Grunde erst seit Kurzem. Bis vor ein paar Monaten war der Graf von Nigredo nur eine Legende, die sich um fast vergessene Ereignisse spann. Man munkelte über ihn, dass er ein grausamer Alchimist sei. Als wir nun entdeckten, dass sein Name mit jüngsten Ereignissen in Verbindung stand, waren wir sehr bestürzt.«

Uberto legte sich nachdenklich eine Hand ans Kinn. »Raymond ist überzeugt, dass der Graf von Nigredo mit gewissen hochrangigen Kirchenmännern unter einer Decke steckt.«

»Das denke ich ebenfalls, Monsieur. Doch seine Beziehungen zur Kirche sind rätselhaft. Seit er das Languedoc verheert, scheint der Graf von Nigredo ein merkwürdiges doppeltes Spiel zu treiben. Als er Blanca von Kastilien entführte, sah es so aus, als wolle er den Süden Frankreichs vor der Tyrannei des Pariser Hofes schützen, doch dann haben seine Söldner begonnen, die Dörfer des Umlandes zu zerstören, und zwar vorzugsweise die Ansiedlungen der *bons chrétiens*.«

»Er verfolgt also die Katharer … Er raubt die Bewohner ganzer Dörfer … Warum tut er das?«

Corba sah ihn aufmerksam an und steckte nun heimlich einen kleinen Dolch mit vergifteter Klinge zurück in eine Tasche ihres Gewandes. Sie hatte ihn aus Vorsicht die ganze Zeit in der rechten Hand verborgen gehalten. Jetzt wusste sie, dass sie ihn nicht benötigte. »Das müsst Ihr herausfinden. Ihr könnt unserer Sache dienlich sein. Aus diesem Grund habe ich beschlossen, meinem Mann zuwiderzuhandeln und Euch ohne sein Wissen zu befreien.«

»Ihr wagt viel, edle Dame.«

»Spart Euch Eure Worte und folgt mir lieber.« Corba bedeutete ihm, die Zelle zu verlassen. »Doch Ihr sollt wissen, dass jedes Wagnis erlaubt ist, wenn es dem Schutz von Montségur dient. Ihr werdet das vielleicht nicht begreifen, denn Ihr kennt ja die Lehre der *perfecti* nicht. Sie lehren uns, die Materie zu verleugnen und den Geist zu preisen. Unsere Körper sind Gefängnisse, die uns an das irdische Leben fesseln und uns von der Reinheit fernhalten.«

Der junge Mann zuckte mit den Schultern, er war zu sehr dem Verstand verbunden, um der Faszination von irgendwelchen mystischen Lehren zu erliegen. »Ich begreife nur eins, edle Dame: Wenn die Kirche die *perfecti* verfolgt, dann nur, weil sie sie fürchtet.«

Corba lächelte ein wenig. »Nun lasst mich Euch nach draußen führen.«

Uberto zögerte noch, da er sich an seine eigentliche Mission erinnerte. »Wartet, wenn Ihr mir wirklich helfen wollt, dann händigt mir die ›Turba philosophorum‹ aus. Dieses Buch ist einer der Gründe, weshalb ich hier bin.«

Die Edeldame erschrak so heftig, dass die Flamme in ihrer Öllampe nervös zuckte. »Das zu finden wird nicht einfach sein. Es ist in einem *clusel* verborgen, einem unterirdischen Versteck. Ich kenne zwar den Weg dorthin, doch nur mein Mann weiß, wo genau sich die von Euch gewünschte Handschrift befindet.«

»Wenn Ihr nichts dagegen habt, edle Dame, möchte ich es dennoch versuchen.«

Die Frau nickte.

Gemeinsam schlichen sie sich aus den Verliesen, sorgsam darauf bedacht, nicht von den Wachen gesehen zu werden. Uberto war überrascht, mit welcher Sicherheit sich Corba in den unterirdischen Gewölben von Montségur bewegte. Sie stiegen noch weiter hinab zu den tiefer liegenden, weitverzweigten Geschossen der Festung, bis sie schließlich zu einem langen Tunnel kamen, von dem keine Seitengänge mehr abzweigten.

»Der Ort, zu dem wir wollen, heißt ›Stein des Lichts‹«, erklärte Corba de Lanta.

»Davon habe ich schon gehört«, sagte Uberto, »doch ich dachte immer, es handele sich dabei um eine Art Reliquie, wie den Heiligen Gral.«

Corbas Gesicht nahm einen verträumten Ausdruck an. »In gewisser Weise ist er das auch, aber genauer gesagt handelt es sich dabei um einen Raum, in dem das Wissen der *perfecti* aufbewahrt wird. Das Wissen ist im Fels eingeschlossen, so wie das Licht in der Dunkelheit.«

»Gestattet mir eine Frage«, fuhr der junge Mann fort. »Warum wird eine einfache Handschrift wie die ›Turba philosophorum‹ so sorgsam gehütet?«

»Weil sie das Werk der Anhänger von Pythagoras und Hermes Trismegistos ist.«

»Und weshalb sollte sie mir helfen, den Grafen von Nigredo zu besiegen?«

»Vielleicht wisst Ihr ja eins nicht. Die Kopie der ›Turba philosophorum‹, die hier aufbewahrt wird, stammt aus dem Besitz des Grafen von Nigredo, des Burgherrn von Airagne. In der Handschrift, die Ihr sucht, geht es um Alchimie, und sie wurde benutzt, um jenen Ort zu errichten. In ihr sind also dessen Geheimnisse verzeichnet.«

»Airagne …«, wiederholte Uberto nachdenklich. »Wo befindet sich diese Burg?«

»Irgendwo im Languedoc. Wo genau, weiß keiner.«

Konnte es sein, dass er auf nichts eine Antwort bekam? Doch der junge Mann gab nicht auf. »Wer hat denn die ›Turba philosophorum‹ hierhergebracht? Sie wird ja wohl kaum vom Himmel gefallen sein.«

Inzwischen waren sie am Ende des langen Ganges angelangt. Corba blieb vor einer Öffnung im Fels stehen, die rechts und links von einer Kalksteinsäule eingerahmt wurde. Der Eingang zum Stein des Lichts.

Doch ehe sie diesen ehrwürdigen Ort betraten, sah sich Corba zu einer Antwort genötigt. »Die ›Turba philosophorum‹ wurde von einer Frau hierhergebracht, die aus Airagne geflohen ist. Das geschah vor vielen Jahren, als ich noch nicht mit Raymond verheiratet war.« Sie schloss die Augen, als könne sie sich so besser erinnern. »Als sie nach Montségur kam, sprach diese Frau vom Grafen von Nigredo und von Airagne. Damals kannte noch niemand diese Namen. Die Legenden, die daraufhin in Umlauf gerieten, basieren alle auf ihren Erzählungen. Ehe die Frau weiterzog, übergab sie Raymond die ›Turba philosophorum‹ und bat ihn, sie im Stein des Lichts zu verbergen. Das Buch dürfe dem Grafen von Nigredo nie wieder in die Hände fallen, denn er hätte es dann nur für finstere Zwecke verwendet. Viel mehr hat sie nicht erzählt, ehe sie verschwand. Einige sagen, sie sei nach Spanien gegangen, andere behaupten, ihr in Frankreich begegnet zu sein.«

»Über die Burg von Airagne hat sie nichts weiter erzählt?«

»Sie beschrieb sie als einen Ort, der der Hölle gleicht, eine heiße Gruft, in der die Menschen Schreckliches erdulden müssen.« Corba nahm eine Fackel aus einem Halter neben dem Eingang, entzündete sie an der Flamme ihrer Öllampe und reichte sie Uberto. »Doch jetzt folg mir, es ist an der Zeit, den Stein des Lichts zu betreten.«

Als Uberto die Schwelle überschritten hatte, stieß er einen überraschten Laut aus. Der Stein des Lichts war ein riesiger kreisrunder Saal, den man in den Fels geschlagen hatte. Die Mitte des Raumes wurde von einem runden Tisch bestimmt, an den Wänden standen etwa ein Dutzend Bücherschränke. Ein uralter Ort, der eine so majestätische weihevolle Atmosphäre verströmte, dass er die Würde jedweden Klosterkreuzgangs in den Schatten stellte.

»Der Stein des Lichts ist das geheime Herz von Montségur«, erklärte Corba stolz. »An keinem Ort der Welt werdet Ihr solch ein Heiligtum finden, das man in den nackten Felsen gegraben hat.«

Uberto hatte in seinem Leben schon zahlreiche Bibliotheken gesehen, von denen einige auch in Geheimkammern von Klöstern und Schlössern untergebracht waren, aber keine davon hatte unter der Erde gelegen. Wäre Ignazio an seiner Stelle hier gewesen, hätte er seine Begeisterung bestimmt nicht zügeln können. Doch Uberto war nicht zu seinem Vergnügen hier, daher machte er sich sofort daran, die Bücherschränke zu untersuchen, und versuchte zu entdecken, nach welchen Gesichtspunkten sie angeordnet waren, um einen Weg zu finden, sich die Suche zu erleichtern. Es waren zwölf Schränke, alle regelmäßig im gleichen Abstand zueinander um den Tisch angeordnet. Jeder stand genau unter einem Sternzeichen, das in die Decke eingehauen war. Als Uberto dieses Detail bemerkte, kam ihm ein Satz in den Sinn, den er vor Kurzem gehört hatte, und plötzlich hatte er eine Eingebung. »Wenn Ihr die Wahrheit gesprochen habt, dann ist in einem dieser Schränke die ›Turba philosophorum‹ versteckt«, sagte er, ohne eine Bestätigung von ihr zu erwarten.

»Genau so ist es, Monsieur.« Das Gesicht der Frau wurde streng. »Euch ist allerdings nur gestattet, das mit Euch zu nehmen, wonach Ihr sucht. Ihr müsst mir versprechen, nichts sonst anzurühren. Das Wissen der *boni homines* muss innerhalb dieser Mauern verbleiben, sonst besteht die Gefahr, dass es in die ganze Welt zerstreut wird.«

»Ich werde nichts in Unordnung bringen«, versprach ihr Uberto, und während er aufmerksam die Sternzeichen an der Decke studierte, wuchs in ihm die Sicherheit, dass er die richtige Eingebung gehabt hatte. »Ich glaube, dass Euer Gemahl, ehe er mich einsperren ließ, mir unbewusst den Standort des Buches verraten hatte«, sagte er und rief sich noch einmal das Gespräch mit Raymond ins

Gedächtnis. »›Sie wird immer im Schatten unter dem Zeichen des Löwen verborgen bleiben‹, hat er gesagt … Das muss ihm so herausgerutscht sein, weil er sich nicht vorstellen konnte, dass ich einmal hierhergelangen oder die Bedeutung seiner Worte verstehen könnte … Aber es ist sicher ein wichtiger Hinweis, und jetzt weiß ich auch, worauf er sich bezog!«

Unterdessen war er zu dem Schrank gegangen, der sich unter einem dem griechischen Omega ähnlichen Symbol befand. »Dieser Bücherschrank steht unter dem Zeichen für das Sternbild des Löwen.« Uberto öffnete den Schrank und sah die Bücher darin durch. »Also muss die ›Turba philosophorum‹ sich hierin befinden.«

Doch es blieb immer noch eine schwierige Aufgabe, das Buch zu finden, denn in dem Schrank konnte man zahlreiche Handschriften verschiedenster Art erkennen. Auf fünf Regalen waren gebundene Bücher, mehr schlecht als recht geheftete Pergamentsammlungen und riesige, mit Lederbändern verschlossene Rollen untergebracht. Das spärliche Licht erleichterte die Suche nicht gerade, ganz abgesehen von der Tatsache, dass Uberto sich seiner Sache keineswegs so sicher war, wie er vorgab. Er wollte jedoch vor den Augen dieser Frau keine Unentschlossenheit zeigen, da er fürchtete, sie könnte daraufhin beschließen, ihn aus dem Stein des Lichts wegzubringen. Außerdem blieb ihm nur wenig Zeit. Früher oder später würde man seine Flucht entdecken, daher sollte er so schnell wie möglich aus dieser Festung verschwinden … Aber es waren so viele Bände, und sie waren einander oft so ähnlich. Hier hätte er Ignazios scharfen Verstand und seine Kaltblütigkeit gebraucht, um schnell aus dieser schwierigen Situation zu entkommen!

Uberto wühlte sich eine ihm schier endlos erscheinende Zeit durch die Bücher, bis er einen kleinen gebundenen Kodex aus dem Schrank zog. »Das muss es sein«, rief er triumphierend.

Er zeigte Corba das Buch, das er auf der ersten Seite aufgeschlagen hatte. Der Text begann mit den Worten: *»Arisleus genitus Pitagorae, discipulus ex discipulis Hermetis gratia triplicis, expositionem scientiae docens …«*

»Seid Ihr sicher?«, fragte die Edelfrau nach.

»Ja. Die Anfangsworte dieses Kodex stimmen mit dem überein, was Ihr mir gerade eben eröffnet habt. Sie beziehen sich sowohl auf Hermes Trismegistos als auch auf Pythagoras. Ersterer wird auch in anderen Büchern erwähnt, aber Pythagoras' Name erscheint ausschließlich hier.« Er blätterte wieder in der Handschrift, um eine Bestätigung seiner Worte zu finden, und stieß auf viele Sätze, die die verschiedenen Phasen der Behandlung von Materie und das Brauen von alchimistischen Mischungen beschrieben. »Ja, ich bin mir sicher«, wiederholte er. »Dieses Buch ist ganz bestimmt die ›Turba philosophorum‹.«

Mit unergründlichem Blick trat Corba an ihn heran. »Dann müssen wir jetzt nur noch dafür sorgen, dass Eure Flucht gelingt.«

Mit der Fackel in der Hand schritt Corba voran und leuchtete Uberto den Weg durch einen unterirdischen Gang, der vor die Mauern von Montségur führte. Der junge Mann folgte ihr, ohne zu zögern, denn er wusste, dass die meisten okzitanischen Burgen über Geheimgänge verfügten, durch die man im Falle einer Belagerung fliehen konnte. Doch etwas anderes blieb ihm ein Rätsel. Ihm gelang es einfach nicht, Corba de Lanta völlig zu durchschauen. Er bewunderte sie, ja er fühlte sich von ihr sogar angezogen, so wie es immer der Fall war, wenn er auf eine schöne und gefährliche Frau traf, aber ihr Wagemut verschlug ihm die Sprache. Außerdem hatte sie etwas an sich, das ihn ermahnte, stets auf der Hut zu sein. Corba war eine kluge Frau und musste zweifellos großen Einfluss auf Raymond haben.

»Ehe ich in den Kerker kam, um Euch zu befreien, habe ich angeordnet, dass man Euer Pferd nach draußen vor die Festung bringt«, erklärte die Edelfrau, die so gelassen voranschritt, als würde sie durch ihren Garten lustwandeln.

Uberto nickte dazu nur, während er die Handschrift der »Turba philosophorum« fest umklammerte. Nun, da er sie gefunden hatte, hatten sich seine Pläne geändert. Er musste zunächst unbedingt zu Ignazio.

Ein Windhauch kündigte das baldige Ende des Tunnels an, und

wenige Schritte später sahen sie tatsächlich einen Lichtschein, der draußen auf ein paar Grasbüschel fiel. Es dämmerte bereits, und Spatzengezwitscher empfing sie, als sie ins Freie traten.

Sie befanden sich in einem Pinienhain, der sich an der Südflanke des Berges entlangzog, an dieser Stelle konnte man am besten ungesehen fliehen. Als Uberto sich nach der Burg umsah, erkannte er die steile Felswand auf der Westseite und hoch oben die grauen Umrisse der Festung von Montségur. Zum ersten Mal fiel Uberto auf, dass sie einem riesigen Schiff glich.

»Beeilt Euch, Ihr seid noch nicht in Sicherheit«, trieb ihn Corba an, löschte die Fackel und legte sie neben den Einstieg des Geheimgangs. Sie würde ihr auf dem Rückweg noch gute Dienste leisten.

Sie folgten einem zwischen den Bäumen verborgenen Pfad, bis sie ein schwarzes Pferd sahen, das an einem Busch angebunden war. Neben dem Tier stand ein Junge, der wie ein Stallbursche gekleidet war und ihnen entgegenlief, sobald er sie bemerkte. »Madame, Madame, endlich!«, rief er aus. »Ich hatte schon Angst, dass Ihr nicht mehr kommen würdet!«

»Gut gemacht, Isarn«, erwiderte sie. »Jetzt kannst du wieder zurück zu den Stallungen gehen. Aber erzähl keinem von dem Gefallen, um den ich dich gebeten habe.«

Der Junge grinste schelmisch. »Ja, Madame.«

Uberto sah ihm nach, wie er schnell wie ein Hase im Unterholz verschwand, dann ging er zu Jaloque, der bei seinem Anblick mehrfach freudig geschnaubt hatte.

»Es steht Euch frei zu gehen, Monsieur.« Corba reichte ihm ein Krummschwert. »Das hier gehört Euch, ich habe es für Euch bei den Wachen geholt, die es Euch abgenommen haben, bevor sie Euch in den Kerker warfen.«

Der junge Mann nahm die *jambiya* und steckte sie in seinen Gürtel, dann bemerkte er, dass am Sattel des Pferdes auch sein Bogen, der Köcher und die Satteltasche befestigt waren.

»Es ist alles vorhanden«, versicherte ihm die Edelfrau.

Er verbeugte sich vor ihr und schwang sich in den Sattel. »Ohne Euch hätte ich das niemals geschafft, edle Dame. Ihr habt meine

91

Achtung und meine Loyalität gewonnen. Wie kann ich es Euch vergelten?«

Corba de Lanta kniff die Augen zusammen, sodass sie so weise und unerbittlich wirkte wie eine Eule. »Verhindert das Massaker an den Katharern. Findet die Wahrheit über den Grafen von Nigredo heraus und nehmt ihm seine Macht. Werdet Ihr das tun?«

»Ich schwöre es Euch«, erwiderte er, dann gab er dem Pferd die Sporen und verschwand zwischen den Büschen der Macchia.

Jaloques Hufe trugen ihn mit erstaunlicher Geschwindigkeit dahin. Schon am frühen Nachmittag hatte Uberto Montségur weit hinter sich gelassen und ritt über einen mit Wildblumen übersäten Abhang, die »Turba philosophorum« sicher in seiner Satteltasche verstaut. Sein nächstes Ziel hieß nun Toulouse, aber er musste sich beeilen. Durch die Gefangennahme hatte er drei Tage verloren, wahrscheinlich würde sein Vater nun doch vor ihm dort eintreffen.

Plötzlich spielte sich vor seinen Augen eine unerwartete Szene ab. Nicht allzu weit von ihm entfernt tauchte unvermittelt dort, wo der Pfad direkt am dichten Wald entlangführte, ein Mädchen aus dem Unterholz auf und rannte auf dem Weg weiter. Ein großer schwarzer Hund lief neben ihr her. Einen Augenblick später erschien ein Ritter von maurischem Aussehen auf einem geschecktem Streitross. Er sah sich suchend um, und als er das Mädchen erblickte, zückte er sein Schwert und machte sich an die Verfolgung.

Die Lage der Fliehenden war aussichtslos.

Uberto handelte ganz instinktiv. Er trieb Jaloque den Abhang hinunter, heftete sich dem Unbekannten an die Fersen und zog dann seitlich an ihm vorbei. Rasch hielt er auf das Mädchen zu, und kurz bevor er sie erreicht hatte, lehnte er sich so weit nach rechts, dass seine Muskeln bis aufs Äußerste gespannt waren. Als er bei ihr war, streckte er den Arm aus und packte sie im Galopp.

Das Mädchen wehrte sich wie ein Raubtier in der Falle, und Uberto bekam es mit gespannten Muskeln und wirbelnden schwarzen Haaren zu tun. Doch gleich darauf bemerkte die flüchtende junge Frau, dass er sie gerettet hatte, und beruhigte sich, sodass er sie

92

zu sich in den Sattel heben und seine Aufmerksamkeit wieder ganz Jaloque widmen konnte. Ihr Herz klopfte wie verrückt.

»Das werden wir nie schaffen! Er wird uns einholen!«, schrie sie angsterfüllt.

»Nicht mit diesem Pferd!« Uberto hielt die ledernen Zügel fest in der Hand.

10

Burg von Airagne

Zweiter Brief – Albedo

Mater luminosa, *als ich das erste Portal der Nigredo durchschritt, sah ich die unvollkommene Materie, die im Feuer gereinigt wurde, und von dem Moment an war mein Schritt durch den* jardin *der Alchimie leichter und beschwingter. Aber um meine Absichten darzulegen, werde ich einfache Worte verwenden: Ich arbeitete wie beim Spinnen, wenn man den Faden Rohwolle von der Spindel holt. Und der Faden, den ich aus der* Nigredo *gewann, war sehr hell und klar. Das ist die zweite Arbeit des Werkes,* Albedo, *das weiße Portal, das die Philosophen wegen seines Glanzes Lucifer nennen.*

Flackernd fiel der Schein der Kerze auf das nachdenkliche Gesicht von Kardinal Bonaventura. Ein heftiges Pochen in der Stirn kündigte wieder einmal Kopfschmerzen an.

Lucifer, der Dämon, dachte er, während er den zweiten Brief in das Kästchen zu den anderen zurücklegte. Zwei weitere warteten darauf, von ihm gelesen zu werden.

Langsam erhob er sich aus dem Stuhl, während ein nur allzu vertrauter Schmerz ihm den Nacken und die mächtigen Schultern verkrampfte. Wo waren seine Mitgefangenen? Humbert de Beaujeu erforschte wohl wieder die unterirdischen Gewölbe, und Blanca von Kastilien war ebenfalls seit Stunden verschwunden. Er konnte sich beim besten Willen nicht vorstellen, womit die Frau ihre Zeit innerhalb dieser Mauern verbrachte.

Er sah sie immer seltener, und wenn sie sich dann trafen, beschränkten sich ihre Unterredungen nur auf das Nötigste. Es störte ihn, sich eingestehen zu müssen, wie sehr ihm das missfiel.

Während der Schmerz in seinen Schläfen pochte, lief er ziellos im Turm umher, bis er plötzlich Gesang vernahm, der direkt aus einem Nebenzimmer zu kommen schien. Er spitzte die Ohren. Eine liebliche Melodie, gesungen von einer Männerstimme.

Neugierig schlich der Kardinal näher, obwohl die gebückte Haltung für seine massige Gestalt ziemlich unbequem war. Auf Zehenspitzen gelangte er zu einem mit Vorhängen verdeckten Eingang. Der Gesang kam dort aus dem Zimmer:

Celle que j'aime est de tel signeurie
que sa biautez me fait outrecuider …

Die Männerstimme brach abrupt ab, und man hörte das Lachen einer Frau.

Romano Bonaventura konnte der Versuchung nicht widerstehen und schob die Vorhänge einen Spaltbreit auseinander, um ins Zimmer spähen zu können. Was er dort sah, verschlug ihm die Sprache und bescherte ihm unverzüglich einen stechenden Schmerz in den Schläfen.

Hinter den Vorhängen befand sich ein von Kerzen erleuchtetes Schlafgemach, auf dem Bett ruhte ein Liebespaar. Der Kardinal von Sant'Angelo riss vor Überraschung die Augen auf und betrachtete ungläubig die Frau, die vollständig nackt dort lag. Es war Blanca von Kastilien. Um ihren Gespielen zu erkennen, musste er sein Gedächtnis ein wenig bemühen, doch dann erinnerte er sich. Es war Thibaut, der vierte Graf der Champagne und Vasall der französischen Krone.

Was machte der Graf der Champagne hier im Turm der Burg Airagne? Doch momentan erschien dem Kardinal diese Frage zweitrangig. Er musste gerade gegen Gefühle ankämpfen, von denen er niemals gedacht hatte, dass er ihrer fähig wäre, er empfand eine Mischung aus Ekel und Eifersucht.

Thibaut setzte sich gerade auf, sodass die Laken herabrutschten und den Blick auf seine glatte, mächtige Brust freigaben. »Bitte, Madame«, sagte er, »lasst mich Euch ein anderes *chanson* singen …«

Blanca gab seinem Wunsch nicht statt. »Ich kenne Eure Talente als Troubadour nur zu gut, mein Lieber, aber Gesang ist nicht das, wonach es mich jetzt verlangt …«

Romano Bonaventura spürte, wie seine Halsschlagadern zornig anschwollen. Oh ja, da zeigte sich die »Dame Hersent«, die zügellose und grausame Wölfin! In dem Moment hätte er sie gern bei der Kehle gepackt, gewürgt und misshandelt und beobachtet, wie das Leben aus ihr wich, doch noch lieber wäre er selbst dort im Bett an der Stelle des jungen Grafen gewesen. Oh, dieses Weib hatte zwei Gesichter! Ihm gegenüber zeigte sie sich züchtig und sittsam, doch ihren Bettgenossen gab sie sich wie eine billige Dirne hin.

Thibaut ließ sich wieder vernehmen: »Wartet, Madame, ich muss Euch noch etwas sagen. Der Graf von Nigredo hat mich rufen lassen, um –«

Diese Worte trafen Blanca wie ein Peitschenhieb.

»Das erwähnt Ihr erst jetzt!« Sie kniete sich abrupt hin und schob sich eine Locke aus dem Gesicht. »Habt Ihr vielleicht angenommen, es sei für mich nicht von Belang, dass Ihr im Auftrag desjenigen hier seid, der mich auf dieser Burg gefangen hält?«

Der Graf hob beschwichtigend die Arme. »Ich habe nur eine Botschaft des Grafen erhalten, in der man mir gestattete, Euch zu sehen, und dann …«

»Und dann was …?« Blancas Brust hob und senkte sich empört. »Habt Ihr etwa vor, Euch in die Dienste des Grafen von Nigredo zu stellen? Möchtet Ihr Euch mit ihm verbünden?«

Thibaut zog sich unter die Decken zurück, doch er wollte den Zornesausbruch seiner Geliebten keinesfalls unwidersprochen hinnehmen. »Was habt Ihr denn gedacht? Dass ich brav wie ein Hündchen kusche und zusehen werde, wie man mir meine Lehen wegnimmt?« Er breitete bedauernd die Arme aus, was erneut das Spiel seiner kräftigen Brustmuskeln betonte. »Ihr hattet mir mehr Privilegien für meine Ländereien versprochen, doch nichts habt Ihr gehalten! Anscheinend muss man Euch gegenüber entschiedener auftreten, so wie dieser Mauclerc.«

Blanca presste wütend die Lippen aufeinander und vergrub die Finger in ein Kissen. »Ach, so ist das also! Hinter der Geschichte steckt dieser Mauclerc, der Herzog der Bretagne!«

»Aber nein, was sagt Ihr denn da … Er hat damit nichts zu tun …«

Blanca schleuderte das Kissen fort, stürzte sich auf ihren Liebhaber und trommelte mit ihren Fäusten gegen seine Brust. »Wer schmiedet sonst noch Ränke gegen mich?«, fragte sie kampfeslustig. »Seid Ihr gekommen, um mich zu erpressen?«

»Keineswegs, Madame.« Thibaut ergriff Blancas Handgelenke. »Der Graf von Nigredo hat mich rufen lassen, um mit mir über Euch zu sprechen. Versteht Ihr jetzt?« Da Blanca nun ruhig war, ließ er sie los.

Der Gesichtsausdruck der Königin wechselte schnell von Zorn zu Verachtung. »Armer Schwachkopf, das wusste ich längst! Merkt Ihr denn nicht, dass ich mit Euch spiele? Mich empört nur, dass Ihr mir das bis jetzt verschwiegen habt.« Sie zog sich von ihm zurück und bedeckte ihre Blöße mit einem Laken. »Verlasst sofort mein Bett, Thibaut. Ich nahm an, Ihr wärt mir treu ergeben. Ihr habt mir versichert, Ihr würdet mich lieben, und was tut Ihr?«

»Aber ich liebe Euch doch, das habe ich Euch bereits bewiesen.« Thibaut musterte sie mit seinen undurchdringlichen Augen. »Habt Ihr das etwa schon vergessen? Ich habe für Euch Euren Ehemann getötet.«

Als Bonaventura das hörte, hätte er vor Überraschung beinahe das Gleichgewicht verloren und sich so verraten. Dann stimmte es also! Die Gerüchte, die er am Hof gehört hatte, entsprachen der Wahrheit, die Königin hatte Thibaut verführt, um ihn für sich als Komplizen zu gewinnen. Ludwig der Achte war keineswegs an einer Krankheit gestorben, die er sich auf dem Kreuzzug gegen die Albigenser zugezogen hatte, er war vergiftet worden! Nur wenigen war ja gestattet worden, seinen Leichnam zu untersuchen, als er, eingenäht in eine Ochsenhaut, nach Paris zurückgebracht worden war.

Immer noch völlig bestürzt über diese Enthüllung beugte der Kardinal von Sant'Angelo sich wieder vor, um weiter zu lauschen. War ihm inzwischen etwas entgangen? Nein, die »Dame Hersent« hatte ihre Position nicht verändert und sah ihren Liebhaber nicht an.

»Ihr habt Euch nicht gerade ritterlich verhalten, als Ihr ihn getötet habt«, warf Blanca ihm nun vor. »Jeder kann einen Mann vergiften.

97

Gift ist eine Waffe für Feiglinge.« Sie strich sich eine widerspenstige Locke hinters Ohr. »Und wenn der Graf von Nigredo Euch bitten würde, andere Verbrechen für ihn zu begehen?«

Thibaut de Champagne lachte kurz auf. »Jetzt wettert Ihr wieder gegen den Grafen von Nigredo, Madame, doch Ihr seid ihm gar nicht so unähnlich.«

»Wie meint Ihr das?«

»Auch Ihr verfolgt insgeheim dunkle Pläne. Ich weiß von dem Geld, das Ihr dem Schatz der Krone entnommen und nach Kastilien geschickt habt, um Ferdinand den Dritten, den Sohn Eurer Schwester, zu unterstützen.« Thibaut näherte sich ihr erneut, langsam glitt er über das Lager auf sie zu wie eine große Schlange. »Und Ihr habt Euch nicht sonderlich gegen die Mordpläne gewehrt, denn Ihr strebt nach Macht. Wir alle verfolgen dieses Ziel, vor allem der Graf von Nigredo, wer auch immer er ist.«

Blanca senkte verführerisch die Lider und ließ das Leintuch sinken, mit dem sie ihre Blöße bedeckt hatte. »Graf Thibaut, man nennt Euch den ›Troubadour‹ wegen der *chansons d'amour*, die Ihr so gern und gut vortragt, doch nur wenige wissen, dass Eure Zunge schärfer ist als ein Schwert.«

Er nahm die Einladung an, beugte sich über sie und küsste sie auf den Hals. »Und das erregt Euch, nicht wahr, Madame?«

»Vielleicht.« Blanca stöhnte lüstern. »Wenn Ihr mein Verlangen befriedigt …«

Und während die Worte der Königin in Seufzer übergingen, fragte sich Romano Bonaventura, ob diese zügellose Schlange insgeheim Beziehungen zum Grafen von Nigredo unterhielt. Vielleicht wurde sie ja von ihm erpresst oder steckte sogar mit ihm unter einer Decke.

Humbert de Beaujeu versuchte, sich im Dunkeln zurechtzufinden, seine Pupillen waren stark geweitet, und der Schweiß stand ihm auf der Stirn. Bei seiner ersten Erkundung der unterirdischen Gänge war er unerwartet auf einen Haufen Elendsgestalten gestoßen, doch nun hatte er ein ganz anderes Problem. Er hatte sich verirrt.

Als er die Gänge unter der Burg erforscht hatte, war er an eine von zahlreichen schmalen Kanälen durchzogene Stelle gekommen, durch die flüssiges Metall floss. Dann war er weiter nach unten vorgedrungen, wo Gestank und Lufttemperatur erträglicher waren.

Er ahnte, dass er sich nun nicht mehr unterhalb des Mittelturms der Burg befand, sondern weiter südlich, vielleicht in der Nähe eines der acht anderen Türme innerhalb der Burgmauern. Wenn er recht hatte, würde das die Möglichkeiten für eine Flucht erhöhen, denn früher oder später musste er auf einen Gang stoßen, der wieder an die Oberfläche führte, und zwar außerhalb der Festungsmauern. Doch der Gang, dem er folgte, hatte sich mehrfach verzweigt, sodass er schon seit einer Weile die Orientierung verloren hatte. In der Dunkelheit war es nicht leicht, einen klaren Kopf zu behalten, denn sie schien alle Gedanken in sich aufzusaugen.

Um sich Mut zu machen, klammerte er sich an eine Erinnerung aus jüngster Zeit, an das Gespräch, das er mit König Ludwig dem Achten an dessen Sterbebett geführt hatte.

»Kommt näher, mein Cousin, hier zum Kopfende meines Lagers …«, hatte ihn der Monarch mit matter Stimme gebeten.

»Ich bin hier, Majestät. Zu Eurem Befehl«, war Humberts Antwort gewesen.

»Im Namen der Blutsbande, die uns einen, und der Treue, die Ihr mir entgegenbringt, Ihr müsst mir eines schwören.«

»Alles, was Ihr verlangt, Sire.«

Der König hatte ihn aus fiebrigen Augen angeblickt. »Versprecht mir, dass Ihr über meine Gemahlin wachen werdet.«

Humbert war einen Schritt zurückgewichen. »Aber Sire, Ihr …«

Ludwig hatte sich unruhig auf seinem Lager hin und her geworfen. »Ich werde heute Nacht sterben, mein Cousin, und diese Aufgabe würde ich keinem anderen übertragen.«

»Aber man munkelt, dass diese Frau Euch untreu ist …«

»Wie könnt Ihr es wagen!« Hier hatte ein Hustenanfall den Monarchen unterbrochen, nach dem er keuchend um Luft ringen musste. Jedes Wort musste ihn unglaubliche Anstrengung kosten. »Ich liebe sie … Was sonst zählt?«

»Nichts anderes zählt, Majestät. Ihr habt recht. Im Namen des Erzengels Michael schwöre ich, sie zu beschützen.«

Ludwig hatte erleichtert gelächelt. Er würde in Frieden sterben.

Ein pfeifender Laut brachte Humbert wieder in die Gegenwart zurück. Dieses Geräusch hatte er schon beim letzten Mal vernommen, doch jetzt hatte er den Eindruck, es sei lauter geworden. Es klang regelmäßig und kräftig, wie das Heulen des Windes im Gewittersturm.

Humbert ließ sich von diesem Laut leiten, bis er zu einer Treppe kam. Er folgte den Stufen nach unten, obwohl er nicht wusste, was ihn dort erwarten würde.

Zu seiner großen Überraschung sah er in einem geräumigen Gewölbe erneut eine Menschenmenge, ähnlich jämmerlich zugerichtet wie die elenden Gestalten, denen er beim ersten Mal begegnet war. Diese hier bewegten riesige Blasebalge, die auf die Öffnung eines gewaltigen Schmelzofens ausgerichtet waren.

Ein äußerst seltsamer Anblick. Diese Apparaturen hoben und senkten sich wie gigantische Lungen aus Leder, dabei sogen sie die Luft mit einem lauten Pfeifen ein und stießen sie ebenso geräuschvoll wieder aus. Das also war die Ursache dieses Heulens!

Plötzlich brach einer der Arbeiter vor Erschöpfung oder wegen der Hitze zusammen. Das schien allerdings nichts Ungewöhnliches zu sein, denn die Wachen, die am Rand des unterirdischen Raumes standen, sahen nur gelangweilt hinüber und sorgten dann für Ordnung. Damit die Sterbenden sich nicht am Boden aufhäuften, ließen sie sie an die Seite zerren und sogleich durch neue Arbeiter ersetzen.

Der *lieutenant* beobachtete lange das Geschehen, beeindruckt davon, was diese Menschen leisteten, während ihm allmählich klar wurde, was dort vor sich ging. Die Blasebälge dienten dazu, die Hitze in dem Ofen zu regulieren, sodass das Feuer die nötige Temperatur zum Schmelzen des Metalls erreichte, das dann in die schmalen Kanäle der Gänge über ihren Köpfen floss.

Er befand sich also mitten in einer riesigen Gießerei, das sah er, aber er wusste immer noch nicht, wozu diese Arbeit diente. Was schmiedete der Graf von Nigredo in diesen unterirdischen Gewölben?

Er warf noch einen letzten Blick auf die elendiglichen Gestalten, die sich um die Blasebälge drängten. Sie schienen etwas zu murmeln, eine Klage, oder vielleicht war es auch ein Gebet. Doch als er die Worte verstand, erinnerte er sich, dass er sie schon einmal gehört hatte. *»Miscete, coquite, abluite et coagulate.«*

11

Als der Tag dämmerte, setzte sich Willalme auf einen Felsblock am Ufer der Garonne, zog seinen Säbel aus der Scheide und legte ihn sich über die Knie. Er bewunderte wieder einmal die grau gescheckte Mittelrippe, dann überprüfte er die Schärfe der Klinge, indem er sie zwischen Daumen und Zeigefinger hindurchzog. Jede Kerbe oder Scharte, die er mit den Fingern ertastete, war an schlimme Erinnerungen geknüpft, die er noch einmal durchlebte, während er die Klinge mit einem kleinen Wetzstein schärfte.

Ignazio saß ganz in seiner Nähe am Rand des erloschenen Feuers. Er ging gerade noch einmal ihre bisherige Route durch. Vor über drei Wochen waren sie aufgebrochen. Sie hatten die Pyrenäen überquert und waren weiter nach Südosten gezogen, wo sie auf den Lauf der Garonne gestoßen waren, dem sie dann flussaufwärts folgten, bis sie die Grenzen der Grafschaft Toulouse erreichten. Doch da sie gestern kein Quartier gefunden hatten, hatten sie die Nacht unter freiem Himmel verbringen müssen.

Obwohl es nun nicht mehr weit war bis zu Bischof Fulko, war ihre Stimmung getrübt. Seit sie französisches Gebiet betreten hatten, waren sie auf viele Spuren von Verwüstung gestoßen, eindeutig das Werk von Soldaten. Doch die Schäden waren nicht überall gleich schwer, alles deutete darauf hin, dass die Verursacher unterschiedliche Ziele verfolgt hatten. Bis vor drei Tagen waren sie ausschließlich auf Dörfer gestoßen, die niedergebrannt worden waren, allerdings hatten sie dort weder Leichen noch Überlebende entdeckt. Und seit sie die Grafschaft von Toulouse durchreisten, waren die Verwüstungen weniger gegen die Einwohner direkt gerichtet, vielmehr hatte man dort Felder und Kornspeicher zerstört. Zunächst schien es das Ziel gewesen zu sein, die Einwohner auszuplündern und vielleicht auch sie selbst zu entführen, nun wollte man wohl die Landbevölkerung wirklich aushungern.

Ignazio da Toledo massierte sich die Schultern und den Nacken.

Obwohl er eine robuste Konstitution hatte, konnte er als ein Mann von fünfzig Jahren nicht mehr ungestraft eine Nacht im Freien verbringen. Doch seine Schmerzen waren im Moment zweitrangig. Ignazio konzentrierte sich vielmehr darauf, eine Verbindung zwischen seiner Mission und der Vergiftung von Galib herzustellen. Am wahrscheinlichsten war, dass sein alter Lehrmeister die Geheimnisse irgendeines Gelehrten aus dem Dunstkreis von Ferdinand dem Dritten herausgefunden hatte, wofür auch die Art und Weise sprach, wie er getötet worden war. Der Mörder konnte kein gemeiner Soldat gewesen sein, sondern musste zumindest über genügend Bildung verfügen, um das Teufelskraut extrahieren zu können. Und das gab Ignazio ziemlich zu denken. Vielleicht drohte ihm ja ähnliche Gefahr. Aber noch etwas beunruhigte ihn. Erst jetzt war ihm wirklich klar geworden, dass er Uberto auf eine Reise durch ein vom Krieg gebeuteltes Land geschickt hatte, wo er Gefahren aller Art ausgesetzt war. Es war völliger Wahnsinn gewesen, Galibs Bitte nachzugeben.

Philippe de Lusignan hatte inzwischen sein Morgengebet beendet, er faltete die *carpitte* aus Wolle zusammen, auf der er geschlafen hatte, und näherte sich Willalme, um dessen Säbel zu betrachten. »Das ist eine seltsame Waffe für einen christlichen Soldaten«, sagte er und konnte das Misstrauen in seiner Stimme nicht verhehlen. »Sie würde sich besser in den Händen eines Sarazenen machen.«

»Es war ja auch ein Sarazene, der sie mir geschenkt hat«, erwiderte der Franzose, während er weiter seine Waffe schärfte. »Ein islamischer Pirat, ähnlich denen von Mallorca, die Ihr so fürchtet.«

»Ich fürchte niemanden«, widersprach Philippe leicht verärgert. »Aber sagt, warum hat Euch ein Ungläubiger mit einem solchen Geschenk bedacht?«

Willalme zuckte mit den Achseln. »Nachdem ich meine Familie verloren hatte, schiffte ich mich ins Heilige Land ein in der Überzeugung, dass mich dort ein besseres Schicksal erwarten würde … Stattdessen wurde ich wie ein Sklave an die Mauren verkauft.« Auf seinen meist freundlichen Zügen erschien ein bitteres Lächeln. »Mein Herr war vielleicht ein Pirat, doch er war kein Wilder. Er brachte mir die Kunst der Navigation und das Kämpfen bei, und vor seinem Tod schenkte er mir seinen Säbel.«

Der Komtur wirkte überrascht. »Ihr habt an der Seite von maurischen Piraten gekämpft?«

»Ja, und damals brachte ich viele ›Heidentöter‹ von Eurem Schlag um.«

Philippe musterte ihn voller Verachtung. »Ich glaube, für Eure Sünden gibt es keine Vergebung.«

Willalme schaute auf und ließ seine kaum noch zu zügelnde Wut erkennen. »Ich gebe nichts auf Eure Meinung, Monsieur. Ihr seid so von Euch überzeugt, dass Ihr sogar den Grund vergessen habt, aus dem Ihr kämpft. ›Liebet Eure Feinde‹, sagt das Evangelium. Ihr dagegen verdammt schon *mögliche* Feinde zum Scheiterhaufen.«

»›Lasse deinen Zorn über sie kommen, oh Herr; deine brennende Wut soll sie umhüllen‹«, psalmodierte der Komtur grimmig und sah Willalme dabei herausfordernd an. »Die Feinde der Kirche müssen bezwungen werden. Das erklären auch Alain de Lille und Anselm von Lucca!«

»Sagt das meiner Familie, die grundlos von Fanatikern wie Euch ausgelöscht wurde!«, schrie Willalme außer sich vor Zorn und ließ seinen Säbel durch die Luft wirbeln.

»Genug jetzt! Wir sollten uns wieder auf den Weg machen«, ging Ignazio dazwischen und erhob sich. Wenn er noch länger gewartet hätte, hätten die beiden ihre Auseinandersetzung sicher mit Waffen ausgetragen. Auch er hegte keine besondere Vorliebe für Philippe de Lusignan, aber er wusste um dessen Einfluss bei Hofe und wollte keinen Ärger heraufbeschwören.

Philippe wollte die Angelegenheit jedoch nicht auf sich beruhen lassen und deutete mit dem Finger auf Ignazios Gefährten. »Dieser Mann ist verrückt!«

»Ein Grund mehr, ihn in Ruhe zu lassen!«, erwiderte der Händler aus Toledo gleichgültig. Er richtete seinen Blick in die Ferne, wo man die Befestigungsmauern einer großen Stadt sah. »Brechen wir lieber auf, anstatt zu streiten. Toulouse ist nicht mehr weit, wir werden die Stadt noch vor dem Abend erreichen.«

Sie sammelten ihre wenigen Habseligkeiten auf und machten sich auf den Weg. Unterwegs lenkte Willalme stumm den Karren, er hielt den Kopf gesenkt und die Lider halb geschlossen. Ihm stand wieder vor Augen, wie sein Vater gestorben war und wie seine Mutter und seine Schwester von der Menge verschluckt wurden … Und dann erinnerte er sich an das schlimmste Erlebnis von allen, nämlich wie er zwischen all den Leichen erwacht war, kurz bevor die Kirche niedergebrannt wurde.

Bevor man nach Toulouse gelangte, musste man die kleine Ortschaft Saint-Cyprien durchqueren, die am Südwestufer der Garonne lag. Der Fluss, dessen Lauf mehr oder weniger einen rechten Winkel beschrieb, trennte den Vorort vom Rest der Stadt, die sich im sanften Licht der Abendsonne vor ihnen abzeichnete.

Ignazio erinnerte sich, dass er vor zehn Jahren schon einmal hier in der Nähe vorbeigekommen war, als Toulouse von den französischen Kreuzrittern belagert wurde. Es schien ihm, als wären seit der Schlacht erst wenige Tage vergangen, denn ihm fiel auf, dass in Saint-Cyprien immer noch deutlich die Zeichen der Verwüstung und des Elends zu sehen waren. Die Gebäude fielen beinahe zusammen, auf den Wegen stand in den Wagenrillen die Jauche, und am Wegrand türmten sich Abfallhaufen. Versehrte Soldaten, Huren und Bettler lungerten neugierig und gierig wie Ratten in den Hauseingängen, aber schlimmer noch war der Anblick der Kinder, die mit großen hungrigen Augen in den Ruinen herumsuchten.

Sobald sie den Fluss erreicht hatten, besserte sich die Lage. Die Luft wirkte klarer, die Straßen waren sauberer, und anstelle der heruntergekommenen Hütten säumten Werkstätten und Läden ihren Weg. Etwas weiter unten am Ufer liefen viele Männer geschäftig hin und her und beluden die Schiffe, die dort ankerten. Aus einem Grüppchen, das sich um ein Lagerfeuer versammelt hatte, löste sich bei ihrem Näherkommen ein kräftiger Soldat von olivfarbenem Teint, der etwa um die dreißig sein mochte und Lederwams und Reiterstiefel trug. »*Comendador!*«, rief er freudig aus und lief den drei Neuankömmlingen entgegen.

Philippe hielt sein Pferd an. »Thiago da Olite!«, rief er zurück. »Bist du es wirklich?«

»Ja, *comendador*«, erwiderte der Soldat. »Ich warte seit zwei Tagen auf Euch. Ich habe mich eigens hierhin gesetzt, um Euch auf keinen Fall zu verpassen.«

Thiago hörte man an, dass er aus Navarra stammte. Ignazio und Willalme musterten ihn neugierig. Er musste zu der Eskorte gehören, die ihnen nach Toulouse vorausreiten sollte. Somit war er ein Untergebener von Philippe de Lusignan und vor allem von Gonzalez de Palencia.

»Ich bin froh, dich wiederzusehen, Thiago.« Philippe blickte zu dem Lagerfeuer hinüber, von dem der Soldat gekommen war, konnte dort aber nur eine Schar Tagediebe entdecken, die sie nicht beachteten. »Wo hast du deine Gefährten gelassen?«

Der Soldat zögerte kurz und ballte die Fäuste um seinen Gürtel, an dem er einen langen Kampfdolch, den *baselard*, trug, dann antwortete er: »Kurz bevor wir die Grafschaft von Toulouse erreichten, wurden wir angegriffen. Ich habe als Einziger überlebt und nur durch ein reines Wunder.«

»Was? Das ist doch völlig unmöglich. Ihr wart doch zehn Ritter vom Calatrava-Orden und bis an die Zähne bewaffnet! Wie konnte man Euch überwältigen?«

»Es waren zu viele und noch dazu gut ausgerüstet. Sie sind aus dem Unterholz hervorgebrochen und haben uns eingekreist. Noch ehe es zum Schwertkampf kam, waren drei von uns schon ihren Armbrüsten zum Opfer gefallen.«

»Zu welchem Heer gehörten sie?«

»Ich kann es nicht sagen, *comendador*. Ihr Wappenzeichen zeigte nur eine schwarze Sonne auf gelbem Grund.«

Philippe nickte beinahe feierlich, dann wechselte er einen sprechenden Blick mit Ignazio. »Die Archonten, die Soldaten des Grafen von Nigredo.«

Thiago riss überrascht die Augen auf. »Einige von ihnen haben diesen Namen gerufen!«

»Offensichtlich kennen diese verfluchten Bastarde unseren Plan und möchten diesen vereiteln. Wir müssen uns sofort mit Bischof Fulko treffen. Er wird uns sagen, wie wir vorgehen sollen.«

»Leider wird das nicht so einfach sein«, wandte der Soldat ein. »Der Bischof weilt nicht in der Stadt.«

»Was redest du denn da?«

Thiago sah de Lusignan an, dann wanderte sein Blick zu Ignazio und Willalme, alle drei wirkten höchst überrascht. »Anscheinend wisst Ihr wirklich nichts …«, stellte er fest. »Als ich den Archonten entkam, bin ich nach Toulouse geflüchtet, um Bischof Fulko über Eure bevorstehende Ankunft zu unterrichten, doch ich musste eine traurige Wahrheit entdecken. Der Herr über diese Stadt, Graf Raimund der Siebte, ist ein Gegner der Kirche und widersetzt sich der Krone. Er hat den Bischof aus seinem Amtssitz vertrieben. Im Moment versteckt sich Fulko irgendwo hier in dieser Gegend, beschützt von einem Heer getreuer Anhänger, die sich die ›Weiße Bruderschaft‹ nennen.«

»Ich kenne die Weiße Bruderschaft.« Philippe verschränkte die Arme vor der Brust. »Doch zunächst müssen wir herausfinden, warum keiner von uns über die veränderte Lage Bescheid wusste. Das ist merkwürdig. Schließlich hat Fulko uns um unsere Hilfe für Königin Blanca gebeten. Warum hat er nicht erwähnt, dass er die Stadt verlassen musste?«

»Dafür gibt es drei Möglichkeiten«, überlegte Ignazio laut. »Vielleicht wollte Fulko nicht riskieren, dass Fremde erfahren, wo er sich versteckt hält, für den Fall, dass seine Briefe, die er nach Kastilien schickte, in die Hände von Spitzeln gelangt wären. Oder er wollte verschweigen, wie kritisch die Lage ist, weil das König Ferdinand den Dritten davon hätte abhalten können einzugreifen, oder«, er legte die Stirn nachdenklich in Falten, »und das ist die dritte Möglichkeit, Pater Gonzalez und Ihre Majestät wussten über alles Bescheid und haben uns ganz bewusst im Unklaren gelassen.«

»Eure letzte Überlegung ist unannehmbar«, brauste Philippe auf. »Das würde ja bedeuten, dass wir von unserem eigenen Herrscher und von einem seiner Untergebenen verraten wurden, der noch dazu ein Mann der Kirche ist.«

Der Händler aus Toledo zuckte nur mit den Schultern, während er sich fragte, ob Philippe de Lusignan wirklich nicht eingeweiht war. Er misstraute ihm. Dieser Mann hatte im Laufe seines Lebens schon zu oft die Seiten gewechselt und sich als finster und unbeständig erwiesen, vielleicht wäre er selbst Verrat gegenüber nicht abgeneigt. »In jedem Fall müssen wir sehen, wie wir mit dieser unangenehmen Situation umgehen«, sagte er. »Wenn wir etwas über Blancas Entführung erfahren wollen, müssen wir unbedingt mit Bischof Fulko sprechen.« Er wandte sich an Thiago. »Gibt es eine Möglichkeit, zu ihm zu gelangen?«

»Ich denke schon«, erwiderte der Soldat. »In Toulouse bei der Kathedrale von Saint-Étienne halten sich Männer auf, die ihm immer noch treu ergeben sind, sie gehören zur Weißen Bruderschaft. Sie werden bestimmt wissen, wo er sich versteckt. Aber ein Treffen mit ihnen kann uns in Gefahr bringen. In der Stadt sind der Adel und das Heer aufseiten von Raimund dem Siebten und der Katharer. Falls sie hinter unsere Absichten kommen, werden wir ein schlimmes Ende nehmen.«

Philippe reckte stolz das Kinn. »Nun denn, dieses Wagnis werden wir eingehen.«

Von der Mole von Saint-Cyprien führten zwei Brücken zum gegenüberliegenden Ufer des Flusses, wo der Stadtkern von Toulouse lag. Ignazios Gefährten überquerten mit Thiago die südlichere der beiden und erreichten so das Stadttor. Entlang des Ufers machten Soldaten ihre Runde, aber sie wirkten zu erschöpft von der Hitze, die auch noch am Abend herrschte, um sie zu befragen, und würdigten sie bloß eines flüchtigen Blickes.

So hielten sie unbehelligt Einzug in die Stadt und folgten zunächst einer breiten Straße, bis sie zur Kathedrale von Saint-Étienne kamen, einem beeindruckenden Backsteinbau mit einem einzigen Schiff. Dort ließen sie die Pferde anhalten und suchten nach der bischöflichen Residenz. Ganz in der Nähe scharte sich eine Gruppe Franziskanermönche um einen Brunnen, um sich ein wenig Kühlung zu verschaffen.

»Die Mönche dort lassen uns nicht aus den Augen«, zischte Willalme Ignazio zu.

Dieser, dem für gewöhnlich nichts entging, äußerte sich dazu nicht. Etwas anderes hatte gerade seine Aufmerksamkeit erregt. Er hatte den Bischofssitz entdeckt, der sich mächtig wie eine Festung hinter der Kathedrale erhob, und forderte seine Weggefährten auf, ihm dorthin zu folgen. Das martialische Aussehen des Palastes verwunderte ihn nicht. Er wirkte wie ein Abbild des Streits, der die Gemeinde von Toulouse zerriss und sie derzeit in zwei verfeindete Parteien spaltete: in die Weiße Bruderschaft von Bischof Fulko, die treu zur Kirche und dem Pariser Königshof stand, und die Schwarze Bruderschaft, die der Lehre der Katharer anhing und die abtrünnige Partei der okzitanischen Adligen unterstützte.

Die Wachen hießen sie am Eingang warten, und während dieser Zeit musste Ignazio wieder an seinen Sohn denken. Nach ihrem Plan hätte Uberto schon eingetroffen sein müssen, und er fürchtete nun, dass ihm etwas zugestoßen war. Doch er bezähmte seine Sorge. Jetzt war nicht der Moment, Schwäche zu zeigen.

Kurz danach kam eine Schar Mönche zum Eingang, die von einem alten Benediktiner angeführt wurde. »Willkommen, Reisende«, sagte er, während er ihnen entgegenging, und nachdem er sie eingehend betrachtet hatte, streckte er eine Hand aus. »Ich muss Euch bitten, mir Eure Begleitschreiben zu geben, so Ihr welche besitzt.«

Philippe reichte ihm ein Pergament. »Wir reisen *incognito*«, erklärte er. »Wir haben nur diesen Geleitbrief, unterzeichnet von Pater Gonzalez de Palencia.«

»Das wird genügen.« Der Mönch warf einen flüchtigen Blick auf das Dokument, dann forderte er sie auf, ihm in den Innenhof zu folgen.

Das Gebäude hatte schon bessere Zeiten gesehen. Verschlissene Vorhänge, verblichene Fresken und wurmstichige Möbel bestätigten, was man sich über die geringen Mittel der bischöflichen Finanzen erzählte. Fulko hatte sie aufgebraucht, um die Kreuzzüge gegen die Katharer zu finanzieren, ganz zu schweigen von den fehlenden

Zehnten, die sich die lokalen Adligen widerrechtlich aneigneten. Das Volk munkelte, dass die Kurie von Toulouse buchstäblich von Gläubigern belagert wurde.

Während der Benediktiner ihnen voranschritt, warf er ab und zu einen Blick auf den Brief und überflog die wichtigsten Passagen, bis er ihn Philippe de Lusignan zurückgab. »Soweit ich gelesen habe, seid Ihr hier, um unserem Bischof zu helfen.«

»Ich nehme an, dass Ihr darüber unterrichtet seid«, sagte Philippe.

»Das sind wir. Bischof Fulko erwartet Euch bereits.« Der Mönch blieb mitten im Gang stehen und betrachtete die Fremden ernst. »Im Augenblick befindet er sich mit dem Großteil seiner Truppen in der *Sacra Praedicatio* von Prouille, einen Tagesritt von Toulouse entfernt.«

Philippe lächelte zufrieden.

»Ich rate Euch, gleich morgen früh aufzubrechen«, fuhr der Mönch fort und lief weiter. »Bleibt über Nacht hier, falls Ihr das für nötig erachtet. Der Rest der Stadt ist nicht sicher, dort lauern Feinde der Kirche und der französischen Krone.«

Als der Benediktiner sich verabschieden wollte, konnte Ignazio sich nicht mehr zurückhalten: »Auf ein Wort, wenn Ihr erlaubt.«

Der Mönch hob überrascht eine Augenbraue. »Sprecht.«

»Sind außer uns noch andere Botschafter aus Kastilien eingetroffen?«

Der Benediktiner schüttelte etwas verwirrt den Kopf.

Ignazio ignorierte einen misstrauischen Blick von Philippe de Lusignan und fragte den alten Mönch weiter: »Niemand sonst ist eingetroffen? Seid Ihr da sicher?«

»Absolut. Und wenn doch, hätten wir ihn eingeladen, sich im Gästehaus neben der Kathedrale einzuquartieren. Ihr könnt gern dort nachfragen, wenn Ihr wollt. So ist es bei uns Brauch.«

Ignazio runzelte die Stirn. »Ich verstehe.«

Uberto war also noch nicht in Toulouse.

Eine Wolkenbank hatte sich gerade vor den Mond geschoben, als ein in einen Kapuzenumhang gehüllter Mann das Gästehaus der

Kathedrale von Saint-Étienne betrat. Gemessenen Schrittes eilte er zu einer Nische am Rande der Eingangshalle, wo ein betagter Pförtner vor sich hin döste.

»Friede sei mit Euch.«

Der alte Mann schreckte hoch. »Wer da?«

»Keine Angst.« Der Unbekannte schlug seine Kapuze zurück. »Mein Name ist Ignazio Alvarez, ich bin gekommen, um Euch um einen Gefallen zu bitten.«

»Sprecht doch, willkommener Pilger. Wie kann ich Euch helfen?«

»Ihr überwacht, wer an diesem Ort ein und aus geht, nicht wahr?«

»Richtig, mein Herr.«

»Dann nehmt dies.« Ignazio wühlte in seiner Tasche und zog einen vierfach gefalteten und versiegelten Brief hervor. »Ihr müsst das hier jemandem geben, einem jungen Mann, sobald er hier eintrifft.«

Der Pförtner nahm das Schreiben. »Ich hoffe, es enthält nichts Gefährliches.«

»Ganz im Gegenteil«, versicherte ihm der Händler aus Toledo. »Doch merkt Euch wohl, überreicht es ausschließlich demjenigen, den ich Euch nenne, und lest auch auf gar keinen Fall den Inhalt … Ich hoffe, Ihr versteht mich.«

»Ich verstehe.«

»Hört mir gut zu.« Ignazios Augen blitzten drohend auf. »Ich werde mich an Euch erinnern, falls die Botschaft nicht ankommt oder mein Vertrauen missbraucht wird. Begreift Ihr, was ich meine?«

»Nur zu gut, mein Herr.« Die Lippen des Mannes bebten kurz. »Wem soll ich den Brief übergeben?«

Ignazio reichte seinem Gegenüber einen goldenen Écu. »Sein Name ist Uberto Alvarez. Ein junger Mann von fünfundzwanzig Jahren, dunkelhaarig, gut aussehend. Er reist allein.«

»Uberto Alvarez. Seid versichert, ich werde mich bestimmt an ihn erinnern.« Der Pförtner nahm die Münze und wog sie gierig in der Hand. »Nur keine Sorge.«

Ignazio nickte, dann musterte er sein Gegenüber noch einmal eingehend, als wolle er sich so vergewissern, dass er ihm vertrauen könne.

111

Der Mann fühlte sich sichtlich unwohl unter diesem kritischen Blick. »Ihr könnt Euch auf mich verlassen«, versicherte er hastig.

Bei diesen Worten zog sich Ignazio wieder die Kapuze über und wandte sich zum Gehen. »Friede sei mit Euch.«

»Und mit Euch …«, erwiderte der Pförtner, doch der Fremde war schon in der Dunkelheit verschwunden.

12

Kafirs Reitpferd war ein kräftiger Kaltblüter, der vielleicht bestens geeignet war, um einen Pflug zu ziehen, aber sicher nicht für eine längere Verfolgungsjagd. So hatten Uberto und das Mädchen ihn mit Leichtigkeit abgehängt, und nach einer kurzen Flucht übers offene Land waren sie in einen Wald gekommen, der an das Herrschaftsgebiet von Toulouse angrenzte. Sie ritten noch viele Stunden weiter, doch bei Anbruch der Nacht beschlossen sie, in einer verlassenen Jagdhütte Unterschlupf zu suchen.

Uberto kniete vor einem Kamin und begann, mit einem Feuerstein Funken zu schlagen, dabei schaute er immer wieder zu dem Mädchen hinüber. »Wie heißt du?«, fragte er schließlich, neugierig und zugleich verlegen.

Die Unbekannte zögerte mit einer Antwort. Sie kauerte in einer Ecke der Hütte und starrte ihren Retter wortlos an. Nicht dass sie sich ausgefragt oder von ihm bedroht fühlte. Etwas in ihrem Innern wollte diesem freundlichen Mann antworten, doch noch ehe sie den Mund öffnen konnte, überfielen sie wieder ihre Erinnerungen, und sie hatte plötzlich die grimmige Fratze von Blasco da Tortosa vor Augen. Das Bild verschwand sofort wieder, brannte aber noch schmerzlich in ihr nach wie eine Wunde. Bruder Blasco war tot, unwiderruflich, und würde sie nie wieder foltern, aber er quälte sie immer noch. Vielleicht würde er sie auf ewig in ihren Träumen verfolgen. Sie streichelte ihrem Hund, der sich zu ihren Füßen zusammengerollt hatte, über das schwarze Fell und fühlte sich sicher. »Moira«, sagte sie. »Ich heiße Moira.«

»Ich bin Uberto«, antwortete er, während die Flamme aufflackerte. »Du brauchst keine Angst vor mir zu haben.«

Die junge Frau nickte schüchtern. Erst jetzt wurde ihr klar, dass sie sich ganz klein gemacht, den Kopf eingezogen und die Arme um die Knie geschlungen hatte. Sie streckte ihre halb nackten Beine aus und versuchte, sich so sittsam wie möglich hinzusetzen. Dann starrte sie wieder zum Kamin hinüber. In fast fühlbaren Wellen strömte die Hitze des Feuers zu ihr und wärmte ihr Gesicht.

»Du hast einen schönen Namen, Moira.« Uberto legte seine Tasche auf einen wackligen Tisch. Es gelang ihm einfach nicht, sich ruhig hinzusetzen, daher schaute er wieder zu ihr hinüber und betrachtete ihre Augen. Wunderschöne Augen. Um die peinliche Situation zwischen ihnen etwas aufzulockern, deutete er auf den schlafenden Hund. »Und wie heißt er?«

»Ich weiß nicht … Also, ich meine, er hat keinen Namen. Ich bin ihm vor zwei Monaten unterwegs begegnet, und seitdem folgt er mir.«

»Eigentlich schade, dass der Hund keinen Namen hat.« Uberto betrachtete das zusammengerollte Tier, dessen spitze Ohren wachsam nach vorn gerichtet waren, dann sah er wieder zu Moira hinüber. »Bist du hungrig? Ich habe bestimmt etwas dabei … Sehen wir mal …« Er kramte in seiner Tasche. »Dörrfleisch … Käse … altbackenes Brot … Ich fürchte, mehr habe ich nicht.«

Das Mädchen gab keine Antwort. Sie erinnerte sich nicht, wann ein Fremder sie zuletzt so freundlich behandelt hatte, abgesehen von einem alten Weber in Fanjeaux, der sie in seinem Laden hatte übernachten lassen. Seit damals waren viele Monate vergangen. Grauenhafte Abgründe lagen nun zwischen der Gegenwart und dieser Erinnerung.

Uberto sah sie weiter an, freundlich und zurückhaltend, und Moira nahm kaum wahr, dass er ihr etwas zu essen hinlegte. Sie nahm einen Streifen Dörrfleisch und knabberte zunächst ein wenig zögernd, dann immer gieriger daran. Erst jetzt bemerkte sie, dass sie schrecklichen Hunger hatte. Sie hatte seit Tagen nichts mehr gegessen.

Der junge Mann saß ihr gegenüber. Da es in der Hütte keine Stühle gab, hatte er sich im Schneidersitz auf dem Boden niedergelassen. Er ließ sie nicht aus den Augen. Sie war wirklich bezaubernd mit diesen lang gezogenen Augen in einem ovalen Gesicht, das von ebenholzfarbenen Locken eingerahmt wurde. Ihre hochgewachsene Gestalt war vielleicht etwas knochig an den Schultern, doch insgesamt schlank und anmutig. Trotz des zerrissenen Kittels, den sie trug, wirkte sie in gewisser Weise, als sei sie von edler Herkunft … Doch am meisten erregte ihr fremdartiger Akzent seine Neugier. »Du bist nicht von hier«, stellte er fest.

»Nein«, antwortete Moira. »Ich bin in Akkon in Palästina geboren und aufgewachsen, mein Vater allerdings stammt aus Genua.«

»Und weshalb bist du dann hier?«

Sie zögerte mit einer Antwort. Zu gern hätte sie ihm erzählt, dass in ihren Adern, wie bei ihrer Mutter, georgisches Blut floss, oder das ferne Land beschrieben, in dem sie geboren war, doch sie hielt lieber den Mund. Ihre Augen verschwanden hinter einem dichten Vorhang von Haaren. »*Er* wird uns finden«, sagte sie ausdruckslos, als ob nichts anderes wichtig wäre.

»Hab keine Angst«, beruhigte sie Uberto.

Ein leises Wiehern drang in die Hütte und erinnerte sie an die Anwesenheit von Jaloque, der draußen friedlich graste.

Uberto beschloss, Moira nicht zu vertrauen, zumindest noch nicht. Dazu umgaben sie zu viele Geheimnisse, und sie war zu schön. Doch der gleiche Impuls, der ihn dazu bewogen hatte, sie zu retten, trieb ihn nun an, das Gespräch fortzusetzen. »Wer war dieser maurische Reiter? Warum hat er dich verfolgt?«

»Ich weiß es nicht«, antwortete sie zaghaft. »Aber er wird nicht aufgeben, bis er mich getötet hat.«

»Aus welchem Grund?«

Moira senkte die Augen und vergrub ihre Finger in den Pelz ihres Hundes. »Das ist die Schuld seiner Herren, der Mönche eines Dorfes an der Grenze zum Armagnac. Sie waren davon überzeugt, ich sei eine Hexe, eine Ketzerin oder etwas in der Art … aber das stimmt nicht. Und jetzt ist es auch nicht mehr wichtig.«

Uberto hatte erneut das Bedürfnis, sie zu beruhigen. »Mach dir keine Sorgen, du bist nun in Sicherheit.«

»Du hättest mich besser meinem Schicksal überlassen«, sagte sie und blickte ihn mit ihren jadegrünen Augen an. »Dieser verfluchte Kerl wird jetzt auch dich verfolgen.«

»Der soll nur kommen!« Uberto sprang stolz auf, dann ging

er zum Kamin, um das Feuer wieder anzufachen. »Aber wenn du möchtest, dass ich dir helfe, musst du mir mehr erzählen. Und mir genau erklären, wer du bist und woher du kommst.«

»Ich bin aus Airagne geflohen …«, flüsterte Moira, doch gleich danach biss sie sich auf die Lippen.

»Habe ich recht gehört?« Uberto ließ das Holzscheit fallen und eilte zu ihr. »Das ist doch nicht möglich! Du weißt, wo Airagne liegt? Die Burg des Grafen Nigredo?«

Als Moira diesen Namen hörte, zuckte sie zusammen und starrte den jungen Mann furchtsam an, als hätte er gedroht, ihr etwas anzutun.

»Erzähl mir von diesem Ort«, forderte Uberto sie auf. »Könntest du mir den Weg dahin zeigen? Weißt du, ich muss unbedingt dahin. Könntest du mich führen?«

Das Mädchen wich weiter zurück, bis es mit dem Rücken an der Wand lehnte. »Dann liefere mich lieber gleich dem Mauren aus. Ich werde dich nicht an diesen Ort führen, eher sterbe ich!«

»Aber du verstehst das nicht …«, rechtfertigte er sich. »Ich muss meinem Vater helfen …«

Moira schlug die Hände vors Gesicht. »Genug, habe ich gesagt.«

Der Hund hob den Kopf und knurrte kurz auf, doch als er merkte, dass keine Gefahr bestand, senkte er ihn wieder und winselte nur kläglich.

Als das Mädchen die Hände wieder herunternahm, schaute es Uberto flehend an. »Lass mich jetzt bitte schlafen. Ich bin … so müde.«

»Nun gut, wir reden morgen darüber.« Uberto hob die Augenbrauen und zeigte auf ein Stoffbündel, das er auf den Tisch neben seine Tasche gelegt hatte. »Zieh diese Sachen an, in diesem Aufzug kannst du nicht herumlaufen … Hier sind Hosen, ein Wams und ein Paar Schuhe. Das sind meine Reisesachen, sie werden dir bestimmt etwas zu groß sein, aber sie sind immer noch besser als die Lumpen, die du jetzt am Leib trägst.«

Sie sah ihn dankbar an, und ein leichtes Lächeln stahl sich auf ihre Lippen.

Damit Moira sich umziehen konnte, ging Uberto nach draußen und kümmerte sich um Jaloque. Die Hütte hatte keinen Stall, daher hatte er ihn in einen alten Pferch sperren müssen. Nun nahm er ihm den Sattel ab und überprüfte, ob er genug zu trinken und zu fressen hatte. Schließlich striegelte er sein Pferd noch ausgiebig, denn das hatte es sich verdient. Durch diese gewohnheitsmäßigen Verrichtungen wurde er ruhiger und konnte wieder klarer denken. Dass er sich von einer jungen Frau so leicht hatte umgarnen lassen, ärgerte ihn. Er war doch kein Dummkopf, und bislang hatte ihn noch keine Frau eingeschüchtert. Zu den Vorteilen eines so unsteten Lebens gehörte, dass man nicht gezwungen war, die erstbeste Bäuerin zu heiraten. Uberto hatte schon einige Liebesabenteuer hinter sich gebracht und ausreichend Gelegenheit gehabt, das schwache Geschlecht zu studieren, doch bis zu diesem Tag hatte er noch nie so starke Gefühle entwickelt. Dabei wusste er nicht einmal, ob er Moira trauen konnte.

Uberto stöhnte. Erst Corba de Lanta und jetzt dieses merkwürdige Mädchen! In letzter Zeit hatte er es bloß noch mit geheimnisvollen Frauen zu tun.

Als er die Hütte wieder betrat, hatte Moira seine Sachen angezogen. Mit den zu weiten Ärmeln und den umgeschlagenen Hosenbeinen sah sie aus wie ein Hanswurst. Beide lachten.

Ihre Fröhlichkeit verflog jedoch so schnell, wie sie gekommen war, und Verlegenheit machte sich zwischen ihnen breit. Als wollte sie der peinlichen Situation entgehen, legte sich die junge Frau auf eine Seite neben das Feuer. Da merkte sie wieder, wie sie die letzten Tage erschöpft hatten, und sie schlief fast unverzüglich ein.

Uberto gingen viel zu viele Gedanken durch den Kopf, um sofort schlafen zu können, daher holte er, obwohl er todmüde war, die »Turba philosophorum« aus der Tasche und begann, im flackernden Schein des Feuers darin zu blättern. Er wusste nicht genau, worum es in diesem Buch ging, doch wenn er Galib und Corba de Lanta glauben wollte, würde es ihm die Geheimnisse des Grafen von Nigredo enthüllen.

Der Kodex war in Reden unterteilt, die sich an eine Versammlung – eben die *turba* – von griechischen Philosophen richteten und die verschiedensten Themen behandelten, von der Erschaffung der Materie bis hin zu den Geheimnissen der Alchimie. Sein Vater hätte ihm dies alles sicher genau erklären können. Uberto beschränkte sich darauf, zufällig ausgewählte Stellen zu lesen, um sich von den anderen Gedanken abzulenken, die ihn beschäftigten, bis er auf folgenden Satz stieß: »*Iubeo posteros facere corpora non corpora, incorporea vero corpora*«, den er sich so übersetzte: »Ich befehle den Nachkommen, das Körperliche in Nichtkörperliches und das Nichtkörperliche in Körperliches umzuwandeln.« Das musste eine Anspielung auf die Sublimation von Materie und das umgekehrte Verfahren sein. Wenige Zeilen später fand er die Bestätigung dafür: »Wisset, dass das Rätsel des Goldenen Werkes vom Männlichen und vom Weiblichen herrührt.«

Uberto verfügte über kein fundiertes Grundwissen der Alchimie, doch er hatte seinem Vater öfter zugehört, wenn dieser sich mit Gelehrten aus den verschiedensten Ländern über diese Kunst unterhalten hatte. Außerdem hatte er schon in seinen Kindertagen, die er in dem kleinen Kloster an der Adria verbracht hatte, einiges darüber erfahren. Damals war er mit dem Bibliothekar befreundet gewesen, dem Mönch Gualimberto da Prataglia, der mit den theoretischen Grundlagen der Alchimie vertraut war. Er hatte von ihm genug gelernt, um zu erkennen, dass mit dem »Männlichen« Blei im Festzustand und mit dem »Weiblichen« der »Geist«, also die flüchtige Substanz, gemeint war. Und so las er weiter: »Das Männliche erhält vom Weiblichen den färbenden Geist.«

Uberto verschwammen die Buchstaben vor den Augen. Diese Lektüre war nichts für seinen aufgewühlten Geist, die symbolhafte Sprache verwirrte ihn zu sehr. Deshalb schloss er das Buch, und um sich wieder mit etwas Gegenständlicherem zu beschäftigen, ließ er seinen Blick auf dem Körper der schlafenden Moira ruhen. Und während er sie so betrachtete, schlief er selbst ein.

Moira träumte indessen von einem Sandstrand, gegen den der Wind klatschend die Wellen trieb. Der Himmel war grau, Wolken wehten wild über den Himmel wie ein dahinstürmendes Pferd. In einiger Entfernung vom Ufer hatte sich das Meer zu einem riesigen Strudel geöffnet, der irgendetwas in die Tiefe saugte.

Das Mädchen erschauerte im Schlaf, während das Meeresrauschen laut in ihren Ohren hallte.

Als Uberto erwachte, war Moira verschwunden.

13

Ignazio kam es vor, als hätte er eben erst die Augen geschlossen, als Willalmes Stimme ihn aus dem Schlaf riss. Er brauchte einen Moment, um den Sinn seines Flüsterns zu erfassen, das erst aus weiter Ferne, dann immer klarer zu ihm drang. Es waren beunruhigende Worte: »Wach auf ... wir müssen fliehen ...«

In einer instinktiven Bewegung rollte er sich aus dem Bett und sah sich um. Draußen war es noch dunkel. Ignazio öffnete die Truhe am Fuße des Lagers, in die er am Vorabend seine Kleider abgelegt hatte, und nachdem er Tunika und Strümpfe angezogen hatte, sah er seinen Gefährten fragend an.

»Wir sind in Gefahr«, erklärte der Franzose. »Die Soldaten von Graf Raimund dem Siebten sind im Begriff, in die bischöfliche Residenz einzudringen. Sie wissen, dass wir hier sind, und suchen nach uns.«

Es war nur logisch, sagte sich Ignazio nun, dass die Anwesenheit von Fremden in der bischöflichen Residenz den Grafen von Toulouse aufgeschreckt hatte. Doch etwas kam ihm merkwürdig vor. Es war viel zu schnell gegangen. Sie waren erst seit wenigen Stunden in der Stadt, wie konnte Raimund der Siebte bereits von ihrer Anwesenheit erfahren haben?

Ignazio, dessen Miene sich zusehends verfinsterte, warf seinen Umhang um und trat ans Fenster, um einen Blick nach draußen auf die Straße unter ihnen zu werfen. Vor dem Eingang zum Palast leuchteten ein Dutzend Fackeln. Eine Gruppe von Bewaffneten drängte gegen das Tor. Das waren die Soldaten des Grafen von Toulouse.

Unter den Bewaffneten stachen vier Mönche hervor, die Franziskaner, die Willalme bereits am Vorabend aufgefallen waren.

Der zeigte auf die Mönche. »Falls du dich erinnerst, ich hatte gestern bemerkt, dass diese Mönche uns etwas zu lange beobachteten, aber du hast ja nicht auf mich gehört.«

»Du hast recht«, sagte Ignazio. »Diese Mönche müssen Spione

von Raimund dem Siebten sein. Bestimmt waren sie es, die dem Grafen unser Eintreffen gemeldet haben.«

»Doch warum hätten sie das tun sollen?«

»Es gibt durchaus einige Geistliche, die die Haltung der Kirche missbilligen und sich daher entschließen, die Katharer und ihre Beschützer zu unterstützen. Das gilt wohl auch für diese Franziskaner. Als sie gesehen haben, wie wir in der bischöflichen Residenz empfangen wurden, haben sie uns für Abgesandte von Fulko oder von seiner Weißen Bruderschaft gehalten …«

»Genug geredet.« Willalme winkte Ignazio, ihm zu folgen. »Die Mönche, die uns aufgenommen haben, halten die Soldaten am Haupteingang auf. Wir werden auf der Rückseite des Palastes fliehen, wo unsere Pferde schon bereitstehen. Philippe de Lusignan weiß ebenfalls Bescheid und wird uns dort erwarten.«

Während er der schlanken Gestalt seines Gefährten folgte, erinnerte sich Ignazio an die Gerüchte über die Gräueltaten, die von den Männern Raimunds des Siebten verübt worden sein sollten. Es hieß, dass sie den Anhängern der Kirche und der Krone meist Zunge und Augen herausrissen. Da war es doch immer noch besser, bei einem Fluchtversuch zu sterben, als ein so grausames Ende zu nehmen.

Endlich gelangten sie ins Freie und liefen nun durch einen Garten, der von hohen Tannen umrahmt wurde, wobei sie angespannt auf alle Geräusche lauschten. Ignazio da Toledo warf einen hoffnungsvollen Blick auf den Kirchturm von Saint-Étienne, der sich dunkel gegen den Sternenhimmel abzeichnete. In dieser Richtung lag das Gästehaus der Kathedrale, wo er wenige Stunden zuvor dem Pförtner eine heikle Aufgabe übertragen hatte. Er dachte an Uberto und wünschte sich aus ganzem Herzen, dieser wäre in Sicherheit.

Philippe und Thiago traten plötzlich aus den Schatten des Gartens zu ihnen. Ihre Gesichter zuckten regelrecht vor Anspannung, sie waren bereit, sich in den Kampf zu stürzen.

»Verschwinden wir von hier«, sagte de Lusignan. »Ich lege keinen Wert darauf, Raimunds Gastfreundschaft kennenzulernen.« Er wandte sich zu einem Platz, der halb verborgen zwischen den Tannen lag, wo sein Pferd auf ihn wartete. Außerdem stand dort

Ignazios Karren, an den die zwei Zugpferde gespannt waren, und ein Reitpferd für Thiago. Kurz darauf waren sie zum Aufbruch bereit.

Die Tiere wieherten und stürmten unter lautem Hufgetrappel los. Kurz bevor sie aus dem Garten herausstürmten, überrannten sie zwei Soldaten des Grafen, die über den Hintereingang in die bischöfliche Residenz gelangen wollten.

Im Schutz der Dunkelheit entkamen sie aus Toulouse.

Sie folgten einem Karrenweg Richtung Süden durch einen von Hochebenen gesäumten Wald. Ohne Zwischenfälle ließen sie Lanta, Auriac, Roumens und Vaudreuille hinter sich, doch unterwegs stießen sie immer wieder auf verbrannte Felder. Die einzigen bewohnten Orte, die der Verwüstung durch die Soldaten entgangen waren, waren die besser geschützten wie die *sauvetés*, die sich um die Schlösser gruppierten, und die *bastides*, um die herum Befestigungen gezogen waren. Für die Bauerndörfer hatte es dagegen keine Hoffnung gegeben. Ignazio bereitete jedoch noch etwas anderes Sorgen. Philippe und Thiago ritten oft etwas voraus und unterhielten sich insgeheim, sodass in ihm der Verdacht aufkeimte, sie wüssten mehr über ihren Auftrag als er und Willalme.

Unterwegs machten sie in einem Gasthaus in Labécède Rast, einem schon etwas heruntergekommenen Gebäude, doch es war immer noch das Beste, was sie auf ihrem Weg hatten finden können. Sie ließen die Pferde und den Karren in einem baufälligen Stall zurück, wo das wertvollste Tier ein altersschwacher Gaul war, und verzehrten in der Gaststube ein Mahl, das aus Fladenbrot, Hase in Traubensoße und verdünntem Wein bestand.

»Warum gibt es hier eigentlich nur solches Gesöff?«, fragte Philippe, nachdem er einen Schluck genommen hatte. »Sind wir nicht in einer Gegend, in der die besten Weine Frankreichs angebaut werden?«

»Das war sie einmal, Sieur«, jammerte der Wirt. »Das war sie, ehe die Soldaten von Bischof Fulko unsere Weinberge verwüsteten … Habt Ihr das Elend nicht bemerkt, das über diese Grafschaft gekommen ist?«

»Ist die Weiße Bruderschaft tatsächlich für die Hungersnot im Toulousain verantwortlich?«, fragte Ignazio, der bei diesen Enthüllungen sofort aufgehorcht hatte.

»Gewiss«, bestätigte der Mann. »Sie vernichten die Ernten, vertreiben das Vieh und nehmen unser Geld. Was meint Ihr wohl, woher das Vermögen kommt, mit dem Fulko seine *Sacra Praedicatio* errichtet hat?«

»Ich verstehe nicht, weshalb der Bischof so in diesen Ländereien wütet.«

»Wegen der *texerant*.«

»Und wer sind die?«

»Die Katharer«, erklärte der Wirt. »In dieser Gegend werden sie so genannt, weil sie ihren Lebensunterhalt mit dem Weben verdienen. Sie sind großartige Handwerker, und sie behelligen niemanden ... Aber Fulko will sie alle auf den Scheiterhaufen schicken, vor allem die *perfecti*. Graf Raimund teilt seine Meinung nicht und hat daher Fulko und seine Bruderschaft verjagt. Diese Fanatiker benehmen sich auch nicht besser als die Archonten.«

»Schon wieder diese Archonten!« Philippe schlug mit der Faust auf den Tisch. »Was wisst Ihr über die?«

»Sehr wenig, Sieur. Das sind Teufel, keine Menschen. Sie sind im Süden Frankreichs unterwegs, brennen die Dörfer nieder und rauben die Bewohner. Ich denke, Ihr habt die Spuren der Verwüstung auf Eurem Weg gesehen. Ihr seid ja nicht von hier und habt sicher das Languedoc durchquert.«

»Ihr habt recht, doch wir wussten nicht, dass es das Werk der Archonten war«, sagte Ignazio. »Warum entführen sie denn die Einwohner? Wohin bringen sie sie?«

»In die Hölle oder an einen noch schlimmeren Ort, soweit man sich erzählt, aber keiner weiß genau, wo der ist. Der Fluch der Archonten trifft das ganze Languedoc, nur in dieser Grafschaft schlagen sie nicht zu. Vielleicht möchte der Graf von Nigredo Fulkos Bruderschaft keine Steine in den Weg legen.«

»Oder er spart sich Toulouse für zuletzt auf.«

»Ich weiß es nicht.« Der Wirt wandte den Blick ab. »Auf jeden Fall

tut es mir wegen des Weines leid … entschuldigt bitte unsere Not«,
sagte er und entfernte sich zwischen den mit Gästen voll besetzten
Tischen.

Am folgenden Tag kamen die vier zunächst an Castelnaudary und
Laurac vorbei, ehe sie das Kloster Prouille erreichten, den Zufluchtsort für viele fromme Männer und Frauen und jetzt auch von Bischof
Fulko. Die Ansiedlung war von einer schützenden Palisade umgeben, hinter der sich ein paar Häuser um die Kirche von Sainte-Marie,
die *Sacra Praedicatio*, scharten. Ignazios Blick glitt an der Fassade
der Kirche entlang, allerdings weniger um deren vollkommene ar-
chitektonische Proportionen zu bewundern, sondern wegen der
weinroten Kletterpflanzen, die sie zur Hälfte bedeckten und ihm das
Gefühl vermittelten, auf einer Insel des Friedens gelandet zu sein.
Doch als er das massive Aufgebot an Soldaten bemerkte, änderte er
sofort seine Meinung.

Vor der Kirche wurden sie von der Äbtissin empfangen, einer
gesund aussehenden Frau mit merkwürdig buschigen Augenbrauen,
die dick wie Kornähren waren. Sie fragte sehr gewissenhaft nach,
wer sie seien und welche Absichten sie hegten, dann bestätigte sie
die Auskünfte, die sie in Toulouse erhalten hatten: Fulko versteckte
sich wirklich hier.

Doch die Äbtissin gestattete nicht, dass die vier Fremden sich
sofort mit dem Bischof trafen. Sie befand, sie seien von der Reise
schmutzig und erschöpft, und gab Anordnungen, dass sie sich zunächst waschen und etwas essen sollten.

14

Fulko wartete im Audienzsaal, und während er auf dem Backstein-
boden auf und ab lief, blätterte er in der »Vita Mariae Oigniacensis«,
einem kleinen Büchlein über das Leben der Maria von Oignies, das
Jakob von Vitry ihm geschenkt hatte. Obwohl er im Land so gefürchtet war, war er doch nur ein kleiner dürrer Mann in einer schlichten
Kutte. Die Falten in seinem Gesicht bezeugten sein fortgeschrittenes
Alter, die Augen blitzten jedoch jugendlich hell und wach.

Als die vier Fremden den Saal betraten, legte er das Buch auf
ein Lesepult, auf das Licht durch ein großes zweibogiges Fenster
hereinfiel, und erhob die Hände zum Gruß. »Soweit man mich unterrichtet hat, bringen die Herren Neuigkeiten von Pater Gonzalez
de Palencia«, begann er, und ein unverkennbarer Genueser Akzent
verriet seine italienischen Wurzeln.

»In der Tat, Exzellenz, lasst mich Euch die Ehre erweisen.« Philippe trat aus der Gruppe vor, faltete die Hände wie zum Gebet und
legte sie in die des Bischofs. Nachdem sie einen symbolischen Kuss
getauscht hatten, stellte er sich vor: »Ich bin Philippe de Lusignan,
Ritter von Calatrava, zu Euren Diensten. In meinem Gefolge befinden sich Thiago de Olite, mein Untergebener, Ignazio Alvarez da
Toledo und sein Begleiter Willalme.« Er zeigte seinen Geleitbrief.
»Dieses Schreiben wurde von Pater Gonzalez persönlich verfasst,
und zwar mit ausdrücklicher Billigung von Ferdinand dem Dritten
von Kastilien.«

Während der Bischof sich das Dokument durchlas, betrachtete
Ignazio ihn neugierig. In seiner Jugend hatte er viel von ihm gehört,
aber damals war er noch kein Mann der Kirche gewesen. In früheren
Tagen war Fulko nämlich ein Troubadour gewesen und berühmt für
seine Ritterlieder. Erst danach wurde er Abt und noch später Bischof
von Toulouse, der freundschaftliche Beziehungen zu bedeutenden
Herrschern wie Richard Löwenherz und Alfons dem Zweiten von
Aragón unterhielt. Im Grunde war er eine lebende Legende.

Der Bischof sah auf. »Nach dem, was ich dem Dokument entnehmen konnte, habt Ihr nur eine vage Vorstellung von dem Problem.«

»Wir wissen nur, dass Blanca von Kastilien verschwunden ist, Exzellenz, und dass der Graf von Nigredo darin verwickelt ist«, fasste Philippe zusammen.

»Und wir haben von dem Besessenen gehört«, ergänzte Ignazio hörbar skeptisch.

»Ach ja, der Besessene, um ein Haar hätte ich den vergessen«, sagte der Bischof spöttisch, dann runzelte er die faltige Stirn. »Soviel ich weiß, ist nicht nur die Königin entführt worden, sondern auch der Konnetabel Humbert de Beaujeu und der päpstliche Legat Romano Bonaventura. Ihr Verschwinden vor allem macht uns verwundbar, mehr noch als das von Blanca von Kastilien.«

Philippe starrte ihn interessiert an. »Was meint Ihr damit?«

»Bonaventura hat vom Heiligen Stuhl den Auftrag, der Königin als Erster Minister zur Seite zu stehen. Humbert de Beaujeu dagegen hat die Leitung über das königliche Heer. Wenn beide nicht da sind, ist die *curia regis* ohne Kopf und Streitarm.«

»Traut Ihr niemand anders in Frankreich?«

»Nun ja, nicht ganz.« Der Bischof fuhr mit seinen knochigen Händen durch die Luft. »Ich kann auf meine Miliz zählen, den bewaffneten Arm der Weißen Bruderschaft.«

»Das ist uns bekannt«, erwiderte Ignazio und konnte dabei einen leicht sarkastischen Unterton nicht unterdrücken. »Wir haben die ›Zeichen‹ gesehen, die Eure Truppen im Toulousain hinterlassen haben. Es ist ein Wunder, dass in der Umgebung noch ein wenig Gras wächst.«

»Wir nennen es ›Mission der verbrannten Erde‹.« Fulko musterte den Kaufmann aus Toledo mit dem typischen Hochmut, den Geistliche gegenüber Laien hegen. »Ich sehe Euch an, dass Ihr dies nicht gutheißt, aber ich versichere Euch, dass diese Maßnahmen notwendig sind. Die Katharer lassen sich zu Tausenden in Toulouse und den Nachbarorten nieder und stacheln das Volk zur Häresie auf. Ich bin gezwungen, gewaltsam vorzugehen, wenn ich die Füchse fangen will, die sich im Weinberg des Herrn verstecken.« Als er sich an Philippe wandte, wurde sein Ton freundlicher. »Das Problem liegt nicht in der Ergebenheit, sondern in der Art der Männer, über die ich verfüge, Soldaten oder Lehensmänner ohne politisches Gewicht. Mir fehlt die Unterstützung des Adels.«

»Wie ist das möglich?« Philippe de Lusignan runzelte die Stirn. »Was ist mit dem Pariser Hof?«

Fulko zuckte ohnmächtig die Achseln. »Seit die Königin entführt wurde, ist jede Verbindung zu Paris abgebrochen. Anscheinend hat sich der Verfall in der gesamten *curia regis* breitgemacht.«

Philippe legte die Hand an sein starkes Kinn. »Allmählich verstehe ich.«

»Nun denn«, meldete sich Ignazio zu Wort, »wenn Eure Exzellenz es für angemessen hält, ist jetzt der Moment gekommen, uns Euer Wissen über den Grafen von Nigredo zu enthüllen.«

Der Bischof schwieg eine Weile nachdenklich, er wusste wohl nicht, wo er anfangen sollte. »Am besten überzeugt Ihr Euch mit eigenen Augen. Dann werdet Ihr besser verstehen, womit wir es zu tun haben.«

»Wie meint Ihr das?«

Fulkos Augen blitzten auf einmal mit einer Intensität auf, die er bis dahin verborgen hatte. Seine Stimme klang mitleidslos, als er erklärte: »Es geht natürlich um den Besessenen. Ich halte ihn in den Verliesen von Prouille gefangen.«

Die unterirdischen Gewölbe der *Sacra Praedicatio* erwiesen sich als weitläufiger als gedacht. Als Ignazio in der Dunkelheit zwischen mit Schimmel und Salpeter bedeckten Wänden voranschritt, überfiel ihn wieder die Erinnerung an ein schreckliches Kindheitserlebnis, als er sich einmal mit seinem Bruder Leandro an einem ähnlichen, aber wesentlich älteren Ort als diesem verirrt hatte. Katakomben, aus denen er wie durch ein Wunder als Einziger wieder lebendig herausfand. Dieses einschneidende Ereignis beschäftigte ihn jedes Mal, wenn er unterirdische Gänge betreten musste. Inzwischen war Fulko in Begleitung eines beleibten *primicerius* und zweier Soldaten zu den Zellen vorausgeeilt, in denen die der Häresie Beschuldigten eingesperrt waren. Eigentlich wäre die Verfolgung der Ketzer die Aufgabe des Grafen von Toulouse gewesen, wenn dieser sich nicht gerade auf die Seite derjenigen geschlagen hätte, die von der Kirche verfolgt wurden. Ignazio kam zu der Auffassung, dass dieser Ort perfekt das doppelte Gesicht der Kirche widerspiegelte, die ihr unterdrückerisches Wesen hinter einer Maske christlicher Nächstenliebe verbarg.

Fulko lief einen beklemmend engen Gang entlang, bis er schließlich vor einer verschlossenen Tür stehen blieb und befahl, dass man sie öffnete. In der winzigen, stinkenden Zelle dahinter lag ein vollständig nackter Mensch zusammengerollt auf dem Boden. Der Widerschein der Fackeln fiel auf einen zum Skelett abgemagerten Körper, der über und über mit violetten Malen bedeckt war. Mit heftigem Schauder erinnerte sich Ignazio daran, dass er vor Jahren selbst einmal gefoltert worden war.

»Dieser Mann ist mit übermäßiger Grausamkeit gequält worden«, stellte er schroff fest.

»Er befand sich bereits in diesem Zustand, als wir ihn gefunden haben«, erwiderte Fulko scheinheilig.

Ignazio kam nicht mehr dazu, etwas zu entgegnen, denn seine Bestürzung über den Anblick des Gefangenen überlagerte nun jeden seiner Gedanken. Dieser hatte sich nämlich aufgerichtet und schlurfte langsam und gebeugt zum Ausgang, den rechten Arm an den Körper gepresst, der linke hing schlaff herab. Er schleppte die Ketten, die an seinen Knöcheln befestigt waren, hinter sich her, und als sie ihn zurückrissen, stolperte er und fiel wieder zu Boden.

Philippe de Lusignan verzog angewidert das Gesicht. »Eine derartige Schändlichkeit kann nur der Teufel verübt haben.«

Der Bischof nickte und betrat hinter einem der Soldaten mit den Fackeln die Zelle.

Beim Anblick der Flamme stieß der Gefangene einen heiseren Laut aus und zog sich ängstlich in eine Ecke zurück.

»Habt Ihr das gesehen?«, fragte Fulko grimmig. »Er flieht vor dem Licht, wie ein Geschöpf der Dunkelheit.« Er sah sie ernst an, dann schlug er ein Kreuz. »Lasst Euch nicht von seiner offensichtlichen Verrücktheit blenden. Er ist gerissener, als es aussieht.«

Ignazio beobachtete, wie der beherrschte Mann, den er eben kennengelernt hatte, plötzlich zum unbeugsamen Richter des bischöflichen Gerichts wurde. Nicht zum ersten Mal war er Zeuge einer derartigen Verwandlung, und wie immer spürte er dabei auch eine gewisse abartige Faszination. Schließlich vereinte auch er gegen seinen Willen zwei Charakterzüge in sich, die nicht miteinander in Einklang zu bringen waren: Intellekt und Leidenschaft, die in ihm um die Oberhand stritten.

Fulko stieß den Gefangenen mit der Spitze seines Schuhs an. »Hast du mir heute nichts zu sagen, Sébastien?«, sprach er ihn an, dann wandte er sich wieder an seine Gäste: »Meine Männer haben ihn aufgegriffen, als er sich in der Gegend von Labécède herumtrieb, wo meist viele Katharer Zuflucht finden. Als wir ihn dann verhörten, erkannten wir, was er wusste.«

Der Gefangene zog die knochigen Schultern hoch und kicherte hysterisch. Erst jetzt bemerkte Ignazio, dass er noch jung, ungefähr im Alter seines Sohnes war.

»Anscheinend will er nicht sprechen«, stellte Philippe fest.

Der Bischof blickte kurz mitleidig drein. »Die Dämonen, die von ihm Besitz ergriffen haben, verwirren seine Wahrnehmung der Wirklichkeit. Manchmal machen sie ihn ganz wild, und manchmal vernebeln sie seinen Verstand, so wie jetzt. Aber ich kenne einen Exorzismus, durch den er wieder zur Vernunft kommt.« Er legte seine Handflächen auf die Stirn des Gefangenen und rezitierte mit erstaunlich kräftiger Stimme: »*Omne genus demoniorum cecorum, claudorum sive confusorum, attendite iussum meorum et vocationem verborum!*« Er holte einmal tief Luft, dann fuhr er fort: »*Vos attestor, vos contestor per mandatum Domini, ne zeletis, quem soletis vos vexare, homini, ut compareatis et post discedatis et cum desperatis chaos incolatis!*«

Sébastiens Körper wurde von einem Krampf erfasst, sein Mund verzog sich, als müsste er einen Brechreiz bekämpfen, doch gleich darauf schrie er los: »*Miscete, coquite, abluite et coagulate!*«

Ignazio riss überrascht die Augen auf. »Was sagt er?« Er war nahe genug, dass er den leicht süßlichen, übel riechenden Atem des Gefangenen wahrnehmen konnte.

»*Miscete, coquite, abluite et coagulate!*«, schrie der Mann wieder. »*Miscete, coquite, abluite et coagulate!*«

»Sag mir, woher du kommst, Sébastien«, forderte ihn der Bischof auf und legte ihm die Hände auf die Stirn. »Erzähl mir von diesem gottverlassenen Ort in den Bergen.«

Der Besessene beruhigte sich und schwieg, sein Mund schien sich beinahe zu einem Grinsen zu verziehen, ehe er sprach: »Airaaaagne … Ich komme aus den Gängen von Airaaaagne.«

Fulko entspannte sein runzliges Gesicht. »War es dort, an jenem Ort, den du Airagne nennst, dass die bösen Geister von dir Besitz ergriffen haben?«

Ein Funke klarer Verstand blitzte in den Augen des Gefangenen auf, während sein Körper wieder von Krämpfen geschüttelt wurde. »Jaaaa …«

»Und wer ist der Urheber all dieses Bösen?«

Als Sébastien sein Gedächtnis anstrengte, schien ihm das fast körperliche Schmerzen zu bereiten. »Der Graf von Nigreeeedo …«, flüsterte er. »Jaaaa, so ist daaas. Der Graf von Nigreeedo.«

»Sag mir, mein Sohn, wen sonst hast du dort gesehen? Wer wird dort gefangen gehalten?«

»Viiiiele Menschen … Viiiiele Menschen im Feuer und im kochenden Metall.«

»Vor ein paar Tagen hast du mir von jemand Bestimmtem erzählt, einer sehr schönen Edelfrau, die in einer Kutsche dorthin gebracht wurde. Erinnerst du dich?«

»Jaaa.« Der Gefangene wirkte auf einmal wie befeuert. »Ich habe sie geseeeheeen, bevor ich geflooooohen biiiin. Es war die Königin Blaaancaaaa …«

Fulko warf Ignazio einen vielsagenden Blick zu, dann fuhr er mit dem Verhör fort: »Bist du sicher? Woran hast du sie erkannt?«

»Ich habe geseeehen, wie sie aus einer Kuuuutsche mit dem Wappen des Köööönigs von Fraaankreich stieg … Und sie war schööööön, sooo schööön … Sie trug ein blaaauues Kleid mit goooooldenen Liiiilien.«

»Und erinnerst du dich, wo sich dieser Ort namens Airagne befindet?«

»In den wilden Beeergen.« Todesschrecken zeichnete sich auf dem Gesicht des Gefangenen ab. »Aber ich bin geflooohen! Iiiich bin geflooohen, geflooohen!«

»Sehr gut, mein Sohn.« Fulkos Ton wurde allmählich drängender. »Willst du nun über diesen verfluchten Ort sprechen? Mir hast du vor einigen Tagen bereits davon erzählt. Willst du dies auch vor diesen Fremden wiederholen? Erzähl uns von Airagne!«

Der Gefangene sah sich um wie ein Tier, das man in die Enge getrieben hatte, dann schlug er die Hände vors Gesicht.

»Warum weigerst du dich, jetzt zu sprechen?«, bedrängte ihn der Bischof. »Willst du etwa noch einmal ausgepeitscht werden?«

Bei diesen Worten verzerrte Sébastien das Gesicht und knurrte wild. »Ich bin geflooohen! Geflooooohen ... *Miscete, coquite, abluite et coagulate!*«

Philippe de Lusignan machte sichtlich aufgebracht einen Schritt auf ihn zu. »Sprich, Verfluchter! Erzähl uns von diesem Ort!«

»*Miscete, coquite, abluite et coagulate!*«

»Wo hast du dich versteckt, Sébastien?«, mischte sich Ignazio unerwartet ein, er sprach mit ruhiger Stimme und bedrängte ihn nicht so wie die anderen. »Wo hat man dir Unterschlupf gewährt, nachdem du von Airagne geflohen warst?«

Der Gefangene lächelte plötzlich. »Im *hospitium* von Saaanta Lucina, nahe bei Puiveeert. Bei den braaaven Schwestern in den Gewändern der Begiiii—«

»Von wegen brave Schwestern! Es ist allgemein bekannt, dass diese Beginen mit den Katharern sympathisieren.« Fulko kniete sich vor den Gefangenen, ungeachtet des Gestanks, der von ihm ausging. »Und das bist du ja auch, nicht wahr, Sébastien? Ein Ketzer, ein Katzenanbeter. Deshalb ist Satan in deinen Körper gefahren.«

Ignazio unterbrach den Bischof, die Stirn zweifelnd gerunzelt. »Ist Eure Exzellenz da wirklich sicher? Meiner Meinung nach ist dieser Mann nicht von bösen Geistern besessen. Er ist nur krank. Vielleicht leidet er an einer Vergiftung.«

Fulko, der es nicht ertrug, wenn man ihm widersprach, entlud seinen ganzen Zorn über Ignazio. »Was faselt Ihr denn da? Erkennt

131

Ihr vielleicht nicht das Werk Lucifers, das allen anderen hier offensichtlich ist?«

Der Händler aus Toledo erwiderte lieber nichts darauf und gab auch Willalme mit einem knappen Hinweis zu verstehen, dass er seine Verachtung nicht so offen zeigen solle.

Sébastien nutzte die Gelegenheit, dass kurzfristig die Aufmerksamkeit von ihm abgelenkt war, bleckte die Zähne und stürzte sich auf den Bischof in der Absicht, ihn zu beißen, doch Fulko bemerkte es gerade noch rechtzeitig und stieß einen Warnruf aus. Ein Soldat schritt rasch zu seinem Schutz ein, riss den Gefangenen an der Kette zurück und trat dann wütend auf ihn ein.

Keiner sagte etwas. Geistesgegenwärtig packte Ignazio, den diese Brutalität erstarren ließ, Willalme am Arm, ehe dieser den Gefangenen verteidigen konnte. Der beleibte *primicerius* dagegen beobachtete die Szene mit einem sadistischen Lächeln.

Doch das Schrecklichste sollte erst noch geschehen. Auch nachdem der Wärter ihn nicht mehr mit Fußtritten traktierte, krümmte sich der Gefangene weiter, als würde er von heftigen Unterleibskrämpfen geschüttelt. Ursache des Schmerzes schienen nicht die gerade erlittenen Tritte zu sein, sondern ein geheimnisvolles körperliches Leiden. »*Tres fatae celant crucem!*«, schrie er plötzlich auf und wand sich wie eine verletzte Schlange. »*Tres fatae celant crucem! Tres fatae celant crucem!*«

»Seht doch!«, rief Thiago staunend. »Er pisst Blut!«

Sébastien stieß noch einen herzzerreißenden Schrei aus, dann erbrach er Brocken einer schwärzlichen Masse und sank leblos zu Boden.

Für einen endlos langen Moment starrten alle auf den regungslosen Körper.

Grabesstille hatte sich über die Verliese von Prouille gesenkt, es herrschte allgemeine Bestürzung.

Ignazio hatte als Einziger kaltes Blut bewahrt und nutzte die Gelegenheit, um die Leiche des Besessenen zu untersuchen. Die makabren Umstände seines Todes beeindruckten ihn nicht, er hatte

Schlimmeres gesehen. Das war nun schon der zweite Tote innerhalb eines Monats, der unter merkwürdigen Umständen gestorben war, auch wenn bei diesem keine Anzeichen für die Verwendung von Teufelskraut sprachen. Das Gesicht des Toten war von einem unbekannten Schmerz verzerrt, doch Ignazios Misstrauen erregten eher die gelbliche Hautfarbe und eine ungewöhnlich dunkelblaue Verfärbung des Zahnfleisches. Das waren keine Male, wie sie Skrofeln, Pest oder Lepra hinterließen oder die am meisten verbreiteten Gifte. Die Lösung dieses Rätsels musste anderweitig zu finden sein, und plötzlich erinnerte sich Ignazio daran, dass er auf seinen mehrfachen Reisen in den Orient von einem ähnlichen Erscheinungsbild gehört hatte.

»Wir können ihm keine Absolution erteilen.« Fulko starrte die Leiche an. »Er ist in Sünde gestorben.«

»Zieht jetzt noch keine Schlüsse, Eure Exzellenz.« Ignazio schaute auf, jetzt war er sicher, dass er mit seinen Vermutungen recht hatte. »Dieser Gefangene war nicht von einem Dämon besessen. Er wirkte, als stünde er unter dem Einfluss eines merkwürdigen Fiebers, das er sich vielleicht in –«

»Und was ist Fieber anderes als ein bösartiger Geist, der in den Körper fährt?«

»Viele Philosophen finden eine rationale Erklärung für Krankheiten.«

»Oh bitte, hört auf damit.« Fulko wirkte nun deutlich verärgert. »Krankheiten werden von der Sünde verursacht, die den Menschen schwach werden lässt und ihn in ein williges Gefäß für das Böse verwandelt.« Seine Miene verfinsterte sich. »Auch die unterirdischen Gänge von Airagne sind zweifelsohne das Werk Lucifers.«

»Anscheinend geschehen an diesem Ort geheimnisvolle Dinge.« Ignazio fuhr sich nachdenklich über den Bart. »Die Angelegenheit macht mich sehr neugierig …«

Als er das hörte, konnte der Bischof seine Empörung nicht mehr zurückhalten. »Zügelt Eure Wissbegier, Meister Ignazio! Wie könnt Ihr es wagen? *Curiositas est scientia funesta!*«

»Die Neugier drückt die Freiheit des Geistes aus«, erwiderte Ignazio erregt, denn er fühlte sich persönlich angegriffen. »Auch der heilige Augustinus preist sie.«

Fulko gönnte ihm ein mitleidvolles Lächeln. »Augustinus lässt die Neugier zu, das ist richtig, aber er ordnet sie der Gottesfurcht unter.« Er zeigte anklagend mit dem Finger auf Ignazio. »Ihr dagegen verehrt sie.«

Ignazio wollte schon etwas entgegnen, doch er beherrschte sich. Schließlich stand ihm ein Würdenträger der Kirche gegenüber. Noch ein Widerwort, und er würde nicht mehr so leicht aus diesem Verlies herauskommen. Außerdem musste er zu seinem großen Unwillen zugeben, dass Fulkos Tadel ihn in seinem Innersten getroffen hatte. Es stimmte. Er verehrte die Vernunft und konnte der Neugier nicht widerstehen, die Logik zu enthüllen, die sich hinter jedem Phänomen versteckte, auch wenn er dafür manchmal nicht ganz lautere Methoden anwenden und zu Ausreden greifen musste.

Philippe de Lusignan unterbrach die Spannung, die sich zwischen dem Bischof und Ignazio aufgebaut hatte. »Was sollen wir jetzt tun? Der Besessene ist gestorben, ehe er enthüllen konnte, wo Airagne liegt.«

»Doch er hat uns einen Hinweis gegeben«, wandte Fulko ein. »Einen Hinweis, den Ihr vorher nicht hattet.«

»Ihr meint wohl das *hospitium* von Santa Lucina«, stimmte ihm Ignazio zu, der so seiner schmerzlichen Gewissensprüfung ein Ende setzte. »Sébastien hat gesagt, er wurde dort gastfreundlich aufgenommen, nachdem er von Airagne geflüchtet war. Wahrscheinlich gibt es dort weitere Hinweise.«

»Diesmal habt Ihr recht geraten, Meister Ignazio.« Der Bischof sah sich unruhig um, vielleicht fühlte er sich allmählich nicht mehr wohl in dieser Zelle. »Das sogenannte *hospitium* von Santa Lucina befindet sich östlich der Burg von Puivert, in der Grafschaft Narbonne. Genau genommen bei der Abtei von Fontfroide.«

»Ihr seid gut unterrichtet«, bemerkte Ignazio.

»Es war nicht das erste Mal, dass der Besessene diesen Ort erwähnte, seit Wochen spricht er davon. Ich habe inzwischen in Erfahrung gebracht, wo dieses *hospitium* liegt, und bereits einige

Späher der Weißen Bruderschaft bei den Laienbrüdern von Font-froide einschleusen können. Von dort aus versuchen sie, etwas über die Schwestern von Santa Lucina in Erfahrung zu bringen. Es kann kein Zufall sein, dass diese Frauen Sébastien beherbergt haben. Ich vermute, dass sie auf die eine oder andere Weise mit Airagne in Verbindung stehen. Doch bislang hat keiner meiner Männer etwas Belastendes herausbekommen. Nach außen hin führen die Schwestern ein frommes Leben.«

»Nach außen hin?«

»Nun ja«, seufzte der Bischof. »Ihr müsst wissen, dass Santa Lucina kein klösterliches *hospitium* ist, sondern eine wahrhaftige *béguinage*, ein Beginenhof. Dabei handelt es sich um eine Gemeinschaft von Laienschwestern, die sich der Unterstützung von Bedürftigen, der Arbeit und dem Gebet verschrieben haben. Sie leben nach klösterlichen Regeln, gehören jedoch keiner Ordensgemeinschaft der Kirche an. Und genau das ist der wunde Punkt: Da sie außerhalb der kirchlichen Ordnung stehen, gedeiht dort schnell die Ketzerei.«

»Exzellenz, verzeiht, aber eines ist mir noch nicht klar«, sagte Ignazio. »Wie könnten wir Euch noch dienlich sein, wo Eure Männer doch schon dort nach Erkenntnissen suchen?«

Fulko wirkte peinlich berührt, und die Antwort kostete ihn sichtlich einige Überwindung: »Nicht ich dringe darauf, dass Ihr etwas unternehmt, wenn Ihr das meint. Pater Gonzales war es, der unbedingt an dieser Mission beteiligt sein wollte. Er hat darauf bestanden, dass ich seine Hilfe annehme und seine Gesandten auf den richtigen Weg bringe. Ich habe dies einfach hingenommen, aber wie ich Euch wohl gerade bewiesen habe, brauche ich Euch nicht.«

Ignazio verschlug es die Sprache. Nicht Fulko, sondern Gonzalez zog die Fäden in diesem Spiel! Fragend sah er zu de Lusignan, der als einzige Antwort die Augen abwandte. Das besagte alles. Sicherlich hatte dieser Verräter die Wahrheit von Anfang an gekannt und sie bislang vor ihm verheimlicht. Und wer konnte wissen, was dieser Mann noch alles verbarg!

»Gut.« Philippe de Lusignan brach die peinliche Stille. »Wir werden gleich morgen bei Tagesanbruch nach Santa Lucina reiten.«

Ignazio verbarg seinen Argwohn und wandte sich wieder an den Bischof. »Noch ein Letztes, Exzellenz. Vor seinem Tod hat der Besessene mehrfach einen Satz wiederholt: ›*Tres fatae celant crucem*‹, also ›Die drei Feen verbergen das Kreuz‹. Wisst Ihr, was er damit gemeint haben könnte? Wer oder was sind diese drei *fatae*?«

»*Fatae* sind Teufelsweiber, wie sie Gottfried von Auxerre in seinem Werk ›Super Apocalypsim‹ beschrieben hat«, antwortete Fulko. »In Frankreich und in den deutschen Landen, wo sie häufig erwähnt werden, sollen sie Teil der heidnischen Überlieferung sein … Aber ich an Eurer Stelle würde mich nicht zu sehr mit dem Gefasel eines Besessenen beschäftigen. Satan ist tückisch und liebt es, uns zu verwirren.«

»Um Satan müssen wir uns jetzt wohl die wenigsten Sorgen machen«, erwiderte Ignazio und wandte sich dem Ausgang des Verlieses zu. Ihm war klar, dass er ziemlich barsch geantwortet hatte, aber die Auskünfte über Pater Gonzalez hatten ihn deutlich beunruhigt. Es war ganz so, wie es Galib vor seinem Tod geäußert hatte, es ging um weit mehr, als man es sich vorstellen konnte. Das Ganze war ein riesiges Spinnennetz. Und er hatte sich mittendrin verfangen.

DRITTER TEIL
DIE DREI FEEN

»O Geist des Segens, der die Menschen leuchten macht:
In unserer Seele läutre die grause Finsternis.«

Notker der Stammler, »Pfingsthymne«

15

Die drei Gefährten übernachteten in Prouille und verabschiedeten sich am Morgen von Bischof Fulko, um ihre Reise fortzusetzen. Ignazio fühlte sich ziemlich gerädert, nachdem er sich die ganze Nacht grübelnd hin- und hergewälzt und kaum Schlaf gefunden hatte. Nach den letzten Entdeckungen spürte er den Atem von Gonzalez in seinem Nacken. Doch er begriff nicht, welche Absichten dieser Dominikaner verfolgte, außerdem war ihm nicht klar, inwieweit Philippe de Lusignan über alles unterrichtet war. Er hatte überlegt, heimlich abzureisen und nach Uberto zu suchen, denn er befürchtete, sein Sohn wäre irgendwo im Languedoc verschwunden und befände sich vielleicht in Gefahr. Aber damit würde er die Befehle von König Ferdinand dem Dritten offen missachten, was entsprechende Folgen nach sich ziehen würde. Ignazio war daher gezwungen, sich zunächst von den Ereignissen treiben zu lassen und auf einen günstigen Moment zum Handeln zu warten. Er beschäftigte sich ganz bewusst mit diesen Gedanken, um sich von anderen Überlegungen abzulenken. Denn im Grunde hatte ihn das Geheimnis um Airagne so neugierig gemacht, dass er auf die geplante Reise gar nicht mehr verzichten wollte. Er brannte förmlich darauf herauszufinden, was sich an diesem Ort aus Feuer und flüssigem Metall verbarg und was der Auslöser für den Wahn des Besessenen von Prouille gewesen war.

Sie durchquerten das Lauragais mit der Gemeinde Fanjeaux, und nach einer Rast vor den mächtigen Stadtmauern von Carcassonne zogen sie weiter nach Süden, immer dem Lauf der Aude folgend. Nachdem sie Limoux und Espéraza hinter sich gelassen hatten, änderte sich die Landschaft, der Pflanzenwuchs wurde dichter, und am Horizont zeigten sich nun die Gipfel der Corbières.

Bei der Burg von Quillan wandten sie sich nach Westen Richtung Puivert und folgten einem Weg mitten durch die Wälder. Wenn die Angaben von Bischof Fulko stimmten, würden sie nun bald den Beginenhof von Santa Lucina erreichen.

Unterwegs brach Willalme sein Schweigen, um Ignazio eine Frage zu stellen, die ihn offensichtlich schon länger beschäftigte: »Was hast du gemeint, als du in den Verliesen von Prouille den Wahn des Besessenen auf eine Art Fieber zurückgeführt hast?«

Auf dem Gesicht Ignazios, der bis dahin vollkommen in Gedanken versunken gewirkt hatte, erschien ein listiges Lächeln. »Dieser Mann war von keinem bösen Geist besessen. Darauf möchte ich wetten.«

»Also glaubst du, dass ihn eine Krankheit befallen hatte?«

»Nicht eine Krankheit, sondern eine giftige Substanz. Die Ausdünstungen eines Metalls.«

Philippe de Lusignan trieb sein Pferd an den Karren heran. »Eine interessante Theorie, Meister Ignazio. Das müsst Ihr mir erklären.«

Der Händler aus Toledo warf ihm einen spöttischen Blick zu. Das Misstrauen und die Verachtung, die er für diesen Mann empfand, wuchsen sich allmählich zu wirklicher Abneigung aus. »Sieur Philippe, ich dachte, Ihr teiltet Fulkos Meinung. Ich möchte Eure Überzeugungen nicht erschüttern.«

»Seid doch nicht so naiv. Ich hielt es schlicht und ergreifend nicht für angebracht, einem der einflussreichsten kirchlichen Würdenträger von Südfrankreich zu widersprechen. Im Übrigen muss ich gestehen, dass ich ziemlich wenig über die Besessenheit durch Dämonen weiß. Bisher beschränkte sich meine Aufgabe darauf, die Mauren zu bekämpfen«, erklärte der Komtur. »Aber in den Augen des armen Sébastien habe ich nichts Teuflisches entdecken können. Das Einzige, was ich bei ihm feststellen konnte, waren ein verwirrter Geist und, wie soll ich es ausdrücken, eine Art körperliches Leiden: Er schien seine Bewegungen nicht unter Kontrolle zu haben.«

»Das stimmt, aber es gibt noch andere Anzeichen.« Ignazio nahm seine Finger zu Hilfe, um sie aufzuzählen. »Der süßliche Atem. Das Zittern am ganzen Leib. Die Lähmung der Gliedmaßen. Die Verfärbung der Haut. Und schließlich ein bläulicher Rand am Zahnfleisch.« Die letzten Worte sprach er besonders laut aus, weil er das Rattern des Karrens übertönen musste. »Und dann die Krämpfe, das Blut im Urin, der Brechreiz … Das alles sind Symptome einer ziemlich seltenen Veränderung des Stoffwechsels. Ich weiß sehr wenig darüber, aber ich habe gehört, dass so etwas manchmal auch Menschen befällt, die sich mit Alchimie beschäftigen.«

Willalme musterte ihn neugierig. »Worauf willst du hinaus?«

»Ich spreche von einer Krankheit, die schon in der Antike bekannt war. Sie wird ›Saturnismus‹ genannt oder besser ›Fluch des Saturn‹.«

»Ich verstehe immer noch nicht«, gab Philippe de Lusignan zu. »Erklärt es genauer.«

»Mit dem Namen ›Saturn‹ wird *plumbum nigrum* bezeichnet oder einfach Blei. Die Menschen, die damit arbeiten oder den Metallstaub einatmen, werden manchmal mit Wahnsinn geschlagen. Wie Sébastien. Das Blei dringt in ihr Blut ein und lässt sie verrückt werden.« Bereitwillig ging Ignazio noch weiter ins Detail. »*Plumbum nigrum* wird beim ersten Schritt des alchimistischen Großen Werks eingesetzt, während der *Nigredo*. Wie Ihr seht, führen die Beweise wieder einmal in dieselbe Richtung.«

»Aber sicher, der Graf von Nigredo … Seine Verbindung zur Alchimie …«, sagte Philippe nachdenklich. »Aber es kommt mir merkwürdig vor, dass diese Elendsgestalt Sébastien ein Alchimist gewesen sein soll. Und wenn er einfach in einer Galenit-Mine gearbeitet hat, aus dem man bekanntlich Blei gewinnt?«

»Ihr vergesst die lateinische Formel, die er ständig wiederholte: ›*Miscete, coquite, abluite et coagulate*‹. Das ist kein wirres Gefasel. Er zählte die Arbeitsschritte auf, die für die alchimistische Verwandlung von Metallen notwendig sind und die er wahrscheinlich selbst durchgeführt hat.«

»Die Angelegenheit wird immer spannender«, sagte Willalme aufgeregt.

»Spannender und geheimnisvoller«, ergänzte Ignazio. »Aus diesem Grund haben auch die Späher, die Fulko zum Beginenhof von Santa Lucina geschickt hat, keine Beweise gefunden. Sie suchen nach Belegen für Ketzerei. Wir dagegen müssen nach viel ungewöhnlicheren Dingen Ausschau halten, die leicht für etwas anderes gehalten werden, wie eben zum Beispiel Nebenwirkungen, wie man sie von Menschen kennt, die sich mit Alchimie beschäftigen.«

Philippe nickte zufrieden. »Jetzt begreife ich, warum König Ferdinand Euch so schätzt. Ihr habt wirklich einen scharfen Verstand.«

Die Erwähnung des Monarchen ließ Ignazio aufhorchen. Doch nicht aus Respekt vor der Krone, vielmehr jagte in seinem Kopf ein Gedanke den nächsten, bis seine Augen aufleuchteten. Und ohne jemand Bestimmten anzusprechen, sagte er: »Erst jetzt begreife ich den wahren Grund, warum man gerade uns diese Mission anvertraut hat.«

Thiago, der jedes Wort aufmerksam verfolgt hatte, fragte nach: »Wie meint Ihr das?«

Ignazio musterte den Soldaten aus Navarra, der wesentlich klüger sein musste, als er sich anmerken ließ. Doch ehe er ihm antwortete, fragte er sich, wem Thiago wohl treuer ergeben war, Philippe de Lusignan oder Gonzalez. Oder ob er noch einen dritten Herrn hatte. »Ich meine damit, dass Ferdinand dem Dritten, Pater Gonzalez und Bischof Fulko gar nicht daran gelegen ist, Blanca zu helfen. Es geht ihnen um etwas ganz anderes.«

Thiago rümpfte nur zweifelnd die Nase, und schließlich hielt Philippe das Schweigen nicht mehr aus: »Aber Meister Ignazio, es gibt keinen Grund, so schlecht über unseren Monarchen zu sprechen …«

Plötzlich ertönte Kriegsgeschrei aus der dichten Macchia. Gleich darauf hörte man Schritte im Unterholz, und es brachen ein Reiter und fünf mit Lanzen und Armbrüsten bewehrte Fußsoldaten hervor.

Den Reisenden blieb keine Zeit, sich zu einem Gegenangriff zu formieren, und die Angreifer nutzten ihren Vorteil. Der gegnerische Ritter stürmte mit gezücktem Schwert vor und verpasste Thiago einen gezielten Hieb ins Gesicht, dann kreuzte er mit Philippe de Lusignan die Klingen, während die anderen Soldaten den Karren umzingelten.

Willalme sprang vom Bock und stürzte sich mitten unter die Kämpfenden, er zog seinen Säbel, wich dem Stockhieb eines Soldaten aus und hackte ihm mit einer fließenden Bewegung den Arm ab. Während er einen zweiten Krieger bedrängte, konnte er nicht sehen, wie ein Armbrustschütze auf ihn zielte. Schon zischte ein Bolzen durch die Luft und durchbohrte seine linke Schulter. Ignazio sah, wie sein Freund zu Boden sank und das Schwert fallen ließ, doch als er ihm zu Hilfe eilen wollte, griff ihn einer der Soldaten an und wollte ihm die Zügel entreißen. Instinktiv trieb Ignazio die Pferde an. Die schon verängstigten Tiere bäumten sich wiehernd auf und stürmten im Galopp davon. Der Karren jagte durch die Macchia, und Ignazio konnte nichts anderes tun, als sich am Bock festzuklammern, um nicht hinausgeschleudert zu werden. Alles geschah in atemberaubender Geschwindigkeit. Ignazio blickte zurück zu seinen Gefährten, er konnte gerade noch Thiago erkennen, der mit hoch erhobenem Schwert und blutüberströmtem Gesicht aus der Menge der Kämpfenden hervorstach.

Ungeachtet seiner Schmerzen richtete sich Willalme auf die Knie auf, um einem neuen Angriff zuvorzukommen. Er packte die Lanze des Soldaten, den er erschlagen hatte, und schleuderte sie gegen den Armbrustschützen, der noch im Unterholz lauerte. Dieser warf seine Waffe weg und hob einen Rundschild zu seiner Verteidigung, doch die Spitze der Lanze glitt nach oben über den Schild und durchbohrte ihm die Kehle. Willalme beobachtete, wie der Mann leblos ins Gras sank.

Philippe hatte inzwischen den gegnerischen Ritter aus dem Sattel geworfen und eilte nun Thiago zu Hilfe. Der war durch das Blut seiner Wunde geblendet und schlug aufs Geratewohl auf zwei Soldaten ein.

Willalme schaute sich nach seinen Gefährten um.

»Kümmert Euch um Meister Ignazio«, rief de Lusignan, während er sein Schwert auf den Schädel eines Gegners niedersausen ließ.

Ohne eine Antwort zu geben, sprang Willalme auf das Pferd des feindlichen Ritters, den Philippe aus dem Sattel gehoben hatte, und verschwand im Gebüsch. Die Schulter, in der die Bolzenspitze steckte, bereitete ihm höllische Schmerzen.

Erst an einem zwischen Büschen verborgenen Fluss gelang es Ignazio, die Pferde zum Stehen zu bringen. Am gegenüberliegenden Ufer befand sich eine Lichtung, in deren Mitte ein von Palisaden geschütztes Feldlager aufgeschlagen war. Dort hielten sich Soldaten mit den unterschiedlichsten Uniformen auf.

Ignazio nahm an, dass es sich um ein Söldnerheer handelte. Im Languedoc traf man häufig auf Truppen von *soudadiers*, die sich von jedem gegen Bezahlung dingen ließen. Doch als er ihre Banner erkannte, erschrak er und zog sich vorsichtig in die dichtere Macchia zurück.

Das Geräusch galoppierender Hufe ließ ihn herumfahren, doch dann erkannte er hoch zu Ross seinen Freund. Seine Erleichterung währte allerdings nur kurz, da Willalme unter einem plötzlichen Schwächeanfall kraftlos aus dem Sattel glitt.

Ignazio eilte ihm zu Hilfe. Willalme hatte sich, um nicht zu Boden zu fallen, an einer Tasche festgeklammert, die am Sattel angebracht war, doch diese rutschte mit ihm nach unten. Gleich darauf war Ignazio bei ihm. »Du bist verletzt.«

»Das ist nichts«, spielte Willalme es herunter, der jedoch ganz bleich im Gesicht war. »Du zumindest … bist noch unversehrt!«

»Sprich um Himmels willen leise«, ermahnte ihn Ignazio und deutete auf das von der Palisade umgebene Feldlager, das auf der anderen Seite des Flusses lag.

»Was sind das für *soudadiers*?« Dann erkannte auch Willalme die Wappen und zuckte zusammen. »Sie führen eine schwarze Sonne auf gelbem Grund … Meinst du, das sind die Archonten?«

»Ja.« Ignazio untersuchte die Wunde seines Freundes. »Die Söldner, die uns angegriffen haben, müssen von dort kommen. Vielleicht waren es ihre Kundschafter.«

»Oder vielleicht haben sie uns aufgelauert …«, sagte Willalme und legte die Hand an seine Schulter. »Nun hilf mir schon, diesen Bolzen loszuwerden …«

Ignazio schüttelte den Kopf. »Wenn ich ihn jetzt herausziehe, reiße ich nur die Wunde weiter auf, und dann verlierst du noch mehr Blut. Wir müssen einen sicheren Ort finden, wo wir deine Verletzung ordentlich versorgen können. Lass einmal sehen, wie ich dir in der Zwischenzeit helfen kann …« Er riss die Jacke seines Freundes auf, um die Wunde freizulegen, und stillte das Blut mit einem Stück Stoff, dann legte er einen vorläufigen Verband an. »Sieur Philippe und Thiago?«, fragte er währenddessen.

»Sie sind erfahrene Krieger … Sicher haben sie inzwischen alle erledigt.«

»Machen wir, dass wir zu ihnen kommen.« Ignazio warf einen letzten Blick auf das Lager und bemerkte zu seiner Überraschung, dass einige Soldaten Kreuzritteruniformen oder die des Königlichen Heeres trugen. »Wir müssen schleunigst von hier verschwinden.«

»Warte …«, warf Willalme ein. »Wenn das dort drüben tatsächlich die Archonten sind, sollten wir ihnen dann nicht folgen?«

»Zuerst muss ich mich um dich kümmern, und außerdem ist gar nicht gesagt, dass diese Soldaten wissen, wo Blanca von Kastilien gefangen gehalten wird.«

Ignazio half seinem Freund auf den Karren, doch ehe er selbst aufstieg, erregte ein merkwürdiges Funkeln im Gras seine Aufmerksamkeit, daher schaute er sich noch einmal genauer die Stelle an, wo die Tasche von Willalmes Pferd gefallen war. Dabei hatte sich ihr Inhalt teilweise über den Boden verstreut. Ignazio kniete sich hin und stellte verwundert fest, dass sie Goldmünzen enthielt. »Woher kommt dieses Geld?«

»Ich habe keine Ahnung«, antwortete der Franzose, der genauso verblüfft war wie Ignazio. »Das Pferd gehörte einem der Soldaten … Vielleicht hat er das Gold gestohlen.«

Ignazio hob eine Münze vom Boden auf und betrachtete sie, wobei seine Miene immer größere Überraschung verriet, danach reichte er sie weiter an seinen Gefährten. Auf einer Seite des Geldstücks war ein Bild eingeprägt, eine Spinne mit am Ende eingerollten Beinen.

Willalme riss überrascht die Augen auf. »Was bedeutet das?«

Anstelle einer Antwort zeigte Ignazio ihm die Inschrift auf der Rückseite der Münze: AIRAGNE. »Begreifst du es jetzt? Diese Münzen müssen auf Airagne geprägt worden sein.« Er wog das Goldstück sorgfältig in der Hand. »Das ist allerdings merkwürdig … Irgendetwas stimmt damit nicht …«

»Ich kann nichts Außergewöhnliches daran finden.«

Willalme beugte sich noch einmal vor, um die Münze genauer betrachten zu können, dabei versuchte er, den Schmerz in seiner Schulter nicht zu beachten.

»Aber wo wir schon einmal allein sind … Erklär mir doch bitte, was du damit gemeint hast, unsere Mission ziele nicht darauf ab, Blanca von Kastilien zu Hilfe zu eilen.«

»Ich muss da noch einige Dinge überprüfen.« Ignazio sah sich vorsichtig um, klaubte auch noch die übrigen Münzen vom Boden und versteckte sie im Bock des Karrens. »Und selbstverständlich kein Wort zu niemandem über das, was wir gerade herausgefunden haben, weder über das Lager der Archonten hier am anderen Ufer noch über das Gold von Airagne.«

Sie kamen gerade noch rechtzeitig, um zu sehen, wie Philippe den letzten Soldaten, der bereits am Boden lag und noch zuckte, mit seinem Schwert durchbohrte.

Thiago steckte gerade sein Schwert wieder in den Gürtel und lief dem Händler entgegen. »Seid Ihr unverletzt?«

Bevor Ignazio antwortete, sah er sich zunächst das Gesicht des Soldaten genau an. Der Hieb des gegnerischen Ritters hatte ihn entstellt und ihm eine tiefe Wunde quer übers Gesicht geschlagen. Zum Glück war er nicht voll getroffen worden. Er würde mit einer Narbe davonkommen, aber beinahe hätte er die Nase oder ein Auge verloren, vielleicht sogar sein Leben.

»Mir geht es gut«, sagte er dann. »Aber wir haben zwei Verwundete zu versorgen.«

»Das ist nichts, was nicht ein ordentlicher Feldscher beheben könnte«, wiegelte Philippe ab.

»Und die Angreifer?«, fuhr Ignazio fort. Er zählte sechs Leichen. »Habt Ihr alle getötet? Habt Ihr eine Vorstellung, wer sie waren?«

»Alle sind tot«, antwortete Thiago. »Sie führten keine Wappen … Zum Teufel!« Er verzerrte sein Gesicht vor Schmerzen und fuhr mit einer Hand an die Wunde. »Dieser verfluchte Schnitt hört gar nicht mehr auf zu bluten. Es läuft mir in die Augen … Was habt Ihr jetzt vor?«

Ignazio zeigte auf eine Stelle ganz in der Nähe, wo der Weg in ein Tal hinabführte. »Den Angaben von Bischof Fulko nach liegt der Beginenhof von Santa Lucina in dieser Richtung. Wenn wir dem Weg folgen, werden wir ihn bestimmt noch vor der Vesper erreichen. Dort wird man die Wunden bestimmt entsprechend versorgen, und wir finden Unterkunft für die Nacht.«

»Und in der Zwischenzeit suchen wir nach Hinweisen auf den Grafen von Nigredo«, sagte Philippe de Lusignan und zog sein Schwert mit einem Ruck aus der Leiche des Soldaten.

16

Moira war in der Nacht geflohen. Das hatte man nun davon, wenn man den Frauen vertraute, dachte Uberto, als er aufwachte und bemerkte, dass sie nicht mehr da war. Er hatte sie gerettet, er hatte ihr Kleidung und etwas zu essen gegeben und hätte sich überdies fast in sie verliebt … Ganz offensichtlich mangelte es ihm an der Menschenkenntnis, die bei seinem Vater so ausgeprägt war.

Gekränkt und verärgert war er zunächst versucht, sie ihrer Wege ziehen zu lassen, doch dann dachte er noch einmal nach. Das konnte er sich nicht erlauben. Er brauchte sie, denn nur sie kannte den Weg nach Airagne. Er überlegte sich einen Plan, wie er sie am besten finden könnte, und stieg in den Sattel. Wenigstens war Moira so freundlich gewesen, ihm nicht auch noch sein Pferd zu stehlen …

Den halben Tag suchte er die Wege rund um die Jagdhütte ab, bis er auf einige frische Spuren stieß. Sie führten nach Osten an den Rand eines großen Eichenwalds. Hier ging der Weg Richtung Süden um den Wald herum, doch die Spuren führten direkt ins Unterholz, und Uberto blieb nichts anderes übrig, als ihnen zu folgen.

Das Blätterdach war so dicht, dass keine Sonnenstrahlen hindurchdrangen. Der junge Mann stieg aus dem Sattel, um den niedrigen Ästen auszuweichen, und ging zu Fuß weiter, Jaloque führte er an den Zügeln hinter sich her. Er fühlte sich von einer merkwürdigen Stimmung umfangen, wie in einem uralten Heiligtum. Der Wald glich einer unermesslichen Kathedrale, mit Baumstämmen anstelle von Säulen und einem Deckengewölbe aus ineinander verschränkten Baumkronen.

Doch seine Gedanken kreisten überwiegend um Moira. Er fragte sich, was ihn wirklich veranlasste, ihr nachzuspüren, und ihm wurde klar, dass er sich mehr für sie interessierte, als er gedacht hatte. Nun war er auch nicht mehr verärgert, sondern vielmehr besorgt um sie. Er konnte es kaum erwarten, sie wiederzufinden, und hoffte inständig, dass ihr nichts zugestoßen sei. Doch dann kam er sich auf einmal dumm vor und zwang sich, Vernunft anzunehmen. Er brauchte Moira vor allem, um seinen Auftrag zu erfüllen, alles andere zählte nicht.

Mit diesen Gedanken schritt er weiter zwischen den Bäumen vorwärts.

Es war schwierig, im Dunkel des Waldes ihre Spuren auszumachen. Die Abdrücke wurden immer schwächer oder verschwanden unter einer Schicht welken Laubs, aber dennoch war Uberto sicher, dass er auf der richtigen Fährte war.

Das plötzliche Geräusch von Schritten ließ ihn zusammenfahren, er nahm hinter sich noch eine Bewegung wahr, doch ehe er sich umdrehen konnte, bekam er einen Schlag auf den Kopf. Er versuchte, sich zu wehren, doch da traf ihn schon ein zweiter Hieb, der noch heftiger als der erste war, mitten in den Bauch.

Uberto krümmte sich vor Schmerz, und ehe er das Bewusstsein verlor, sah er noch, wie sich eine zerlumpte Gestalt über ihn beugte.

Durch das Dunkel des Waldes hallte ein schreckliches Gelächter.

Moira hatte unbehelligt den schaurigen Eichenwald durchquert und einen Weg eingeschlagen, der sie nach Toulouse führen würde. An ihrer Seite lief der schwarze Hund, der sich nie von ihr trennte. Vom langen Weg und von der Hitze des Tages erschöpft, hielt sie bei einem Brunnen am Wegrand an. Sie setzte sich auf die Umrandung aus grauem Stein und ließ den angeschlagenen alten Eimer an der Winde nach unten. Hier auf dem offenen Land erschien ihr alles einfacher, auch die Umgebung kam ihr nicht mehr so feindselig vor, und unbewusst kehrten ihre Gedanken wieder zu dem jungen Mann zurück, der ihr geholfen hatte. Uberto. Es tat ihr leid, dass sie sich so davongestohlen hatte, und mehr als einmal wäre sie beinahe umgekehrt, um wieder sein freundliches Gesicht zu sehen und diese angenehme Stimme zu hören. Bei ihm hatte sie sich so geborgen gefühlt. An seiner Seite hätte sie vielleicht wieder so fröhlich und unbeschwert wie früher werden können. Aber Uberto war auf dem Weg nach Airagne …

Der Eimer kam mit Wasser gefüllt wieder hoch und Moira tauchte die Hände hinein, wusch sich das Gesicht und stillte dann ihren

Durst. Eigentlich hätte sie sich nun erfrischt und gestärkt fühlen müssen, doch dieses Plätschern und die glitzernde Oberfläche machten ihr Angst. In ihrer Vorstellung wurden aus dem sanften Kräuseln des Wassers im Eimer riesige Wellen, bis sie sich wieder auf einem vom Sturm gebeutelten Schiff glaubte. Die stürmische See vor der tyrrhenischen Küste tobte unermüdlich, die Wellen warfen das Boot hin und her wie eine Nussschale, während ein schreckliches Ächzen im Gebälk ankündigte, dass der Hauptmast gleich umknicken würde. Der Bug des Schiffes bäumte sich in den Wogen auf, als wollte er sich gegen die stürmische See auflehnen.

Dann erinnerte sie sich an den Strudel, der sich mitten im Meer aufgetan hatte, einen Schlund mit schwarzen und metallisch glitzernden Wänden. Und er hatte das Schiff verschlungen …

Uberto öffnete die Augen, er hatte pochende Kopfschmerzen, doch ehe er sich rührte, wollte er begreifen, was passiert war. Zwei Männer standen neben ihm und stritten miteinander. Sie sprachen mit Toulouser Akzent, doch sie klangen etwas derber, bäuerlicher als die Städter.

Der Kräftigere von beiden versuchte lautstark, die Beute zu seinen Gunsten aufzuteilen. Er forderte das Pferd für sich. Der andere, ein Buckliger, wehrte sich nach Kräften dagegen. Seiner Meinung nach war das Pferd viel mehr wert als die übrige Beute.

Nachdem Uberto die Lage erfasst hatte, streckte er verstohlen seine Hand zu seinem Gürtel hin, packte den Griff der *jambiya* und machte sich bereit aufzuspringen. Die beiden Spießgesellen hatten sich einstweilen geeinigt: Ehe sie weiter um die Beute stritten, würden sie erst einmal nachsehen, was sich in der Tasche befand, die ihr Opfer um den Hals trug.

Der Kräftigere beugte sich über den jungen Mann und wühlte sorglos in dessen Taschen, da er der Überzeugung war, dieser sei noch bewusstlos. Doch gleich darauf jaulte er vor Schmerz auf und zog vollkommen überrascht die Hand zurück. Uberto hatte sich blitzschnell umgewandt und ihm mit der *jambiya* vier Finger abgetrennt.

Mit einem Schmerzensschrei wich der Mann zurück und presste die verletzte Hand an die Brust, während sein Kumpan ein Bündel fallen ließ, das er gerade am Sattel festmachen wollte, und unentschlossen verharrte. Uberto nutzte die Zeit, sprang schnell auf die Füße und schwang seine Waffe drohend gegen die beiden Banditen. »Verschwindet!«, schrie er sie an, ungeachtet seiner dröhnenden Kopfschmerzen. »Verschwindet, verfluchte Dreckskerle, oder ich bringe euch um!«

Die Räuber zögerten ein wenig, der Bucklige klaubte noch einen Stock vom Boden auf, doch davon ließ sich Uberto nicht einschüchtern und kam weiter drohend auf sie zu. Da schauten sich die beiden einmal kurz an und verschwanden rasch im Schatten der Bäume.

Uberto blieb noch eine Weile mit der *jambiya* in der Hand stehen. Er zitterte am ganzen Leib. Dann durchflutete ein merkwürdiges Hochgefühl seinen Körper. Er hatte noch nie so grausam gehandelt. Was war denn in ihn gefahren?

Daran war bestimmt der Wald schuld und diese schreckliche Dunkelheit.

Er musste ihn so schnell wie möglich hinter sich lassen.

Moira, die immer noch von ihren Erinnerungen gequält wurde, machte sich wieder auf den Weg. Die Landschaft lag weit und einsam vor ihr wie ein endloser Teppich. Sie überlegte, ob sie nicht doch zu Uberto zurückkehren sollte. Vielleicht könnte sie ihn ja davon überzeugen, nicht weiter nach Airagne zu suchen. Es wäre schön, wenn sie noch mehr Zeit mit ihm verbringen könnte … Doch dann wurde sie brüsk aus ihren Träumen gerissen, denn ein Reiter brach aus dem Unterholz hervor und preschte direkt auf sie zu.

Der Maure hatte sie wiedergefunden.

Instinktiv rannte das Mädchen los, während die galoppierenden Hufe in ihren Ohren dröhnten wie die Vorboten des eigenen Todes. Panik erfasste sie und machte sie blind für ihre Umgebung und ungeschickt. Sie stolperte und lag plötzlich auf dem Boden; als sie aufblickte, blendete sie die Sonne. Dann sah sie plötzlich den Säbel des Mauren über sich aufblitzen und hob abwehrend die Hände vors

Gesicht. Fern wie aus einem Traum drang das hilflose Knurren ihres Hundes zu ihr.

Etwas sirrte durch die Luft, Blut spritzte auf ihre Finger.

Moira nahm die Hände wieder von den Augen, verblüfft, dass sie noch am Leben war, und sah direkt in Kafirs dunkles Gesicht. Sein Blick war leer, der Maure war tödlich getroffen. Als ihre Augen weiter nach unten wanderten, sah sie, dass ein Pfeil seinen Hals durchbohrt hatte. Schnell glitt sie beiseite, damit der Krieger nicht auf sie fiel.

Moira sah sich um und erkannte am Waldrand einen Reiter, der auf dem Rücken eines wunderbaren schwarzen Hengstes saß und den Bogen noch fest in der Hand hielt.

Sie konnte ihren Blick nicht von ihm wenden, bis er sie erreicht hatte.

Uberto machte den Bogen am Sattel fest und trieb Jaloque zu dem Mädchen hin. Ganz gegen seinen Willen empfand er eine tiefe, wilde Erregung. Er hatte soeben einen Mann getötet, ohne groß nachzudenken. Das entsprach gar nicht seinem Charakter. So etwas hatte er noch nie getan. Doch bald wichen diese Bedenken einem viel stärkeren Gefühl. Er hatte sie wiedergefunden.

Als er bei Moira angekommen war, riss er sich allerdings zusammen und tilgte jede Spur von Erleichterung aus seinem Gesicht, ehe er schroff zu ihr sagte. »Was muss ich eigentlich noch tun, um dein Vertrauen zu gewinnen?«

Das Mädchen war immer noch vor Schreck wie gelähmt. »Wie … wie hast du mich gefunden?«, stammelte sie, mehr brachte sie nicht heraus.

»Beinahe hätte ich dich verloren. Du gleitest leichtfüßig über den Boden, und ich bin kein erfahrener Jäger, der die Spuren eines Hasen im Unterholz ausmachen kann. Zum Glück hat der Maure, der hinter dir her war, deutlichere Spuren hinterlassen. So musste ich bloß den Hufabdrücken seines Pferdes folgen, um dich zu finden.«

Moira war immer noch wie erstarrt, nur ihre Augen bewegten sich und wanderten zwischen Ubertos Gesicht und Kafirs Leiche hin und her.

»Warum bist du vor mir weggelaufen?«, fragte Uberto. »Ich wollte dir doch nichts antun.«

Sie schluchzte auf. »Du bist auf dem Weg an einen Ort, von dem niemand wiederkehrt.«

»Sag doch nicht so etwas Dummes. Nur aus der Hölle gibt es kein Entkommen.«

»Du kannst sagen, was du willst«, erwiderte Moira trotzig und fasste wieder etwas Mut, »aber ich führe dich nicht nach Airagne, das kannst du mir glauben.«

Uberto lächelte unbarmherzig. »Du lässt mir keine Wahl«, sagte er dann hart, zog seine *jambiya* und drückte ihr die Klinge gegen die Kehle. »Ich werde dich dem ersten bischöflichen Gericht überantworten, das wir auf unserem Weg finden. Das wird dir vielleicht doch die Zunge lösen.«

17

Sie folgten dem Weg im Schatten der Berge, ohne dass ihnen jemand begegnete außer etlichen Schafen, die zu beiden Seiten des Weges grasten, bis sie schon dachten, sie hätten sich verirrt. Doch Ignazio sollte recht behalten. Wenig später standen sie inmitten einer Ansammlung von Hütten, die sich um eine alte Pfarrei drängten. Die *béguinage* von Santa Lucina.

Vor der Kirche waren drei junge Frauen in grauen Gewändern damit beschäftigt, ein Schaf zu scheren. Das Ganze gestaltete sich anscheinend schwieriger als gedacht, da das Tier sich wehrte und man es festhalten musste. Doch die Frauen arbeiteten geduldig weiter, sie schienen beinahe belustigt zu sein. Sobald sie allerdings die Fremden erblickten, unterbrachen sie rasch ihre Tätigkeit, flüchteten in die Kirche und schlugen das Portal hinter sich zu. Verwundert hielten die Reisegefährten vor dem Gebäude.

Ignazio stieg vom Karren und ging zum Portal, wobei er dem halb geschorenen Schaf auswich. »Wir suchen eine Unterkunft für die Nacht«, rief er laut, und als niemand antwortete, klopfte er energisch.

»Im Namen des Herrn, geht bitte«, forderte sie eine Frauenstimme von drinnen auf.

»Wir haben zwei Verwundete bei uns«, erklärte Ignazio. »Sie müssen so schnell wie möglich versorgt werden.«

Nach längerer Zeit hörte man, wie Riegel zurückgeschoben wurden. Die Türflügel öffneten sich einen Spaltbreit, und eine alte Frau streckte den Kopf heraus.

»Wir werden den Verwundeten helfen. Lasst sie hier, dann kümmern wir uns gern um sie«, sagte die Begine. »Doch Ihr anderen könnt nicht hinein. Wir beherbergen keine Fremden.«

»Wir dachten eigentlich, dies sei ein *hospitium*«, erwiderte der Händler aus Toledo und gab sich enttäuscht.

Die alte Frau wich ein wenig ins Kircheninnere zurück, wie eine Katze vor ihrem Sprung auf ihre Beute. »Das stimmt so nicht. Das

Haus von Santa Lucina nimmt nur Frauen auf. Wir lassen hier keine Männer herein, es sei denn, sie bedürfen unserer Pflege.« Sie seufzte auf, dann fügte sie ein wenig sanfter hinzu: »Vor allem nach dem, was geschehen ist.«

»Was ist denn vorgefallen?«

Die Augen der Frau ließen Mitleid erkennen. »Vorgestern ist einer unserer Mitschwestern Gewalt angetan worden, der armen Seele.«

»Das tut mir leid, *soror*.« Ignazio senkte den Kopf. »Aber wir sind keine solchen Männer, das versichere ich Euch ...«

»Bitte beharrt nicht darauf, hier Einlass zu finden. Wenn ich sage, dass es unmöglich ist, dann ist es unmöglich. Außerdem ist unsere Äbtissin nicht da. Nur sie könnte die Erlaubnis erteilen, dass Ihr hier übernachtet.«

Der Händler zeigte auf den Karren, wo Willalme fast besinnungslos vor sich hin dämmerte. Thiago war bereits vom Pferd gestiegen und kauerte nun etwas abseits am Boden, eine Binde bedeckte seine Wunde. »Sollen wir also unsere Verletzten hierlassen und nach Puivert zurückkehren? Der Weg dorthin ist ziemlich weit ...«

Die Begine schüttelte den Kopf. »Das wird nicht nötig sein, Sieur. Nicht weit von hier befindet sich die Zisterzienserabtei von Fontfroide. Sie liegt mitten in dem breiten Tal, unterhalb der Berge. Wenn Ihr Euch beeilt, könnt Ihr sie noch vor Einbrechen der Dunkelheit erreichen. Die Mönche dort werden Euch für die Nacht Gastfreundschaft gewähren, und morgen könnt Ihr wiederkommen, um Eure Verwundeten zu besuchen.«

»Nun gut, Ihr habt uns überzeugt«, beendete Ignazio die Unterredung, woraufhin ihn Philippe de Lusignan empört anfunkelte. »Wir werden unsere Gefährten Eurer Obhut anvertrauen und dann gehen. Doch gestattet mir noch eine Frage.«

»Wenn es mir erlaubt ist, darauf zu antworten ...«

»Welcher Ordensgemeinschaft gehört Ihr an?«

Die alte Frau räusperte sich nervös. »Wir sind Töchter der heiligen Lucina. Ihr widmen wir unser Werk.«

»Der heiligen Lucina?«

»Ja. *Mater* Lucina. Sie, die ans Licht der Welt bringt.«

154

Darauf erwiderte Ignazio nichts. Er ging zum Karren, um Willalme beim Heruntersteigen zu helfen. »Diese Frauen werden sich um dich kümmern, mein Freund«, sagte er freundlich, während ein paar Schwestern herauskamen, um den Verletzten zu helfen. »Du wirst sehen, morgen geht es dir schon viel besser.«

Nachdem sie Willalme und Thiago den Beginen überlassen hatten, verließen Ignazio und Philippe diesen geheimnisvollen Ort.

Schweigend folgten die beiden dem Weg, den ihnen die alte Begine gewiesen hatte. Er führte durch eine düstere Landschaft, der Boden hier roch so streng wie Friedhofserde. Beide Männer waren sehr erleichtert, als sie bei Einbruch der Dämmerung eine Kirche erblickten, die wohl aus den rötlichen Steinen der umliegenden Berge errichtet worden war.

Ignazio richtete sich auf dem Bock auf, um besser sehen zu können. »Das muss die Abtei von Fontfroide sein. *Fons frigidus*, der Ort, an dem sich Fulkos Späher verbergen.«

Erst jetzt machte de Lusignan seiner Empörung Luft. »Ich wollte mich vorhin nicht einmischen, aber meiner Meinung nach habt Ihr etwas vorschnell gehandelt. Denkt Ihr wirklich, es war richtig, unsere Gefährten diesen Frauen anzuvertrauen?«

»Ich dachte, Ihr habet begriffen, warum ich das getan habe«, log Ignazio, der sich seinen Spaß daraus gemacht hatte, Philippe über seine wahren Absichten im Dunkeln zu lassen. »Natürlich hätten wir Willalme und Thiago auch hierher bringen können, wo die Mönche von Fontfroide sie ebenso gut versorgt hätten. Aber dann hätten wir uns der Möglichkeit beraubt, zum Beginenhof zurückzukehren, ohne Verdacht zu erregen. Morgen werden wir uns unter dem Vorwand, dass wir unsere Gefährten besuchen wollen, vor Ort etwas umsehen und versuchen zu erfahren, welches Geheimnis sich dort verbirgt.« Er schnalzte mit den Zügeln, um die Pferde anzutreiben. »Langsam bin ich der gleichen Meinung wie Bischof Fulko, dass es zwischen der Gemeinschaft von Santa Lucina und diesem Ort namens Airagne eine Verbindung gibt.«

De Lusignan passte den Schritt seines Pferdes an die Geschwindigkeit des Karrens an. »Ihr scheint Euch da ziemlich sicher zu sein. Habt Ihr denn bereits etwas Verdächtiges bemerkt?«

»Mir ist tatsächlich etwas Merkwürdiges aufgefallen.«

»Und was?«

»Es geht um Santa Lucina. Ein eher ungewöhnlicher Name für eine Heilige, meint Ihr nicht? Ich bin mir so gut wie sicher, dass sie nicht einmal im Martyrologium des heiligen Hieronymus erwähnt wird. Die alte Begine hat sie die Trägerin des Lichts genannt … Nein, sie hat sie als ›die, die ans Licht der Welt bringt‹ bezeichnet. Und dann hat sie sie nicht Heilige genannt, sondern das Wort ›mater‹ benutzt. Sagt Euch das nichts?«

»Ehrlich gesagt nicht. ›Mater‹ ist ein ziemlich gebräuchlicher Titel in Kirchenkreisen.«

»Und doch klang es für mich seltsam. Das erinnert mich an eine römische Gottheit, die von Frauen, vor allem von Hebammen und Schwangeren, verehrt wurde. Sie wurde Mater Lucina genannt, weil sie bei der Geburt half, indem sie die Kinder aus der Dunkelheit des Mutterleibs ans Licht der Sonne brachte.«

»Das wusste ich nicht, aber wenn das, was Ihr sagt, stimmt, ist die Namensgleichheit mit Santa Lucina bestimmt kein Zufall«, stimmte ihm Philippe zu. »Meint Ihr, dass hinter diesem Namen eine Verbindung zu Airagne steckt?«

»Im Moment wäre das eine ziemlich gewagte Mutmaßung, aber wir müssen uns auch immer vor Augen halten, dass wir auf einer eher ungewöhnlichen Mission sind. Wir sind auf der Suche nach einem Alchimisten. Und wenn wir in den Begriffen der Alchimie denken, dann könnte der Übergang von der Dunkelheit ans Licht eine Anspielung auf den Schritt von der *Nigredo* zur *Albedo* sein!«

»Von Schwarz zu Weiß … Und was bedeutet das genau?«

»Albedo, das strahlende Weiß, spielt auf die Kalzinierung an. Der Begriff bezeichnet die Reinigung des Rohmaterials.«

»Also könnte der Name Mater Lucina auch ein Hinweis auf die *Albedo* sein …«

»Doch lassen wir uns nicht von unseren Gedanken fortreißen«, wiegelte Ignazio ab. »Das ist nur eine Mutmaßung, nichts weiter.«

Sie hatten die Abtei fast erreicht, als sie Zeugen einer denkwürdigen Szene wurden. Genau in dem Moment ritt eine Frau auf einem Maultier aus dem Tor. Sie war fortgeschrittenen Alters, schlicht gekleidet, doch ihre Haltung strahlte Würde aus. Ein junger Mönch rannte ihr aufgeregt hinterher, beinahe wäre er über seine Kutte gestolpert. »Wartet doch, Mutter, wartet! Ihr könnt nicht einfach so gehen!«, rief er schrill. »Diese junge Frau muss bestraft werden, sie wird der Hexerei beschuldigt!«

»Wie könnt Ihr es wagen! Meiner Mitschwester wurde Gewalt angetan!«

Diese wenigen Worte genügten Ignazio, um zu begreifen, wen sie da vor sich hatten. Es musste die Äbtissin von Santa Lucina sein, die wahrscheinlich nach Fontfroide gekommen war, um den Ruf eines ihrer Schützlinge zu verteidigen: der Unglückseligen, die die alte Begine vorhin erwähnt hatte. Und nach einer offenbar hitzigen Diskussion kehrte sie nun ins eigene Kloster zurück.

»Aber versteht Ihr denn nicht?«, beharrte der Mönch, während er langsamer wurde. »Der Mönch, der Eurer Frau beigewohnt hat, ist mit Pusteln bedeckt ... Ihm wurde ein *maleficium* zugefügt.«

Zornig funkelte die Äbtissin ihn an. »Einer Eurer Mitbrüder hat ein armes Waisenmädchen missbraucht, und Ihr bezichtigt sie der Hexerei! Das war kein *maleficium*, der Herr selbst hat ihn bestraft. Und soweit man mich unterrichtet hat, hat sein Leiden genau an jenem Teil des Körpers begonnen, den Männer für gewöhnlich schamhaft verbergen oder zumindest verbergen sollten!«

Der Mönch stampfte empört auf. »Diese teuflische *fata* hat ihn krank gemacht!«

Die Frau sah ihn mitleidig an, ohne ihr Maultier anzuhalten. »Nein, der Grund war seine eigene Lasterhaftigkeit. Es ist allgemein bekannt, dass einige *fratres* die Hurenhäuser in der Umgebung aufsuchen, sie verkleiden sich dafür als Laien und kämmen ihre Haare nach vorn, um die Tonsur zu verbergen. Also, ich habe nichts dagegen. Aber sagt ihnen, dass sie meine Mitschwestern in Ruhe lassen sollen.«

»Schweig, *fata*!«, schrie der Mönch zornesrot im Gesicht. »Denn das seid ihr doch alle: *fatae*, die Ränke und Missgeschicke spinnen! Und Ketzerinnen obendrein! Aber früher oder später werdet ihr alle lebendig auf dem Scheiterhaufen verbrannt!«

Die Äbtissin würdigte ihn keines Blickes mehr und lenkte ihr Maultier auf den Weg. »Teilt Eurem Abt mit, dass er noch von mir hören wird!«

»*Fata!*«, schrie ihr der Mönch hinterher.

Dieses Wort erinnerte Ignazio an den Satz, den der Besessene von Prouille ausgestoßen hatte, bevor er gestorben war. »*Tres fatae celant crucem.*« Er wusste immer noch nicht, was er bedeuten sollte, aber wer auch immer diese *fatae* waren, sie standen auf jeden Fall mit Airagne in Verbindung. Doch jetzt musste er sich zunächst um andere Dinge kümmern, denn inzwischen hatten sie das Kloster erreicht. Er nahm sich jedoch vor, sich so bald wie möglich wieder damit zu befassen.

Allerdings konnte er einen Schauder nicht unterdrücken, als ihm plötzlich wieder einfiel, dass »Mater Lucina« nach einigen Überlieferungen auch für »Hekate« stand, die nicht nur die Göttin des Wachstums war, sondern auch der schwarzen Magie.

Willalme öffnete die Augen. Er ruhte auf einem Strohlager, fühlte sich schwach und war schweißgebadet. Man hatte ihn entkleidet, er konnte seine bloße Brust im Schein einer Öllampe erkennen. Der Schmerz in der Schulter, wo noch der Bolzen steckte, ließ ihm keine Ruhe, und er fühlte, wie er vor Fieber glühte.

Als er sich zur Seite drehte, sah er Thiago auf einem Strohlager nicht weit von sich entfernt liegen. Eine blutige Binde bedeckte sein Gesicht. Er bewegte sich nicht und wirkte wie tot.

Willalme glitt kurz wieder in die Traumwelt ab und dachte erneut an seine Mutter und seine Schwester. Er sah ihre Gesichter aus der Dunkelheit auftauchen, doch er jagte sie wieder in die Tiefen seines Dämmerzustands zurück, wo sie ihm nicht wehtun konnten. Dann wurde ihm klar, dass er allein war. Warum hatte Ignazio ihn fremden Frauen überlassen? Hieß das etwa, er lag im Sterben? Und was war dies hier für ein Ort? Er schloss die Augen, und plötzlich hörte er etwas. Aus dem Boden unter seinem Lager schien ein Geräusch zu ihm zu dringen, es klang wie sich bewegende Apparaturen …

Eine Tür öffnete sich, und eine junge Frau kam herein. Sie war schön, doch sie wirkte traurig, wenn auch ein verborgener Zorn in ihr zu lodern schien.

Willalme wollte etwas zu ihr sagen, doch er war zu schwach. Dann sah er, wie sie ein Messer zückte und damit auf ihn zukam. Er wollte schon aufspringen und nach seinem Schwert greifen, doch sie lächelte ihn an und sagte, dass sie ihm nichts tun wolle. Sie schnitt ihm eine Haarsträhne ab, strich sie mit ihren Fingern glatt und wickelte sie dann um einen Kieselstein, den sie in der anderen Hand hielt.

»Ich habe dein Leben an diesen Stein gebunden, so wird es sich nicht davonmachen«, erklärte sie ihm sanft. Sie schob den Stein unter sein Kopfkissen und sprach ein kurzes Gebet, dann bedeckte sie ihm mit einer Hand die Augen. Als er sich ihr mit einer Drehung des Kopfes entzog, seufzte sie, ergriff eine Zange und packte damit das Ende des Bolzens, das aus der Wunde ragte.

Und Willalme schrie auf vor Schmerz.

18

In der Abtei von Fontfroide wurden Ignazio und Philippe von einem alten Mönch empfangen, der sich als Gilie de Grandselve vorstellte, er sei der *portarius hospitum* und im Zisterzienserkloster für die gastfreundliche Aufnahme von Fremden zuständig. Nachdem er sie eingelassen hatte, führte er sie zu einem Gebäude, das neben dem Kloster stand. Auf dem Weg kamen sie durch die Klostergärten und schritten einen Wandelgang entlang, an den sich viele Zellen anschlossen. Doch ehe sie das Gästehaus erreichten, hielt Ignazio den Mönch kurz an und brachte eine merkwürdige Bitte vor. Er sagte, er benötige eine Schmiede.

Pater Gilie wirkte ziemlich verlegen. »Ja«, sagte er schließlich und kniff die rot geäderten Augen zusammen, »die Abtei verfügt über eine kleine Schmiede … Aber vielleicht habe ich Euch auch falsch verstanden.«

Ignazio lächelte. »Ihr habt ganz richtig verstanden, Vater. Ich bitte Euch um Erlaubnis, sie heute Nacht benutzen zu dürfen«, erklärte er und übersah de Lusignans tadelnden Blick. »Selbstverständlich werde ich mich für die Umstände, die ich Euch mache, erkenntlich zeigen.«

»Ich weiß nicht, was ich darauf sagen soll«, erwiderte der *portarius hospitum* zögernd. »Eure Bitte ist ziemlich ungewöhnlich, Monsieur.«

»Das ist mir bewusst, aber es ist von großer Wichtigkeit.«

»Warum wartet Ihr nicht bis morgen früh? Ihr könntet Euch dann an unseren Hufschmied wenden. Ich versichere Euch, er ist ein Meister seines Fachs, was auch immer Ihr vorhabt.«

»Morgen wird es schon zu spät sein.« Ignazio zog einen mit Münzen gefüllten Beutel aus seiner Tasche und ließ ihn vor den Augen des Mönches beschwörend kreisen.

Pater Gilie faltete die Hände und zog sich in tiefes Schweigen zurück. Ganz bestimmt würde er wegen dieser lästigen Angelegenheit nicht den Abt behelligen, der gerade die Komplet las.

Der Händler aus Toledo nutzte Pater Gilies offensichtliche Unentschlossenheit: »Ich verstehe Euer Zögern, Vater, aber wenn Ihr mir diesen Gefallen tut, werde ich Euch noch eine weitere großzügige Spende zukommen lassen. Erlaubt mir, Euch zudem noch eine Reliquie zu schenken.« Er zog ein nach Weihrauch duftendes Säckchen aus seiner Tasche. »Ein Zahn des heiligen Vidanus, des Märtyrersoldaten, der hier in dieser Gegend sehr verehrt wird.«

Der *portarius hospitum* streckte gierig die Hände vor, um sowohl Geld als auch Reliquie in Empfang zu nehmen. »Wenn das so ist«, sagte er augenzwinkernd, »werden wir eben einmal eine Ausnahme von der Regel machen.«

Leise, damit der Mönch es nicht mitbekam, zischte Philippe Ignazio zu: »Habt Ihr den Verstand verloren? Wozu braucht Ihr zu dieser Nachtzeit eine Schmiede?«

Mit undurchdringlicher Miene betrachtete Ignazio angelegentlich den Himmel jenseits der Bögen. »Ich muss etwas überprüfen. Macht Euch keine Sorgen, Ihr könnt ruhig schlafen.« Er schlug ihm zum Abschied freundschaftlich auf die Schulter. »Wir sehen uns morgen früh. Vielleicht habe ich dann neue Erkenntnisse gewonnen, die ich mit Euch teilen kann.«

Ihre Wege trennten sich. Nachdem Pater Gilie de Lusignan den Weg zu den Schlafräumen des Gästehauses gewiesen hatte, bedeutete er Ignazio, ihm zur Werkstatt des Schmiedes zu folgen.

Die Schmiede befand sich in der Nähe der Stallungen. Ignazio nutzte die Gelegenheit und ließ sich von Pater Gilie dabei helfen, eine schwere Truhe dorthin zu schaffen, die er auf dem Karren mit sich geführt hatte.

»Ich bin Euch zu Dank verpflichtet«, sagte er dann zu dem Mönch.

»Bedenkt aber eines«, warnte ihn der *portarius hospitum*, während er neugierig die Truhe beäugte. »Ich habe Eurem seltsamen Wunsch entsprochen, ohne etwas dagegen einzuwenden, aber glaubt ja nicht, dass Ihr hier nach Gutdünken verfahren könnt. Wir befinden uns in einer Abtei, einem Haus des Herrn. Ich werde heute Nacht noch einmal vorbeischauen, um nachzusehen, was Ihr hier treibt.«

161

»Das ist Euer gutes Recht, Vater. Aber ehe Ihr geht, hätte ich noch eine weitere Bitte an Euch …«

»Das sollte dann aber auch wirklich die letzte sein …«, erwiderte Pater Gilie entrüstet, fest entschlossen, nicht noch einmal schwere Dinge für Ignazio zu schleppen.

Ignazio beruhigte ihn: »Eigentlich ist es bloß eine Frage. Vorhin habe ich gehört, wie einer Eurer Mitbrüder eine Frau mit einer merkwürdigen Bezeichnung belegt hat. Er nannte sie *fata*, wenn ich mich nicht verhört habe. Was bedeutet das?«

Die Antwort erfolgte knapp und entschieden: »*Fatae sunt foeminae diabolicae*, es sind die drei Töchter Satans.«

»Meint Ihr damit Hexen, die in meiner Gegend *brujas* genannt werden?«

Pater Gilie nickte nur kurz und zog sich dann zurück, seine Geduld war wohl erschöpft.

Sobald Ignazio allein war, ordnete er seine Gedanken. Die Antwort des Gastmeisters war ihm keine Hilfe gewesen. Wer waren diese *fatae*? Hatte Sébastien damit die Beginen von Santa Lucina gemeint, oder steckte ein dunkleres Geheimnis dahinter? In welcher Verbindung standen sie mit dem Grafen von Nigredo? Rätsel über Rätsel. Ignazio beschloss, eines nach dem anderen anzugehen, im Augenblick hatte er keine Zeit, über die *fatae* nachzudenken. Er musste die Goldmünzen von Airagne überprüfen, die in ihm Zweifel geweckt hatten, deswegen benötigte er auch die Schmiede.

Er vergewisserte sich noch einmal, dass ihn niemand beobachtete, dann zündete er eine Öllampe an und ging zum Ofen. Wie er gehofft hatte, war die Glut noch heiß, daher baute er darüber rasch mit Hilfe eines Dreibeins aus Eisen ein Kochgestell auf. Ein Alchimistenofen wäre natürlich besser gewesen, aber selbstverständlich besaß die Schmiede von Fontfroide nichts dergleichen.

Nachdem er das Kochgestell aufgebaut hatte, öffnete er die Truhe und holte von tief unten zwei dünne, bauchige Gläser hervor, sein *al-anbiq*. In das erste goss er Vitriol, in das zweite Salpeter, das in einer klebrigen Substanz gelöst war, dann stellte er sie beide auf das Dreibein und verband sie mittels langer Röhren mit einem dritten

Glasgefäß, in dem sich die Dämpfe beider Flüssigkeiten nach dem Erwärmen sammeln und vereinen sollten.

Mit einem Blasebalg, den er neben dem Ofen fand, fachte er die Glut neu an und beobachtete die Flüssigkeiten in den Gefäßen, bis er sah, dass sie kochten. Langsam stiegen Dämpfe auf, zogen erst in die Röhren und sammelten sich dann wie gewünscht im dritten Glas.

Ignazio lachte in sich hinein. Niemand hätte vermutet, dass ein einfacher Reliquienhändler über ein solches Wissen verfügte, aber Gherardo da Cremona hatte ihn vor langer Zeit mit der Lehre der Sterne und der Alchimie vertraut gemacht. Er hatte ihn arabische Handschriften über Geheimwissenschaften übersetzen lassen, über Kosmologie und andere Themen, die Gherardo manchmal lieber nicht verbreitete. Sein Lehrmeister hatte immer befürchtet, der Nekromantie bezichtigt zu werden, und Ignazio hatte auch geahnt, warum. Dieses Wissen musste unter Verschluss gehalten werden, schließlich durfte man die traditionellen Überzeugungen der Kirche nicht in Frage stellen. Aber in dieser Nacht würde er alle Vorsicht außer Acht lassen, um der Wahrheit näherzukommen. Zu viele Fragen waren noch ungelöst. Und für gewöhnlich fand er sich mit Halbwahrheiten nicht ab und ließ sich auch nicht durch Warnungen von Männern der Kirche wie Bischof Fulko zurückhalten. Der Wert eines Mannes – so war er überzeugt – bemaß sich nach seinem Mut, den Schleier der Unwissenheit zu zerreißen.

Während Ignazio darauf wartete, dass sein Elixier für die Probe bereit war, entnahm er der Truhe ein ledergebundenes Buch und ging damit zur Öllampe. Es handelte sich um »De congelatione et conglutinatione lapidum« von Avicenna, ein Buch über Alchimie. Er wollte darin etwas nachschlagen, worüber er seit dem Nachmittag grübelte.

Er überflog die Seiten, bis er an einer Passage hängen blieb, die er sich so übersetzte: »Die Metallarten können nicht umgewandelt werden, wenngleich etwas Ähnliches möglich ist. Und auch wenn die Alchimisten Kupfer nach Wunsch einfärben und es so dem Gold ähnlich machen können oder die Unreinheiten von Blei entfernen können, sodass es wie Silber aussieht, so ist es doch immer noch Kupfer oder Blei, je nach der verwendeten Materie.«

Ignazio las sich diese Worte mehrfach durch, dann legte er das Buch wieder in die Truhe und lief unruhig im Zimmer auf und ab wie ein eingesperrtes Tier. Nervös runzelte sich seine Stirn immer wieder und entspannte sich, beleuchtet vom rötlichen Schein der Glut. Hatte Avicenna etwa unrecht? War es doch möglich, Blei in Gold zu verwandeln? Plötzlich wurde es ihm in der Schmiede zu stickig, und er musste zur Tür gehen. Er blieb auf der Schwelle stehen und sog mit kräftigen Zügen die kühle Nachtluft ein.

Im Mondlicht beobachtete er, wie sich etwas in der Nähe der Stallungen bewegte. Reiter waren bei der Abtei eingetroffen. Soldaten, doch in der Dunkelheit konnte er nicht erkennen, was für ein Wappen sie führten. Pater Gilie nahm sie gerade in Empfang.

Ich gehe besser wieder hinein, dachte der Händler. Wenn der *portarius hospitum* ihn dort in der Tür stehen sah, schöpfte er vielleicht Verdacht. Zum Glück hielt die Ankunft dieser Reiter ihn davon ab, zur Schmiede zu kommen und ihm nachzuschnüffeln.

Ignazio zog sich wieder in die Wärme der Schmiede zurück und wartete, dass das Elixier fertig wurde.

Die Dämpfe von Vitriol und Salpeter schlugen sich allmählich im dritten Glas nieder und vermischten sich so zu einer Flüssigkeit, die Ignazio unter den Namen *aqua fortis* oder auch Scheidewasser kannte: eine Säure, die jedes Metall angreifen würde außer Gold. Als der Prozess beendet war, trennte er den Behälter von den beiden anderen Gefäßen des *al-anbiq* und stellte ihn vorsichtig auf eine freie Fläche. Nachdem er die Färbung der so gewonnenen Säure überprüft hatte, holte er eine Goldmünze hervor und ließ sie hineingleiten. Es war einer der Écus mit dem Stempel von Airagne.

Als Ignazio die Münzen das erste Mal gesehen hatte, hatte er sofort Verdacht geschöpft. Sie fühlten sich merkwürdig an und waren auch zu matt. Jetzt konnte er seinen Verdacht überprüfen. Wenn diese Münze aus reinem Gold bestand, würde das Scheidewasser sie nicht auflösen können. Es könnte sie nicht einmal angreifen.

Er hockte sich in eine Ecke, starrte mit müden Augen auf das

Glas, und ohne es zu bemerken, glitt er in den Schlaf. Seine Träume waren erfüllt von Erinnerungen an Toledo und an seine Jugend, als er vielleicht vernünftiger und ganz bestimmt ehrlicher zu sich selbst gewesen war.

Zwei Stunden vor Sonnenaufgang schlich sich ganz in der Nähe der Abtei Fontfroide ein Mann aus dem Beginenhof von Santa Lucina und galoppierte Richtung Puivert. Er verließ den Weg und wandte sich nach Westen, wo es keine Ansiedlungen mehr gab, sondern nur mehr unberührte Natur. Nachdem er sich durchs Unterholz geschlagen und einen Fluss durchquert hatte, hielt er sein Pferd bei einem Feldlager an.

Im bleichen Mondschein erkannte er die schützenden Palisaden und die Banner der Schwarzen Sonne.

Der Reiter saß ab, betrat das Lager und lenkte seine Schritte zum Hauptzelt, das ein wenig wie ein Gasthaus eingerichtet war. Er grüßte die Anwesenden mit einem flüchtigen Kopfnicken und setzte sich dann einem Mann mit einem grimmigen Schurkengesicht gegenüber, der hinter einer Reihe leerer Weinflaschen fast verschwand.

»Thiago de Olite, alter Waffenbruder. Was für eine Freude, dich zu sehen«, knurrte der finstere Haudegen. Er hatte helle, fast wasserblaue Augen, und wenn man lange in sie hineinblickte, konnte man viel in ihnen lesen. »Mit diesem Schmiss im Gesicht hätte ich dich fast nicht erkannt«, bemerkte er. »Schickt dich der Templer?«

»Nie drückst du dich richtig aus, Jean-Bevon«, erwiderte Thiago. »Du weißt sehr wohl, dass der Meister kein Tempelritter mehr ist.«

Jean-Bevon beugte sich mit vom Wein getrübten Augen vor. »Oh ja, jetzt ist er ein Ritter von Calatrava. Ein Komtur!« Sein übel riechender Atem drang seinem Gegenüber unangenehm in die Nase. »Ein Titel, der was hermacht, zweifelsohne. Ich wette, damit kann er die Damen schwer beeindrucken.« Er blies die Backen auf und lachte dreckig.

»Ein wenig mehr Respekt! Denk daran, dass du sein Untergebener bist, so wie alle hier.«

»Jetzt reg dich nicht auf, mein Freund.« Der Haudegen wischte

165

sich den Bart und kräuselte die Lippen. »Das liegt am Wein, vergib mir …« Er zeigte auf eine halb leere Flasche. »Ach übrigens, die Reiter, die du aus Kastilien mitgebracht hast, haben sich gut eingefügt. Neun stattliche Männer.«

»Sie sollen sich nur nicht mit den Wappen von Calatrava blicken lassen. Denn sowohl ich als auch der Meister haben verkündet, sie seien alle bei einem Überfall umgekommen. Niemand, nicht einmal Pater Gonzalez, darf Verdacht schöpfen, dass wir sie hierhergeführt haben, um die Miliz der Archonten zu verstärken.«

»Es sind jedenfalls ausgezeichnete Soldaten, sie werden uns nützlich sein.« Jean-Bevon winkte ungeduldig ab. »Aber nun sag schon, was gibt es? Warum besuchst du uns jetzt? Hatten wir nicht vereinbart, uns erst später zu treffen, um keinen Verdacht zu erregen?«

»Ich habe einen guten Grund dafür.« Thiago versuchte, seine Besorgnis zu verbergen. »Heute Nachmittag haben uns einige deiner Soldaten angegriffen. Ein Reiter und fünf Fußsoldaten. Beinahe hätten sie uns alle getötet.«

»Was redest du da?«

Thiago schnellte wütend vor und fegte mit einer brüsken Handbewegung die Flaschen vom Tisch. »Schau dir mein Gesicht an, du Schurke!« Er zeigte auf den Schnitt, der sich über sein ganzes Gesicht zog. Trotz der Heilpackungen der Beginen waren die Wundränder heftig angeschwollen. »Meinst du etwa, ich scherze? Ich habe deine Söldner genau erkannt! Wer hat den Befehl gegeben, uns anzugreifen?«

»Ich versteh immer noch nicht, was du meinst. Worüber beschwerst du dich?« Behäbig wie ein Bär begann Jean-Bevon, sich seinen mächtigen Bauch zu kratzen, wobei er sein schmutziges Gewand nach oben schob. »War nicht ausgemacht, dass wir diesen Ignazio da Toledo aus dem Weg schaffen?«

»Sicher, du verfluchter Dummkopf«, fuhr Thiago auf und entlud seine ganze Wut auf ihn. »Aber doch nicht so, und schon gar nicht jetzt! Du weißt selbst sehr gut, dass der Mozaraber uns lebend noch von Nutzen sein kann, sonst wäre er schon längst mausetot. Und wie konntest du es wagen, das Leben unseres Meisters zu gefährden?«

Der Haudegen zuckte mit den Achseln. »Offensichtlich ist dein Meister nicht mehr der meine. Jetzt diene ich einem anderen, wie alle hier.« Er deutete mit dem Finger auf Thiago. »Alle außer dir.«

»Du … Verräter!« Thiago fuhr nach hinten und wollte sein Schwert ziehen, doch dazu kam er nicht mehr. Zwei Männer hatten ihn schon von hinten gepackt.

»Dein Meister war ein bisschen zu lange weg«, erklärte Jean-Bevon. »Und wir alle hungern nach Gold, dem Gold von Airagne.«

»Wie ist das möglich?«, schrie Thiago, während er mit Gewalt auf den Tisch gezwungen wurde. »Gold! Wer stellt denn das Gold her?«

»Die *texerant* natürlich. Du weißt ja, dass es in dieser Gegend an Arbeitern keinen Mangel gibt.«

»Verfluchter Schurke! Der Meister wird dich das teuer bezahlen lassen …«

Zu mehr kam Thiago nicht mehr. Jean-Bevon hatte ein langes Messer aus seinem Stiefel gezogen und es ihm in den Bauch gerammt. »Dein Gesicht hat mir noch nie gefallen, dreckiger Navarrer. Weder deins noch das von deinem Meister!«

Die Matutin war bereits beendet, als Ignazio keuchend aus dem Schlaf hochschreckte. In der dunklen Schmiede bekam er fast keine Luft mehr, er atmete pfeifend, und eine drückende Hitze brannte ihm auf dem Gesicht und in der Brust. Er hätte sich gern gewaschen, doch dazu blieb ihm keine Zeit mehr.

Er bemerkte, dass er nicht mehr allein war. Ein Mann in einer schwarzen Kutte stand mit dem Rücken zu ihm beim Feuer. Vielleicht war es Pater Gilie, der wie angekündigt vorbeigekommen war, um noch vor Anbruch des Morgens zu sehen, was er in der Schmiede getrieben hatte. Aber der Mann war größer, und außerdem sprach er kein Wort, sondern starrte in den Ofen. Die Glut des Feuers färbte seine Umrisse rötlich.

Der Händler kümmerte sich nicht darum, dass seine Glieder ungewöhnlich kribbelten, sondern sah sofort nach dem Glas mit dem Scheidewasser, um den Zustand der Münze darin zu kontrollieren.

Die Säure hatte sie angegriffen und die obere Schicht abgetragen. Avicenna hatte recht behalten.

Der Vermummte schien zu erraten, was seine Aufmerksamkeit gefesselt hatte, und sprach, ohne sich umzuwenden: »Ihr könntet so viel von diesem Gold haben, wie Ihr möchtet. Reizt Euch das Angebot?«

Ignazio fühlte sich immer noch wie betäubt, doch diese Stimme erkannte er sofort. »Das ist kein Gold, obwohl es so aussieht«, sagte er laut. »Seht Ihr? Das Scheidewasser hat es angegriffen. Es handelt sich um ein gewöhnliches Metall, vielleicht um Blei, das mit der *tinctura* eines Alchimisten behandelt wurde.«

Der Mann in dem Umhang erwiderte mit gebrochener Stimme: »Ich fürchte, ich begreife nicht ganz.«

»Ihr versteht mich genau, Sieur Philippe.« Ignazio sprach diesen Namen so scharf aus wie eine Ohrfeige, aber ein starker Schwindel ließ ihn innehalten. Was ging hier vor? Um ihn herum drehte sich alles. Ein klebriges Gefühl in seinem linken Ohr weckte in ihm einen schrecklichen Verdacht. Er fuhr mit der Hand an seine Ohrmuschel und stellte fest, dass sie mit einer öligen Flüssigkeit angefüllt war. Teufelskraut! Er verdrängte seine Angst. »Ihr habt mich von Anfang an benutzt. Ihr praktiziert selbst Alchimie, nicht wahr?«

Der Vermummte, der immer noch dem Feuer zugewandt war, breitete die Arme aus. »Ich wüsste nicht, wie eine halb zersetzte Münze in einem Glas bestätigen könnte, was Ihr sagt.«

Ignazio versuchte, ruhig zu bleiben. »Ihr habt mir soeben dieses alchimistische Gold angeboten. Also könnt Ihr nach Belieben darüber verfügen oder wisst vermutlich, wie man es herstellt. Ihr seid in das Geheimnis von Airagne verstrickt! Und dass Ihr hier seid, bestätigt diese Vermutung!« Eine Hitzewelle durchfuhr seinen Körper, und seine Wahrnehmung der Umgebung wurde getrübt. Die Schatten, die auf dem Boden tanzten, wurden zu sich windenden Würmern, aber er bemühte sich immer noch, keine Angst zu zeigen.

»Es geht Euch nicht gut, Monsieur. Ihr redet wirres Zeug.«

»Ihr könnt mich nicht täuschen, ich hatte Euch schon länger in Verdacht. Eure ständigen Fragen nach Alchimie und über den Saturnismus entsprangen nicht Eurer Neugier, sondern Ihr wolltet wissen, wie viel ich davon verstehe. Ihr wolltet herausfinden, inwieweit ich Euch entlarven oder vielleicht auch Euch dienlich sein könnte.«

»Scharfsinnig und stur. Ein würdiger Schüler von Gherardo da Cremona«, sagte de Lusignan schließlich ein wenig ungehalten. »Aber vielleicht wisst Ihr noch nicht, wer ich wirklich bin.«

Der Schwindel wurde stärker, Ignazio presste die Zähne aufeinander. »Ihr seid ein Mörder, das genügt mir. Ihr habt Meister Galib mit Teufelskraut vergiftet, und jetzt werdet Ihr mich auf die gleiche Weise ermorden, nehme ich an … Oder besser gesagt, das tut Ihr bereits.«

Philippe starrte weiter in die Glut. »Für den Moment ist es noch nicht so weit. Die Dosis, die ich Euch eingeträufelt habe, ist nicht tödlich, sie dient nur dazu, Euch ein wenig … zugänglicher zu machen. Euer Leben hängt davon ab, was Ihr mir nun sagen werdet. Wo ist Euer Sohn Uberto? Welche Mission hat ihm Meister Galib aufgetragen?«

»Ihr müsst sehr verzweifelt sein, wenn Ihr mich das fragt.« Ignazio zwang sich, sarkastisch zu klingen, aber die Halluzinationen verwirrten ihn zusehends. Die Lichter im Raum streckten sich überlang wie Lanzen zur Decke. »Selbst wenn ich es wüsste, würde ich es Euch nicht sagen.«

»Sprecht lauter, Monsieur. Ich kann Euch kaum hören«, verhöhnte ihn der Vermummte, dann wurde er wieder ernst. »Lasst es mich erklären. Vor Jahren hat mir eine Frau ein sehr wertvolles Buch gestohlen, die ›Turba philosophorum‹. Ich habe nie erfahren, wo es hingekommen ist, aber ich vermute, Galib wusste davon und hat Euch etwas darüber erzählt, ehe er starb. Das ist einer der Gründe, warum ich es zugelassen habe, dass Ihr unbehelligt bis hierher gelangt seid.«

»Warum liegt Euch so viel an diesem Buch?«

»Das geht Euch nichts an.« De Lusignans Worte hallten harsch durch den Raum. »Antwortet. Wo ist Euer Sohn? Und wo ist das Buch?«

»Ihr vergeudet nur Eure Zeit. Ich kenne die Antworten darauf nicht.«

»Dann werdet Ihr sterben!«

Der Mann fuhr herum und stürzte sich auf Ignazio.

Dieser hatte erwartet, Philippe de Lusignans Gesicht unter der Kapuze zu erblicken, doch unter dem Einfluss des Teufelskrauts sah er dort nur ein Knäuel sich windender Schlangen. Angeekelt wich er zurück.

»Verfluchter Mozaraber, du bist vollkommen unnütz für meine Zwecke!« De Lusignan zückte sein Schwert. »Also kann ich dich genauso gut töten! Ich werde König Ferdinand berichten, dass du von den Archonten umgebracht worden bist. Oder besser, ich werde sagen, du warst einer von ihnen!«

Ignazio wich seinem Hieb aus, dabei stürzte er und landete vor dem Aufbau, wo das Glas mit dem Scheidewasser stand. Sogleich packte er das kleine Gefäß und schleuderte es gegen seinen Angreifer.

Man hörte Glas zersplittern und gleich darauf einen wütenden Aufschrei, der sich in einen lauten Schmerzensschrei verwandelte. De Lusignan schlug sich die Hände vors Gesicht, während ein zischender Laut Ignazio sagte, dass die Säure die Haut seines Gegners verätzte. In einem letzten hellen Moment bemerkte Ignazio einen goldenen Anhänger an einer Kette um dessen Hals. Er hatte die Form einer Spinne.

Ignazio nutzte die Gelegenheit, drückte sich vom Boden ab, packte einen Feuerhaken und schlug mit letzter Kraft auf den Mann ein. Philippe wehrte sich mit aller Kraft und stieß den Händler wieder zu Boden.

»Was geht hier drinnen vor?«

Diese Stimme ertönte vor der Tür und gehörte dem *portarius hospitum*. Er war also doch noch gekommen, wie er es angekündigt hatte, oder vielleicht hatten ihn auch die Kampfgeräusche hierhergeführt.

»Man will mich ermorden!«, schrie Ignazio. »Ruft die Wachen!«

»Still, verfluchter Mozaraber!«, knurrte sein Gegner wütend.

»Ruft die Bogenschützen der Abtei!«, schrie Ignazio weiter, dessen Kräfte zusehends schwanden.

Mit einem wütenden Fluch eilte Philippe zur Tür der Werkstatt und stieß sie gewaltsam auf, sodass der arme Gilie de Grandselve, der davorgestanden hatte, zu Boden fiel. Der alte, klapprige Mönch stellte sicher keine Gefahr für ihn dar, aber vielleicht hatte noch jemand Ignazios Geschrei gehört. Philippe zögerte daher nicht länger und ergriff die Flucht.

Ignazio, inzwischen der Ohnmacht sehr nahe, versuchte, ihm zu folgen, doch als er nach draußen kam, sah er den Ritter nur noch auf seinem Pferd davonpreschen. Ignazio erstarrte. Das Teufelskraut bewirkte, dass er eine erschreckende Erscheinung hatte, die ihn auch noch Jahre später in seinen Alpträumen verfolgen sollte. Philippe sah für ihn aus wie ein grausam lachender Höllendämon, der auf dem Rücken eines Greifs davongaloppierte.

Nach dieser schrecklichen Vision umfing ihn Dunkelheit.

19

Burg von Airagne

Dritter Brief – Citrinitas

Mater luminosa, laborare sine intellecto est grave delictum. *Als ich das zweite Portal durchschritt, wurde das weiße Leuchten der* Albedo *eiskalt und beinahe stumpf, daher nahm ich die Kunst von Feuer und Schmiede zu Hilfe. Das Erwärmen der Materie führte zu einer Änderung der Farbe, aber ich wüsste diese Erscheinung nur mit bildhaften Worten zu beschreiben. Ich wickelte den Wollfaden um die Spindel, aber als der Faden zwischen meinen Fingern lief, verlor er sein Weiß. Diese Arbeit ist die dritte des Werks:* Citrinitas, *das Gelbe, das ins Rötliche spielt. Wer etwas von der Sache versteht, wird wissen, dass hier die Grenze zwischen der wahrhaften Wissenschaft und jener trügerischen verläuft.*

Eine Frauenstimme drang durch die Stille seines Zimmers: »Eminenz, in letzter Zeit lebt Ihr zurückgezogener als ein Eremit.«

Kardinal Bonaventura, der in seine Lektüre vertieft war, sah auf und musterte die »Dame Hersent«, die wie eine teuflische Erscheinung seine mittägliche Ruhe gestört hatte. Ein leicht belustigter Ausdruck lag auf ihrem anmutigen Gesicht, das er am liebsten wie eine Nussschale zerquetscht hätte.

Er lächelte spöttisch. »Unter den gegebenen Umständen diene ich Euch vermutlich besser, wenn ich für mich bleibe, Majestät.«

Blanca sah ihn verwundert an. »Wollt Ihr damit sagen, dass Ihr mich absichtlich meidet?«

»Ganz im Gegenteil, edle Dame.« Der Kardinal griff zu einem Metallkrug am Rand seines Schreibtischs und goss sich einen Becher Wasser ein. »Vielmehr seid Ihr es, die mir andere Gesellschaft vorzieht.«

»Was meint Ihr damit?«

Romano Bonaventura leerte in kleinen Schlucken seinen Becher und kümmerte sich zunächst nicht um die fragende Miene der Königin. Sie wirkte erregt. Oder vielleicht sogar bestürzt? Umso besser. »Ihr trefft Euch hier mit Thibaut de Champagne«, erwiderte er dann sachlich. »Ich habe gesehen, welche Art von Aufmerksamkeiten Ihr Eurem sangesfreudigen Vasallen zukommen lasst.«

»Der Graf der Champagne? Seid Ihr da sicher?«

»Gibt es vielleicht noch andere?« Bonaventura starrte sie herausfordernd an. »Wie viele Männer empfangt Ihr denn in Eurem Bett, edle Dame?«

Blanca ballte wütend die Fäuste. »Wie könnt Ihr Euch erdreisten?«

Der Kardinal von Sant'Angelo setzte heftig seinen Becher ab, mit gerötetem Gesicht und hervorgetretenen Augen fuhr er auf: »Ich erdreiste mich? Was erlaubt Ihr Euch vielmehr? Wie könnt Ihr die Erinnerung an Euren Gemahl so entehren? Ihr habt Euch in die Arme eines Jünglings geworfen!«

Obwohl Blanca offensichtlich getroffen schien, antwortete sie mit fester Stimme: »Es steht Euch nicht zu, mich so kaltherzig zu beurteilen. Ihr wisst nicht, wie die Dinge wirklich stehen.«

»Oh, da braucht es nur sehr wenig Vorstellungsvermögen«, entgegnete Bonaventura spöttisch.

»Ihr seid boshaft.«

Von ihren Worten ging bei aller Empörung etwas Sinnliches aus.

Erregt lief der Kardinal durch den Raum, sein Atem ging schwer. Er hatte Schwierigkeiten, die Lage zu erfassen, immer wieder brachen seine Gedanken ab oder verloren sich in unterschiedliche Richtungen. Die Königin verbarg etwas vor ihm, und er wollte ihre Zurückhaltung aufbrechen. Doch zugleich musste er ständig über den Brief nachdenken, den er gerade gelesen hatte, den mit dem Rätsel von der *Mater luminosa*, der leuchtenden Mutter. Anscheinend war er der Einzige hier, der sich überhaupt dafür interessierte. Er hatte diese Schreiben auch seinen Mitgefangenen gezeigt, aber sowohl Blanca wie Humbert hatten sie als sinnlose und naive Phantastereien abgetan.

Er war es gewohnt, an mehreren Fronten zugleich zu kämpfen,

und griff jedes Mal auf diese Taktik zurück, wenn er der Ausstrahlung seiner Gesprächspartnerin zu erliegen drohte. Er versuchte, sie nicht zu beachten, um sich nicht von ihr verzaubern zu lassen. Wenn er ihre Schönheit weiter bewundert hätte, ihren samtweichen Mund, wäre jeder logische Gedanke in sich zusammengefallen, und Blanca hätte ihn besiegt.

Und doch war das nicht alles. Das Rätsel um diese *Mater luminosa* beschäftigte ihn mehr, als ihm lieb war. Alle Briefe, die in dem Kästchen im Schreibtisch aufbewahrt waren, beschrieben merkwürdige Rätsel zur Alchimie und über das Spinnen von Fäden. Von wessen Hand stammten sie? Ging es um geheime Rituale? Versteckte sich dahinter eine Verbindung zum Grafen von Nigredo? Vielleicht würde er Genaueres erfahren, wenn er den vierten Brief las.

Der Kardinal brach abrupt das Schweigen: »Euer sittlicher Lebenswandel ist allein Eure Angelegenheit. Mich beschäftigen ganz andere Fragen.«

Die Königin schloss ihre Augen zu schmalen Schlitzen und sah ihn wuterfüllt an.

Er nahm es ungerührt zur Kenntnis. Da hatte er schon Schlimmeres durchgestanden, weitaus furchteinflößendere Leute hatten versucht, ihn einzuschüchtern. Und doch sah er sich plötzlich hilflos ausgeliefert. In ihren Augen las er nicht nur das, was sonst in Schuldigen vorging, sondern er bemerkte auch leidenschaftliche Gefühle. Diese brennende Glut traf ihn unvorbereitet, obwohl er sich noch gut an sie erinnerte, schließlich hatte er sie gesehen, als er die Königin mit ihrem Liebhaber beobachtet hatte. Doch jetzt schienen diese Gefühle ihm zu gelten. Er spürte sie auf sich lasten wie ein abgelegtes Gewand, dem noch der Geruch eines anderen Mannes anhaftete. Als er begriff, dass er gefehlt hatte, war es schon zu spät. Voller Zorn presste er die Lippen zusammen. Er hatte sich von der Zügellosigkeit dieses Weibs anstecken lassen! Sie hatte ihn hinterrücks angegriffen, ohne dass er es bemerkt hatte, und er war ihrem Hinterhalt erlegen. Und nun, da ein Aufruhr widersprüchlicher Gefühle in ihm tobte, reagierte er auf die einzige Weise, die ihm zur Verfügung stand. Er schritt zum Verhör. »Offensichtlich wisst Ihr mehr über unser Gefängnis. Wer hat Thibaut de Champagne gestattet, Euch hier zu besuchen? Macht er vielleicht mit dem Grafen von Nigredo gemeinsame Sache? Wie ist er in die Burg gekommen? Wie hat er Zugang erlangt?«

Blanca verschränkte die Arme vor der Brust. »Erspart mir Euer Verhör, denn ich werde auf keine Eurer Fragen antworten.«

Bonaventura trat drohend einen Schritt auf sie zu, um sie einzuschüchtern. Sie ist doch bloß ein schwaches Weib, dachte er bei sich und verglich seine stattliche Figur mit der zierlichen Gestalt der Königin. Dennoch wagte er es nicht mehr, ihr in die Augen zu blicken. »Ihr beschützt also den Grafen von Nigredo, damit er Euch weiter gestattet, Eure Geilheit zu befriedigen?«

»Ihr versteht rein gar nichts.« Die Königin lächelte bitter. »Ihr seid nur ein ordinärer Mann.«

»So wie ich das sehe«, erwiderte der Kardinal scharf, »gibt es in diesem Raum nur eine ordinäre Person, und die steht vor mir.«

»Wünscht Ihr vielleicht, dass ich Euch auch auf diese Weise entgegenkomme?«, bekam er zur Antwort.

Sprachlos starrte der Mann die Königin an, die so aussah, als habe sie nichts gesagt. Sie wirkte weiterhin empört, als ob nichts geschehen wäre. Oh, diese verfluchte Schlange, dabei wusste er, dass sie das gesagt hatte! Wer sonst hätte es sein können?

Es pochte wieder in seinen Schläfen. Dieser plötzlich auftretende Schmerz, der wie ein Keil grob zwischen sein Fleisch und seine Knochen getrieben wurde. Er musste die Augen schließen und die Hände vors Gesicht legen, während er spürte, wie seine Züge sich verzerrten.

»Man droht damit, meinen Kindern etwas anzutun«, stammelte die Königin, die nunmehr ängstlich wirkte, als hätte sie ihren Widerstand aufgegeben. »Solange ich hier gefangen gehalten werde, muss ich jeder Forderung nachkommen, um sie zu schützen. Thibaut kann ein wertvoller Verbündeter sein: Er wird mich bei Hofe und vor allem gegenüber dem Grafen von Nigredo beschützen.«

Romano Bonaventura zuckte bei ihren Worten zusammen, seine Kopfschmerzen ließen ihre Stimme schrill und unangenehm erscheinen. Er wich zurück und presste sich die Hände gegen die Schläfen.

»Ihr hört mir ja gar nicht zu«, bemerkte Blanca. »Was habt Ihr? Geht es Euch nicht gut?«

Der Kardinal schwankte, seine Sicht war getrübt. Er spürte Blancas Hände auf sich und versuchte, sich ihnen zu entziehen, dabei stolperte er und fiel zu Boden. Die Frau redete auf ihn ein, doch er verstand nicht, was sie sagte. Ein Satz hatte sich in seinem Kopf eingebrannt und übertönte alles andere: »Wünscht Ihr vielleicht, dass ich Euch auch auf diese Weise entgegenkomme?«

Die Königin versuchte, ihm aufzuhelfen, doch Bonaventura riss sich von ihr los.

Konsterniert wich Blanca zurück und beschränkte sich darauf, den Kardinal zu beobachten, wie er sich wie ein verängstigtes Kind auf dem Boden zusammenkauerte. In seinen Augen lag ein düsterer Glanz, wie von einer unbekannten Krankheit. Sie wagte es nicht mehr, sich ihm zu nähern, sondern überlegte nur noch, wie sie ihm entkommen konnte.

Der Kardinal dagegen sah in seinem Wahn, wie sie mit einem schamlosen Lächeln auf ihn zukam, sich neben ihn kniete und ihm ihre Wolfsklauen in den Rücken trieb.

Und während er wie ein Besessener schrie, floh die Königin durch die Gänge des Wehrturms und dachte an Humbert de Beaujeu. Wenn er hier gewesen wäre, hätte er sie beschützen können, doch er erkundete wohl wieder einmal die unterirdischen Gewölbe der Burg.

Das Labyrinth wurde immer dunkler und verzweigter. Humbert de Beaujeu schritt weiter vorwärts, in der Hoffnung, dass ihm irgendwann ein Lichtschimmer anzeigen würde, wo er sich gerade befand.

Doch es war kein Lichtschein, der ihm plötzlich den Weg wies, sondern ein metallisches Klopfen, das immer mehr anschwoll, bis es zu einem deutlichen mannigfachen Hämmern wurde. Als würden viele hundert Gerätschaften aus Metall gegen den Fels geschlagen.

Vorsichtig drang der *lieutenant* weiter vor, bis er zahllose kleine Lichtpunkte vor sich in der Dunkelheit aufglimmen sah. Doch dann hatten sich seine Augen an die Lichtverhältnisse gewöhnt, und er bemerkte, dass dies nur Öllampen waren, die an der Wand hingen.

Diese spendeten gerade so viel Licht, dass es nicht völlig dunkel war. Erst als er seine Augen noch weiter anstrengte, konnte er die Männer in dieser Höhle erkennen.

Minenarbeiter.

Sie waren vollkommen abgemagert, dichte Bärte verbargen ihre Gesichter, und ihre Haare standen wild zu allen Seiten ab. Einige schwangen Spitzhacken und Meißel, während andere die Brocken einsammelten, dabei sperrten sie ihre an die Dunkelheit gewöhnten Augen auf, um gutes Material vom tauben Gestein zu unterscheiden. Humbert zählte um die fünfzig Elendsgestalten, nahm aber an, dass sich noch viele andere über die verschlungenen Weiten der Stollen verteilt befanden.

Nur ein Wachmann beaufsichtigte sie, ein riesiger Soldat, der mit dem *bec de corbin* bewaffnet war, jenem Streithammer mit dem schnabelförmigen Kopf. Allein seine Gestalt genügte, um die Arbeiter anzutreiben. Die Narben auf dem Rücken einiger von ihnen erzählten ein Übriges, wie der Aufseher für Ordnung sorgte.

Humbert de Beaujeu fühlte kein Mitleid angesichts der erbärmlichen Bedingungen, unter denen diese Arbeiter lebten. Er war ein Soldat, außerdem von Stand und dazu erzogen, alles zu verachten, was unedel und nieder wirkte. Krankheit und Elend waren dem Bauerngesindel am unteren Ende der gesellschaftlichen Pyramide bestimmt.

Gott selbst hatte es so gewollt. So wie es eine himmlische Ordnung gab, gab es auch eine hier auf Erden. Die *laboratores* mussten sich opfern und bis zum Erschöpfungstod arbeiten, damit andere – der Adel und der Klerus – sich über sie erheben konnten und ihren Schweiß in Größe verwandelten. Das war die natürliche, die einzig mögliche Ordnung der Dinge.

Humbert beschäftigten jedoch ganz andere Überlegungen: Wer hatte die Macht, so viele Menschen zu knechten? Und zu welchem Zweck?

Vor allem musste er herausfinden, was man in dieser Mine abbaute. Als er die Steine näher betrachtete und ihr bläuliches Glitzern bemerkte, erriet er, dass es sich um Galenitkristalle handeln musste.

20

Licht drang durch Willalmes zitternde Lider, und er schlug die Augen auf. Die junge Frau, die ihn gepflegt hatte, saß am Kopfende seines Lagers.

»Hast du meine Wunde versorgt?«, fragte er sie.

Sie wandte den Blick ab.

»Ich verdanke dir mein Leben …«

Die junge Frau schwieg weiter, daher wandte Willalme ebenfalls die Augen ab. Er wusste, wie unangenehm die Blicke der Leute sein konnten, besonders von Fremden.

Er befand sich in einem schlichten Raum. Die nackten Wände zeugten von einem kargen Leben nach den Regeln von Armut in Würde. Willalme sah sich nach Thiago um, doch er lag nicht mehr neben ihm. Was wohl mit ihm geschehen war?

Die Stimme der jungen Frau riss ihn aus seinen Gedanken. »Wer sind Julienne und Esclarmonde?«

Er zuckte zusammen. »Woher kennst du diese Namen?«

»Du hast sie die ganze Nacht im Schlaf gerufen«, erklärte sie. »In deinen Fieberträumen.«

Willalme setzte sich auf und untersuchte, wie seine Schulter versorgt worden war. Die Wunde brannte zwar noch, aber er vertraute darauf, dass er sich bald erholen würde. Dann schaute er doch wieder zu der jungen Frau hinüber. Da erkannte er, dass sie nicht aus Verlegenheit abweisend war. In ihr schien eine unterdrückte Wut zu lodern, eine geheimnisvolle Scheu.

»Das sind die Namen meiner Mutter und meiner Schwester«, antwortete er schließlich. »Ich habe sie und meinen Vater vor Jahren verloren.«

»Auch ich habe alle, die ich liebte, verloren«, gestand sie. Sie klang aufrichtig, doch immer noch zurückhaltend.

»Das tut mir leid. Wer sorgt jetzt für dich?«

»Die Schwestern von Santa Lucina. Viele von ihnen sind Witwen oder Waisen wie ich«, sagte das Mädchen und seufzte. »Hier in dieser Gegend zerstört der Krieg das Glück vieler Familien.«

Sie bedeutete ihm, noch nicht aufzustehen, und ging ans andere Ende des Zimmers. Willalme konnte seine Augen nicht von ihr abwenden. Zu sehr erinnerte sie ihn an seine Schwester Esclarmonde. Wenn sie noch am Leben wäre, müsste sie jetzt ungefähr in ihrem Alter sein … Doch er verjagte diese Gedanken gleich wieder und konzentrierte seine Aufmerksamkeit erneut ganz auf die junge Frau. Sie musste viel durchgemacht haben, und das vor nicht allzu langer Zeit. Nun versuchte sie mit all ihren Kräften, unbefangen zu wirken, und doch schien sie ein nervöses Zittern zu beherrschen, wie bei einem Wildtier, das mächtig erschreckt worden war.

Aber jetzt war keine Zeit für schwierige Gespräche, daher fragte Willalme: »Wo ist der Soldat aus Navarra mit der Wunde im Gesicht geblieben, der hier neben mir gelegen hat?«

Die junge Frau nahm eine Tonschale, legte ein Stück Roggenbrot hinein und kam wieder zu ihm. »Er ist heute Nacht aufgebrochen. Unsere Ratschläge konnten ihn nicht aufhalten.« Sie reichte ihm das Essen.

Willalme dankte ihr mit einem Lächeln, streckte die Hand nach der Schale aus und streifte sie dabei zufällig am Arm.

Bei der Berührung zuckte sie zurück. »Fasst mich nicht an!«, schrie sie, und die Schale fiel zu Boden und zerbrach in tausend Scherben. »Kein Mann darf mich je wieder anfassen! Nie mehr wieder!«

Willalme beugte sich vor und wollte sie beruhigen, doch damit machte er alles nur noch schlimmer.

Gleich darauf ging die Tür auf, und eine ältere Begine stürzte besorgt herein. Bei ihrem Anblick sank das Mädchen zu Boden und brach in Tränen aus.

Die alte Frau war sofort bei ihr, nahm sie in den Arm, streichelte sie sanft und redete beruhigend auf sie ein. »Jetzt wein doch nicht, Juette«, sagte sie. »Alles wird gut. Beruhige dich.« Dann wandte sie sich dem bestürzten Willalme zu. »Nimm dir das nicht zu Herzen, mein Sohn. Es ist nicht deine Schuld, wenn sie sich so verhält«, erklärte sie bitter. »Du weißt nicht, was dieses arme Kind erdulden musste …«

Willalme presste aufgewühlt die Kiefer zusammen. Eine gewaltige Wut loderte in ihm auf, wie jedes Mal, wenn er von einem Unrecht erfuhr.

Ganz gegen ihren Willen sprudelten die Worte aus der alten Begine: »Es war ein Mann, ein Mönch von Fontfroide … Frenerius de Gignac ist sein Name …«

21

Ein von den Ereignissen der Nacht sichtlich mitgenommener Ignazio stieg vor dem Beginenhof von Santa Lucina von seinem Karren. Vom gleißenden Licht der Spätvormittagssonne geblendet verbarg er unter seiner Kapuze die Augenringe einer größtenteils schlaflos verbrachten Nacht.

Im Morgengrauen war die Wirkung des Teufelskrauts nahezu vollständig verflogen und hatte ihm als Erinnerung bloß stechende Kopfschmerzen und ein leichtes Schwindelgefühl hinterlassen. Ehe er aus Fontfroide aufgebrochen war, hatte er Pater Gilie de Grandselve über den Vorfall der vergangenen Nacht Erklärungen liefern müssen. Er hatte gelogen und gesagt, er wisse nicht, weshalb ihn de Lusignan auf einmal angegriffen hatte. Ganz sicher hatte ihm das Einschreiten des Mönchs das Leben gerettet, obwohl dieser nicht mehr die Zeit gefunden hatte, die Bogenschützen zu rufen, und ihm stattdessen lieber selbst zu Hilfe geeilt war. »Das ist vielleicht auch besser so«, hatte Ignazio gesagt, »so müssen wir nicht den Abt oder irgendjemanden sonst wegen dieses unwichtigen Zwischenfalls behelligen.« Da Philippe de Lusignan die Abtei Fontfroide unbemerkt verlassen hatte, hatte der Mönch sich bereit erklärt, über das Geschehen Stillschweigen zu bewahren. Nachdem das geklärt war, hatte er Ignazio jedoch mit Fragen bestürmt, was er denn in der Schmiede getan habe. »Eigentlich nichts«, war seine Antwort gewesen, »ich war müder, als ich gedacht hatte, und bin eingeschlafen, bis plötzlich aus heiterem Himmel Philippe de Lusignan in der Werkstatt aufgetaucht ist und versucht hat, mich umzubringen.« Doch diesmal kam er nicht so leicht davon, mit dieser zweiten Lüge allein ließ sich der *portarius hospitum* nicht abspeisen, daher hatte sich Ignazio sein Schweigen mit einem prallen Säckchen Münzen erkauft. Eine großzügige Spende für die Abtei, hatte er betont. Tatsächlich waren es die falschen Écus von Airagne, doch Gilie de Grandselve konnte das ja nicht wissen und hatte sich mit einem Augenzwinkern zufriedengegeben.

Ignazio ging nun auf die Kirche Santa Lucina zu, und als er die Fassade bewunderte, fiel ihm ein Detail ins Auge, das ihm am Vortag entgangen war. In der Lünette über dem Portal war ein Relief von drei nackten Frauen, an deren Brüsten Schlangen hingen und deren Scham von einer Kröte verdeckt wurde. Eine furchterregende Darstellung, die ihm aber bekannt vorkam. Ähnliches hatte er schon in der Abtei von Moissac gesehen.

Etwas vor der Kirche saß eine Frau in einem aschgrauen Gewand in einem Korbsessel und genoss die Sonne. Zweifelsohne eine Begine. Sie spann Wolle auf eine hölzerne Spindel und sang dazu eine Art Kinderreim. Doch die Worte waren Latein.

Involvere filum tres fatae se tradunt
Vitas mortales sic fato ipsae obstringunt.
Et ut octo fusis Airagne texere possit
Auream suam telam nigredini infodit.

Sobald die Frau den fremden Mann bemerkte, hörte sie auf zu singen und begrüßte ihn freundlich.

Wenigstens läuft die nicht weg, dachte Ignazio und verbarg seine Müdigkeit hinter einer freundlichen Miene. »Guten Morgen, *soror*. Was singt Ihr denn da so fröhlich?«

»Ach, das ist ein alter Kinderreim«, erwiderte sie und ließ die Spindel in ihrem Schoß ruhen. »Manchmal singt unsere Äbtissin das.«

»Er hört sich recht merkwürdig an.« Ignazio bebte förmlich vor Neugier, doch er zeigte es nicht. Er hatte richtig gehört, in diesem Lied war von den *tres fatae*, den drei Feen, die Rede, die der Besessene von Prouille erwähnt hatte. »Wisst Ihr, wovon der Text handelt?«

»Nicht genau, Monsieur. Die Melodie und die Worte haben sich mir eingeprägt, doch eigentlich weiß ich überhaupt nicht, wovon das Lied handelt. Ich kann kein Latein.«

Ignazio trat augenzwinkernd an sie heran, diese Gelegenheit durfte er sich nicht entgehen lassen. »Wie wäre es mit einem Tauschgeschäft? Ich übersetze Euch die Worte, und Ihr helft mir dafür, ihre Bedeutung herauszufinden, wenn Ihr sie denn kennt.«

Erfreut stimmte die Frau zu, und während sie ihm den Reim Zeile für Zeile vorsprach, übersetzte Ignazio unverzüglich.

Den Faden zu spinnen die drei Feen sich mühen,
Um so das Leben der Sterblichen mit dem Schicksal zu verknüpfen.
Und damit Airagne mit den acht Spindeln weben kann,
Lässt sie ihr goldenes Gewand in die Schwärze einfließen.

Die Begine wirkte enttäuscht. »Ich hätte nie gedacht, dass diese Worte so etwas bedeuten würden. Jetzt verstehe ich noch weniger als vorher.«

»Meine Übersetzung ist korrekt, *soror*. So viel steht fest.« Und zum Beweis begann Ignazio, den Sinn der Verse darzulegen: »Die *fatae* spinnen und Airagne webt … Habt Geduld mit mir und zeigt Euch jetzt erkenntlich: Was bedeutet denn das Wort ›*fatae*‹?«

»Ach, das ist einfach, jedes Kind könnte Euch das sagen. Die *fatae* sind die drei Spinnerinnen, die Schwestern aus den Legenden. Man sagt, dass sie nach Sonnenuntergang aus den Wäldern kommen und von Haus zu Haus ziehen, um die Sterblichen zu besuchen. Wenn sie nicht ordentlich bewirtet werden, können sie schreckliches Unheil heraufbeschwören.«

»Davon habe ich noch nie etwas gehört. Doch es kann sein, dass Ihr die *fatae* mit den von den alten Römern verehrten Parzen verwechselt. Ihre Namen klingen ja auch ähnlich.«

»Die Parzen? Die kenne ich nicht.« Die Frau wirkte etwas verwirrt. »Aber manchmal wird hier in der Gegend unsere Mater Lucina ähnlich genannt, nämlich Partula.«

Ignazio behielt für sich, was ihm bei dieser Erklärung eingefallen war, und stellte eine zweite Frage: »Und was könnt Ihr mir über Airagne sagen, das in der dritten Verszeile genannt wird?«

»Airagne?« Die Begine sprach die einzelnen Silben langsam nach, dann nahm sie wieder ihre Spindel zur Hand und spann mit gesenktem Blick weiter. »Ihr meint bestimmt ›Ariane‹. Das kann man leicht verwechseln. Hier in der Gegend wird das so gut wie gleich ausgesprochen, weil wir das ›n‹ ganz wie die Spanier ziemlich verschleifen.«

»Ariane?« Das Gesicht des Händlers erhellte sich. »Dann meint Ihr also, dass dieser Kinderreim auf Ariadne anspielt, die mit ihrem Wollfaden auf der Spindel Theseus half, aus dem Labyrinth zu finden ... Doch ich verstehe nicht, warum in dem Kinderreim von acht Spindeln die Rede ist und nicht nur von einer.«

»Ariane ist die uralte Spinne«, sagte die Begine leise. Ihre Züge waren hart geworden. Nur die Augen leuchteten noch, doch eher gerissen als klug.

Ignazio wurde klar, dass er von ihr nichts mehr erfahren würde, daher wechselte er schnell das Thema. »Ich bin gekommen, um meine zwei verletzten Weggefährten zu besuchen. Ich habe sie gestern Abend hierhergebracht. Könntet Ihr mir sagen, wie es ihnen geht?«

»Einer der beiden ist noch vor dem Morgengrauen aufgebrochen«, sagte die Frau und klang nun wieder ziemlich unbeteiligt. »Er hat sich in den Sattel geschwungen und ist schnell wie der Wind davongaloppiert.«

»Welchen der beiden meint Ihr? Den Jungen mit den blonden Haaren oder ...«

»Nein, den anderen. Den aus Navarra mit der Wunde im Gesicht.«

Ignazio hatte eine ähnliche Antwort erwartet. Nachdem Philippe de Lusignan die Seiten gewechselt hatte, überraschte ihn nichts mehr. »Und der Blonde? Der Provenzale? Wie geht es dem?«

»Sehr viel besser.« Die Begine verzog ihren Mund zu einem schwachen Lächeln. »Er wurde nach allen Regeln der Kunst versorgt. Ich weiß allerdings nicht, ob Ihr ihn jetzt stören solltet, denn im Moment schläft er.«

»Dann werde ich die Gelegenheit nutzen und Eurer Äbtissin einen Besuch abstatten.«

Die Frau wirkte verärgert. »Das könnt Ihr nicht ...«

»Warum? Ist sie vielleicht gerade nicht hier?«

»Nein, ich weiß, dass sie im Moment im Garten hinter der Kirche weilt. Aber …«

Ignazio schaute zur Kirche hinüber, als könnte er hinter die Mauern und die verschlossenen Fensterläden blicken. »Zweifelt nicht, Schwester. Sie wird mich bestimmt empfangen.«

Als der Fremde gegangen war, fing die Frau wieder an, die Wolle auf die Spindel aufzuwickeln. Und dazu sang sie wieder ihr Lied:

»*Involvere filum tres fatae se tradunt.*«

Dann wanderte ihr Blick zur Lünette über dem Portal, wo die drei furchterregenden Frauen saßen.

»*Vitas mortales sic fato ipsae obstringunt …*«

Wie eine über die Weide verteilte Herde wirkte das Dutzend Beginen, die zwischen Gartenhecken arbeiteten. Auf ihre gekrümmten Rücken schien wärmend die Sonne, ihre Gesichter unter den Schleiern wirkten hoch konzentriert. Die Äbtissin war die Einzige, die stand, immer wieder lief sie langsam durch die Reihen ihrer Mitschwestern und beobachtete sie, wie sie das Erdreich mit kleinen Hacken auflockerten oder die Schösslinge der Arzneipflanzen mit ihren Sicheln stutzten, und blieb ab und an bei einer stehen, um einen Rat zu erteilen. Dann sahen die Beginen bewundernd zu ihr auf und äußerten stets die gleiche Bitte: »*Benedicite, bona mater.*« Die Äbtissin kam stets ihrem Wunsch nach, machte eine segnende Geste und lief danach beschwingten Schrittes weiter.

Plötzlich wurde die klösterliche Ruhe des Gartens durch das Erscheinen eines Fremden gestört. Die Frauen sahen hastig zu ihm hinüber und tuschelten untereinander, arbeiteten dann jedoch unbeirrt und scheinbar gleichgültig weiter.

Während die Äbtissin den Fremden beobachtete, der auf sie zukam, versuchte sie herauszufinden, wer er wohl sein mochte. Zunächst hielt sie ihn für einen Mönch, doch dann berichtigte sie ihren ersten Eindruck. Aus diesen grünen Augen und dem aufrechten, aber doch ungezwungenen Gang sprach eine ungewohnte Mischung aus Weltlichkeit und Philosophentum. So jemandem wie ihm war sie noch nie begegnet, und noch bevor er sie ansprach, hatte sie erkannt, dass ein Späher des Bischofs sie weit weniger beunruhigt hätte.

»Ihr müsst die Mutter Oberin sein«, begann der Fremde mit einer Verbeugung. »Meine Verehrung.«

»Ich erwidere den Gruß«, antwortete die Frau. »Wer beehrt uns mit seiner Gegenwart?«

»Ignazio Alvarez aus Kastilien, zu Euren Diensten.«

»Dann ist Er also ein Spanier.« Die Äbtissin sprach ihn in der dritten Person an, um eine höfliche Distanz zwischen ihnen zu schaffen. »Was führt Ihn so fern der Heimat?«

»Ein Rätsel, ehrwürdige Mutter.«

»Und Er meint, an diesem Ort Antworten zu finden?«

Ignazio gelang es, sich schnell und gewandt an die Situation anzupassen. »Eigentlich bin ich hier nur auf der Durchreise. Ein Freund von mir, der von einem Armbrustbolzen getroffen wurde, wurde von Euren frommen Mitschwestern versorgt. Er erholt sich hier in diesen Mauern.«

»Ach, der junge Provenzale, ich bin darüber unterrichtet. Er ist in guten Händen und wird wieder genesen.«

»Das freut mich, aber während ich darauf warte, dass ich ihn besuchen kann, würde ich mich gern mit Euch unterhalten. Ich bin auf der Suche nach Antworten.«

»Ich sehe nicht, was wir zu bereden hätten.« Die Augen der Äbtissin glitten zu den Pfingstrosenbüschen hinüber. »Wir Töchter der heiligen Lucina vermeiden weltliche Themen.«

Der Händler aus Toledo kniff angestrengt die Augen zusammen, sein Blick war immer noch von den Nachwirkungen des Teufelskrauts getrübt. Er war sicher, dass sich an diesem Ort Geheimnisse über Airagne verbargen, doch er durfte nicht direkt danach fragen. Er musste sich vorsichtig bei der Äbtissin vortasten und sie mit seinem Scharfsinn überzeugen. Am besten brachte er das Gespräch auf Dinge, die er bereits wusste, und erweckte so den Eindruck, als wüsste er weit mehr, als dies der Fall war. So wagte er sich vor: »Urteilt nicht vorschnell. Denn ich möchte mit Euch über Mater Lucina sprechen. Ich kenne mich nämlich mit Reliquien aus, da ich damit handele, und bin an jeder Form der Verehrung interessiert, vor allem dann, wenn mir Heilige unbekannt sind.«

Die Frau sagte ausweichend: »Die heilige Lucina ist keine Unbekannte. Ihr Ehrentag ist am 30. Juni, und die Gläubigen kennen sie als eine Schülerin der Apostel.«

Diese Antwort hatte seit Jahren genügt, die Fragen von Neugierigen zu befriedigen. Doch Ignazio ließ sich nicht so leicht abspeisen. »Ich beziehe mich nicht auf Lucina, die ›Schülerin der Apostel‹, sondern auf die, die als ›*mater*‹ bezeichnet wird, denn diese erscheint in keinerlei Heiligenlexikon der Christenheit. Und doch ist sie es, die Göttin Mater Lucina, die an diesem Ort hier verehrt wird.«

Die Äbtissin merkte, dass ihr der Atem stockte. »Monsieur, Ihr redet von Dingen, die weit größer sind, als Ihr denkt. Das könnt Ihr nicht verstehen.«

Die übrigen Schwestern, beunruhigt über den Wechsel im Ton ihrer Äbtissin, sahen auf. Ignazio, der wohl bemerkt hatte, dass sie inzwischen zum »Ihr« übergegangen war, bereitete sich darauf vor, ein schwieriges Thema anzugehen. »Oh doch, ich verstehe sehr wohl, ehrwürdige Mutter. ›Eure‹ Lucina wird auch Partula genannt. Das hat mir eine Eurer Mitschwestern dieser *béguinage* anvertraut, und dies hat mir einiges klarer gemacht. Die Partula ist ein weiblicher Geist, der den Gebärenden zu Hilfe eilt, genau wie die Mater Lucina. Es handelt sich dabei um eine heidnische Göttin, nicht um eine christliche Heilige. Diesbezüglich könnt Ihr mich nicht anlügen.«

»Ich werde Euch nicht anlügen«, erklärte die Äbtissin sichtlich getroffen. »Aber ich bitte Euch, nicht weiter in mich zu dringen.«

»Das kann ich nicht. Wie schon gesagt, bin ich auf der Suche nach Antworten, und ich benötige einige Bestätigungen. Steht Partula mit den Parzen in Verbindung? Und sind diese drei wohl dieselben Frauen wie die drei *fatae*?«

»Und wenn dem so wäre?«

»Weicht mir nicht aus, ehrwürdige Mutter«, ermahnte sie Ignazio. »Ich habe den Kinderreim über die drei *fatae* gehört … Euren Reim.

Er steckt voller Hinweise auf die heidnische Göttin. Ich weiß nicht, was geschehen würde, wenn die Späher von Bischof Fulko davon Wind bekämen.«

Bei dieser Drohung faltete die Frau erregt die Hände. Sie fiel allein deshalb nicht auf die Knie, um ihre Mitschwestern nicht zu erschrecken, die sie aufmerksam beobachteten. »Wenn etwas davon nach draußen dringt, würden wir alle dazu verurteilt, auf dem Scheiterhaufen zu sterben. Wir sind keine Hexen! Unser Beginenhof bietet den Witwen und den Waisen Unterschlupf, die den Kreuzzug gegen die Katharer überlebt haben. Warum wollt Ihr uns etwas antun?«

Ignazios Miene wurde freundlicher, er wollte die Äbtissin nicht demütigen. »Beruhigt Euch wieder, ehrwürdige Mutter. Ich schätze und achte Euch. Mein einziges Interesse gilt der geheimnisvollen Verbindung zwischen den *fatae* und Airagne. Das allein ist der Grund meiner Fragen.«

»Airagne?« Die Frau riss bestürzt die Augen auf. »Ihr kennt diesen Ort?«

»Noch nicht, doch ich hege diesbezüglich meine Vermutungen.« Ignazio konnte seine Neugier nicht mehr zügeln. »Wisst Ihr, wo er sich befindet? Seid Ihr jemals dort gewesen?«

»Ich war noch niemals Gefangene von Airagne.«

Ignazio bereute es sofort: Trotz seiner Vorsätze hatte er zu direkte Fragen gestellt. Er musste zurückhaltender vorgehen. »Und die *fatae*? Ich vermute, dass es eine Verbindung zu Airagne gibt. Könnt Ihr das bestätigen?«

Die Äbtissin gab ihm zu verstehen, dass sie sich soeben entschlossen hatte, offen mit ihm zu reden. Vielleicht glaubte sie, keine andere Wahl zu haben, oder sie begann, dem Fremden zu vertrauen. Ignazio nahm allerdings eher an, dass sie ihn im Austausch für ihre Enthüllungen um etwas bitten wollte.

»Wie Ihr schon erraten habt, hat die Partula tatsächlich mit den drei Parzen zu tun. Im Laufe der Zeit sind daraus die ›fatae‹ geworden, doch das ändert nichts an ihrer Bedeutung«, erklärte sie. »Die Parzen wickeln den Schicksalsfaden auf eine Säule aus Licht, an der die Spindel der Notwendigkeit aufgehängt wurde.«

Ignazio runzelte die Stirn. »Ihr zitiert eine Stelle aus Platons ›Der Staat‹.«

»Lasst mich ausreden«, bat ihn die Frau. »Diese Säule aus Licht stellt für uns Mater Lucina dar, *mère Lusine*, die aus dem Dunkel ans Licht der Welt führt.« Die Frau sah Ignazio in die Augen. »Die die Dunkelheit der *Nigredo* zerstreut.«

»Lucina steht also stellvertretend für Ariadne mit dem leuchtenden Faden, der aus dem Labyrinth heraushelfen soll. Dem Labyrinth der Alchimie. Dem Labyrinth von Airagne.«

»Ariane ist auch die Spinne, die sich im eigenen Netz verfangen hat. Das korrekte Anagramm wäre allerdings ›Ariagne‹, da das Wort aus dem Griechischen stammt.« Die Frau unterbrach sich kurz. »Aber Ihr wollt noch mehr wissen, nicht wahr?«

Ignazio nickte. »Ich möchte die Bedeutung eines Satzes erfahren: ›*Tres fatae celant crucem.*‹«

Die Äbtissin schien überrascht. »Wo habt Ihr das gehört?«

»Diesen Satz habe ich von einem Mann gehört, der aus Airagne fliehen konnte, einem angeblich Besessenen namens Sébastien, der erzählte, man habe ihm auf Eurem Beginenhof Zuflucht gewährt. Deswegen bin ich bis hierher gekommen. Der Satz lautet übersetzt: ›Die drei *fatae* verbergen das Kreuz.‹ Inzwischen weiß ich, wer die drei *fatae* sind, und ich habe auch von ihrer Verbindung zu Airagne erfahren, doch die Bedeutung des Wortes ›Kreuz‹ ist mir noch immer unklar.«

»Mit dem Kreuz ist nicht das religiöse Symbol gemeint«, erklärte die Äbtissin, »sondern das Alchimistische Werk. Das Kreuz ist der Schmelztiegel, in dem die ursprüngliche Materie gekocht wird. Die vier Arme des Kreuzes bezeichnen die Phasen der Umwandlung des Metalls: Nigredo, Albedo, Citrinitas und Rubedo. Aber wie Ihr wisst, steht der Schmelztiegel auch für das Leid …«

»Das Leid des Metalls, das die Umwandlung erfährt …«

»Aber auch das Leid derer, die den alchimistischen Prozessen ausgesetzt sind: durch hohe Temperaturen, Ausdünstungen von Säuren, giftigen Dämpfen und leuchtender Materie.«

»Ihr sprecht von den Geheimnissen von Airagne, als ob Ihr selbst dort gewesen wäret … Bestimmt war Sébastien nicht der Einzige, der hierher geflohen ist. Habt Ihr auch noch vielen anderen Menschen, die von dort geflohen sind, Zuflucht gewährt?«

Die Äbtissin hob ergeben die Hände, aber nicht, um sich einem Feind zu beugen, sondern wie jemand, der seinem Gewissen folgt. »Was hätte ich denn tun sollen? Wenn die Einwohner der umliegenden Dörfer sie finden, wenn sie in den Wäldern oder zwischen den Feldern herumirren, dann bringen sie sie hierher, da sie nicht wissen, wie sie ihnen helfen könnten. Anderswo würden die Mönche sie bei lebendigem Leib verbrennen, da sie sie für Besessene oder für Katharer halten.«

»Und sind sie das? Katharer, meine ich?«

»Zum Großteil ja.«

»Das dachte ich mir. Auch die Mitschwestern dieser *béguinage* sind Katharer. Und Ihr selbst seid eine *perfecta*.«

Die Äbtissin bemühte sich sichtlich, die Fassung zu bewahren. »Wie könnt Ihr Euch da so sicher sein?«

»Ich habe es begriffen, sobald ich diesen Garten betrat. Die Beginen nennen Euch ›*bona mater*‹. Außerdem habt Ihr im Verlauf unserer Unterhaltung nicht einmal versucht zu lügen, Ihr habt höchstens ausweichend geantwortet, selbst wenn Ihr Euch damit in Gefahr brachtet. Jeder, der Kenntnisse über die Katharer besitzt, weiß, dass die *perfecti* niemals lügen. Schließlich heißt ›*katharos*‹ nichts anderes als ›rein‹.«

»Ihr seid ein Mann von scharfem Verstand, Ignazio Alvarez. Das muss ich zugeben.«

Der Händler verschränkte die Hände vor der Brust und neigte den Kopf, während er seine Gedanken neu ordnete. »Jetzt möchte ich Euch noch bitten, mir meine Rekonstruktion der Ereignisse zu bestätigen. Die Bewohner dieser Gegend werden von den Archonten entführt und zu einem Ort namens Airagne gebracht, wo sie gezwungen werden, durch die Anwendung von alchimistischen Verfahren Gold herzustellen. Es muss ein ungeheuer aufwendiger Prozess sein, wenn so viele Arbeiter benötigt werden. Die Raubzüge der Archonten treffen zum Großteil die Siedlungen der Katharer, da es niemanden, weder die Kirche noch den französischen Königshof, kümmert, wenn Ketzer verschwinden. Und im Grunde kümmert es nicht einmal die örtlichen Adligen, die die Katharer nur als Vorwand benutzen, um sich der katholischen Monarchie zu widersetzen. So verschaffen sich die Archonten Sklaven und werden nicht belangt, da sie niemand Mächtiges stören. Aus diesem Grund wird das Toulousain ausgespart, weil dort bereits die Weiße Bruderschaft von Bischof Fulko wütet.«

»Ihr habt sehr viel erraten, Monsieur«, gab die Äbtissin zu, »aber nicht alles.«

»Das ist mir bewusst. Ich weiß zum Beispiel nicht, wer hinter alldem steckt, oder besser gesagt, wer sich hinter dem Namen des Grafen von Nigredo verbirgt. Und ich weiß nicht, wo genau Airagne liegt.«

»Ich könnte Euch Auskunft darüber geben, wie man dorthin gelangt, aber das müsstet Ihr Euch verdienen.«

»Das habe ich erwartet«, sagte der Händler, doch er war ein wenig enttäuscht. Einen Moment hatte er tatsächlich gedacht, er spreche einmal mit jemandem, der nicht auf den eigenen Vorteil bedacht war. Keine Auskunft ist umsonst, dachte er. »Was muss ich dafür tun?«

»Ihr zieht die falschen Schlüsse«, sagte die Äbtissin, die seine Gedanken erriet. »Ihr sollt nur auf einige Fragen antworten. Zunächst erklärt mir einmal, was Eure Interessen in dieser Angelegenheit sind.«

Ignazio wollte gerade antworten, als erschrockene Rufe ihn zusammenfahren ließen. Eine Schwester kam aus einem Haus gelaufen, das sich an die Rückseite der Kirche anschloss, und rannte mit hochrotem Kopf, die Hände eng an den Körper gepresst, durch den Garten zur Äbtissin.

»*Bona mater! Bona mater!*«, rief sie atemlos. »Etwas Schreckliches ist geschehen!«

»Jetzt beruhige dich, meine Tochter.« Die Äbtissin richtete sich kampfbereit auf. »Was ist passiert?«

»Der junge Provenzale! Der junge Provenzale!«

22

Die Glocken von Fontfroide hatten gerade zur Non gerufen, und in der Abtei intonierten die Mönche die Psalmen. Plötzlich wurden die Flügel des Eingangsportals aufgestoßen, und ein Strahl der Nachmittagssonne zerriss das Halbdunkel der Kirchenschiffe. Die Brüder unterbrachen ihren Gesang und schauten überrascht zum Eingang, wenig später sahen sie, wie sich dort die Gestalt eines Mannes mit blonden Haaren im Gegenlicht abzeichnete. Er schritt entschlossen vorwärts, die Hände zu Fäusten geballt, seine Augen funkelten zornig. Nicht einmal der ehrwürdige Abt Guarin wagte es, ihm entgegenzutreten.

Der Fremde baute sich mitten im Hauptschiff auf und sah lauernd in die Runde wie ein Raubtier. Nachdem er die Mönche, die sich in den Bänken drängten, einen nach dem anderen gemustert hatte, rief er mit lauter Stimme: »Frenerius de Gignac soll vortreten!«

Ein überraschtes Raunen ging durch die Reihen der Mönche. Keiner sagte ein Wort.

Der Eindringling wartete ein paar Augenblicke ab, dann rief er wieder durch die Stille: »Frenerius de Gignac habe den Mut, zu seinen Taten zu stehen. Er soll vortreten!«

Kaum war das Echo seiner Worte verklungen, hörte man ein Flüstern. Der Fremde wandte sich ebenso wie viele der Mönche in die Richtung, aus der es gekommen war, und sah, wie ein Mönch einem Mitbruder etwas ins Ohr flüsterte. Mit einem Satz war der Blonde bei ihm und packte ihn an der Kutte. »Seid Ihr Frenerius?«, knurrte er ihn an.

»Nein, nein …«, stammelte der Unglückselige zitternd. »Der da ist es, der da …« Und er zeigte auf seinen Banknachbarn.

Der Fremde ließ den Mann los und funkelte den anderen Mönch wütend an. »Ihr seid also Frenerius de Gignac.«

Der Angesprochene war ein unscheinbares Männlein mit einem blassen Gesicht und einer unter verfilzten kastanienbraunen Haaren kaum noch auszumachenden Tonsur. Entgegen allen Erwartungen stand er trotzig auf. »Ja, das bin ich. Ihr solltet mich aber ›Vater‹ nennen, denn ich bin kein Bauer, sondern ein Geistlicher.«

»In meinen Augen seid Ihr bloß ein Mann oder noch weniger als das«, entgegnete der Fremde und durchbohrte den Mönch mit Blicken. »Ihr müsst Euch für ein schweres Vergehen verantworten.«

Frenerius errötete und gab damit zu erkennen, dass sein Gewissen belastet war, doch er bekämpfte seine Verlegenheit mit überlauter Stimme: »Ihr könnt mir nichts vorwerfen. Mein ganzes Tun gilt dem Herrn.«

»Elendiger Lügner, Ihr habt ein Mädchen vergewaltigt! Und ganz gleich, ob im Namen des Herrn oder Satans, jetzt werdet Ihr dafür bezahlen!« Mit diesen Worten packte der Fremde den Mönch bei den Haaren, und trotz seiner Wunde an der Schulter zerrte er ihn aus der Bank und schleuderte ihn zu Boden.

Die Mönche, die sich um das Geschehen versammelt hatten, wichen erschrocken zurück in den Schutz der mächtigen Säulen. Der Eindringling beachtete sie gar nicht, sondern zückte den Krummsäbel, den er an seiner Seite trug, und presste die Klinge seinem Opfer an die Kehle.

»Um Gottes willen …«, stammelte Frenerius mit schriller Stimme.

»Gesteht Eure Schuld!«, herrschte ihn Willalme an.

»Sie war es, sie hat mich mit einem Zauber verführt«, wehrte sich der Mönch. »*Diabolica mulier, magistra mendaciorum, homines seducit libidini carnis* –«

»Schweig!« Willalme zog den Geistlichen auf die Knie hoch und schlug ihm mit der flachen Klinge auf den Hintern. »Sprich die Wahrheit! Du hast sie überredet, sich mit dir zurückzuziehen, um das Sakrament der Beichte zu empfangen, und dann, als sie sich wehrte, hast du sie bedroht und ihr schließlich Gewalt angetan, als du ihr nicht anders beikommen konntest!«

»Sie ist schuld! Ihre Schönheit …!«

Willalme stieß ihn mit dem Fuß zurück und erhob den Säbel mit beiden Händen hoch über seinen Kopf. In der Kirche herrschte eine angespannte Stille. »Ihr schmierigen Männlein! Ihr führt fromme

Sprüche und Gebote in Euren dreckigen Mäulern, und dabei unterjocht Ihr die Welt!«

Abt Guarin stürzte von den Stufen des Altars hinunter zu dem Eindringling und öffnete den Mund, um ihm Einhalt zu gebieten, doch nicht er war es, der den Fremden aufhielt, sondern Ignazio, der eben gefolgt von zwei Frauen die Schwelle der Kirche überschritten hatte.

»Du wirst nichts erreichen, wenn du ihn jetzt tötest«, rief der Händler aus Toledo.

»Er hat sein Leben verwirkt«, erklärte Willalme unnachgiebig, während er sich fragte, wie sein Freund ihn gefunden hatte. »Er muss für seine Schuld bezahlen.«

»Aber nicht durch deine Hand!« Ignazio blieb wenige Schritte von ihm entfernt stehen. »Wenn du ihn tötest, wirst du für deine Tat tausendfach büßen!«, presste er mit angehaltenem Atem hervor.

Für einen kurzen Moment war es ganz still geworden.

Dann mahnte eine Frauenstimme, jung, leidgeprüft: »Töten ist eine Sünde!« Das war Juette, die gemeinsam mit der Äbtissin Ignazio zum Mönchskloster gefolgt war.

Doch anstatt dass diese Worte Willalmes Zorn besänftigten, reizten sie ihn nur noch mehr. »Er muss bezahlen! Wer Böses verübt, muss dafür bezahlen!«

Ignazio näherte sich weiter seinem Freund, doch er wagte es nicht, ihn zu berühren. Er wusste, welcher Aufruhr der Gefühle in Willalmes Herzen tobte. Er rührte von einem tiefen, niemals besänftigten Schmerz, der jederzeit in einen Sturm ausbrechen konnte. »Ich teile deine Empörung, mein Freund. Aber es ist nicht nötig, diesen Mann zu töten, um ihn zu bestrafen.«

»Wenn du das tust, wirst du in alle Ewigkeit verdammt sein«, mahnte Abt Guarin, der das Geschehen angespannt verfolgte.

Willalme verzog grimmig das Gesicht und packte den Griff seines Säbels nur noch entschlossener. »Ich bin bereits verdammt. Mein ganzes Leben ist verflucht.«

Bei diesen Worten versetzte ihm Ignazio eine Ohrfeige.

Die Mönche schrien überrascht auf.

Willalme sah seinen Freund ungläubig an, Verwunderung und Wut wechselten einander auf seinem Gesicht ab.

»Dein Leben ist zu wertvoll, um es wegzuwerfen, du Dummkopf! Und deine Taten fallen auch auf die zurück, die dich lieben«, wetterte Ignazio. »Wenn du denkst, du müsstest deiner Wut freien Lauf lassen, indem du einen wertlosen Mann umbringst, dann tu das. Aber du wirst damit das Böse, das er getan hat, nicht ungeschehen machen können. Willst du das wirklich tun?« Er zeigte auf Juette. »Denk doch lieber an sie. Sie bittet dich um Hilfe, nicht um sein Blut.«

Willalme sah zu der jungen Frau, die, niedergedrückt von der ganzen Last der Welt, am Boden kauerte. Er hätte sie gern umarmt und ihr gesagt, dass sie keine Angst haben müsse. So wie er es seiner Schwester versprochen hatte, ehe sie starb … Er seufzte tief, ließ seine Waffe sinken und gab seine Geisel frei.

Frenerius versuchte, sich hinter der Kutte seines Abts zu verstecken, doch dieser stieß ihn mit dem Fuß von sich fort. Stimmt es, was diese Menschen sagen?, schienen ihn seine Augen zu fragen.

Ignazio legte seine Hand auf Willalmes Schulter. Er hätte ihn gern umarmt, wenn seine Scheu, Gefühle zu zeigen, dies zugelassen hätte. Doch selbst diese kleine Geste ließ zur Genüge erkennen, was er fühlte, und das spürte auch Willalme.

Keiner von ihnen kam jedoch mehr dazu, irgendetwas zu sagen, da eine Abteilung Bogenschützen in die Klosterkirche stürmte und die Eindringlinge umringte.

Ignazio hob beschwichtigend die Hände. »Wartet! Ich war letzte Nacht Gast in diesem Kloster«, erklärte er. »Sprecht mit Gilie de Grandselve, dem *portarius hospitum* des Gästehauses. Er kennt mich, heute Morgen habe ich ihm eine großzügige Spende zukommen lassen.«

»Gilie de Grandselve?«, fragte der Abt misstrauisch. »Ich kenne keinen Mönch in unserem Kloster, der diesen Namen trägt. Und ganz bestimmt heißt unser *portarius hospitum* nicht so.«

Überrascht starrte ihn Ignazio an. Wie konnte das sein? Wer war dann der Mönch, mit dem er letzte Nacht gesprochen hatte? Woher kam Gilie de Grandselve, wenn er nicht der Abtei Fontfroide ange-

195

hörte? Er rief sich noch einmal das gierige Gesicht dieses ältlichen Mannes vor Augen und erinnerte sich, dass er öfter Misstrauen in ihm geweckt hatte.

Philippe de Lusignan ritt aus dem Wald heraus und brachte seinen Schimmel vor dem Lager der Archonten zum Stehen. Wie schon Thiago vor ihm hatte er nicht lange gebraucht, um es zu finden, obwohl es ziemlich entfernt von den umliegenden Ansiedlungen und damit auch von allen Pfaden durch den Wald angelegt war.

Er hatte sich mit aller Vorsicht genähert. Eine weite schwarze Kutte verbarg seine ritterliche Kleidung, sodass er eher wie ein Pilger aussah. Damit ihn keiner erkannte, hatte er sogar darauf verzichtet, seine Waffen anzulegen.

Er saß ab und führte das Pferd an den Zügeln am Waldrand entlang.

Mit hastigen Schritten, die seine innere Anspannung verrieten, eilte er vorwärts unter den dichten Baumkronen mit ihrem Spiel aus Licht und Schatten. Seine Züge wirkten jetzt nicht mehr so entschieden, sondern eher besorgt. Die Verätzungen durch die Säure brannten auf Stirn, Nase und Wangen. Auch seine rechte Hand war verletzt, die er zum Glück noch rechtzeitig schützend vor die Augen hatte legen können.

Die Begegnung mit Ignazio da Toledo war übel ausgegangen. Nicht genug damit, dass er nicht mehr auf die Hilfe dieses Mozarabers zählen konnte, nein, er hatte ihn sich sogar zum Feind gemacht. Ein Feind, den man fürchten musste, denn er kannte das Geheimnis des Goldes von Airagne und hegte gefährliche Zweifel.

De Lusignan band sein Pferd an einem Baum mit hängenden Zweigen fest und zog sich die Kapuze tief ins Gesicht, dann ging er unbemerkt einmal um das Lager der Archonten herum. Leise schlich er um den Graben, der das Lager von außen begrenzte, die rechte Hand immer am Dolch. An einer Stelle, wo die Pflanzen hoch und dicht standen, sodass man sich ungesehen nähern konnte, blieb er stehen.

Er wollte das Lager ausspähen.

An dessen Eingang hatte sich eine Handvoll Soldaten um einen alten Mönch geschart. Philippe erkannte ihn auf den ersten Blick: Das war doch der *portarius hospitum* von Fontfroide! Wie konnte das sein? Was tat der Mann hier? Er schien etwas zu erklären oder sogar Befehle zu erteilen, und die Soldaten nickten ehrerbietig. Dieser Gilie de Grandselve war also kein einfacher Mönch, wie er vorgegeben hatte. Was konnte seine Anwesenheit im Lager der Archonten bedeuten?

Aus der Soldatenschar stach das gewöhnliche Gesicht von Jean-Bevon heraus, den Philippe de Lusignan seit Langem kannte. Als er ihn unter diesen Söldnern bemerkte, erinnerte er sich an alte Zeiten, als er alle Männer persönlich angeworben hatte. Sie kamen aus verschiedenen Ländern und hatten unterschiedliche Leben hinter sich, waren vormals Soldaten, Söldner, Diebe und Mörder gewesen. Vor vielen Jahren hatten sie ihm Gefolgschaft geschworen. Philippe de Lusignan fragte sich, was sie nun dazu gebracht hatte, ihn zu verraten.

Um näher heranzukommen und das Lager besser auszuspähen zu können, folgte er einem anderen Teil des Grabens, bis er an den Punkt kam, wo die Abwässer des Lagers einliefen. Er kroch an den Rändern des stinkenden Gewässers entlang und achtete darauf, nicht hineinzurutschen, aber plötzlich ließ ihn etwas innehalten. Mitten in der schlammigen Jauche schwamm eine Leiche.

Der Körper wies eine klaffende Wunde im Unterleib auf, ein langer Schnitt zog sich über das Gesicht. De Lusignan näherte sich hastig, denn etwas an dem Toten kam ihm vertraut vor, und als er ihn erreicht hatte, erkannte er ihn. Es war Thiago de Olite. Tot.

Ein Surren erhob sich von der Leiche, und Philippe wurde von einem Schwarm Fliegen angegriffen. Beinahe wäre er in das Dreckwasser gestürzt, er konnte sich gerade noch an einem Busch festkrallen. Sofort hatte er sich wieder unter Kontrolle. Doch seine heftigen Bewegungen hatten auf ihn aufmerksam gemacht. Philippe duckte sich zunächst, dann sah er wieder hoch. Eine nicht allzu interessiert wirkende Wache kam in seine Richtung. Wenn er dort in seinem Versteck bliebe, würde man ihn entdecken. Er musste fort.

Doch ehe er ging, schaute er noch einmal verächtlich zum Lager zurück. Der Mord an dem treuen Thiago war die letzte Bestätigung seines Verdachts. Dieser Abschaum hatte ihn verraten.

»Ihr erbärmlichen Schufte!«, knurrte er zwischen zusammengepressten Zähnen hervor. »Dafür werdet Ihr mir alle bezahlen!«

Er schlich sich kriechend zurück bis zu seinem Pferd, schwang sich in den Sattel und floh in den Wald.

23

Ein leichter Druck auf seiner Brust weckte ihn.

Uberto hatte sich im Schatten einer Ulme niedergelassen, die Reise war anstrengend gewesen, und er hatte eine Rast dringend nötig gehabt. Doch als er die Augen öffnete, erkannte er, dass es schon spät am Nachmittag war. Er hatte länger geschlafen als geplant.

Er brauchte nur kurz, um seine Verwirrung abzuschütteln, dann erkannte er zwei von schwarzen Locken umrahmte grüne Augen direkt vor sich.

Moira hatte sich über ihn gebeugt, die Hände auf seiner Brust, und sah ihm so direkt in die Augen, dass Uberto ihren Atem spüren konnte. Dass sie sich ihm derart genähert hatte, vermittelte ihm ein Gefühl von Vertrautheit, gleichzeitig fühlte er sich verletzlich. Doch sogleich schalt er sich für beide Empfindungen.

»Wir haben Toulouse hinter uns gelassen, und noch hast du mich keinem Gericht überantwortet«, sagte sie fast etwas herausfordernd. »Warum hast du es nicht getan?«

Die Antwort darauf war nicht einfach. Es sollte nicht aussehen, als hätte er ihr nachgegeben, so leicht wollte er sich nicht geschlagen geben. »Und du, warum hast du nicht versucht zu fliehen?«

Sie schwieg, ein leises Lächeln umspielte ihre Lippen.

Uberto bemerkte auf Moiras Gesicht eine unerwartete Entschlossenheit, als ob sie eine wichtige Entscheidung getroffen hätte. Das konnte ein gutes Zeichen sein, sagte er sich, und doch beunruhigte ihn dieses Lächeln. Was verbarg das Mädchen hinter seinem Schweigen? Warum hatte sie sich ihm so genähert? Die Nähe ihres Gesichts und die leichte Last ihres Körpers auf seinem berauschten ihn.

Das war nicht nur reine körperliche Anziehung … Und sie schien sich dessen bewusst zu sein. Das war offensichtlich. Sie spielte mit ihm, indem sie ihm immer wieder Blicke aus den Augenwinkeln zuwarf, und band ihn so mit unsichtbaren Fesseln an sich. Uberto versuchte, seine Gefühle so gut es ging zu verbergen, um diesem subtilen Angriff zu widerstehen, doch wieder einmal entdeckte er, dass er nicht vernünftig denken konnte. »Na, willst du nicht antworten?«, fragte er fordernd, mehr um sich selbst aus diesem Zauber zu befreien.

Die Worte kamen härter als beabsichtigt aus seinem Mund, und Moira wich erschrocken zurück. Da handelte er aus einem Instinkt heraus, er ergriff sie sanft und brachte sein Gesicht an ihres heran. Mit dem Finger fuhr er leicht über ihre Lippen und küsste sie. Er küsste sie wieder und wieder, während beide zu ihrer Überraschung von einem überwältigenden Gefühl fortgerissen wurden.

Du weißt nichts über mich, warnten ihn diese lustvoll zu Schlitzen verengten grünen Augen. Du weißt nicht, wer ich bin, noch, woher ich komme.

Doch eines wusste Uberto inzwischen ganz sicher. Er würde mit jedem Zweifel leben können, wenn er sie nur weiter umarmen konnte.

Arm in Arm blieben sie im Schatten der Ulme liegen, und Uberto stellte fest, dass Moira gar nicht so geheimnisvoll war, wie er geglaubt hatte. Er hatte noch nie zuvor Ähnliches für eine Frau empfunden, und dennoch war er beunruhigt. Der rationale Teil von ihm, das Erbe seines Vaters, quälte ihn mit tausend Fragen und hinderte ihn daran, sich in seiner Verliebtheit zu verlieren. Doch das war nicht der einzige Grund für seine innere Unruhe. Er konnte die Gewissensbisse nicht beiseiteschieben, dass er einen Mann getötet hatte. Das Gesicht des Mauren verfolgte ihn in seinen Träumen und manchmal auch, wenn er wach war. Du hast mich wie einen Hund getötet, warfen ihm seine Augen vor, die so schwarz wie die Hölle waren.

Moira konnte mit ihrer sanften Umarmung seine Unruhe ein wenig mildern, und sie erzählte ihm nun ihre Geschichte. Sie war die Tochter eines Kaufmanns aus Genua, der sich in Akkon in Palästina niedergelassen hatte, um sein Glück im Handel mit Georgien zu versuchen. Die Beziehungen zu den Abgesandten vom Schwarzen Meer waren daraufhin so eng geworden, dass er sogar eine vornehme Georgierin zur Frau genommen hatte. Bei der Erinnerung an ihre

Mutter musste das Mädchen gerührt seine Erzählung unterbrechen und brach in bittere Tränen aus.

Moira hatte in Akkon eine glückliche Kindheit verbracht. Sie wuchs im Genueser Viertel auf, zwischen dem Hafen und der Abtei von San Saba, geliebt und beschützt von ihren Eltern. Doch dann hatte ihr Schicksal eine schlimme Wendung genommen. Die georgische Krone hatte beschlossen, am Fünften Kreuzzug zur Befreiung von Damiette von den Ayyubiden teilzunehmen, durch die wilden mongolischen Krieger wurden viele asiatische Völker gen Osten getrieben, und zu Beginn der Herrschaft Königin Rusudans wurden sogar die Christen von den Reitertruppen von Sultan Dschalal ad-Din aus Choresmien angegriffen. Viele Karawanen gingen auf dem Weg zum Schwarzen Meer in der syrischen Wüste und zwischen den türkischen Hochebenen verloren, ohne je nach Akkon zurückzukehren, und wer überlebte, verbreitete das Gerücht vom drohenden Angriff der Seldschuken.

Moiras Vater machte sich Sorgen um seine Familie, und da er in seinen langen Geschäftsjahren genug Vermögen angesammelt hatte, das ihm auch an einem anderen Ort ein annehmliches Leben sichern würde, hatte er sich mit Frau und Tochter nach Ligurien eingeschifft. Die Reise war zunächst ohne Zwischenfälle verlaufen, man hatte auf Kreta, auf dem Peloponnes und in Messina angelegt und sich dort mit Wasser und Proviant sowie wertvollen Tauschgütern eingedeckt. Dann war das Unvorhersehbare geschehen: Vor der ligurischen Küste hatte ein Sturm das Meer aufgewühlt.

Es war, als ob der Teufel selbst sich der Winde und Wasser bemächtigt hätte, sodass sie zu wütenden Furien wurden. Vom Sturm hin und her geworfen hatte das Schiff sich zunächst zäh behauptet, doch dann hatte es sich in den Fluten wie eine Nussschale überschlagen.

Als Moira die Augen geöffnet hatte, war sie auf einmal allein gewesen, an der Küste eines unbekannten Landes, des Languedoc. Das Meer hatte sie hier wie Strandgut ans Ufer gespült. Mit einem Schlag war sie ihrer Familie beraubt, fortgerissen von etwas, das ihr wie ein wirrer Alptraum erschien. Sie hatte lange nach Vater und Mutter gerufen und die Wellen des Meeres nach ihnen abgesucht. Doch sie blieben für immer verschollen, und der Schmerz über ihren Verlust war so groß, dass sie darüber beinahe verrückt wurde.

Getrieben von einem ungekannten Überlebenswillen war sie tagelang durch die Gegend geirrt, hatte um Hilfe und Unterkunft gebettelt, bis sie schließlich im Haus eines Webers in Fanjeaux Aufnahme fand. Doch wenig später sollte sie ein weiteres Unglück treffen. Soldaten griffen den Ort an, Archonten, so nannten sie sich. Sie hatten das Mädchen dann mit vielen anderen Menschen gefangen genommen, darunter auch Alte und Kinder.

Zunächst hatte Moira gedacht, dass die Archonten sie als Sklaven verkaufen wollten, doch bald war ihr klar geworden, dass dies nicht ihr Schicksal sein würde. Die Männer führten sie über einen verschlungenen Pfad durch die Berge, bis sie zu einer mächtigen Festung kamen: der Burg von Airagne. Niemals hätte sie gedacht, dass es einen so schrecklichen Ort geben könnte. Niemals hätte sie sich so viel Leid vorstellen können, nicht einmal, als sie in Akkon die Gerüchte von den Massakern der Mongolen und Sarazenen gehört hatte.

Doch schon nach wenigen Tagen in Gefangenschaft war ihr die Flucht gelungen, und sie hatte sich westwärts gewandt. Sie wollte nach Katalonien, wo noch Verwandte ihres Vaters lebten.

Auf ihrem Weg war sie auf eine Gruppe Mönche gestoßen, denen sie voller Vertrauen ihre Leidensgeschichte erzählt hatte. Sie hatte von dem Schiffbruch berichtet, von den Archonten und dem Grafen Nigredo, in der Hoffnung, die frommen Männer würden sie verstehen und ihr Unterstützung gewähren. Doch man hatte sie bloß zu diesem Blasco da Tortosa geführt.

»Dieser gute Bruder wird dir gewiss helfen«, so hatte man ihr versichert.

Uberto bemerkte, wie Moiras Augen hart wurden. »Beruhige dich«, sagte er zu ihr und brachte sie damit in die Wirklichkeit zurück. »Jetzt hast du nichts mehr zu befürchten.«

Moira antwortete darauf keineswegs freundlich. »Oh doch, das habe ich wohl, denn du redest die ganze Zeit nur von Airagne. Du kannst dir nicht vorstellen, was an diesem Ort geschieht. Bist du immer noch sicher, dass du dorthin willst?«

Wie um ihre Sorge zu bestätigen, spitzte der schwarze Hund, der sich neben ihnen zusammengerollt hatte, die Ohren.

Uberto stand auf und sah sich bestürzt um. Der Ausdruck von Moiras Gesicht und der Klang ihrer Stimme hatten sich schlagartig so verändert, dass sie ihm nun wie eine Fremde vorkam. Sie hatte schreckliche Angst vor diesem Ort, und vielleicht hätte er sich auch davor fürchten sollen, doch es gelang ihm nicht. Ganz wie Ignazio brannte er darauf, nach Airagne zu kommen, wenn auch aus ganz anderen Gründen, und je mehr Moira ihn warnte, sich von der Burg fernzuhalten, desto mehr trieb es ihn dorthin. Das war seine Mission, sagte er sich, und er wollte das Versprechen einlösen, das er Galib und Corba de Lanta gegeben hatte. Wenn er sich wirklich für einen Mann von Ehre und Prinzipien hielt, dann musste er die Aufgabe zu Ende führen, die man ihm anvertraut hatte. Mehr noch seinetwegen als für die anderen, wenn er sich seine Selbstachtung bewahren wollte. Solche Gedanken beschäftigten ihn, während er zu den zwei Pferden hinübersah, die nicht weit entfernt grasten. Eins war der elegante Jaloque, das andere der Schecke, der vormals Kafir und nun Moira gehörte. Mit zwei Pferden waren sie schnell vorangekommen, ohne ein einzelnes Tier zu erschöpfen.

Unbewusst legte Uberto die rechte Hand auf seine Tasche, in der er die »Turba philosophorum« verwahrte, und er war dabei so in Gedanken versunken, dass ihm die neugierigen Blicke Moiras entgingen. Dieses Buch würde ihm helfen, seine Mission zu erfüllen. Aber wie? Was erwartete ihn in Airagne?

Jetzt blieb ihm nur eines zu tun.

»Wir müssen unbedingt meinen Vater finden«, sagte er entschlossen, und sein Gesicht entspannte sich.

24

»Ich wiederhole, niemand in diesem Kloster trägt den Namen Gilie de Grandselve«, sagte der Abt Guarin und musterte Ignazio verärgert. »Dass Ihr lügt, ist nur zu offensichtlich.«

Nachdem die Bogenschützen von Fontfroide in die Kirche gestürmt waren, war Ignazio keine Zeit mehr für Erklärungen geblieben. Man hatte alle Beteiligten in den Kapitelsaal geführt, der neben den Gärten gelegen war, fernab vor neugierigen Blicken. Das hatte der Abt so angeordnet, damit es in der Gemeinschaft der Mönche nicht zu weiterer Unruhe kam. Die Ruhe des Klosters, so hatte er betont, stand über allem. Keinesfalls durfte es in den geheiligten Mauern des Klosters zu Gewalttaten oder unbegründeten Verdächtigungen kommen.

Ignazio hörte sich Guarins Beschuldigungen mit ausdruckslosem Gesicht an. Sein Blick wanderte gleichmütig über die Kreuzrippen des Deckengewölbes, während Willalme, die Äbtissin und Juette vor den steinernen Bänken an den Wänden bang abwarteten und besorgt mal zu den Wachen am Eingang, mal zu der gebieterischen Gestalt des Abtes von Fontfroide blickten.

»Der *portarius hospitum*, der mich gestern Abend in dieser Abtei empfangen hat, nannte sich Gilie de Grandselve«, wiederholte der Händler aus Toledo ganz ruhig. Er wäre gern so gelassen gewesen, wie er sich äußerlich gab. »Ich kann meine Behauptung beweisen.«

Abt Guarin blieb abweisend. »Erklärt Euch genauer.«

»Euer Gästehaus beherbergt eine Gruppe Ritter, die heute Nacht eingetroffen sind. Ist das richtig?«

»Ja, ich wurde über ihre Anwesenheit unterrichtet. Es handelt sich um Kreuzritter auf dem Weg nach Narbonne. Sie beabsichtigen, sich so schnell wie möglich nach Sidon einzuschiffen.«

Ignazio schien die Antwort zu befriedigen. »Nun gut, ich habe gesehen, wie sie vor den Stallungen eintrafen. Sie wurden von demselben Mönch empfangen, von dem ich spreche: Gilie de Grandselve.

Lasst einen von ihnen rufen. Sie werden meine Geschichte bestimmt bestätigen.«

Der Abt gab einer der Wachen bei der Tür ein Zeichen. Der Mann nickte, verabschiedete sich und verließ den Saal.

Guarin wandte sich wieder Ignazio zu. »Glaubt nicht, dass es damit getan ist. Eure Lage ist weiterhin ernst. Dieser Willalme, Euer Schützling, hat einen Mönch einer Frau wegen angegriffen, die der Hexerei bezichtigt wird. Versteht Ihr die Tragweite dieses Verbrechens?« Er zeigte mit dem Finger auf beide Beschuldigten. »Wie ich schon gestern der Äbtissin von Santa Lucina erklärte, ist Hexerei eine Majestätsbeleidigung und ein Frevel gegen den Glauben.«

Willalme stellte sich schützend vor Juette und wollte schon etwas entgegnen, doch Ignazio hielt ihn mit einem Blick davon ab. Vertrau mir, sagten seine Augen.

Dann wandte er sich wieder dem Abt zu. »Ich verstehe Eure Beweggründe, ehrwürdiger Vater, doch Ihr könnt uns nicht wegen dieses unbedeutenden, wenn auch bedauerlichen Zwischenfalls an diesem Ort hier festhalten.«

»Habt Ihr etwa die Absicht, meine Autorität in Frage zu stellen?«

»Das würde ich niemals wagen.« Ignazio senkte in gespielter Demut den Kopf. Er wollte den Abt nicht gegen sich aufbringen, aber unbedingt herausfinden, was er wusste und wo er stand. Und er griff dafür zu einer Lüge: »Lasst es mich erklären, ich befinde mich hier auf Befehl des Bischofs Fulko von Toulouse. Ich ermittele in seinem Auftrag.«

»Vorausgesetzt, Ihr sagt die Wahrheit, verbessert dies Eure Lage keineswegs, ganz im Gegenteil.« Guarin lachte verärgert auf. »Die Abtei Fontfroide gehört zur Diözese von Narbonne und unterliegt daher nicht dem Gutdünken der Prälaten von Toulouse. Zudem ist Fulko, soweit ich unterrichtet bin, nicht einmal Herr im eigenen Haus. Er ist von den Beschützern der Ketzer vertrieben worden. Eine peinliche Niederlage für die kirchliche Autorität.«

Ignazio war nun sicher, er würde das Gespräch zu seinen Gunsten wenden können, aber er musste erst einen guten Schachzug finden. Er erinnerte sich an die Späher Fulkos, die sich heimlich unter die Laienbrüder von Fontfroide gemischt hatten, ganz sicher war dies ohne das Wissen von Guarin geschehen. Diese Nachricht war bestimmt wichtig, und im Moment brauchte er etwas, womit er dem Abt einen Floh ins Ohr setzen konnte. »Bischof Fulko mag ja schwach erscheinen, aber er hat immer noch großen Einfluss in vielen Gebieten des Languedoc, sogar hier in dieser Abtei. Er wirft seinen Schatten auch auf Euren Machtbereich.«

Guarin versteifte sich. »Gebt acht, was Ihr sagt, Monsieur. Sonst könnte sich Eure Lage noch sehr verschlimmern.«

»Seid Ihr nicht neugierig, wie Fulko Euch überwachen kann, ehrwürdiger Vater?«, stichelte Ignazio. »Er bedient sich der Hilfe von Spähern. Und ich weiß, wo sie sich verbergen.«

»Ihr würdet das Vertrauen Eures Herrn verraten?« Neugier erschien auf dem Gesicht des Abtes. »Wäret Ihr wirklich bereit, darüber zu sprechen?«

Schachmatt, dachte Ignazio. Vielleicht ahnte Guarin bereits etwas von der Anwesenheit der Späher aus Toulouse in seiner Abtei, und vielleicht hatte er sogar Beweise dafür, aber er wusste nicht, wo er die Männer finden konnte. Ignazio musste ihm jetzt nur noch den Gefallen tun, ihm zu zeigen, wo sie sich versteckten. »Angesichts meiner Lage sehe ich mich dazu gezwungen.«

»Ich nehme an, dass diese Auskünfte ihren Preis haben. Was fordert Ihr dafür?«

»Meine Freiheit und die meiner Begleiter. Und dass man die Anschuldigungen wegen Hexerei fallen lässt.«

Ehe der Abt sich dazu äußern konnte, hörte man am Eingang einen Soldaten ankündigen: »Der Ritter, den Ihr habt rufen lassen, ist hier, ehrwürdiger Vater.«

»Lasst ihn eintreten«, befahl Guarin und rieb sich die Hände. Von neuer Energie beflügelt wandte er sich an Ignazio. »Gleich werden wir erfahren, ob Ihr die Wahrheit gesprochen habt, Monsieur. Ihr seid in meiner Gewalt.«

Stolz und aufrecht betrat der Ritter den Kapitelsaal. Er hatte einen langen blonden Bart, der auf ein mit metallenen Schuppen beschlagenes Lederwams fiel. Der Mann warf einen schnellen Blick in die

Runde, ehe er sich vor dem Abt verbeugte und sich vorstellte: Roland von Auxerre war sein Name.

Guarin verzichtete auf den üblichen Austausch von Höflichkeiten und befragte den Ritter gleich nach den Geschehnissen der vergangenen Nacht.

Roland wirkte enttäuscht, dass er auf ein ausführliches Zeremoniell der Ehrerbietung verzichten sollte. »Ihr habt mich rufen lassen, um zu erfahren, wer uns in der Abtei empfangen hat? Das ist alles?«

»So ist es.«

Der Ritter zögerte, ehe er antwortete: »Ein alter, ziemlich misslauniger Mönch. Grandselve … Gilie de Grandselve, so war, glaube ich, sein Name. Sonst war niemand anwesend, als wir ankamen, daher haben wir uns an ihn gewandt.«

Der Abt nickte und zeigte wie beiläufig auf Ignazio. »Habt Ihr diesen Mann schon einmal gesehen?«

»In meinem ganzen Leben nicht«, versicherte Roland. »Ich vergesse nie ein Gesicht, wenn ich es einmal gesehen habe.«

Guarin ging nachdenklich zum Fenster. »Es ist gut, Sire Roland. Ihr könnt gehen.«

»Was denn? Schon?«, protestierte der Ritter.

Guarin musterte ihn misstrauisch: »Nun denn, Roland. Habt Ihr vielleicht etwas Böses getan, habt Ihr geraubt oder andere Schändlichkeiten begangen, die Ihr gestehen wollt?«

Der Ritter wich zurück. »Oh Gott im Himmel, nein. Bei meiner Treu, nein.«

»Dann nehmt meinen Segen. Und geht.«

Als Roland widerstrebend den Kapitelsaal verlassen hatte, widmete sich der Abt wieder ganz Ignazio. »Anscheinend habt Ihr die Wahrheit gesprochen, Monsieur. Offenkundig ist dieser Gilie de Grandselve, von dem jede Spur fehlt, einer der Späher, von denen Ihr erzählt habt, ein Spion des Bischofs von Toulouse, der sich als *portarius hospitum* ausgegeben hat.«

Ignazio nickte zur Bestätigung, obwohl er selbst nicht ganz so sicher war. Die Identität von Gilie de Grandselve war noch so ein Rätsel, das die ganze Angelegenheit verkomplizierte. Er fragte sich, ob er ihm jemals wieder begegnen würde, aber nun musste er den Abt noch endgültig überzeugen. Wenn er seine Freiheit wiederhaben wollte, musste er ihm geben, was er ihm versprochen hatte: die Identität von Fulkos Männern, die sich in die Abtei eingeschlichen hatten. Guarin musste ja nicht wissen, dass das Interesse der Männer, auf die Ignazio angespielt hatte, nicht dem Kloster Fontfroide galt, sondern dem nahe gelegenen Beginenhof von Santa Lucina. Er brauchte seinen Verdacht also nur zu bestätigen.

Die Stimme des Abtes unterbrach seine Überlegungen. »Wo sind nun diese Späher?«

Der Händler aus Toledo zeigte auf Juette. »Was ist mit der Anklage wegen Hexerei?«

Der Abt zuckte mit den Achseln. »Es gibt darüber keine schriftlichen Aufzeichnungen, ergo hat es sie nie gegeben.«

»Steht es uns daher allen frei, zu gehen?«

»Niemand wird Euch zurückhalten.«

Ignazio wechselte einen schnellen Blick mit Willalme. »Sehr gut.«

»Und jetzt erzählt mir von Fulkos Spähern«, beharrte Guarin.

»Nun denn, ehrwürdiger Vater«, wandte sich Ignazio vertraulich an den Abt. »Habt Ihr in letzter Zeit in Eurem Kloster einige neue Laienbrüder aufgenommen?«

»Ja, ein paar.«

»Dann sucht die Späher unter ihnen«, sagte Ignazio, »unter den Laienbrüdern …«

Nachdem Ignazio mit seinen Begleitern den Kapitelsaal verlassen hatte, ließ Guarin Pater Frenerius de Gignac rufen, den Willalme beschuldigt und angegriffen hatte. Der Mönch, der den Abt auf keinen Fall warten lassen wollte, eilte durch die Gänge des Klosters und überlegte aufgeregt, was er seinem Vorgesetzten sagen sollte. Im Grunde genommen war er, Frenerius, in dieser Angelegenheit das Opfer.

Sicher hatten die Schuldigen bereits ihre gerechte Strafe erhalten, dachte er. Sie würden bestimmt der weltlichen Justiz überstellt werden, so wie es in derartigen Fällen üblich war. Schließlich war es nicht hinnehmbar, dass ein Zisterziensermönch und damit die Abtei selbst sich vor den Röcken eines Waisenmädchens erniedrigten! Das wäre ja ganz so, als ob ein Lehensherr zugestimmt hätte, sich vor einem Leibeigenen zu beugen.

Vor der Tür blieb Pater Frenerius kurz stehen, blähte sein hochmütiges Herz weiter mit Stolz, reckte das Kinn vor und ging entschlossen vorwärts ... Oder zumindest redete er sich das ein. Als er den Kapitelsaal betrat, stand ihm die Angst, die er vor Kurzem durchleiden musste, als Willalmes Säbel an seiner Kehle gelegen hatte, immer noch ins Gesicht geschrieben.

Guarin stand regungslos in der Mitte des Raumes, und kaum hatte er den Mönch bemerkt, durchbohrte er ihn auch schon mit einem stechenden Blick.

Frenerius erbebte innerlich. Das Schweigen des Abtes lastete unerträglich schwer auf ihm. Als er merkte, dass er sich nicht länger aufrecht halten konnte, warf er sich ihm zu Füßen.

Guarin wich angeekelt zurück, und anstatt den anderen anzusprechen, verschränkte er die Hände über dem Gürtel seiner Kutte. Und zwar so fest, dass die Fingerknöchel weiß hervortraten.

»Dann ist es also wahr?«, fragte er ihn schließlich.

Frenerius hielt seine Augen weiterhin gesenkt. »Ehrwürdigster Vater ... ich ... dieses Weib ...«

»Erhebe dich, mein Sohn. Sieh mir in die Augen, während du mit mir sprichst.«

Der Mönch gehorchte, doch es kostete ihn unsägliche Mühe. »Sie hat –«

Ehe er seinen Satz beenden konnte, versetzte ihm der Abt eine Ohrfeige.

Frenerius fiel fast zu Boden. Er fuhr sich mit der Hand ins Gesicht, seine Augen waren angstvoll geweitet. »Aber Vater –«

»Schluss jetzt mit den Lügen!«, herrschte ihn Guarin an. Obwohl er im Großen und Ganzen eine würdevolle Haltung wahrte, hatte er seine Augen vor Wut zu zwei schmalen Schlitzen zusammengekniffen. »Gesteh deine Sünde! Hast du diesem Mädchen Gewalt angetan?«

Der Mönch bedeckte seinen Kopf mit seinen Händen und begann, wie ein kleines Kind zu wimmern.

Und wenn es eines gab, was der Abt von Fontfroide hasste, dann waren es die Tränen eines schlechten Menschen.

Rumpelnd entfernte sich der Karren des Händlers aus Toledo von der Abtei Fontfroide.

Ignazio saß auf dem Bock und lenkte, trotz der Ereignisse wirkte er zufrieden, ja fast heiter.

Die Äbtissin, die mit Juette neben ihm saß, beobachtete ihn verwundert und begriff nicht, ob sie diesen Mann eher fürchten oder ihm dankbar sein sollte. Entsprachen die Worte, die er im Kapitelsaal geäußert hatte, der Wahrheit oder nicht?

Willalme folgte dem Karren zu Pferde und hing seinen Gedanken nach. Nach längerem Überlegen brummte er zerknirscht zu Ignazio hinüber: »Verzeih mir, ich wollte dich mit meinem Eingreifen nicht in Gefahr bringen, und die Frauen erst recht nicht.«

Ignazio zuckte daraufhin nur mit den Schultern.

Willalme runzelte die Stirn. »Du hättest dich dennoch raushalten sollen, dann hätte ich ihn töten können.«

»Wenn du deinem Zorn nachgegeben hättest, hättest du das Unvermeidliche einfach nur beschleunigt und dafür einen allzu hohen Preis bezahlt.« Ignazio zwinkerte ihm zu. »Wenn es dir ein Trost ist, Frenerius de Gignac wird schon seine gerechte Strafe empfangen: Er ist von der französischen Krankheit befallen. Er wird noch lange leiden, ehe er sein Leben aushaucht. Die Hölle kann noch ein wenig auf ihn warten, meinst du nicht?«

»Und woher weißt du, wie es um seine Gesundheit steht?«

Da antwortete die Äbtissin: »Dieser Mönch hat sich die Krankheit durch sein Laster zugezogen. Wir Beginen kennen das ganze Ausmaß seiner Verderbtheit. Frenerius schämt sich, sich von seinen Mitbrüdern behandeln zu lassen, und hat sich schon seit geraumer Zeit an unsere *béguinage* gewandt, um sich Medikamente zur Linderung seiner Schmerzen zu verschaffen. Bei seinem letzten Besuch hat er, wie Ihr inzwischen erraten habt, unsere arme Juette angegriffen.«

Bei diesen Worten wickelte die junge Frau sich enger in ihr graues Gewand.

»Ich glaube, dieser Frenerius wird sich bei Euch nicht mehr blicken lassen«, sagte Ignazio.

Willalme neigte den Kopf. »Verzeiht mir mein ungestümes Handeln, ehrwürdige Mutter. Ich hätte beinahe Eure Lage noch verschlimmert.«

»In diesem Fall war nicht alles schlecht«, unterbrach ihn Ignazio. »Unsere ›Unterredung‹ mit dem Abt war in vielerlei Hinsicht nützlich für uns.«

Überrascht sah Willalme zu ihm auf. »Inwiefern?«

»Ich habe Gilie de Grandselve entlarvt, den *portarius hospitum*, der mich in der Abtei empfangen hat. Ich weiß noch nicht, wer er wirklich ist, aber wahrscheinlich gehört er auch zu den Spähern, die jemand ausgesandt hat, um uns zu überwachen. Vielleicht sogar der Graf von Nigredo.« Ignazio runzelte die Stirn. »Allerdings war er nicht derjenige, der heute vor dem Morgengrauen versucht hat, mich umzubringen …«

»Man hat versucht, dich umzubringen? Aber wer …? Und wie …?«

»Philippe de Lusignan ist nicht der Mann, für den wir ihn hielten«, sagte Ignazio nur. »Ich erkläre dir das später, mein Freund, wenn wir unter uns sind. Jetzt lass mich erst meine anderen Überlegungen beenden. Indem ich das Misstrauen des Abtes geweckt habe, habe ich der Gemeinschaft von Santa Lucina einen Gefallen erwiesen.«

»Das habe ich mir schon gedacht«, sagte die Äbtissin, »obwohl ich nicht alles verstanden habe.«

Auf Ignazios sonst undurchdringlichem Gesicht zeigte sich ein ehrliches Lächeln. Im Grunde gefiel ihm die Äbtissin. »Wisst, gute Mutter, dass das, was ich dem Abt erzählt habe, nur die Hälfte der Wahrheit ist. Bischof Fulko hat tatsächlich einige Späher unter den Laienbrüdern des Klosters eingeschleust, aber diese haben den Auftrag, den Beginenhof von Santa Lucina auszuforschen, nicht Guarin.« Er unterstrich seine Worte mit einer beredten Geste. »Fulko hegt zu Recht den Verdacht, dass Eure Mitschwestern über Airagne Bescheid wissen, daher behält er Euch im Auge.«

Die Frau erbleichte.

»Zum Glück«, fuhr der Händler fort, »haben Fulkos Späher noch nichts Genaues herausgefunden. Sie wissen nicht, dass das Geheimnis von Airagne mit Alchimie in Verbindung steht. Im Übrigen wird nun Abt Guarin dafür Sorge tragen, dass sie entdeckt werden, da er sich selbst für das Opfer der Überwachung hält. Und er wird sie wohl zu ihrem Auftraggeber zurückschicken.«

»Eines ist mir nicht ganz klar.« Die Äbtissin wirkte immer noch besorgt. »Wenn Ihr über all dies Bescheid wusstet, bedeutet das, dass auch Ihr im Dienst von Bischof Fulko steht. Warum habt Ihr ihn dann verraten?«

»Ich bin nicht im Auftrag von Fulko unterwegs, sondern für den König von Kastilien«, stellte Ignazio klar. »In dieser Angelegenheit ist der Bischof von Toulouse nur ein Mittelsmann, und seine Interessen sind mir gleichgültig. Außerdem schätze ich seine Methoden nicht.« Er grinste zufrieden. »Dass ich die Pläne dieses Eiferers vereitelt habe, war nicht nur eine Notwendigkeit des Moments, es war mir ein persönliches Vergnügen.«

»Einen Moment lang habe ich geglaubt, dass Euch persönliche Gründe in dieser Angelegenheit antreiben«, erwiderte die Frau.

»In gewissem Sinn habt Ihr damit recht: Für gewöhnlich handele ich nicht für andere, ohne dass etwas zu meinem Vorteil dabei herausspringt. Und nicht einmal für König Ferdinand den Dritten werde ich von meinen Grundsätzen abweichen.«

»Erklärt Euch näher.«

»Ich meine damit, dass ich den Auftrag auf meine Weise erledigen werde: Ich werde meine Neugier befriedigen.«

»Darf ich erfahren, woran Ihr so brennend interessiert seid?«

»An Alchimie«, erwiderte Ignazio, und durch die fragenden Blicke der anderen sah er sich ermuntert, fortzufahren. »Es soll Wege geben, Gold aus ›schwachen‹ Metallen zu gewinnen, so wie es Theophilus Presbyter in seinem ›De diversis artibus‹ schreibt.«

Willalme sah ihn ungläubig an.

Ignazio erklärte weiter: »Doch alle bisher bekannten Methoden führen bloß zu gewöhnlichen Imitaten von Gold, vor allem zu verschiedenen Formen von Messing. Wie Avicenna schreibt, lassen sich Metalle anscheinend doch nicht verwandeln.« Er seufzte fast enttäuscht auf. »Aber das Gold von Airagne ist anders. Es kann selbst ein erfahrenes Auge täuschen, und man muss schon auf Säure zurückgreifen, um es als Fälschung zu entlarven. Offenkundig bedient sich der Graf von Nigredo einer Methode, die perfektioniert wurde, vielleicht ja aus dem Orient. Und die möchte ich herausfinden.«

Die Äbtissin sah ihn vorwurfsvoll an. »Und aus welchem Grund? Wollt Ihr etwa ebenfalls alchimistisches Gold herstellen?«

»Mich interessieren nicht die Dinge an sich, ehrwürdige Mutter, ich will nur den Weg verstehen, auf dem sie zustande kommen.« Ignazio wandte sich vertraulich an sie. »Und Ihr werdet mir dabei helfen, zum Dank für den Dienst, den ich Euch erwiesen habe.«

»Das werde ich gewiss tun. Sobald wir wieder im Beginenhof sind, werde ich dafür Sorge tragen, dass Ihr mit einem Mann sprechen könnt, der aus Airagne geflohen ist. Aber ich warne Euch, Euer Leben wird danach nicht mehr dasselbe sein, denn Ihr werdet die Schrecken des Kreuzes erkennen, das die drei *fatae* verbergen.«

25

Die Äbtissin hielt Wort. Sobald sie den Beginenhof von Santa Lucina erreicht hatten, lud sie Ignazio ein, ihr in die alte Kirche zu folgen. Sie wollte ihm etwas in den unterirdischen Gewölben des Gebäudes zeigen: das Geheimnis dieses Ortes.

Gern kam er ihrer Aufforderung nach. Es war kurz vor der Vesper, und der leicht bedeckte Himmel hatte sich über die Berge herabgesenkt wie ein Samtvorhang.

Willalme saß ab und kam zu Ignazio, der schon auf das Kirchenportal zusteuerte. Ihm war wieder das merkwürdige Geräusch eingefallen, das er in der vergangenen Nacht wahrgenommen hatte. Es schien von unten gekommen zu sein, ein beständiges hölzernes Klappern. Was mochte sich dort unten verbergen?

Die Äbtissin sah den jungen Mann kurz an und schüttelte den Kopf. »Ihr nicht«, sagte sie entschieden und hielt ihn damit auf. »Ihr werdet hier draußen warten.«

Willalme war zwar verärgert, entgegnete jedoch nichts. Er hatte dieser Frau bereits genügend Schwierigkeiten bereitet. Als er zurückging, sah er, dass Juette gerade vom Karren steigen wollte, und bot ihr seine Hilfe an. Ihr gegenüber kam er sich stets plump und unbeholfen vor, er fand nicht die richtigen Worte, um den Zugang zu diesem tiefen Abgrund des Schweigens zu finden, der so viel tiefer war als sein eigener. »Kein Mann darf mich je wieder anfassen!«, hatte sie ihn vor wenigen Stunden angeschrien. Vielleicht, so überlegte er, verletzte er sie ja sogar mit seinem Hilfsangebot, doch Juette nahm die Hand, die er ihr bot. Lächelnd half er ihr, mit einem Satz auf dem Boden zu landen, dann zog er sich jedoch von ihr zurück.

Inzwischen führte die Äbtissin den Händler aus Toledo ins Innere der Kirche, Willalme sah aus dem Augenwinkel gerade noch, wie die beiden unter dem Torbogen des Portals verschwanden.

Ignazio folgte der Äbtissin durch das Schiff der Kirche, die deutlich schlichter gehalten war als die von Fontfroide. Als sie beim Chor angelangt waren, bemerkte er, dass sich in der Ziegelsteinmauer die Umrisse einer kleinen Tür abzeichneten, im Kerzenschein waren sie fast gar nicht zu erkennen.

Die Frau zog den Kopf ein und wollte schon hindurchgehen, als sie sich noch einmal an ihn wandte. »Ich möchte noch feststellen, dass ich Euch nicht helfe, weil Ihr mir einen Gefallen erwiesen habt.«

Ignazio sah sie fragend an, und die Äbtissin erwiderte seinen Blick, als wollte sie sein Herz erforschen. »Ich helfe Euch, weil ich unter der Maske aus Zynismus, hinter der Ihr Euch versteckt, einen guten Mann sehe. Egal was Euch antreibt, ich hoffe, dass Ihr im richtigen Moment die richtige Wahl treffen werdet.«

Der Händler zuckte mit den Achseln und wickelte sich in seinen Umhang, an diesem Ort war die Luft besonders kalt und feucht. »Ich fürchte, ich verstehe Euch nicht, Mutter.«

»Sobald Ihr gesehen habt, was sich hier unten verbirgt, werdet Ihr verstehen.«

Hinter der kleinen Tür führte eine Treppe verwinkelter Stufen nach unten.

Während sie hinabstiegen, mussten sie sich immer wieder an der Wand abstützen, um nicht zu stolpern.

Der Händler wurde immer neugieriger, weil die merkwürdigen Geräusche an Lautstärke zunahmen, daher wollte er sich noch einmal mit einer Frage an die Äbtissin wenden, doch sie schritt ihm schweigend voran.

Am Ende der Treppe gab es eine weitere Tür, und als die Äbtissin sie öffnete, sah Ignazio etwas, womit er nie gerechnet hätte.

Vor ihnen lag ein großer Raum, der nur von wenigen Kerzen erhellt wurde, stickige Luft schlug ihnen entgegen. Vielleicht war das eine alte Krypta, aber Ignazio konnte erst einmal keinen klaren Gedanken fassen, der Lärm hier unten war ohrenbetäubend.

Ehe Ignazio erkannte, woher er rührte, sah er zunächst etwa zwanzig Menschen, die über seltsame Holzflächen gebeugt waren.

Sie wirkten wie Schreiber in einem *scriptorium*, aber sie boten einen seltsamen Anblick. Alle waren bis auf die Knochen abgemagert und ähnelten den Verdammten auf Darstellungen der Hölle. Mit fahrigen, ständig gleichen Bewegungen schienen sie eifrig an etwas zu arbeiten.

Ignazio versuchte, sich nicht von dem Anblick beeindrucken zu lassen. Für seine nächste Frage musste er fast schreien, um über das Getöse hinweg die Äbtissin zu erreichen: »Sind das die Flüchtlinge von Airagne?«

»Nur ein kleiner Teil«, erklärte sie ebenso laut. »Die Überlebenden.«

»Meint Ihr damit, dass viele von ihnen …?«

»… tot sind, ja.« Man hörte ihrer Stimme Verbitterung, aber auch Wut an. »An einer unbekannten Krankheit gestorben, die sie sich bei ihrem Aufenthalt in Airagne zugezogen haben.«

»Lasst mich raten: süßlicher Atem, Wahnvorstellungen, Lähmung von Gliedmaßen und eine ungewöhnliche Verfärbung des Zahnfleisches.«

»Ja, Ihr habt die wichtigsten Symptome aufgezählt.« Die Äbtissin musterte ihn misstrauisch. »Woher wusstet Ihr das?«

»Saturnismus«, erwiderte Ignazio nur. Mit einem Mal war ihm die Lust zum Reden vergangen. Die Gefühle, die ihn bewegten, hätte er ohnehin nicht in Worte fassen können. Eine Mischung aus Abscheu, Mitleid und Verwunderung. Trotzdem spähte er weiter in das schwache Dämmerlicht, weil er herausfinden wollte, woran diese Menschen mit solcher Hingabe oder solchem Wahn arbeiteten und wie sie dabei einen solchen Höllenlärm erzeugen konnten. »Darf ich erfahren, was sie hier machen?«

»Sie weben.«

Ignazio sah sie ungläubig an.

Daraufhin erklärte die Äbtissin: »Wir sorgen dafür, dass sie beschäftigt sind. Ihr Verstand ist von der Krankheit getrübt, die Ihr so trefflich beschrieben habt. Wenn sie nichts zu tun hätten, würden sie gewalttätig werden, wie Besessene.«

»Daher haltet Ihr sie ruhig, indem Ihr sie arbeiten lasst.«

Die Äbtissin nickte. »Viele dieser Menschen waren Handwerker, ehe sie von den Archonten verschleppt wurden. So beschäftigen wir sie nun auf eine Weise, die ihrem Geschick entgegenkommt. Mit dem mechanischen Weben.«

Ignazio sah sich um, um eine Bestätigung für ihre Worte zu erhalten. Und jetzt erkannte er, dass die meisten der hier Eingesperrten an mechanischen Webstühlen arbeiteten. Das war also die Ursache dieses Lärms.

Die Geräte waren mit zwei Webbäumen ausgerüstet, auf der oberen Walze verlief das Kettgarn, und aus der unteren kam das fertige Gewebe heraus. Die Wollfäden liefen über Holzstäbe mit Ösen, die durch entsprechende Pedale das Kettgewebe anhoben, um das Schiffchen hindurchsausen zu lassen. Und jede Bewegung wurde von Klappern, Schlagen und Knarren begleitet.

Von der mechanischen Weberei hatte Ignazio schon gehört. Jetzt erkannte er, dass sie zwar sehr sinnvoll und effektiv war, wegen des Höllenlärms aber für Menschen fast unerträglich. Außerdem wusste er, dass die Kirche dieses so verrichtete Handwerk als unwürdig bezeichnete, da die Webstühle so laut waren und die Tätigkeit meist in unterirdischen Gewölben verrichtet wurde. Aber der wahre Grund für die Verdammung war ein anderer: Diese unterirdischen Werkstätten boten oft Katharern eine Zuflucht.

Als Ignazio meinte, er habe genug gesehen, wandte er sich noch einmal an die Äbtissin. »Warum lasst Ihr die armen Menschen im Dunkeln arbeiten?«

»Nachdem sie so lange Zeit in der Finsternis von Airagne zugebracht haben, ertragen ihre Augen das helle Tageslicht nicht mehr. Und außerdem können wir nicht zulassen, dass sie draußen frei herumlaufen. Früher oder später würde ihr merkwürdiges Verhalten jemandem auffallen.«

Ignazio erinnerte sich, wie Sébastien, der Besessene von Prouille, vor dem Licht geflohen war, und Mitleid überflutete sein Herz. »Sie müssen Schreckliches erlebt haben.«

»Unmenschliches. Das ist das richtige Wort.« Die Begine musterte ihn, um seine Gefühle zu erforschen, doch jetzt sah sie sich wieder einer undurchdringlichen Maske gegenüber. »Lasst uns keine Zeit verlieren«, sagte sie mit einem tiefen Seufzer. »Ihr wolltet mit einem von ihnen sprechen, und ich glaube kaum, dass Ihr in der Zwischenzeit Eure Meinung geändert habt.«

»So ist es.«

»Dann wartet hier«, forderte sie ihn auf und schritt zur Mitte des Raumes.

Ignazio verlor sie kurz aus den Augen, dann entdeckte er sie wieder in einer Ecke, wo sie mit jemandem sprach, der in der Dunkelheit nicht zu erkennen war.

Kurz danach kam die Äbtissin mit einem großen, kräftigen Mann zurück. Er ging aufrecht und wirkte nicht so willenlos wie die anderen, doch als Ignazio ihn aus der Nähe betrachten konnte, bemerkte er, dass er schrecklich entstellt war. Instinktiv wich er zurück, als er ihn begrüßte.

Der Mann sah ihn direkt an, es schien ihn nicht zu kümmern, dass sein Anblick für andere abstoßend wirkte. Die linke Hälfte seines Gesichts war von einer grausigen Verbrennung entstellt. Die Haut sah aus, als wäre sie wie Wachs geschmolzen und hätte sich dann wieder verfestigt. Sein linker Arm, der aus dem ärmellosen Gewand hervorsah, war ebenso versehrt. »Seid gegrüßt, Fremder. Ich heiße Droün«, rief er. »Die ehrwürdige Mutter sagt, dass Ihr mit mir reden wollt.«

Ignazio nickte. »Ich suche nach Auskünften über Airagne.«

»Weshalb?«

»Ich möchte diesen Ort aufsuchen.«

Der Mann riss erstaunt sein unverletztes Auge auf. »Ihr seid verrückt.«

»Vielleicht, aber das soll Euch nicht bekümmern. Könntet Ihr mich dorthin führen?«

»Eher würde ich mich umbringen.« Droün zerrte an dem Gewand über seiner Brust, als wollte er sich zum Opfer anbieten. »Foltert mich, wenn Ihr wollt, aber meine Antwort wird immer dieselbe bleiben.«

»Warum habt Ihr solche Angst vor Airagne?«

»Weil es der Rachen des *draco* ist, die Höhle der Archonten, wie sie im Buch der ›Pistis Sophia‹ beschrieben wird.« Der Mann schien seiner Sache sicher zu sein. Offensichtlich hatte er seine Kenntnisse von den Ketzern, so konnte er auch aus dem Gedächtnis zitieren: »Wie sprach Jesus zu Maria: ›Es antwortete der Erlöser und sprach zu Maria: ›Wenn das Licht der Sonne außerhalb der Welt ist, bedeckt sie die Finsternis des Drachen, wenn aber die Sonne unterhalb der Welt ist, so bleibt die Finsternis des Drachen als Verhüllung der Sonne, und der Hauch der Finsternis kommt in die Welt in Gestalt eines Rauches in der Nacht.‹«

»Ich verstehe Eure Angst, deshalb bitte ich Euch nicht, mich zu begleiten. Aber könntet Ihr mir den Weg dorthin beschreiben?«

Droün schwieg lange, er wusste nicht, was er erwidern sollte. Mehrmals sah er zur Äbtissin, dann überwand er seine Scheu. »Wenn Ihr das wünscht …«

»Sehr gut. Könnt Ihr mir mehr über Airagne erzählen? Was geschieht dort in der Burg?«

Droün schnaubte erregt auf. »Ich weiß nicht viel darüber, so wie alle anderen hier, denn die Gefangenen werden bei ihrer Ankunft in der Burg in Gruppen aufgeteilt und an verschiedene Orte geführt. Die meisten Arbeiter werden in die unterirdischen Minen geschickt.«

»Und die anderen?«

»Die anderen werden in die Bereiche für das Schmelzen und die Sublimation aufgeteilt. Keiner der Gefangenen weiß, wozu das gesamte Gebilde dient. Man arbeitet, mehr nicht, keiner stellt Fragen. Wer die Arbeit unterbricht, wird von den Wachen getötet. Viele unterwerfen sich ohne jeden Widerspruch. Dieser Ort ist so schrecklich, dass sie glauben, direkt in die Hölle eingefahren zu sein.«

Ignazio näherte sich dem Mann, inzwischen machte ihm seine Entstellung nichts mehr aus. Seine Neugier überwog. »Und was war Eure Aufgabe? Welche Tätigkeit habt Ihr dort verrichtet?«

Droün kratzte sich an der rechten Wange. »Ich habe mit anderen unter der Erde gearbeitet, wo ein unbekannter Dampf in einen großen Kessel aus Metall geleitet wurde. Fragt mich nicht, wozu das dient, denn das könnte ich Euch nicht beantworten.«

»Was Ihr beschreibt, ist schon genug. Aber sagt mir eins, wie konntet Ihr fliehen?«

»Alles dort wird streng überwacht, aber ich war nur wenige Monate gefangen. Dem hier verdanke ich meine Flucht.« Droün verwies stolz auf die Verbrennungen in seinem Gesicht und am linken Arm. »Während der Arbeit wurde ich von einem heißen Dampfstrahl getroffen, und ich bin ohnmächtig geworden … Als ich erwachte, fand ich mich am Ufer des Burggrabens wieder, wo man die Abwasser hineinleitet. Zum Glück waren meine Verletzungen doch nicht tödlich, und so bin ich geflohen.«

»Abwasser?«

»Ja. Der Boden unter Airagne ist reich an zwei Dingen: Galenit und Quellen. Das Wasser wird zum Abkühlen der Metalle und für andere Arbeitsschritte benutzt, danach wird es nach draußen in den Graben geleitet.«

Ignazio musterte den anderen aufmerksam. »Nur wenige Monate, habt Ihr gesagt … Daher könnt Ihr noch klar denken. Ihr seid nicht vom Saturnismus befallen. Ihr seid noch rechtzeitig geflohen, um nicht vom Blei vergiftet zu werden.«

»Ich weiß nicht, wovon Ihr sprecht, Fremder, aber das stimmt. Ich bin einer der wenigen hier drinnen, die sich ihren Verstand bewahren konnten.«

»Gut.« Ignazio wirkte zufrieden. »Dann habt Ihr bestimmt keine Schwierigkeiten, mir den Weg nach Airagne zu beschreiben.«

»Ihr seid verrückt«, murmelte Droün. Doch er kam, wenn auch widerwillig, der Bitte des Händlers aus Toledo nach.

Unweit des Beginenhofs von Santa Lucina kam Philippe de Lusignan zu einem Dorf ohne Namen, er trabte die staubige Straße entlang und hielt dann sein Pferd vor einem heruntergekommenen Gasthaus an. Nachdem er abgesessen war, richtete er seine Kutte und versteckte sein Gesicht wieder gut unter der Kapuze, dann betrat er das Lokal.

Er hatte die Tür noch nicht richtig geschlossen, da landete eine Frau in seinen Armen, presste ihren Busen an ihn und versuchte, ihn zu küssen. Sie war alt, und ihr Haar war zerzaust, ihr Atem stank nach Wein und irgendetwas Abstoßendem. Ohne sie eines

Blickes zu würdigen, packte er sie mit einer Hand bei den Haaren und schleuderte sie von sich fort, sodass sie auf den Boden fiel.

»He, Fremder, lasst die Hure in Ruhe!«, schrie jemand, der im Dämmerlicht des Gasthauses nicht zu erkennen war.

Philippe antwortete nicht. Hochmütig eilte er durch den Raum und kümmerte sich nicht um die undefinierbaren Ausdünstungen und die von Trunkenheit getrübten Blicke. An einem Tisch mit Kriegern, die zusammen tranken und würfelten, hielt er an.

»Seid Ihr Söldner?«, fragte er von oben herab.

Einer von ihnen schaute weinselig von seinem Becher auf. »Verschwinde, elender Priester«, knurrte er. »Geh zurück ins Kloster, wo du herkommst.«

»Ich bin kein Priester«, erwiderte de Lusignan, »aber selbst wenn dem so wäre, würde ich keine Befehle von einem besoffenen Tier entgegennehmen.«

Darauf stieß der Söldner einen lästerlichen Fluch aus und fuhr mit der Hand zu seinem Gürtel, wo der Griff eines Messers zu sehen war. Philippe war jedoch schneller und zog unter seiner Kutte einen Dolch hervor, den er in die Tischplatte direkt vor das Gesicht des Mannes rammte.

Der *soudadier* blieb wie gelähmt sitzen. Seine Tischgefährten dagegen sprangen auf, als ob ihre Hocker plötzlich Feuer gefangen hätten. Die vom Wein geröteten Gesichter waren plötzlich totenblass geworden.

»Wer seid Ihr?«, stammelte schließlich einer von ihnen.

Der Fremde steckte seinen Dolch wieder ein und schlug die Kapuze zurück. Ein grimmiges Grinsen stand in seinem Gesicht. »Ich heiße Philippe de Lusignan«, sagte er.

Und als immer noch keiner etwas zu erwidern wagte, fuhr er fort: »Ich suche Söldner, die mir zu folgen bereit sind. Seid Ihr dabei?«

Die Krieger wechselten einen schnellen Blick.

Dann ergriff der älteste von ihnen das Wort: »Im Moment sind wir frei. Wir wollten uns eigentlich irgendeinem Heer hier in der Gegend anschließen. In diesen Zeiten muss man ja nicht lange suchen. Aber wenn Ihr gut zahlt, können wir uns auch Euch andienen.«

»Geld ist nicht das Problem.« De Lusignan bedeutete den anderen, sich wieder hinzusetzen. Er ließ sich auf einen Hocker fallen und sah prüfend die Flaschen auf dem Tisch durch. »Wie viele seid Ihr?«, fragte er, goss sich etwas Wein in einen Becher und führte ihn leicht angeekelt zum Mund.

»Eine Handvoll Reiter und etwa vierzig Fußsoldaten.«

»Das wird reichen«, sagte Philippe und roch missmutig am Wein. »Was sollen wir für Euch tun?«

Philippe trank einen Schluck, den er fast nicht herunterbekam, dann wurde er ernst. »Ich muss mir etwas zurückholen, das sehr wertvoll ist. Etwas, das man mir genommen hat.« Er grinste böse. »Doch vorher habe ich noch eine persönliche Angelegenheit mit einem Mozaraber zu bereinigen, einem gewissen Ignazio da Toledo.«

»Töten, plündern, in die Schlacht ziehen … Das macht für uns keinen Unterschied, Monsieur. Bedenkt nur, dass unsere Dienste ihren Preis haben.«

»Ich habe doch bereits erklärt, dass Geld nicht das Problem ist. Ich werde Euch in goldenen Écus bezahlen«, sagte Philippe. Bei sich dachte er: Euer Lohn ist erbärmlich für das Opfer, das ich von Euch verlange!

26

In der Werkstatt unter der Kirche von Santa Lucina hatten sich Ignazios Augen, wie auch er selbst, inzwischen vollkommen an die Umgebung gewöhnt. Der entstellte Droün hatte ihn unterrichtet, wie man nach Airagne kam, mit direkten, ziemlich heftig hervorgebrachten Sätzen hatte er ihm einen unwegsamen Pfad durch die rauen Berge der Cevennen beschrieben. Diese Gegend war bekannt für die abweisende Haltung ihrer Einwohner, ungehobelte, stolze Hirten, Nachfahren der gallischen Völker und Bewahrer von Legenden aus namenlosen Zeiten. Obwohl sie sich als Christen bezeichneten, begingen sie auch die heidnischen Rituale ihrer Vorfahren.

Droüns Bericht hatte Ignazio nicht abgeschreckt, sondern seine Neugier nur noch angestachelt. Nun war er überzeugt, dass die Dunkelheit von Airagne die Geheimnisse der Alchimie aus dem Orient barg: die Philosophie der Metalle, von der das christliche Abendland nur zum Teil und nur unvollständig Kenntnis hatte. Der Einsatz von Kesseln, Blei und besonderen Dämpfen musste nach einer genauen Methode erfolgen, doch er wusste nicht, wer sie ersonnen hatte. Außerdem war es wohl keine theoretische, sondern eine empirische Wissenschaft. Und das zog den Händler aus Toledo unwiderstehlich an. Sobald er wieder oben an der frischen Luft war, erklärte er, er wolle sofort aufbrechen.

Doch die Abenddämmerung brach schon herein, und die Äbtissin riet ihm, bis zum nächsten Morgen zu warten. Sie bot ihm und Willalme eine Unterkunft in der *béguinage* an, damit sie nicht unter freiem Himmel schlafen mussten.

Nach einem Blick nach Westen, wo das Licht der untergehenden Sonne in einer dunklen Flut versank, nahm Ignazio die Einladung mit dankbarem Lächeln an.

VIERTER TEIL
SPIRALEN DER FINSTERNIS

»Doch alsbald senkte sich Dunkelheit herab, Dunkelheit und furchtbare Finsternis. Und die Finsternis krümmte und wand sich wie ein Drache. Sie verwandelte sich in ein Wesen aus Wasser, das in endloser Bewegung durcheinanderwogte. Nebel stieg von ihm auf und tosender Lärm, wie von unbeschreiblichem Schmerz. Da erhob sich eine gewaltige Stimme aus den Wogen, wie das Brausen eines Feuers.«

Hermes Trismegistos, »Corpus Hermeticum« I, 4

27

Ignazio und Willalme verließen im ersten Licht des Tages die *béguinage* von Santa Lucina, sie verabschiedeten sich von den Schwestern und fuhren nach Osten. Juette blieb noch lange am Fenster und starrte dem Karren hinterher, wie er langsam verschwand.

Willalme lenkte, während Ignazio, der neben ihm saß, seinen Gedanken nachhing. In den letzten Stunden hatte sich viel verändert. Dass Philippe ein Verräter war, hatte die ohnehin schon reichlich verworrene Lage noch undurchsichtiger und schwieriger für sie gemacht, doch Ignazio betrachtete sie nicht mit Sorge, sondern ganz nüchtern, als beträfe sie ihn eigentlich nicht. Philippes Verschwinden war für ihn nichts anderes als ein weiterer Schachzug im großen Ganzen, der ihm nun die Möglichkeit gab, endlich frei zu handeln, ohne dass er noch jemandem Rechenschaft schuldig war.

In der Nacht hatte er von Uberto geträumt, er hatte ihn klar und deutlich vor sich gesehen. Doch das war für ihn kein Grund zur Sorge, schließlich war er kein Mann, der Träume als Vorzeichen für zukünftige Ereignisse ansah. Vor dem Einschlafen hatte er lange an seinen Sohn gedacht und überlegt, ob es nicht besser wäre, umzukehren und nach ihm zu suchen, oder ob er ihn lieber seinen Auftrag erfüllen lassen sollte. Das Problem war ja auch, dass er nicht wusste, wo Uberto sich im Moment aufhielt, und das Gebiet, das dafür in Frage kam, war zu groß, als dass er sich Hoffnung machen könnte, ihn zu finden. Daher war die einzige Lösung, ihm entlang ihrer Wegstrecke Nachrichten zu hinterlassen und darauf zu bauen, dass er ihnen folgen würde. Genau aus diesem Grund hatte Ignazio auch vor ihrem Abschied von dem Beginenhof der Äbtissin eine Botschaft übergeben, für den Fall, dass sein Sohn dort vorbeikommen würde. Er hatte nur ein paar Zeilen geschrieben, die ihn warnen sollten: »Eine Weiterreise ist zu gefährlich. Warte hier auf meine Rückkehr.«

Der Weg schlängelte sich durch den Wald Richtung Nordost auf die Cevennen zu, bis er irgendwann über eine Weide führte, die von einer Trockenmauer durchteilt wurde.

Plötzlich riss Willalme an den Zügeln und brachte den Karren abrupt zum Stehen. Ignazio, der beinahe vom Bock gefallen wäre, sah sich beunruhigt um.

Eine Gruppe bewaffneter Männer versperrte ihnen den Weg.

Willalme drehte sich um und machte Ignazio auf eine zweite Schar aufmerksam, die hinter ihnen aus der Macchia hervorgekommen war. Die Soldaten dort schlossen ihre Reihen, um ihnen den Rückweg abzuschneiden.

»Die haben es auf uns abgesehen«, stellte Willalme fest.

Ignazio runzelte die Stirn und musterte die Soldaten oder besser gesagt, die Söldner. Sein Instinkt sagte ihm, dass diese nichts mit den Archonten zu tun hatten, aber er wollte keine voreiligen Schlüsse ziehen.

Die Fußsoldaten traten beiseite, um einen Mann auf einem Schimmel vorbeizulassen. Er trug eine Kutte, wirkte aber sonst keineswegs wie ein Mönch. Willalme stieß wütend hervor: »Philippe de Lusignan! Nicht schon wieder!«

Der Reiter schlug die Kapuze nach hinten und zeigte sein verätztes Gesicht. An seinem Hals hing der spinnenförmige Anhänger.

Ignazio ließ sich seine innere Anspannung nicht anmerken. »Sieur Philippe«, rief er aus. »Ich sehe, das *aqua fortis* hat Eindruck in Eurem Gesicht hinterlassen.«

»Das ist nicht weiter schlimm, Meister Ignazio. Nur eine kleine Reizung der Haut.« De Lusignan funkelte ihn drohend an. »Wenn ich mit Euch fertig bin, werdet Ihr wesentlich schlimmer aussehen, da könnt Ihr sicher sein.«

Der Händler aus Toledo sah sich mit finsterer Miene um. Die Söldner kreisten gerade den Karren ein, und er konnte sich jetzt nur noch auf sein Improvisationstalent verlassen. »Dieses Fähnlein wird niemals ausreichen, um die Burg von Airagne zu stürmen. Denn das ist Euer eigentliches Ziel, habe ich recht?«

»Ihr habt recht, so wie immer«, erwiderte Philippe.

»Handelt Ihr im Auftrag von Pater Gonzalez?«

»Ihr schafft es doch immer wieder, mich zu überraschen.« De Lusignan breitete beinahe belustigt die Arme aus. »Selbst jetzt in Eurer Situation könnt Ihr Eure Neugier nicht bezähmen. Aber diesmal irrt Ihr. *Ich* habe Gonzalez dazu gebracht, in dieser Angelegenheit tätig zu werden, nicht umgekehrt. Als ich von der Entführung der Königin Blanca erfuhr, habe ich ihm vorgeschlagen, den Vorfall zu untersuchen. Und Gonzalez hat in meinem Ansinnen eine Möglichkeit gesehen, seinen Einfluss über die Pyrenäen hinaus auszudehnen. Danach war es ein Leichtes, die Erlaubnis von König Ferdinand zu erhalten.«

»Es geht also gar nicht um die Rettung der Königin! Das hier ist ein diplomatisches Ränkespiel. Sogar Bischof Fulko muss dies bemerkt haben. Und ich möchte wetten, dass Euch das Wohlergehen von Blanca von Kastilien reichlich wenig am Herzen liegt, genauso wenig wie Gonzalez.«

»Seid nicht so heuchlerisch«, gab Philippe zurück. »Euch kümmert das Leben der Königin noch weniger als uns. Ihr habt Euch doch nur zu dieser Reise entschieden, um Euren ketzerischen Wissensdurst zu stillen.«

Ignazio warf ihm einen herausfordernden Blick zu. »Und was sind dann Eure Beweggründe?«

»Zurückzufordern, was einst mir gehörte. Airagne.«

»Meint Ihr etwa …?« Ignazio brach ab und dachte nach. »Dann seid Ihr also der Graf von Nigredo?«

»Ja.« Philippe schenkte ihm ein eiskaltes Lächeln. »Oder besser gesagt, ich war es einmal. Jemand anders hat sich der Burg bemächtigt, als ich in Kastilien weilte. Er hat den Titel Graf von Nigredo übernommen und, wie ich erst vor Kurzem erfahren habe, auch die Kontrolle über die Archonten.«

»Dann habt Ihr die Mission ins Languedoc nur geplant, damit Ihr unter diesem Vorwand hierhereilen konntet. Habt Ihr denn schon einen Verdacht, wer Euch entmachtet hat?«

»In dieser Hinsicht weiß ich ebenso wenig wie Ihr. Mir ist nicht bekannt, wer der derzeitige Graf von Nigredo ist und was ihn dazu bewogen hat, Blanca gefangen zu nehmen. Aber wer immer er ist, er wird bald die Klinge meines Schwertes zu spüren bekommen.«

»Dafür kennt Ihr das Geheimnis von Airagne.« Ignazio sah im Moment keinen anderen Ausweg, als die Unterhaltung fortzuführen, um Zeit zu gewinnen. Er setzte sehr auf die Selbstgefälligkeit seines Gegenübers. »Nun, da ich in Eurer Gewalt bin, könnt Ihr es mir doch enthüllen. Was verbirgt sich an diesem Ort?«

Der Schimmel wieherte auf, und Philippe sah über Ignazios Karren hinweg Richtung Westen, als erwartete er von dort ein Zeichen. Ein Anflug von Ungeduld huschte über sein Gesicht. Doch dann beherrschte er sich, wandte seine Aufmerksamkeit wieder dem Händler aus Toledo zu und nickte. »Ich habe Airagne vor langer Zeit entdeckt, als ich die verlassenen Wälder der Cevennen durchstreifte. Damals war ich ein fahrender Ritter, Abkömmling einer Seitenlinie des noblen Hauses von Poitou. Rein zufällig stieß ich auf diesen Ort, der seit Jahrhunderten verlassen war. Vielleicht war es einst ein Zufluchtsort der Gallier, eine Katakombe oder ein Tempel für ihre Götter. Auf jeden Fall war die Burg sehr weitläufig und gut zu verteidigen, daher beschloss ich, dort mein Versteck einzurichten. Ich begann, mit Hilfe der Alchimie Gold herzustellen, und versammelte das Heer der Archonten um mich. Dies sollte der erste Schritt auf dem Weg zu höheren Zielen sein.«

»Die Geheimnisse der Alchimie erschließen sich nur den wenigsten Gelehrten. Wie habt Ihr als einfacher Ritter davon Kenntnis erlangt?«

»Ich wurde von einem Kreis Denker und Gelehrter aus Chartres darin unterrichtet, denen ich auf meinen Reisen begegnet war. Sie erklärten mir, dass es einigen Doktrinen zufolge, die sich auf Platonismus und Alchimie gründeten, durchaus möglich sei, Gold aus Blei herzustellen.«

»Philosophen aus Chartres …«, murmelte Ignazio nachdenklich.

»Ihr Wissen unterschied sich von dem der üblichen Philosophen, da es auf dem Empirismus gründete. Doch sie verfügten nicht über die nötigen Mittel, um ihre Kenntnisse umzusetzen, daher bot ich ihnen den geeigneten Ort an: die Zuflucht, die ich in den Bergen entdeckt hatte. Als Gegenleistung forderte ich, dass sie für mich das Philosophengold herstellen sollten. Sie gingen auf meinen Vorschlag ein, und nachdem sie sich mit den vorhandenen Gegebenheiten vertraut gemacht und die Galenitvorkommen entdeckt hatten, wandelten sie den Ort in eine riesige unterirdische Werkstatt um. So entstand Airagne.«

»Was ist aus diesem Kreis von Gelehrten geworden?«

»Nachdem ich mir ihre Geheimnisse angeeignet hatte, habe ich mich ihrer entledigt.« Philippe ballte verärgert die Faust. »Sie waren mit meinen Methoden nicht einverstanden, wie man das alchimistische Gold gewinnen sollte. Sie hielten sie für grausam.«

»Mit anderen Worten«, sagte Ignazio anklagend, »sie widersetzten sich Eurer Absicht, Menschen zu versklaven.«

Philippe verzog verächtlich das Gesicht. »Menschen? Ich hatte ihnen vorgeschlagen, dafür Ketzer zu nehmen! Kein guter Katholik hätte mich deswegen getadelt. Doch diese Gelehrten waren anderer Meinung, denn sie verachteten die Ketzer nicht, sondern hegten sogar Sympathie für sie.«

»Daher habt Ihr sie also beseitigt«, unterbrach ihn Ignazio. »Doch etwas durchkreuzte Eure Pläne.«

»Ja.« De Lusignans Miene zeigte Verbitterung. »Kaum war das Werk begonnen, konnte einer dieser Gelehrten fliehen. Eine Frau. Und sie nahm ein Buch mit, die ›Turba philosophorum‹.«

»Und was ist so besonders an diesem Werk?«

»Von allen Büchern, die diese Gelehrten aus Chartres verwendeten, war die ›Turba philosophorum‹ das wichtigste. Sie enthält die grundlegenden Funktionsweisen der Werkstätten von Airagne, aber auch viele andere Geheimnisse, mit denen ich die Goldherstellung verbessern könnte, sodass es vielleicht sogar vollends echtes wird. Versteht Ihr jetzt, warum ich unbedingt diese Frau wiederfinden muss? Ich vertraute die Kontrolle von Airagne meinen Untergebenen an, gab mich als Tempelritter aus und folgte diesem verfluchten Weib bis nach Spanien. Ich siedelte mich in Toledo an, wo ich jahrelang nach ihr suchte, und in dieser Zeit erwarb ich mir Verdienste bei Hofe … Doch diese Hexe schien sich in Luft aufgelöst zu haben. Dann erfuhr ich vor einigen Monaten, dass Meister Galib Kenntnis von der ›Turba philosophorum‹ hatte …«

230

»Und Ihr habt ihn getötet, damit er Euch verrät, wo dieses Buch versteckt ist«, ergänzte Ignazio seinen Satz. »Ziemlich ungeschickt von Euch, würde ich sagen.«

»Ich musste die Dinge etwas beschleunigen«, erklärte Philippe. »Ich hatte gerade erst erfahren müssen, dass sich jemand meiner Burg Airagne bemächtigt und darüber hinaus Königin Blanca entführt hatte. Ich konnte doch nicht untätig in Kastilien bleiben, ich musste handeln. Daher gab ich vor, Blanca zu Hilfe eilen zu wollen, und bewog Gonzalez, diese Mission ins Languedoc auszuführen.«

Ignazio runzelte die Stirn. »Wer sonst weiß von dieser Geschichte?«

»Wie meint Ihr das?«

»Wollt Ihr mir etwa weismachen, dass weder Ferdinand der Dritte noch Pater Gonzalez davon wissen? Und dieser alte Fuchs Fulko ebenfalls nicht? Fürchtet Ihr nicht, dass er Eure Pläne stören könnte?«

»Sie alle ahnen nicht das Geringste. Nicht einmal Fulko, der von seinem Hass auf die Katharer verblendet ist, vermutet, dass sich hinter Airagne ein Geheimnis von Gold und Alchimie verbirgt.« De Lusignan bemerkte, dass seine Soldaten unruhig geworden waren. Das Wort »Gold« hatte genügt, um die Söldner aufhorchen zu lassen. Mit einer herrischen Geste brachte er seine Männer zum Schweigen, dann wandte er sich wieder Ignazio zu. »Doch was Ihr sagt, ist nicht von der Hand zu weisen. Vielleicht war es gut, dass ich Euch noch nicht umgebracht habe, lebend seid Ihr mir bestimmt nützlicher.« Er lächelte böse. »Und um Euch zu beweisen, dass ich kein Dummkopf bin, möchte ich erwähnen, dass ich bezüglich Fulko schon Vorkehrungen treffe.«

Ignazio wollte ihn näher befragen, doch er kam nicht mehr dazu. Das Geräusch herangaloppierender Pferdehufe kündigte einen Reiter an.

Philippe schaute über Ignazio hinweg in dessen Richtung, die Unterhaltung war für ihn beendet. Jetzt wirkte er wieder ungeduldig, er schien wichtige Neuigkeiten zu erwarten.

Der Reiter preschte auf seinem Fuchs heran, es war ein junger

Mann in einem Kettenhemd. Er begrüßte die Söldner, brachte sein Pferd zum Stehen und sprang aus dem Sattel.

Dann trat er vor Philippe de Lusignan, der ihn drängend fragte: »Und?«

»Alles nach Euren Befehlen ausgeführt, Sieur.« Der Bote nahm die Kettenhaube ab, ein heller Blondschopf kam darunter hervor. »Wir haben die Beginen in die Kirche gesperrt und dann Feuer gelegt.«

»Und die Äbtissin?«

»Die ist verschwunden. Die anderen suchen sie noch.«

»Verfluchte Hexe!«, fuhr de Lusignan auf. »Reite sofort zurück und richte deinen Kameraden aus, sie sollen so lange suchen, bis sie das Weib gefunden haben. Aber Ihr müsst sie mir lebend bringen!«

Das hatte Ignazio nicht erwartet. Betroffen fragte er nach: »Sprecht Ihr etwa von den Schwestern von Santa Lucina?«

»Ihr habt es erfasst«, sagte Philippe und musterte ihn beinahe belustigt. »Anscheinend gibt es doch etwas, das Euren Gleichmut ins Wanken bringen kann.«

»Was haben denn die armen Frauen mit alldem zu schaffen? Und was wollt Ihr von der Äbtissin?«

»Bischof Fulko war der Meinung, sie seien im Besitz von wichtigen Auskünften über Airagne, vielleicht hatten sie ja von mir erfahren.« Der Ritter zuckte gleichmütig mit den Schultern. »Ich kann nicht zulassen, dass davon etwas in Umlauf kommt. Niemand darf die Wahrheit erfahren. Wenn ich wieder die Macht über Airagne übernehme, muss der Graf von Nigredo erneut zur Legende werden.«

Willalme, der die ganze Unterredung schweigend verfolgt hatte, fühlte, wie sich ein brennender Schmerz seiner bemächtigte, und obwohl er inzwischen den Beginenhof lange hinter sich gelassen hatte, meinte er, die Kirche in Flammen aufgehen zu sehen und die Schreie der Frauen zu hören … Ein zorniger Aufschrei entfuhr seiner Kehle, er sprang vom Karren und zückte sein Schwert. Wütend pflügte er durch die Söldnerschar und eilte drohend auf Philippe de Lusignan zu, ein leibhaftiges Abbild des Zorns, nur die Kraft seiner Wut gegen ein Dutzend Soldaten. Er schwang sein Schwert wie einen Hammer

232

und hieb, stach und schlug damit blindlings auf die Männer ein. Die Söldner, sichtlich beeindruckt von diesem Zornesausbruch, kreisten ihn ein und versuchten, ihn festzuhalten, ohne dabei selbst verletzt zu werden.

»Haltet ein!«, schrie Ignazio, der um seinen Gefährten fürchtete. Er wollte ihm zu Hilfe eilen, doch andere Soldaten hinderten ihn daran.

Inzwischen kämpfte Willalme weiter wie ein Berserker, ungeachtet aller Schläge oder Beschimpfungen, die ihn trafen. Er drängte wütend in Richtung de Lusignans in der erklärten Absicht, ihn zu töten, doch eine Traube Männer hatte sich um ihn geschart, um ihn aufzuhalten. Er brüllte immer noch wie entfesselt, und einige Soldaten mussten von ihm ablassen. Doch die meisten hielten stand.

Schließlich wurde Willalme von der Übermacht zu Boden geworfen, die Männer traten und prügelten auf ihn ein. Er versuchte nach Kräften, sich zu wehren, doch die Soldaten waren einfach zu viele.

Als er schließlich hilflos am Boden lag, niedergehalten von etlichen Armen, hielt er immer noch den zornesgeröteten Kopf erhoben und starrte wuterfüllt in eine Richtung. Sein ganzer Hass war auf den einen Mann gerichtet, der hoch über ihm auf seinem Schimmel thronte.

De Lusignan saß ab und näherte sich ihm, wohl wissend, dass Ignazio jede seiner Bewegungen verfolgte. Ein Söldner hob Willalmes Säbel auf und reichte ihn an seinen Herrn weiter. Willalme presste die Zähne zusammen und versuchte mit aller Gewalt aufzustehen, doch die Söldner hatten ihn fest im Griff. Philippe blieb vor ihm stehen, hob einen Fuß und senkte ihn auf seine linke Schulter herab, genau an der Stelle, wo ihn der Bolzen getroffen hatte.

Willalmes ebenmäßige Gesichtszüge verzerrten sich leidend, aber er wollte sich keine Blöße geben und losschreien, obwohl der Schmerz schier unerträglich war. Er spürte, wie sich die Wunde wieder öffnete und zu bluten begann, als de Lusignan immer fester zutrat. Willalme spannte die Muskeln krampfhaft an und legte all seinen Hass in seine Augen. Wenn Blicke töten könnten, wäre de Lusignan leblos zu Boden gesunken.

Ohne den Fuß von Willalmes Schulter zu nehmen, erhob Philippe den Säbel hoch über den Kopf, doch ehe er ihn niedersausen ließ, wandte er sich wieder an Ignazio, der alles ohnmächtig mit ansehen musste. »Was wisst Ihr über die ›Turba philosophorum‹? Hat Galib Euch etwas darüber erzählt?«

»Nichts. Und das ist die reine Wahrheit!«, sagte Ignazio.

»Dann hofft, dass Euer Sohn etwas darüber erfahren hat und dass es mir gelingt, ihn oder das verfluchte Buch aufzustöbern.« Er zielte mit der Klinge des Säbels auf Willalmes Kehle. »Und in der Zwischenzeit liegt das Leben dieses Hitzkopfs in Euren Händen, Meister Ignazio. Entweder Ihr arbeitet mit mir zusammen, oder ich werde ihn vor Euren Augen in Stücke hauen.«

Der Mozaraber schloss die Hände um die Bretter des Karrens, so fest, dass sich einige Splitter in seine Haut bohrten. »Ich werde tun, was Ihr verlangt«, zischte er zwischen zusammengepressten Zähnen hervor.

Am selben Tag erreichte zu später Stunde ein Bote den Ort Prouille. Er saß ab und führte sein Pferd zur Tränke. Das Tier warf schnaubend seinen Kopf zurück und senkte dann sein Maul ins Wasser, um gierig zu trinken. Der Reiter tauchte seinen Kopf in die Tränke und erfrischte sich ebenfalls. Dabei spritzte er hemmungslos um sich, für feines Benehmen war jetzt nicht der Moment, denn er war über einen Tag durchgeritten und vollkommen erschöpft. Aber noch durfte er sich nicht ausruhen. Erst musste er einen wichtigen Auftrag zu Ende bringen.

Er schob sich die nassen Strähnen aus der Stirn und sah sich nach jemandem um, den er fragen konnte. Ganz in der Nähe entdeckte er einen Wachsoldaten, er ging schnell zu ihm und forderte ihn auf, ihn unverzüglich zu Bischof Fulko zu führen.

Der Soldat musterte ihn misstrauisch. »Nicht so hastig, Fremder«, knurrte er mürrisch. »Zunächst sag, woher du weißt, dass der Bischof sich hier verbirgt.«

»Ich weiß es eben«, erwiderte der Bote hastig. »Und jetzt bring mich zu ihm.«

Der Soldat verzog unwillig das Gesicht, schließlich wusste er nicht, wen er vor sich hatte. Auf jeden Fall sah man, dass der Mann erschöpft war. Er musste lange geritten sein, und nun war er am Ende seiner Kräfte. Sollte er also irgendwelche Schwierigkeiten machen, würde man ihn leicht überwältigen können. »Im Moment ruht sich Seine Exzellenz aus. Vor morgen früh darf er nicht gestört werden.«

»Für mich wird er eine Ausnahme machen, du wirst schon sehen.« Er legte dem Soldaten vertraulich eine Hand auf die Schulter und sah ihm direkt in die Augen. »Ich habe eine wichtige Nachricht für ihn.«

»Und welcher Art ist diese Nachricht?«

»Gold, mein Freund«, flüsterte der Fremde der Wache ins Ohr. »Eine Burg voller Gold.«

Da zögerte der Soldat nicht länger und führte ihn ins Innere der *Sacra Praedicatio.*

Nach einer langen Unterredung entließ Bischof Fulko den Boten mit einem zufriedenen Lächeln. Er ordnete an, man solle dem Fremden etwas zu essen geben und ihn für die Nacht unterbringen, dann ließ er sich auf einen hölzernen Stuhl fallen, der in der dunkelsten Ecke seines Arbeitszimmers stand. Das Gold von Airagne, dachte er erregt, als könnte er es schon vor sich funkeln sehen. Genug Gold, um damit die Diözese von Toulouse wieder unter seine Herrschaft zu bringen.

Er legte die knochigen Finger vors Gesicht und rieb sich die wimpernlosen Augenlider. Er war alt, aber er fühlte sich immer noch voller Kraft. Er war immer noch stark genug, in den Sattel zu steigen und auf einem Pferd in die Schlacht zu ziehen. Und nach all den Monaten ohnmächtiger Tatenlosigkeit hatte ihm diese Nacht ein unerwartetes Geschenk gebracht. Einen neuen Verbündeten. Ein rätselhafter, ehrgeiziger Mann bat ihn um Hilfe. Philippe de Lusignan. Konnte er ihm trauen? Es stand viel auf dem Spiel. Aber warum sollte er es eigentlich nicht versuchen?

Ich habe keine Wahl, und genau deswegen hat sich Sieur Philippe an mich gewandt, dachte er verbittert. Er war so in seine Gedanken versunken, dass er den bewaffneten Mann fast nicht bemerkte, der gerade sein Zimmer betreten hatte.

»Eure Exzellenz hat nach mir verlangt?«, fragte der Soldat und brach die Stille.

Fulko richtete seine kurzsichtigen Augen auf ihn. »Ja.«

»Was befehlt Ihr?«

»Die Reiter sollen sich zur Schlacht rüsten. Wir werden morgen bei Sonnenaufgang aufbrechen.«

Der Soldat nickte ausdruckslos. »Das Ziel?«

»Wir werden zur Burg von Airagne reiten. Der Bote von de Lusignan hat mir soeben enthüllt, wo sie sich befindet.«

Wortlos schaute der Soldat noch eine Weile zu Fulko, dann verbeugte er sich und ging. Er wurde vom Dunkel der Nacht verschluckt.

Fulko blieb regungslos sitzen, sein Gesicht wie zu einer Maske erstarrt. Sein Blick war auf etwas in der Dunkelheit gerichtet. Ein zylindrischer Helm mit spitzem Kinnschutz und schmalen Sehschlitzen im Visier. Es war sein Kriegshelm, ein Symbol der Macht, die er repräsentierte. Lange Jahre hatte er ihn nicht mehr getragen.

Aber heute Nacht verspürte er zum ersten Mal das Verlangen, ihn aufzusetzen.

28

Uberto hatte ein Tal erreicht, das sich zunächst wie eine Klamm zwischen den Bergen hindurchschlängelte. Der junge Mann ließ Jaloque dem Flusslauf folgen und hielt dann auf eine kleine Anhöhe in der Nähe einer Wassermühle zu. Von hier hatte er einen guten Ausblick.

Er schirmte seine Augen mit der Hand vor dem Sonnenlicht ab und ließ den Blick suchend über die Wege schweifen, die sich über die Äcker und Hügel zogen, in der Hoffnung, irgendwo dort in der Landschaft einen vertrauten Karren zu erspähen. Doch vergeblich, von seinem Vater fehlte jede Spur. Daher saß er ab und ging zu Fuß zum Fluss hinunter. Inzwischen war auch Moira hinter ihm erschienen. Gefolgt von ihrem treuen schwarzen Hund hatte sie versucht, mit ihm Schritt zu halten. Doch ihr Pferd war langsamer als Jaloque und tat sich schwer, obwohl sie auf der letzten Wegstrecke nicht sehr schnell geritten waren.

»Hast du etwas entdecken können?«, fragte das Mädchen.

»Leider nein«, seufzte Uberto, der bis zu den Knien im Gras des Abhangs versank.

Es wurde schon wieder heiß. Obwohl die Landschaft einen gewissen Zauber hatte, konnte Uberto die Aussicht nicht genießen. Er war besorgt und niedergeschlagen. Er war den Angaben seines Vaters bis hierher gefolgt, wobei er sich genau an die Nachricht gehalten hatte, die sein Vater im Gästehaus von Toulouse für ihn hinterlassen hatte. Und das war gar nicht so leicht gewesen. In seinem Brief hatte Ignazio ihm geraten, Bischof Fulko in Prouille aufzusuchen, bei dem er weitere Angaben über seinen Weg erhalten würde. Noch jetzt fühlte der junge Mann Wut in sich aufsteigen, wenn er daran dachte, wie man ihn dort behandelt hatte. Fulko hatte sich nicht nur geweigert, ihn zu empfangen, sondern hätte um ein Haar noch seine Handlanger auf ihn gehetzt. Uberto hatte sich schleunigst davongemacht und begriff immer noch nicht den Grund für diese schlechte Behandlung.

So konnte er jetzt nur versuchen, die umliegenden Wege auf gut Glück nach Ignazio abzusuchen. Ein schwieriges Unterfangen wegen der vielen Pilger, die in diesem Landstrich unterwegs waren, doch in der Nähe von Carcassonne hatte er Glück. Jemand war einer kleinen Gruppe von Reisenden begegnet, die zur Abtei von Fontfroide wollten. Er erzählte zwar etwas davon, dass der Karren von zwei Männern zu Pferde statt einem begleitet wurde, aber die übrigen Angaben stimmten: ein gediegen wirkender Händler, ein schweigsamer junger Mann mit blonden Haaren und ein hochmütiger Ritter, der de Lusignan ähnelte. So konnte Uberto hoffen, dass er bald wieder zu ihnen stoßen würde.

Der junge Mann kühlte seine Hände im Wasser, und gleich schienen seine Sorgen weniger zu werden. Sie ritten nun schon den halben Tag durch das Gebiet von Fontfroide. Bald würde er seinen Vater wiedersehen, sagte er sich. Er durfte jetzt nicht aufgeben.

Uberto sah sich um, das Klappern der Mühle hatte seine Aufmerksamkeit geweckt, und er fragte sich, warum hier niemand zu sehen war. Es herrschte eine ungewöhnliche Stille.

»Was machen diese Menschen da?«, fragte plötzlich Moira, die noch etwas weiter oben auf der Anhöhe stand.

Uberto sah sie fragend an, und sie zeigte mit dem Finger auf eine Prozession, die am Rand eines brachliegenden Ackers durchs Tal zog. Dort sind also alle Leute, dachte er und kniff die Augen zusammen, um besser sehen zu können.

Die Menschen, vielleicht die Einwohner mehrerer Dörfer, schritten zusammen mit ihren Frauen und Kindern hintereinanderher, trugen Kreuze und Fahnen vor sich her und beteten dazu laut. Allen voran wurde eine Puppe aus Stroh getragen, die wie ein schlangenförmiger Drache aussah.

Uberto stellte sich neben Moira. »Das ist ein Ritual, um die Not aus diesem Land zu vertreiben«, erklärte er ihr. »Siehst du den Drachen am Kopf der Prozession?«

»Ja.«

»Er stellt den Teufel dar. In zwei Tagen wird man die Prozession wiederholen, dann wird das Stroh aus dem Drachen geholt, der dann hinter den Kreuzen hergezogen wird. Zum Zeichen, dass das Böse unterlegen ist.«

»Und inzwischen verhungern die Bauern weiter.«

Er seufzte. »Um ihrer Not ein Ende zu bereiten, müssten die Bauern ganz andere Drachen bekämpfen. Nämlich die, die sich auf ihre Kosten in den Burgen die Bäuche vollschlagen.«

Als die Prozession nicht mehr zu sehen war, tränkten sie ihre Tiere, dann saßen sie wieder auf.

»Versuchen wir einfach, in der Abtei von Fontfroide ein paar Auskünfte zu erhalten«, schlug Uberto vor. »Sie muss hier ganz in der Nähe liegen. Vielleicht hat mein Vater ja dort übernachtet.«

Moira stimmte zu, und sie machten sich wieder auf den Weg.

Sie wählten einen Pfad in die Mitte des Tals, der durch einen dichten Wald führte. Der Himmel verschwand hinter einem Dach von sich überlappenden Blätterhänden.

Plötzlich hielt Uberto Jaloque an und bedeutete Moira stumm, es ihm gleichzutun. Vor ihnen grub gar nicht weit entfernt ein Wildschwein zwischen den Wurzeln einer Kastanie nach Nahrung. Es hatte die Schnauze tief im Erdreich vergraben und schien sie nicht zu bemerken.

Es war lange her, dass Uberto frisches Fleisch gegessen hatte. Während er das Tier weiter im Auge behielt, griff er langsam zu seinem Bogen und holte einen Pfeil aus dem Köcher, aber als er nach seiner Beute zielte, fiel ihm plötzlich ein, wann er die Waffe das letzte Mal benutzt hatte … Das Gesicht des Mauren erschien vor seinen Augen, und seine Hand zitterte.

Er schoss ungenau. Der Pfeil zischte durch die Luft und bohrte sich eine Elle hinter dem Schwanz des Wildschweins in die Erde. Das Tier hob die Schnauze, grunzte erschrocken und ergriff dann schwerfällig die Flucht.

Uberto schüttelte den Kopf, um die schlimmen Gedanken daraus zu verjagen, holte einen zweiten Pfeil hervor und zielte erneut. Jetzt war seine Hand wieder ruhig, doch inzwischen war das Wildschwein in einem dichten Brombeergestrüpp verschwunden.

»Das hast du sehr gut gemacht, mein Kompliment«, neckte ihn

239

Moira, die allerdings fast froh darüber schien, dass das Tier sich hatte retten können. »Als Jäger taugst du nicht gerade viel, oder?«, fuhr sie spöttisch fort. Auch jetzt bewunderte sie insgeheim seine Schönheit und seine Fröhlichkeit, und allein bei seinem Anblick erfüllte sie eine innere Freude, die sie erröten ließ. Doch plötzlich bemerkte sie, dass Uberto wieder ernst geworden war. »Was ist los?«, fragte sie ihn.

Er zeigte auf etwas in der Ferne am Himmel. Eine schwarze Rauchsäule. »Irgendwo in der Nähe brennt es.« Uberto runzelte besorgt die Stirn. »Lass uns nachsehen.«

»Bist du sicher, dass wir das tun sollen?«, entgegnete das Mädchen. »Sollten wir uns nicht lieber fernhalten?«

Uberto antwortete nicht. Er hatte sein Pferd schon gewendet und trieb es in die Richtung, in der der Rauch zu sehen war. Besorgt bemerkte Moira, dass er den Bogen immer noch in der Hand hielt.

Der Rauch stieg von einer Ansammlung Hütten auf, die sich um eine Kirche drängten. Von dieser war nichts mehr geblieben außer einem Haufen verkohlter Balken, rußgeschwärzten Ziegelsteinen und verbrannter Erde. Überall waren frische Spuren von Pferdehufen zu sehen. Die schändliche Tat hatte sich erst vor Kurzem zugetragen.

Uberto ritt zwischen den Überresten hindurch und fragte sich, warum man diesen Ort so verwüstet hatte. Das war doch keine Burg, auch kein Bauerndorf. Es war ein abgelegener Ort, an dem keine Reichtümer zu finden waren, er war nicht von strategischer Bedeutung. Und selbst bei einem Raubüberfall hätte man nicht so brutal vorgehen müssen. Sein Blick blieb an der rauchgeschwärzten Kirchenruine hängen. Das Dach war herabgekommen und hatte dabei auch die Seitenwände zum Einsturz gebracht. Das Innere musste unter Trümmern begraben sein. Nur die Fassade war heil geblieben, und obwohl sie von den Flammen geschwärzt war, konnte man noch das Schmuckrelief über dem Portal erkennen. Drei gewaltige Frauen mit Brüsten, an denen Schlangen hingen.

Vor der Kirche lagen Leichen wie Lumpenbündel aufgehäuft. Tote Frauen. Moira saß ab und lief sofort darauf zu, ihr Hund folgte ihr, während er witternd die Nase in die Luft streckte.

»Bleib weg. Sieh nicht hin!«, warnte Uberto sie.

Mit einem kalten Lächeln drehte sie sich fast herausfordernd zu ihm um. »Was glaubst du denn? In Airagne habe ich weit Schlimmeres gesehen.«

Ihr Blick traf Uberto bis ins Mark, und so ließ er sie gewähren, während er weiter zwischen den Ruinen suchte. Er umrundete die Kirche und stieß auf einen Garten mit Arzneikräutern. Hier hatte das Feuer zwar nicht gewütet, doch die meisten Pflanzen waren von den Hufen der Pferde niedergetrampelt worden. Wieder fragte er sich, wer dieses Werk der Zerstörung begangen hatte. Nur zutiefst böse Menschen konnten unschuldige Nonnen niedermetzeln.

Aber bin ich wirklich so viel besser?, fragte er sich widerwillig. Ich habe, ohne zu zögern, einen Mann von hinten getötet.

Das Bellen des Hundes riss ihn aus seinen trübsinnigen Gedanken und lockte ihn zu einer Kapelle, die von Trümmern bedeckt war. Das Tier kauerte in der Mitte des Raumes und kratzte aufgeregt an den Rändern einer großen Bodenplatte. Uberto streichelte den Hund, um ihn zu beruhigen, und kniete sich dann neben ihn, weil er diesen rechteckigen Marmorblock näher untersuchen wollte, der mehr wie die Klappe einer Bodenluke aussah als eine Fußbodenplatte. Das brachte ihn dazu, gegen die Fläche zu klopfen, um zu überprüfen, ob sich dahinter ein Hohlraum verbarg. Und gleich darauf meinte er, von unten dumpfe Schreie zu hören.

Bestürzt über diese Entdeckung legte der junge Mann sein Ohr auf die Platte und lauschte … Dort waren Frauen! Jetzt zögerte er nicht länger und packte die Platte an den Rändern, um sie zur Seite zu schieben, doch er konnte sie keinen Zoll von der Stelle bewegen. Daher sah er sich nach seiner Begleiterin um. »Moira!«, rief er laut. »Ich brauche deine Hilfe!«

Das Mädchen lief um die Kirche herum und kam zu ihm. Sie erfasste sofort die Lage, kniete sich neben ihn und zog mit ihm an der Platte. Diese hob sich eine Handbreit, dann noch eine, während der Hund ganz aufgeregt seine Schnauze in den so entstandenen Spalt steckte. Mit einer letzten Anstrengung gelang es ihnen, die Bodenplatte so weit zu heben, dass sie sie zur Seite schieben konnten.

Sie hatten den Eingang zu einem unterirdischen Gewölbe freigelegt.

Etwas bewegte sich in der Finsternis, dann erschien scheu eine Frau in einer grauen Tunika. Hinter ihr kamen weitere zum Vorschein, alle waren gewandet wie die erste und von den schrecklichen Erlebnissen gezeichnet. Ihre Gesichter waren mit Asche geschwärzt, die Augen voller Tränen, die Pupillen vom langen Aufenthalt im Dunkeln geweitet.

Als Letzte trat eine bei allem Elend dennoch würdevolle Frau hervor. Sie war nicht die älteste, doch sie wirkte am weisesten. In ihrem Gesicht lag keine Angst, nur tiefer Schmerz, als trüge sie das Leid der ganzen Gemeinschaft auf ihren Schultern. Verwirrt sah sie sich um, beinahe schien sie den Ort nicht wiederzuerkennen. Als sie die Ruinen der Kirche erblickte, schlug sie die Hände vor den Mund, um nicht laut aufzuschreien. Nachdem sie ihre Gefühle wieder unter Kontrolle hatte, wandte sie sich an Uberto. »Wir verdanken Euch unser Leben, Monsieur. Ich habe keine Worte, um Euch meine Dankbarkeit auszudrücken.«

»Ich bin froh, dass Ihr gerettet seid.«

Nachdem die Frau sich kurz das Gewand abgeklopft hatte, verschränkte sie die Hände und nahm eine würdevolle Haltung an. »Wie kann ich mich erkenntlich zeigen?«

»Erkenntlich zeigen?« Uberto starrte sie ungläubig an. Eine so beispielhafte Selbstbeherrschung fand man höchst selten. Abgesehen von seinem Vater natürlich. »Ihr schuldet mir gar nichts. Ich bin untröstlich über das, was mit Eurer Kirche geschehen ist.« Er fragte sich, ob diese Frau auch dann noch ihre Fassung bewahren würde, wenn sie die Leichenstapel vor der Fassade sah.

Die Frau versuchte zu lächeln, doch es gelang ihr nicht. Ihr Gesicht konnte nichts anderes zeigen als Schmerz. »Die Kirche kann man wieder aufbauen. Es ist nur ein unbelebtes Gebäude. Was zählt, ist, dass nicht zerstört wird, was wir in uns tragen.«

»Ihr seid sehr weise. Aber sagt bitte, was ist hier geschehen?«

»Ein Trupp bewaffneter Krieger ist am frühen Morgen eingefallen und hat Feuer gelegt, dann haben sie uns in die Kirche gesperrt und alles niedergebrannt.« Sie seufzte auf. »Wir wären alle gestorben, wenn wir uns nicht in die unterirdischen Gewölbe hätten retten können. Der Hauptzugang dazu befindet sich in der Kirche, an einer gut verborgenen Stelle.«

Uberto bemerkte, dass Moira neben ihm blass geworden war. Die Worte der Frau mussten in ihr schreckliche Erinnerungen wachgerufen haben. Er legte den Arm um sie, um sie zu beruhigen, und stellte zu seiner Verwunderung fest, dass auch ihm diese Berührung guttat. Dann wandte er sich wieder der grau gewandeten Frau zu. »Was waren das für Krieger? Welchen Grund hatten sie, Euch solches Leid anzutun?«

»Grausamkeit und Gewalt brauchen keinen Grund«, erwiderte die Frau darauf nur.

»Und doch seid Ihr in Eurem Unglück nicht allein. Ich komme aus Kastilien, und seit ich hier im Languedoc unterwegs bin, begegne ich fortwährend solchem Elend. Wenn dabei nicht Eure Mitschwestern umgekommen wären, würde ich sagen, das war wieder das Werk des Grafen von Nigredo …«

»Sprecht diesen Namen nicht leichtfertig aus, Monsieur. Ein Fremder kann nicht beurteilen, was genau er bedeutet.«

»Oh doch, ehrwürdige Mutter. Ich weiß einiges über den Grafen von Nigredo und auch über Airagne.«

Die Frau horchte auf. »Wohl nicht genug, denn Ihr sprecht ihn nicht mit der angebrachten Furcht aus.«

Da sie anscheinend wusste, wovon sie sprach, ließ Uberto nicht nach. »Ich bin auf der Suche nach diesem Ort Airagne«, sagte er entschlossen. »Könnt Ihr mir helfen?«

Als er das sagte, hatte die Frau eine Eingebung. »Also auch Ihr …« Fast ungläubig streckte sie ihre Hand nach ihm aus, dann zog sie sie schnell zurück und musterte ihn misstrauisch. »Vor Kurzem hat mich ein anderer Mann, auch ein Fremder, um genau das Gleiche gebeten … Ein Kastilier, wie Ihr. Das kann kein Zufall sein …«

Hoffnungsfroh fragte Uberto: »Seid Ihr meinem Vater begegnet? Ignazio Alvarez da Toledo?«

»Ja, ja …«, stammelte die Frau, bestürzt über diese Entdeckung.

»Er hat unsere *béguinage* verlassen, kurz bevor das Unglück über uns hereinbrach.«

»Vielleicht ist er in Gefahr.« Der junge Mann ballte die Fäuste und sah sich um. »In welche Richtung ist er aufgebrochen? Habt Ihr ihn nach Airagne geschickt?«

»Ja, das habe ich, aber Ihr solltet ihm auf keinen Fall folgen«, warnte ihn die Frau. »Das ist viel zu gefährlich.«

»Aber ich muss so schnell wie möglich zu ihm.« Er wandte sich an Moira. »Diese Frau wird mir den Weg beschreiben. Dann kannst du hierbleiben, das ist sicherer. Ich will dich keiner weiteren Gefahr aussetzen.«

»Nein.« Das Mädchen klammerte sich an seinen Arm. »Ich will mit dir kommen.«

Er starrte sie überrascht an. »Was ist denn in dich gefahren? Bis jetzt hast du doch immer gesagt, dass du schreckliche Angst vor diesem Ort hast.«

»Ja, das stimmt, ich fürchte mich unsäglich davor, aber ich will mich nicht von dir trennen.«

»Ich komme wieder, das verspreche ich dir.«

»Ich ertrage den Gedanken nicht, hier auf dich warten zu müssen«, sagte sie mit tränenfeuchten Augen. »Ich will nicht mehr allein bleiben. Verstehst du das nicht? Nach so langer Einsamkeit, so viel Leid war ich hart wie Stein geworden … Durch dich habe ich entdeckt, dass ich doch ein Herz habe …«

Uberto legte unentschlossen den Kopf zur Seite. Sein Vater – da war er sicher – hätte sich niemals von Gefühlen leiten lassen. Aber er war anders, er hatte am eigenen Leibe erfahren, dass es nicht immer die beste Entscheidung war, einzig der kalten Vernunft zu folgen. Nur Gott allein wusste, wie sehr er als kleiner Junge gelitten hatte, weil er Zuwendung und Liebe vermisste.

Nun ergriff die Frau das Wort, die diese Unterhaltung gerührt verfolgt hatte. »Bleibt beide hier.« Hoffnungsfroh blickte sie Uberto an. »Auch Ihr, mein Sohn. Warum wollt Ihr Euer Leben aufs Spiel setzen? Ihr könnt Eurem Vater nicht helfen.«

»Oh doch, das kann ich, und zwar entscheidend«, erwiderte er.

»Ich bin im Besitz des Buches, das den Grafen von Nigredo vernichten kann. Ihr könnt das nicht wissen, aber –«

Die Frau unterbrach ihn überrascht: »Ihr habt die ›Turba philosophorum‹ gefunden?«

Verwirrt sah Uberto sie an, dann wurde er misstrauisch. »Woher wisst Ihr davon? Wer seid Ihr?«

Zum ersten Mal zeigte die Frau Gefühle. Ohne sich weiter um ihre Würde zu kümmern, senkte sie den Blick und fiel auf die Knie. »Eine dumme Frau, ich bin nur eine dumme Frau …« Tränen liefen ihr über das Gesicht. »Denn ich habe Eurem Vater nicht die ganze Wahrheit erzählt … Es ist meine Schuld, wenn die Kirche niedergebrannt wurde: Ich war die, nach der die Krieger suchten …«

Der junge Mann kniete sich vor sie hin. Freundlich, aber bestimmt forderte er sie auf: »Dann erzählt sie mir, Eure Wahrheit.«

Die Frau blickte ihn an. »Nun gut, das werde ich tun.« Sie trocknete ihre Tränen. »Aber zunächst nehmt das hier …«

Uberto sah, wie sie in ihrem Gewand nach etwas suchte und dann ein Papier hervorzog. »Was ist das?«

Die Frau überreichte es ihm feierlich. »Das ist der Teil der Wahrheit, die ich Eurem Vater nicht erzählt habe.«

29

Warum hat er mich nicht getötet?, fragte sich Ignazio unablässig. Es war jetzt eine Woche her, dass de Lusignans Männer ihn gefangen genommen hatten, und seitdem hatte der Ritter ihn keines Wortes gewürdigt.

Philippe hatte auch Willalme verschont und nur befohlen, beide strengstens zu bewachen, um dann anzuordnen, dass sie ihm mit dem Söldnertrupp nach Airagne folgen sollten. Er hatte seine Entscheidung nicht begründet und auch nicht durchblicken lassen, was er plante, sobald er sein Ziel einmal erreicht hatte. De Lusignans Verhalten beunruhigte den ohnehin schon angespannten Ignazio umso mehr, als er fürchtete, dieser könnte Uberto aufspüren und ihm etwas antun.

Willalme und ihm wurde erlaubt, dem Zug unter der Bewachung von zwei Söldnern mit dem Karren zu folgen, doch Philippe verfügte, dass sie zu jeder Rast an einen Baum gefesselt werden sollten, damit sie nicht fliehen konnten.

Nach der erlittenen Demütigung war Willalme in düsteres Schweigen verfallen. Ignazio merkte genau, wie Verachtung und Wut in ihm tobten, obwohl Willalme sich bemühte, dies zu verbergen. Früher oder später würden diese Gefühle zum Ausbruch kommen.

Sie zogen weiter Richtung Osten, und sobald sie die Berge erreicht hatten, begannen sie den Aufstieg in die Cevennen. Die Landschaft bot Blicke in schwindelnde Abgründe und Felsspalten. Schluchten und Gebirgsketten wechselten sich mit sanft hügeligem Weideland ab.

Auf ihrem Weg kamen sie nur durch ein einziges Dorf. Die Häuser, bei denen auch die Dächer mit grauem Stein gedeckt waren, schienen sich an den Berghang zu klammern. Weil ihnen von den Bewohnern nur Feindseligkeit entgegenschlug, zogen sie umgehend weiter und gelangten schließlich in einen Kastanienwald, in dem es von Hirschen und Rotkehlchen nur so wimmelte.

Wetter und Temperaturen wechselten ständig. In den wärmsten Momenten des Tages wurde die Luft schwül und lastete wie eine Glocke auf den Männern, sorgte für Erschöpfung und schlechte Laune, um dann plötzlich wieder trocken und angenehm zu werden. Diese Wechsel wurden durch die Höhenwinde bewirkt, die feuchte Luft ins Tal brachten, wo sie sich staute.

Philippe führte seine Männer auf einem versteckten Weg durch eine Kalksteinschlucht. Hier mussten die Reiter absitzen und ihre Pferde an den Zügeln führen, damit die Tiere auf dem Kiesboden nicht stolperten und sich verletzten. Zwischen den Felsen war plötzlich Nebel aufgestiegen, welcher die Sicht erheblich behinderte.

Mit dem Karren war hier kein Durchkommen, die Schlucht war zu eng. Ignazio und Willalme mussten ihr Gefährt stehen lassen und zu Fuß weitergehen. Ignazio machte weniger der beschwerliche Fußmarsch zu schaffen, sondern dass er seine Truhe auf dem Karren zurücklassen musste, denn darin bewahrte er kostbare Gerätschaften und Bücher auf, die leider zu schwer waren, um sie mit sich zu tragen.

Der Anführer des Zugs machte keine Anstalten, eine Rast einzulegen. In seine schwarze Kutte gehüllt lief er neben seinem Schimmel vorwärts durch den Nebel, bis die Dämmerung hereinbrach. Erst als sie die Schlucht hinter sich gebracht hatten, hielt er am Rand einer Böschung an.

Erschöpft von dem Marsch lehnte sich Ignazio an einen Felsblock und betrachtete die Landschaft. Der Nebel erlaubte keinen genauen Blick darauf, aber er konnte dennoch feststellen, dass sie in einer Senke zwischen den Bergen angekommen waren. Auf der einen Seite erstreckte sich die Böschung, auf der anderen sah man eine kuppelförmige, mit Wald bedeckte Erhebung. Abgesehen von dem Nebel lag über allem eine seltsame Düsternis. Ignazio bemerkte überrascht, dass es nicht etwa die Abenddämmerung war, sondern Rußwolken, die so dicht waren, dass sie den Himmel verfinsterten.

Gleich darauf machte er eine noch beunruhigendere Entdeckung. Oben auf dem Hügel erhob sich eine riesige Burg, die von Wachtürmen umgeben war. Aus ihnen stiegen dichte schwarze Rauchsäulen auf, sodass sie eher Schornsteinen als Befestigungsanlagen glichen. Daher kamen also die Rußwolken!

Bei dem Gedanken, dass die Luft hier angefüllt war mit solch schmutzigem Rauch, kam es Ignazio so vor, als legte sich gleich ein Fettfilm auf seine Haut. Doch er achtete nicht darauf, sondern wandte seine ganze Aufmerksamkeit den Türmen zu. Trotz der getrübten Sicht waren sie durch die schwarzen Rauchsäulen gut voneinander zu unterscheiden. Auf der Südwestseite zählte Ignazio vier, daher schätzte er, dass auf der entgegengesetzten die gleiche Anzahl stünde.

Acht. Acht Türme, alle im gleichen Abstand zueinander errichtet …

Eine plötzliche Erkenntnis erschütterte ihn bis ins Mark. Die Form der Burg entsprach genau der Spinne, die auf den Münzen aus alchimistischem Gold eingeprägt war. Die spiralförmig eingedrehten Beine lagen an den gleichen Stellen wie die Außentürme. Und der Wehrturm musste folglich das Zentrum, den Körper der Spinne, darstellen …

Auch die unnatürliche Dunkelheit, die diesen Ort umgab, bestätigte genau genommen seine Ahnungen. Jemand hatte ihm schon davon erzählt: *Der Hauch der Finsternis kommt in die Welt in Gestalt eines Rauches in der Nacht.* Das hatte ihm der Krüppel Droün in dem unterirdischen Gewölbe von Santa Lucina erzählt. Konnte das sein? War dies wirklich der Ort, nach dem er so lange gesucht hatte?

Als wollte er seine Mutmaßungen bestätigen, kam de Lusignan an ihm vorbei und zischte ihm zu: »Das ist Airagne.«

Ignazio sah ihn fragend an, doch der Mann ging einfach an ihm vorbei und rief seine *soudadiers* zusammen, um den Angriff zu planen. Es war schwer zu sagen, was er vorhatte. Philippe verfügte nur über wenige Männer. Wenn er die schlechte Sicht zu seinem Vorteil nutzte, konnten sie vielleicht unbemerkt im Schatten des Waldes bis zu den Burgmauern vordringen. Doch was hätte es genützt? Die Befestigungsmauern von Airagne wirkten unerschütterlich und waren bestimmt gut bewacht. Bevor die Eindringlinge die Gräben überwinden könnten, würden sie ganz sicher von den Pfeilen der

248

Wachen durchlöchert werden, und die Überlebenden würden von den berittenen Soldaten, die bestimmt hinter den Befestigungsmauern warteten, niedergemäht werden.

Ignazio stellte fest, dass Willalme sich ebenfalls mit der Lage beschäftigte und zweifellos die gleichen Schlüsse zog wie er selbst, aber da war noch etwas. Er verfolgte jede Bewegung de Lusignans mit so glühenden Augen, dass jeder vor diesem Hass erschrocken wäre. Doch Philippe schien dies entweder nicht zu bekümmern, oder er ließ sich nichts anmerken. Er war fest entschlossen, den Männern ein Gefühl von Sicherheit einzuflößen, die förmlich an seinen Lippen hingen. Wenn nötig, hätte er die Söldner auch in den sicheren Tod schicken können, ohne dass sie aufbegehrt hätten. Die Umstände brachten seine Führungsqualitäten hervor. Schlau war er, ein Kämpfer und mit strategischer Klugheit begabt.

De Lusignan machte die Söldner auf die Westseite der Burg aufmerksam. Vielleicht gab es eine Möglichkeit, dort ungesehen einzudringen oder eine Bresche in die Verteidigungsmauer von Airagne zu schlagen, aber um das herauszufinden, würde Ignazio bis zum folgenden Morgen warten müssen. Den wenigen Worten nach, die er erhaschen konnte, würde der Angriff im Morgengrauen stattfinden, unter dem Schutz des Nebels.

Mehr konnte Ignazio nicht in Erfahrung bringen. Wie immer am Abend wurde er von den Söldnern zu einem Baumstamm geschleppt und dort mit Willalme festgebunden. Ignazio versuchte, Einwände zu erheben, und erklärte, dass sie bislang weder zu essen noch zu trinken erhalten hatten.

»Du wirst morgen in der Hölle essen!«, knurrte ihn ein Söldner höhnisch an und zog die Fesseln noch straffer.

Philippe befahl, dass die Soldaten unter den umstehenden Bäumen lagern sollten, und mahnte sie eindringlich, keine Feuer anzuzünden und sich überhaupt still zu verhalten. Nachdem die Wachen für die Nacht bestimmt waren, nahmen die Söldner eine kalte Mahlzeit ein und legten sich unter freiem Himmel auf die Erde, wo sie dem feuchten Nebel ausgesetzt waren.

Nach der tagelangen Anstrengung und Gefangenschaft schmerzte

Ignazios Rücken. Wenigstens hatte sich Willalmes Schulterwunde inzwischen geschlossen, aber das war jetzt kaum noch von Bedeutung. Bald würde sich ihr Schicksal entscheiden, und sie würden nichts tun können, um ihm zu entgehen.

Wenn es doch nur eine Möglichkeit gäbe zu fliehen … Ignazio spannte die Armmuskeln an, um die Festigkeit der Fesseln zu erproben, aber er musste feststellen, dass sie sich unmöglich lösen ließen. Er seufzte bitter, er musste an seine Frau und seinen Sohn denken und hoffte, dass beide in Sicherheit wären. Er hatte sein Haus mit dem Schieferdach förmlich vor Augen, das in einem abgeschiedenen Tal in Kastilien lag, und er musste daran denken, welchen Frieden er dort genießen könnte, wenn er nicht danach gestrebt hätte, zu viel zu wissen und zu sehen.

Er schloss die Augen und versuchte, sich vorzustellen, was es geändert hätte, wenn er in seiner Jugend ein anderes Leben gewählt hätte oder vielleicht sogar ein anderer Mensch gewesen wäre … Doch im Grunde hatte er nie eine Wahl gehabt. Das Schicksal hatte ihn mit sich gerissen wie ein Blatt im Wind, hatte ihn nach Lust und Laune in alle vier Himmelsrichtungen, mal hierhin, mal dahin, getrieben, und ihm war nichts anderes übrig geblieben, als sich an seine Gedanken und Gefühle zu klammern und sich von der Macht dieses Sturms mitreißen zu lassen. Und so würde es weitergehen, bis sein Leben endete oder sein Verstand sich trübte …

Erst nach langer Zeit fiel Ignazio, erschöpft vom Hunger und von der Müdigkeit, endlich in Schlaf.

»Wach schon auf!«, schrie ein Söldner.

Ignazio öffnete die Augen und musterte den Mann, der mit gerötetem Gesicht und ausgestreckten Armen vor ihm stand. Erst da wurde ihm klar, dass er soeben geohrfeigt worden war. Ein zweiter Mann hinter ihm löste seine Fesseln und forderte ihn in ein wenig sanfterem Ton auf, sich zu erheben.

Ignazio brummte irgendetwas zum Zeichen, dass er ihn verstanden hatte, und sobald die Fesseln von ihm genommen waren, massierte er Arme und Beine. Er kniff mehrfach die Augen zusammen, aber sosehr er sich auch anstrengte, er konnte nichts erkennen. Sein Blick war getrübt. Doch das lag nicht an seiner Schläfrigkeit, sondern an dem Nebel, der alles in seinen aschfahlen Schleier hüllte. Ignazio sah nur das erste Morgenlicht, das im Südosten aufstieg, aber es war noch zu fern und zu schwach, um Helligkeit zu spenden.

Er lehnte sich an den Baumstamm, drückte sich aus den Knien hoch und stand auf. Seine Wirbelsäule knirschte dabei an mehreren Stellen, und in seinem Kopf spürte er einen hämmernden Schmerz.

Der Händler blieb noch einen Moment an den Stamm gelehnt stehen, doch den Söldner ärgerte sein Zögern, und er schrie ihn wieder an: »Los, beweg dich, Mozaraber!« Als er jedoch wieder mit der Hand ausholte, reagierte Ignazio schnell genug und packte ihn fest am Handgelenk, bevor er ihn schlagen konnte.

Der Söldner stöhnte auf vor Schmerz, überrascht von der Schnelligkeit und der Kraft des Gefangenen. Er zog den Arm zurück, um sich zu befreien, aber der Händler verdrehte ihn und zwang den Mann zu Boden. Gleich darauf zog er ihm heimlich den Dolch aus dem Gürtel und verbarg ihn unter seinem Gewand.

»Ich sehe, dass Ihr Euch ordentlich von den Anstrengungen der Reise erholt habt, Monsieur.«

Ignazio schaute auf, und sein Blick traf auf eine schwarze Gestalt. De Lusignan. Er hatte nicht bemerkt, dass dieser in der Nähe gewesen war, und er fragte sich nun, ob der Komtur beobachtet hatte, wie er den Dolch in seinen Kleidern versteckt hatte. Mit fester Stimme sagte er: »Wenn dies das Beste an Soldaten ist, worüber Ihr verfügt, dann solltet Ihr Euer Vorhaben besser aufgeben«, erklärte er höhnisch und verdrehte das Handgelenk des Soldaten noch einmal, der daraufhin vor Schmerz und Beschämung aufstöhnte.

Philippe zuckte nur mit den Schultern. »In Anbetracht der Umstände seid Ihr noch sehr stolz.« In der Luft war die Anspannung der Männer wegen des bevorstehenden Kampfes deutlich zu spüren, aber ihr Anführer wirkte genauso heiter und unerschütterlich wie am Abend zuvor. »Gebt diesen armen Mann frei und haltet Euch bereit, der entscheidende Moment ist jetzt gekommen.«

Gebieterisch wandte er sich an zwei Soldaten, die in der Nähe waren. »Ihr da, kommt her. Lasst diesen Gefangenen nie aus den Augen. Von jetzt an steht ihr dafür ein, dass er immer an meiner Seite bleibt.«

Die Männer nickten und beeilten sich, die Geisel mit sich zu führen.

»Einen Moment.« Ignazio zeigte auf Willalme, der noch immer an den Baum gefesselt war. »Was ist mit ihm?«

Im selben Moment öffnete dieser die Augen und sah de Lusignan verächtlich und herausfordernd an.

»Dieser Streithammel?« Philippe lächelte grausam. »Der wäre uns nur im Weg. Wir lassen ihn hier zurück.« Er ging zu Willalme mit dessen Säbel in der Hand und warf ihm die Waffe vor die Füße. »Ich brauche auch seine maurische Waffe nicht. Die kann er behalten.«

Willalme wand sich und versuchte verzweifelt, sich zu befreien. Der Krummsäbel lag genau vor ihm, er konnte ihn mit den Füßen berühren, aber es gelang ihm nicht, ihn zu packen.

De Lusignan kniete sich vor ihn hin und zerrte ihn bei den Haaren. »Die größte Strafe wird für dich sein, dass du hier sitzen und deine Waffe ansehen musst, ohne sie ergreifen zu können. Finde dich damit ab, dass du verloren hast.«

Willalmes blaue Augen durchbohrten de Lusignan wütend. Nicht einmal jetzt gab er auf.

Doch Philippe schien seinen Hass sogar zu genießen. »Ja, sieh mich nur mit deinen wuterfüllten Augen an. Ich hoffe, dass die Raben sie dir bei lebendigem Leibe auspicken.«

Einige Söldner, die die Szene beobachtet hatten, lachten hämisch und dröhnend laut.

De Lusignan ließ Willalmes Haare los, entfernte sich von dem Gefesselten und gab seinen Leuten den Befehl, sich zum Aufbruch vorzubereiten.

In wenigen Minuten war das Lager zusammengepackt. Nachdem die Soldaten die Pferde gesattelt und ihre Waffen aufgenommen hatten, setzten sie sich in Marsch zur Burg von Airagne. Ignazio schleppten sie mit sich. Er konnte gerade noch seinem Gefährten einen letzten Blick zuwerfen.

Willalme blieb allein zurück im Nebel, während ihm seltsame Gedanken durch den Kopf gingen. Trugbilder, Gesichter und Worte. Vielleicht würde er ja, wenn er tot war, selbst eines dieser verschwommenen Gesichter und eine dieser körperlosen Gestalten werden …

Doch plötzlich richtete er sich auf. Er hatte ein Geräusch gehört … das nicht seinem eigenen Kopf entsprang, sondern aus dem Wald kam. Dann sah er zwei Schatten aus dem Nebel treten und auf ihn zukommen. Sie sagten etwas zu ihm, das er nicht verstand. Zwei Männerstimmen, die beinahe grob klangen.

Er lächelte. Der Tod war gekommen, um ihn zu holen.

Die Söldner schlichen sich durch den Nebel wie ein Rudel Wölfe, bis sie im Schutz der Bäume schließlich die Westseite der Burg erreichten. Dort angekommen, gab de Lusignan den Befehl anzuhalten und teilte sie in Reiter und Fußsoldaten auf.

Es gab nicht viele Männer zu Pferde, höchstens zwanzig an der Zahl, doch Philippe befand, dass sie für seine Zwecke ausreichten. Er befahl ihnen, an der Befestigungsmauer entlang bis zu dem verschlossenen Tor zu reiten. Dann sollten sie sich in der Nähe im Unterholz verborgen postieren und abwarten, bis das Tor von innen geöffnet würde.

Gehorsam schwärmten die Ritter aus und verschwanden im grauen Nebel.

Nun übernahm de Lusignan das Kommando über die Fußsoldaten und führte sie in die entgegengesetzte Richtung. »Dort gibt es einen Geheimgang«, erklärte er Ignazio, der ihm niedergeschlagen folgte.

Der Händler ahnte, welchen Plan de Lusignan verfolgte. Das hier würde kein üblicher Überfall auf die Burg, sondern sie würden sich durch Geheimgänge Zutritt verschaffen. Was vielleicht die einzig logische Möglichkeit war. Dennoch überlegte er, dass de Lusignan im entscheidenden Moment, wenn ein Kampf unvermeidlich war, nur über wenige Männer verfügte. Sollte er das wirklich nicht be-

253

dacht haben? Doch je länger Ignazio darüber nachgrübelte, desto mehr hatte er den Eindruck, dass eher er selbst etwas Entscheidendes übersah.

Die Luft um die Burg stank aufgrund der üblen Ausdünstungen aus den Gräben um die Burgmauern, die immer stärker wurden, je näher man herankam. Angeekelt hielten sich die *soudadiers* Mund und Nase zu, während sie sich näherten.

»Seid leise!«, mahnte de Lusignan und zeigte auf die von Nebel verhüllten Zinnen. Man konnte es kaum glauben, doch dort oben waren bestimmt Wachtposten und Bogenschützen postiert.

Die Burgmauern tauchten immer mal wieder plötzlich aus dem schwarzen Rauch und dem Nebel vor ihnen auf, wie Traumbilder, und verschwanden gleich darauf wieder. Die Söldner starrten wie gebannt auf die flüchtigen Bilder und schienen beinahe den bevorstehenden Kampf vergessen zu haben.

All dies ist Teil des Zauberwerks von Airagne, sagte sich Ignazio und bemerkte im selben Augenblick, dass er am Rand des Burggrabens entlanglief. Als er sich darüberbeugte, sah er dort eine trübe Flüssigkeit. Es musste sich um die Abwässer handeln, die bei der Metallverarbeitung in der Burg entstanden, und dem Gestank nach wurden dort auch Säuren verwendet, um die Rohstoffe zu reinigen.

Philippe lief ein Stück den Burggraben entlang auf der Suche nach einem Hinweis auf den Geheimgang, dann führte er seine Männer wieder ins Unterholz. Der dichte Pflanzenwuchs machte es schwer, ihm zu folgen, sodass sich die Fußsoldaten erst mit ihren Lanzen den Weg durch das Dickicht bahnen mussten.

Philippe de Lusignan drang ein gutes Stück in das Unterholz vor, bis er vor einer Marmorplatte stehen blieb, die flach auf dem Boden lag und aussah wie die Deckplatte eines Sarkophags. Er rief vier Krieger zu sich und befahl ihnen, sie anzuheben.

Die Platte ließ sich ohne Widerstand beiseiteschieben, und unter allgemeinem Erstaunen erschien darunter ein Eisengitter, das in der Mitte mit einem achteckigen Schloss gesichert war. Philippe legte sein wie eine Spinne geformtes Medaillon in die Öffnung, daraufhin rastete ein Mechanismus ein, das Gitter öffnete sich und gab den

Eingang in einen unterirdischen Gang frei. »Los, gehen wir«, knurrte de Lusignan.

»Gibt es hier keine Wachen?«, fragte Ignazio.

»Diesen Gang ließ ich schon vor langer Zeit graben«, erklärte de Lusignan und stieg hinab in die Dunkelheit. »Wahrscheinlich weiß derjenige, der die Burg von Airagne derzeit besetzt, nichts davon.«

Die Söldner folgten Philippe einer nach dem anderen in den unterirdischen Gang. Ignazio hielt sich an seiner Seite, immer bewacht von den beiden Soldaten. Er fragte sich, warum man ihn wohl unbedingt mit dabeihaben wollte, aber bestimmt hatte de Lusignan noch etwas Besonderes mit ihm vor.

Sie folgten dem in den Stein gehauenen Gang, bis sie plötzlich ein Geräusch wie von tropfendem Wasser hörten. Philippe de Lusignan hielt seine Leute zur Vorsicht an. »Feuchtigkeit von oben«, erklärte er. »Wir befinden uns also unter dem Burggraben.« Vorsichtig drückte er sich mehr an die Wand, sichtlich bemüht, nicht mit der heruntertropfenden Flüssigkeit in Berührung zu kommen.

Ignazio, der einer der Ersten hinter ihm war, machte es ihm nach. Er wickelte sich in seinen Mantel und hielt sich eng an der Wand. Wenn diese Flüssigkeit aus dem Burggraben stammte, sollte man besser nicht mit ihr in Berührung kommen.

Ohne weitere Schwierigkeiten gelangten sie zu einem Punkt, wo der Gang sich teilte und ein Ypsilon bildete. De Lusignan befahl, Ignazio solle unter der Bewachung von zwei Soldaten die linke Abzweigung nehmen, während die anderen Söldner sich rechts halten sollten, was sie auf den inneren Burghof führen werde. Wenn sie ins Freie kämen, wüssten sie, was sie tun sollten.

Die Männer schlichen einer nach dem anderen in den rechten Gang. Als Ignazio endlich mit de Lusignan und seinen beiden Bewachern allein war, konnte er seine Ungeduld nicht länger bezähmen. »Warum haben wir uns von den anderen getrennt?«

»Das werdet Ihr bald sehen«, sagte Philippe unergründlich. »Vorwärts. Folgt mir jetzt ohne weitere Fragen.«

Der linke Gang führte sie zu einer Wendeltreppe, deren Stufen sie hinauf zu einer Wachstube in der dicken Burgmauer brachten.

Philippe stellte sich an einen der schmalen Fensterschlitze zwischen den Steinen, die den Blick auf das Innere der Burg freigaben, und bedeutete Ignazio, er solle es ihm nachtun.

Der Händler ging also zu einer Maueröffnung, und trotz des Nebels konnte er vor sich den Hof mit dem großen Wehrturm in der Mitte erkennen, der wiederum von anderen Türmen umgeben war, an deren großen Toren das Wappenzeichen der Schwarzen Sonne prangte. Zweifellos lagen dort die Schlafräume der Soldaten.

Dann sah er, wie sich dort etwas bewegte. Vier Männer schlichen sich an den Mauern entlang zum Haupttor der Burg. Es mussten die Fußsoldaten de Lusignans sein. Sie würden gleich versuchen, das Haupttor zu öffnen, um die draußen postierten Reiter einzulassen, und dann würden beide Abteilungen gemeinsam angreifen.

Die vier Männer gelangten im Schutz des Nebels zum Tor, einem großen bogenförmigen Portal, das in die Mauer eingelassen war. Es war durch ein wehrhaftes Eisengitter versperrt, außerdem war die Zugbrücke davor hochgeklappt. Die vier Söldner mussten nun zu den beiden links und rechts des Portals angebrachten Holzrädern gelangen. Das erstere diente dazu, die Winden zum Hochziehen des Eisengitters zu betätigen, das zweite zum Herunterlassen der Zugbrücke.

Zwei Wachtposten standen in der Nähe, aber die Eindringlinge schlichen sich unbemerkt hinter sie und schnitten ihnen lautlos die Kehlen durch. Diese Leute sind das Töten gewohnt, dachte Ignazio. Sie legten die Toten leise auf dem Boden ab und machten sich dann an dem ersten Holzrad zu schaffen.

Das Kreischen der Winden durchbrach die Stille des Burghofs.

Nachdem sie das Eisengitter hochgezogen hatten, sammelten sich die vier Söldner eilends um das andere Rad, um die Zugbrücke herunterzulassen. Da hörte man die ersten Pfeile durch die Luft sirren. Einer der Männer sank an den Nieren durchbohrt zu Boden, während ein zweiter, der seinen Kameraden fallen sah, das Rad losließ und die Flucht ergriff.

Nun drehten nur noch zwei an dem Holzrad. Sie waren nicht etwa mutiger als die anderen, sondern nur schlauer. Selbst wenn sie wegliefen, konnten sie den Bogenschützen nicht entkommen. Ihre einzige Hoffnung blieb also, den Reitern draußen den Zugang zur Burg zu ermöglichen. Ignazio, der das Ganze durch die Maueröffnung beobachtete, erwartete, dass auch die anderen beiden Männer jeden Augenblick von Pfeilen durchbohrt würden. Wenn sie noch lebten, verdankten sie dies einzig dem Nebel, der den Bogenschützen die Sicht nahm und sie zwang, auf gut Glück in Richtung des Rades zu schießen.

Man hörte, wie sich die Ketten auf den Winden schnell abrollten, dann klappte die Zugbrücke mit einem ohrenbetäubenden Krachen herunter. Als sie aufs Ufer traf, federte sie noch mehrmals hoch und verwirbelte den Nebel. Doch ehe der Widerhall verklungen war, wurde er von einem beständig anschwellenden, lauteren Geräusch überdeckt: dem Hufgetrappel von Streitrössern, die aus dem Wald näher kamen.

Ignazio beugte sich durch die Maueröffnung und sah, wie die Reiterabteilung der Söldner in den Innenhof der Burg galoppierte und in geschlossener Formation an den Innenmauern entlang den Hof umritt. Inzwischen hatten die Fußsoldaten geschlossen Aufstellung im Hof genommen, um sich gegen den Pfeilhagel zu schützen.

Der Angriffsplan ging vollkommen auf. Doch wie Ignazio schon geahnt hatte, blieb der Gegner nicht untätig: Die Tore jeweils am Fuß der acht Außentürme öffneten sich weit und spien ein Heer von bewaffneten Fußsoldaten und Reitern aus.

»Die Archonten stellen sich dem Angriff«, bestätigte de Lusignan, der das Geschehen nur ein paar Schritte von Ignazio entfernt durch den anderen Fensterschlitz verfolgte. Er klang gelassen, ganz so, als hätte er es erwartet. »Sie werden alle verfügbaren Männer einsetzen, um den Angriff abzuwehren.«

De Lusignans Söldner wurden von einer Übermacht eingekreist. Die Reiter der Archonten drängten sie gegen das Burgtor zurück. Doch den Hauptteil der Arbeit erledigte eine kleine Gruppe von besonderen Fußsoldaten: riesengroße, starke Männer, die mächtige Hämmer schwangen, deren äußerstes Ende mit einer Spitze versehen war, und sich ins Gemenge stürzten. Ihre schreckenerregenden

Streithämmer kannten keine Gnade; wo sie trafen, schlugen sie Köpfe ein und rissen Wunden.

»Die Krieger mit den *becs de corbin* bewachen eigentlich die Galenitminen«, erklärte Philippe und deutete auf die riesigen Männer, die ihre Streithämmer mit den tödlichen Spitzen schwangen. »Wenn sie herausgekommen sind, heißt das, dass es in Airagne keine weiteren Soldaten gibt.«

Ignazio sah ihn schief an. »Jetzt verstehe ich Euren Plan. Das Ganze ist ein Ablenkungsmanöver, damit Ihr Euch unbemerkt und ungehindert in die Burg schleichen könnt.«

»Genauer gesagt«, erwiderte de Lusignan, »befindet sich jetzt niemand außer dem Grafen von Nigredo in der Burg.«

»Außer dem Grafen von Nigredo und Blanca von Kastilien«, berichtigte ihn der Händler.

»Selbstverständlich. Sicherlich halten sich beide im Wehrturm auf.«

»Eure Soldaten werden nicht mehr lange Widerstand leisten können«, merkte Ignazio an. »Schon bald wird der Kampf zu Ende sein, und die Archonten werden wieder in die Burg zurückkehren. Euch bleibt nicht genug Zeit zum Handeln.«

»Nicht so voreilig. Ihr kennt ein wichtiges Detail noch nicht.« Philippe winkte ihm, auf der anderen Seite der Wachstube durch eine Maueröffnung zu sehen, die in südlicher Richtung nach draußen auf das Gelände vor die Burgmauer ging.

Ignazio bemerkte, dass die beiden Soldaten, die ihn bewachten, nur mühsam ein Grinsen unterdrückten. Offensichtlich wussten sie, was de Lusignan gemeint hatte. Er ging also zu dem Fensterschlitz und blickte hinaus. Auf der anderen Seite des Burggrabens sah er einen Trupp Reiter, mindestens fünfzig Mann, die gerade aus dem Unterholz hervorgekommen waren und nun auf die Zugbrücke zuhielten. Mindestens fünfzig Mann. Dies war keine zusammengewürfelte Söldnertruppe, sondern ein ordentliches Heer. Die Farben der Banner und der Uniformen erweckten in ihm eine Vorahnung, die zur Gewissheit wurde, als er die Gestalt an der Spitze der Soldaten erkannte: einen Bischof, in einen weißen Umhang gehüllt, im Sattel

258

eines Pferdes. Obwohl er mit allen Insignien einschließlich Mitra und Hirtenstab geschmückt war, wirkte er doch nur wie ein alter gebrechlicher Mann. Überrascht erkannte Ignazio, dass es sich um Bischof Fulko von Toulouse handelte.

Der Bischof hob seinen Hirtenstab, daraufhin blies der Herold an seiner Seite mit seinem Horn zum Angriff. Kampfgeschrei erhob sich, man hörte das Wiehern der Pferde und ihre klappernden Hufe. Die Reiter der Weißen Bruderschaft preschten in geschlossener Formation auf das Burgtor zu.

Inzwischen konnten de Lusignans Söldner innerhalb der Mauern kaum noch standhalten: Etliche waren gefallen, und der Rest wurde von dem Ansturm der Feinde gegen das Haupttor zurückgedrängt. Alles schien schon verloren zu sein, als auf der Zugbrücke Kampfrufe ertönten und Fulkos Armee mit geballter Kraft heranstürmte. Bei diesem Anblick gewannen die Söldner Kraft und Mut zurück. Sie versuchten, ihre Reihen auseinanderzuziehen, und machten die Mitte frei, um das verbündete Heer durchzulassen.

Die Reiter der Weißen Bruderschaft galoppierten durch den Korridor, den die Söldner geöffnet hatten, mitten ins Kampfgewühl, um die gegnerischen Reihen niederzureiten. Der Angriff war vernichtend. Die Archonten wichen überrascht zurück. Fulkos Reiter schlugen in der Mitte eine Bresche, trieben die geschlossenen Reihen der Archonten auf diese Weise auseinander und erstickten mit Streithämmern und Lanzen jede Gegenwehr.

Mit siegesgewissem Lächeln trat Philippe von der Maueröffnung zurück und bedeutete den beiden Söldnern, sich bereitzuhalten. Ungeduldig drängte er Ignazio: »Wir haben genug gesehen. Jetzt müssen wir weiter.«

Der Händler unterdrückte ein Zittern, dann nickte er. Ihm schwirrten ständig neue Gedanken durch den Kopf. Der augenblickliche Erfolg de Lusignans erfüllte ihn mit Enttäuschung, obwohl er genau wusste, dass sein Leben gerade von diesem Mann abhing. Wenn man ihn entdeckte, würde Ignazio als sein Verbündeter angesehen und auch so behandelt werden. Doch bei all diesen Überlegungen konnte er eine gewisse Freude nicht unterdrücken:

Wie auch immer die Sache ausging, in Kürze würde er die Geheimnisse von Airagne enthüllen und damit auch erfahren, wer der Graf von Nigredo war.

Bevor er Philippe folgte, verharrte er noch einen Augenblick an der Maueröffnung und sah ein letztes Mal nach draußen vor die Burgmauern. Es schien ihm, als würden sich dort im Gebüsch einige Reiter verbergen. Jemand hatte sich nicht am Kampf beteiligt und war dort abseits unter den Bäumen stehen geblieben. Ignazio konzentrierte seinen Blick auf den Anführer des Trupps, der von einer kleinen Eskorte geschützt wurde. Fulko von Toulouse.

Der Bischof ließ das Burgtor nicht aus den Augen und wartete angespannt auf den Ausgang des Kampfes. Und trotz der Dunkelheit und des Nebels spürte Ignazio das Feuer des Eroberungsdrangs.

Zwei Schatten tauchten aus dem Nebel auf, und Willalme musste beinahe enttäuscht feststellen, dass es sich nicht um Geister handelte, sondern um zwei Soldaten von unterschiedlicher Gestalt. Der eine war klein und dick, der andere hager mit einem Kopf, der auf dem langen Kerl klein wie ein Stecknadelkopf wirkte.

»Und wer ist das da?«, fragte der erste.

»Ich glaub, der ist tot«, erklärte der zweite.

»Nein, der ist nicht tot, seine Augen bewegen sich.« Der Dicke beugte sich über den Säbel, nahm ihn auf und streifte mit der Spitze Willalmes Gesicht. »Nun rede schon, du Bastard! Wer hat dich an den Baum gebunden?«

Bevor er antwortete, musterte Willalme die beiden Soldaten ausgiebig. Sie sprachen zwar mit okzitanischem Akzent, aber er nahm nicht an, dass sie zu de Lusignans Truppe gehörten. Dennoch konnte er nicht feststellen, zu welchem Heer sie gehörten, deshalb entschloss er sich zu lügen: »Das waren Räuber ...« Während er sprach, merkte er, dass seine Kehle ausgetrocknet war und er kaum schlucken konnte. »Sie haben mir alles genommen und wollten mich hier sterben lassen.«

»Du lügst«, erwiderte der dicke Soldat und zeigte ihm seinen Säbel. »Dann hätten sie auch das hier mitgenommen.«

»Sie haben die Waffe hiergelassen, weil sie verflucht ist. Sie bringt Unglück.«

Der lange Kerl gluckste spöttisch: »Stimmt, dir hat sie nicht gerade Glück gebracht.«

Willalme stimmte in sein Lachen ein. »Wenn ihr auch Räuber seid, habt ihr Pech gehabt.« Er zog sein Gesicht zu einem ergebenen Lächeln. »Mir ist nichts geblieben, was ich euch anbieten könnte.«

Der lange Soldat kicherte wieder: »Wir sind keine Räuber, sondern Soldaten der Weißen Bruderschaft.«

»Wir gehören zur Nachhut«, erklärte sein Kamerad.

»Kämpft ihr für Bischof Fulko?«, fragte Willalme.

»Ja, genau für den«, erwiderte der Hagere. »Wir suchen die Goldburg.«

»Schweig, du Trottel«, fuhr der dicke Soldat ihn an. »Das darf niemand wissen.«

Willalme hatte genug gehört. »Ich weiß, wo der Schatz ist«, sagte er. Die beiden Soldaten sahen ihn wie versteinert an. Er gab sich verärgert und fuhr fort: »Die Räuber haben mich hier angebunden, um mir die Zunge zu lösen. Sie kommen bald zurück, und wenn ich nicht rede, werden sie mich töten. Ich habe euch das nicht gleich erzählt, weil ich fürchtete, ihr würdet zu ihnen gehören, aber da ihr Männer des Bischofs seid, ändert das die Lage. Wenn ihr mich befreit, führe ich euch zu dem Ort, den ihr sucht.«

Der Dicke fuhr mit der geschwungenen Klinge an Willalmes Kehle entlang. »Ich schneid dir den Hals durch, wenn du lügst.«

»Ich kenne einen geheimen Pfad, der uns direkt zu dem Gold führt«, fuhr Willalme fort und versuchte, überzeugend zu wirken. Das Reden hatte ihn erschöpft, und er hatte schrecklichen Durst. »Denkt nur, wie dankbar euch der Bischof sein wird, wenn ihr ihm den zeigt.«

»Wir sind zwei, und der ist allein. Das ist einen Versuch wert.« Der lange Kerl kniete sich hinter Willalme und schnitt seine Fesseln mit einem Schwert durch. »Wir laufen keinerlei Gefahr.«

»Eine kluge Entscheidung, mein Freund.« Willalme erhob sich mühsam und kämpfte gegen die Taubheit in seinen Gliedern an. Er stapfte mit den Füßen auf den Boden und knetete sich die Arme, während die beiden Soldaten sich ihm wieder näherten. »Kann ich etwas Wasser bekommen?«

Der Dicke schüttelte den Kopf. »Das musst du dir erst verdienen«, sagte er und richtete den Krummsäbel auf ihn, um ihn zum Loslaufen zu bewegen.

»Nun gut, dann folgt mir«, sagte Willalme und drang in das Gebüsch ein. »Es ist nicht weit.«

Er beobachtete die beiden aus dem Augenwinkel, während sie ihm ahnungslos folgten.

Sobald er wieder vollkommen im Besitz seiner körperlichen Kräfte war, fuhr er herum, riss dem dicken Soldaten den Säbel aus der Hand und schlitzte seinem Kameraden damit den Bauch auf. Der Lange stieß einen verzweifelten Schmerzensschrei aus und versuchte, seine hervorquellenden Eingeweide mit den Händen zurückzuhalten, während der entwaffnete Dicke hastig sein Schwert zog. Doch langsam und unbeholfen, wie er war, parierte Willalme ganz leicht seinen Angriff und durchbohrte ihn mit dem Säbel.

Als er sicher sein konnte, dass beide tot waren, holte er sich von einem der beiden eine Korbflasche mit Wasser, trank gierig und steckte seinen Säbel wieder in den Gürtel. »Ich hatte Euch doch gesagt, dass er Unglück bringt«, flüsterte er mit eisenhartem Lächeln.

Er orientierte sich an den Bäumen und erreichte so wieder seinen Ausgangspunkt. Dann schlug er die Richtung ein, die de Lusignans Männer genommen hatten. Er wusste nicht, was er tun würde, wenn er Ignazio wiedergefunden hätte. Das konnte er dann noch entscheiden, sagte er sich. Zuerst musste er einmal die verlorene Zeit aufholen.

Er war noch nicht lange unterwegs, als er plötzlich Schritte hinter sich hörte. Er zog sein Schwert und verbarg sich hinter einem Baum, weil er fürchtete, auf weitere Soldaten zu stoßen. Doch plötzlich hörte er ein Knurren aus dem Gebüsch. Ein Wolf, dachte er überrascht und hielt sich bereit, sich zu verteidigen, falls das wilde Tier aus den Büschen auf ihn zustürmen und ihn angreifen würde. Doch er merkte erst zu spät, dass jetzt ein Mann hinter ihm stand.

Wendig wie eine Schlange drehte er sich um und hieb mit dem Säbel durch die Luft, doch starke Finger packten sein Handgelenk und hielten den Hieb der Waffe auf.

Willalme presste vor Anstrengung die Zähne aufeinander, und einen Moment darauf stand er Angesicht zu Angesicht dem Mann gegenüber. Als er seinem Blick begegnete, schrie er überrascht auf.

30

Uberto ließ den Freund los und umarmte ihn.

»Wie hast du mich nur gefunden?«, fragte Willalme und betrachtete das Mädchen, das seinen Freund begleitete. Sie war sehr hübsch, fast schon verführerisch, aber ein tiefes Misstrauen sprach aus ihren scheuen, aber zugleich wild funkelnden Katzenaugen. Obwohl sie offensichtlich sehr zurückhaltend war, schien sie zumindest Uberto zu vertrauen.

Dieser beschrieb währenddessen in groben Zügen seine Reise: »Als ich in Toulouse ankam, erhielt ich die Nachricht, die mein Vater im Gästehaus der Kathedrale für mich hinterlassen hatte. Sie besagte, ich solle mich nach Prouille begeben und Bischof Fulko um eine Audienz bitten, um dort weitere Auskünfte zu erhalten. Das habe ich auch getan, doch der Bischof hat sich geweigert, mich zu empfangen, er schien sehr damit beschäftigt, seine Soldaten für einen Angriff zu rüsten. Da ich nicht wusste, wohin ich mich nun wenden sollte, habe ich aufs Geratewohl Eure Spuren verfolgt und bin schließlich auf dem Beginenhof von Santa Lucina gelandet. Das war ein ziemliches Glück, denn dort bekam ich die Hinweise, wie ich nach Airagne gelange.«

Bei der Erwähnung des Beginenhofs horchte Willalme auf und machte Anstalten, den Freund zu unterbrechen.

»Auf dem Weg hierher«, fuhr Uberto unbeirrt fort, »habe ich dann einen Trupp Söldner entdeckt. Ich habe sie aus der Ferne beobachtet und dabei unseren Karren erkannt. Weil mir das verdächtig vorkam, bin ich ihnen weiter gefolgt, und so entdeckte ich, dass ihr mittlerweile ihre Gefangenen wart. Und dann bin ich euch gefolgt und habe auf einen günstigen Moment gewartet.«

Nun konnte Willalme seine Ungeduld nicht länger bezähmen. »Du hast den Beginenhof von Santa Lucina erwähnt … De Lusignan hat damit geprahlt, dass er dort alle Schwestern hat umbringen lassen … Wie konntest du dort …?«

Uberto legte ihm beruhigend eine Hand auf die Schulter. »Einige Beginen haben überlebt.«

»Juette, die Frau, die sich um dich gekümmert hat«, sagte nun Moira, »sie lebt, und es geht ihr gut.«

Diese Nachricht schien Willalme Mut und neue Hoffnung zu verleihen. Sogar der finstere Wald kam ihm nun weniger bedrohlich vor.

Nun holte Uberto die *jambiya* hervor und hielt sie Willalme hin. »Hier hast du sie wieder, mein Freund. Sie hat mir Glück gebracht und bei einer Gelegenheit sogar das Leben gerettet.«

Der Provenzale schob den Dolch in seinen Gürtel und sah die anderen beiden mit neuer Entschlossenheit an. »Wir müssen uns beeilen. Ignazio ist in Gefahr.«

Uberto verzog sorgenvoll das Gesicht. »Weißt du, wohin man meinen Vater gebracht hat?«

Statt einer Antwort wies Willalme ihm die Burg oben auf dem Berg.

Die Festung war im Nebel kaum zu erkennen, und dennoch beherrschte sie bedrohlich das bewaldete Tal. Sie sah aus wie ein riesiges Ungeheuer aus Granit, das dort droben auf dem Gipfel Rauch spuckte. Bei ihrem Anblick wurde Moira wieder von den schrecklichen Erinnerungen an all die von Hunger und Erschöpfung ausgezehrten, gramgebeugten Menschen überwältigt. Unter diesen mächtigen Mauern verlief ein Gewirr von unterirdischen Gängen, in denen sie lange herumgeirrt war, ehe sie den Weg nach draußen gefunden hatte. Ein unkontrollierbares Zittern nahm von ihr Besitz. Uberto bemerkte es und zog sie an sich, um sie zu beruhigen.

»Airagne!«, rief das Mädchen. »Das ist Airagne!«

»Das hat auch de Lusignan gesagt«, bestätigte Willalme. »Und Ignazio ist dort.«

Uberto sah hinauf zu der Burg. Was auch immer sich dort oben hinter den Mauern verbarg, es musste aufhören. Das hatte er nicht nur Corba de Lanta, sondern auch der Äbtissin von Santa Lucina versprochen. Doch angesichts der mächtigen Feste geriet sein Selbstvertrauen ins Wanken. Es war leicht für ihn gewesen, sein Wort zu geben, denn da hatte er noch nicht gewusst, welch gewaltige Aufgabe vor ihm lag. Allzu vorschnell hatte er etwas versprochen, das er vielleicht nicht halten konnte. Aber auch die Menschen, die ihm ihr Vertrauen schenkten, hatten unbedacht gehandelt. Wie konnten sie annehmen, dass ein unerfahrener junger Mann wie er einer solchen Aufgabe gewachsen sein könnte? Er war vielleicht naiv gewesen, doch Galib und Corba hätten es eigentlich besser wissen müssen. Was hatten sie damit bezwecken wollen, ihn zu diesen Türmen zu schicken? Wie konnte ein einziger Mann angesichts dieser Übermacht etwas bewirken?

Nachdem Uberto so viele schreckliche Dinge auf seinem Weg nach Airagne erlebt und dennoch stets unbeirrt sein Ziel verfolgt hatte, überfielen ihn zum ersten Mal Zweifel, ob er seine Mission erfolgreich zu Ende bringen konnte. Es würde bestimmt nicht leicht, sich in die Burg einzuschleichen und sich dann ungestört dort zu bewegen. Und wie sollte er sich in einem so weitläufigen Komplex zurechtfinden? Ganz zu schweigen davon, dass auch das Innere der Burg bestimmt streng bewacht wurde. Nur durch ein Wunder würde er Ignazio befreien und dann mit ihm unbeschadet aus der Burg fliehen können.

Dennoch musste er es versuchen. Er wusste, dass er es seinem Vater und allen anderen schuldig war.

Uberto war sich bewusst, dass er sich keinen Fehler erlauben durfte. Wenn man ihn in Airagne gefangen nehmen würde, käme diesmal niemand, um ihn zu befreien, wie auf Montségur. Das Glück hatte ihm schon genug geholfen. Jetzt hieß es, sich ein genaues Bild der Lage zu verschaffen und dann gemeinsam mit Willalme zu überlegen, wie sie vorgehen sollten. Aber um den Kopf dafür freizubekommen, musste er erst sein Gewissen von den Schuldgefühlen entlasten, die ihn schon seit Tagen verfolgten und ihn ständig zweifeln ließen, ob er ein guter Mensch war. Bevor sie also aufbrachen, beschloss er, sich Willalme anzuvertrauen. Er war der einzige Freund, mit dem er offen und ehrlich sprechen konnte. Allein bei dem Gedanken, sich mit Moira darüber zu unterhalten, wurde er verlegen. Er fühlte sich noch nicht bereit, ihr seine Schwächen einzugestehen.

Da er nicht wusste, wie er beginnen sollte, wandte sich Uberto, als er und Willalme bei den Pferden abseitsstanden, dem Freund zu und platzte heraus: »Ich habe einen Mann getötet.«

Willalme deutete dezent in Richtung des Mädchens. »Hast du es für sie getan?«

Uberto nickte. Das stimmte, er hatte aus einem leidenschaftlichen Gefühl heraus gehandelt. Dem Freund hatte ein Blick genügt, um das zu begreifen. Schließlich kannten sie sich schon seit Jahren und waren einander herzlich wie Brüder zugetan. Willalme hatte ihm beigebracht, wie man kämpfte, mit Pfeil und Bogen umging und wie man richtig im Sattel saß. Ihre Beziehung war ganz anders als die, die Uberto inzwischen zu seinem Vater aufgebaut hatte, mit dem zu reden ihm immer noch schwerfiel.

»Und, bereust du es?«, fragte Willalme und legte Uberto eine Hand auf die Schulter.

»Nein, und genau das macht mir zu schaffen.«

»Das passiert, wenn man seinem Instinkt folgt. Wenn man nicht die Zeit hat nachzudenken, weil alles so schnell gehen muss.« Willalme lächelte ihm verständnisvoll zu. »Aber die wahren Ungeheuer töten, weil es ihnen Freude bereitet, nicht um die Menschen zu schützen, die sie lieben.«

Uberto nickte wieder. Sein Freund hatte recht. Sein Gefühl hatte ihn bewogen, schnell zu handeln, aber dennoch nicht leichtfertig. Und so hatte er getan, was richtig war, ohne die Zeit zu haben, darüber nachzudenken. Es war dieses gefühlsbedingte mechanische Handeln, das ihn verwirrt hatte, dieser zeitweilige Verlust der Selbstbeherrschung. Dass ihm das jetzt bewusst geworden war, erleichterte sein Gewissen sehr.

Es war Zeit zum Aufbruch.

Sie überquerten die ausgedehnten Wälder zu Fuß. Willalme und Uberto schritten Seite an Seite, der eine hatte immer eine Hand am Säbel, der andere hielt Pfeil und Bogen schussbereit. Moira folgte ihnen, sie führte die Pferde am Zügel.

Plötzlich stellte der schwarze Hund die Ohren auf und knurrte.

Uberto, der mittlerweile gelernt hatte, auf die Reaktionen des Tiers zu achten, schaute sich sofort um, seine Nerven waren bis zum Zerreißen gespannt. Vielleicht irrte er sich ja, aber er meinte, ein Wiehern gehört zu haben. Tatsächlich tauchte kurz darauf ein Schimmel im Nebel auf, der an einem Baumstamm festgebunden war. Man hatte ihm den Sattel abgenommen, und er zupfte wählerisch hier und da ein paar Grashalme.

»Das ist doch das Pferd von de Lusignan«, sagte Willalme, auch sein Herz schlug nun schneller. Wo das Pferd war, konnte auch der Reiter nicht weit sein. Und dieses Mal würde ihn keine Eskorte daran hindern, ihn zu töten. Er packte den Griff seines Säbels fester und suchte den Schatten der Bäume nach Philippe de Lusignan ab.

Doch dort war niemand. Wo waren Ignazio, Philippe und die *soudadiers*? Auf der Suche nach Antworten durchkämmte Willalme das Gestrüpp und kam dabei der Burg immer näher. Der Nebel behinderte seine Sicht, aber als er angespannt lauschte, meinte er, aus ihrem Inneren Schreie und Waffenlärm zu hören. Anscheinend wurde hinter den mächtigen Mauern gekämpft.

Plötzlich hörte er Uberto freudig überrascht ausrufen: »Ich habe den Eingang zu einem unterirdischen Gang gefunden!« Gleich darauf kam der junge Mann zwischen den Bäumen hervor und forderte die anderen auf, ihm zu folgen. »Vielleicht weiß ich jetzt, wohin sie alle verschwunden sind.«

31

Philippe de Lusignan hatte Ignazio wieder nach unten geführt. Sie schritten längere Zeit durch die Dunkelheit, nur der Schein ihrer Fackeln leuchtete ihnen den Weg. Die Tunnel verzweigten sich zu einem endlosen Labyrinth, und es war schwer, auch nur annähernd den Überblick zu behalten. Ignazio fragte sich, wie weitläufig es wohl tatsächlich war und wer es einst angelegt hatte, aber er ahnte, dass er dies bald herausfinden würde.

Allmählich nahm die Hitze zu, und die Luft wurde vom Gestank ätzender Substanzen verpestet.

Als sie schließlich das Ende des Ganges erreichten, trat de Lusignan als Erster in ein großes Gewölbe und forderte die anderen mit einer einladenden Handbewegung auf, ihm zu folgen, ganz so, als würde er sie in sein Heim bitten. Dennoch sahen sich Ignazio und die beiden Soldaten zunächst einmal um, ehe sie seiner Aufforderung nachkamen. Das hier war keine natürliche Höhle, sondern eine Art Krypta, die oben mit einer vollständig aus dem Granitgestein geschlagenen Kuppel abschloss. Die Wände wurden von acht mächtigen, symmetrisch angeordneten Eingangsportalen mit Rundbogen geteilt, auch diese hatte man aus dem Fels gehauen.

»Die Pforten der Hölle!«, rief einer der Soldaten aus.

Ignazio zwang sich, kaltes Blut zu bewahren und seinen Verstand zu gebrauchen. Jedes dieser Eingangsportale musste zu einem der acht Außentürme innerhalb der Burgmauern führen. Das waren ganz sicher die Zugänge dorthin. Also befand er sich jetzt genau im Zentrum von Airagne, unter dem Wehrturm.

Die acht Portale waren allerdings nicht die einzigen Öffnungen in den Wänden. Viele weitere, kleinere Zugänge verbargen sich noch im Halbdunkel des Gewölbes.

Auf Philippes Geheiß suchten sich die beiden Soldaten Fackeln an den Wänden und zündeten sie an. Sofort verströmten sie den Geruch von verbranntem Harz und verbreiteten ihren rauchigen

Schein bis zur Decke. Jetzt, da es heller war, konnte Ignazio auch in der Mitte des Raumes einen kleinen Teich erkennen, in dem eine Quelle sprudelte. In dessen Mitte erhob sich eine mannshohe Statue. Sie war aus schwarzem Stein, der mit Galenitadern durchzogen war, und stellte eine Frau dar, mit eher grob gemeißelten, aber doch recht ausdrucksstarken Zügen.

»Symbolisiert diese Statue Airagne?«, fragte der Händler aus Toledo, ohne nachzudenken.

»Das weiß ich nicht«, erwiderte de Lusignan. »Sie muss von den ersten Bewohnern dieses Ortes geschaffen worden sein, so wie ein großer Teil der unterirdischen Gänge. Aber ganz sicher verkörpert sie aufs Beste das Geheimnis von Airagne.«

Ignazio bemerkte ein Wort, das in den Sockel der Statue eingemeißelt war: MELVSINE. Es kam ihm irgendwie vertraut vor, doch im Moment fiel ihm nicht ein, was es bedeutete. »Ich dachte mir schon, dass sich hinter Airagne ein weibliches Wesen verbirgt«, sagte er. »Das wurde mir klar, als ich die Écus aus dem alchimistischen Gold gesehen habe. Acht Spiralen, die einen Venusspiegel umgeben.«

Dabei hatte er ein deutliches Bild im Kopf.

»Das Zeichen der Spinne ist ein symbolhafter Plan der Burg«, fuhr Ignazio fort. »Die Türme sind die acht Spindeln, mit denen Airagne das Gold ›webt‹.«

»Nicht die Türme, sondern die unterirdischen Gewölbe darunter«, verbesserte ihn Philippe. »Airagne ist die Herrin des dunklen Labyrinths, die *Dea Draco*. In ihrem Bauch lebt das Geheimnis der *Nigredo*.«

Der Händler aus Toledo nickte, dann dachte er noch einmal über die Inschrift unter der Statue nach. Diese »Melusine« beschäftigte ihn. Jede einzelne Silbe kam ihm vertraut vor, doch er erfasste ihren Sinn nicht. Da riss ihn de Lusignans Stimme aus seinen Gedanken: »Ihr wirkt nachdenklich, Meister Ignazio. Zerbrecht Ihr Euch vielleicht den Kopf, weshalb ich Euch hierhergeführt habe?«

»Ich nehme an, Ihr wollt mich als Geisel benutzen, aber ich bin mir nicht sicher. Vielleicht seid Ihr beunruhigt, weil Ihr nicht wisst, was mein Sohn gefunden hat, während er Galibs Hinweisen folgte.«

Das schien de Lusignan zu verärgern. »Zu Eurem Sohn komme ich noch, sobald ich wieder die Herrschaft über Airagne erlangt habe. Ich habe im Übrigen nicht die geringste Ahnung, wo er sich im Moment aufhält. Doch für Euch habe ich interessante Pläne.«

»Lasst hören.«

»Über uns im Wehrturm gibt es eine Kammer, in der die Bücher der Gelehrten aufbewahrt werden, die einst das Werk von Airagne erdacht haben. Einige Handschriften sind leider auf Arabisch verfasst, und Ihr steht in dem Ruf, ein ausgezeichneter Übersetzer zu sein, Ihr kennt die Sprache der Mauren und zudem die hermetische Lehre. Wenn Ihr diese Texte übersetzen würdet, könntet Ihr mir dabei helfen, die Herstellung des alchimistischen Goldes zu vervollkommnen. Abgesehen davon, dass Ihr viel dabei erfahren könntet …« Nun umspielte ein einschmeichelndes Lächeln seine Lippen. »Ich denke, dass selbst Gherardo da Cremona bei einem solchen Ansinnen in Versuchung geraten wäre. Reizt Euch das nicht?«

»Falls ich mich weigerte, würdet Ihr mich dann umbringen wie die Philosophen aus Chartres?«

»Jedes Mal, wenn Ihr Euch widersetzt, werde ich Euch ein Glied

Eures Körpers abhacken«, drohte de Lusignan. »Ich bin sicher, früher oder später wird Euch das überzeugen, mit mir zusammenzuarbeiten.«

Ignazio zögerte. Natürlich reizte es ihn, die Geheimnisse dieser Bücher zu erforschen, doch er würde sich niemals in den Dienst des Schurken Philippe stellen. Er ging noch einmal zu der Statue zurück. »Bevor ich mich entscheide, möchte ich mit Euch noch einmal über diese Statue sprechen. Die Inschrift im Sockel erweckt meine Neugier: ›Melusine‹.« Er zeigte auf die eingemeißelten Buchstaben. »Die Schrift scheint neuer zu sein als die Statue. Wer hat sie angebracht?«

»Die Gelehrten, die hier in meinem Auftrag das Werk begründeten«, erwiderte de Lusignan.

»Melusine. Heißt so Eure Drachengöttin, Eure *Dea Draco*?«

»Melusine oder Melusina ist mit meinem Geschlecht seit Generationen verbunden. Sie ist die Schlangenfrau, die jedem Macht verleiht, der den Mut hat, sie zu lieben. Vermutlich leitet sich ihr Name von ›*Mère Lusine*‹ ab.«

»Lusine kommt von ›*lux*‹, das Licht der Weisheit …« Da fiel es Ignazio wie Schuppen von den Augen. Melusine, *Mère Lusine* … Er ballte die Fäuste. Wieso war er nicht gleich darauf gekommen? Das war *Mater Lucina*! Der Beginenhof! Plötzlich war ihm alles klar.

»›*Mère Lusine*‹ ist noch viel mehr«, fuhr de Lusignan unterdessen fort. »Der Name bezieht sich auf Lucifer, das göttliche Element, das die Platonisten ›*anima mundi*‹, ›die Weltseele‹ nennen. Die Alchimisten verbinden damit allerdings die Reinheit der *Albedo*.«

Ignazio, der sich inzwischen sicher war, dass er mit seinen Überlegungen recht hatte, deutete mit dem Finger auf ihn. »Das hat Euch die Äbtissin von Santa Lucina gelehrt, lange bevor sie die *béguinage* gründete, nicht wahr? Sie war Teil dieses Kreises von Gelehrten! Sie war die Frau, die Euch vor Jahren die ›Turba philosophorum‹ raubte, als ihr die Flucht gelang, bevor Ihr auch sie töten konntet.«

»Ihr habt richtig geraten«, sagte Philippe, der darüber fast belustigt wirkte. »Und nach all den Jahren, in denen ich nach ihr gesucht habe, stieß ich plötzlich hier ganz in der Nähe auf sie. Ihr könnt Euch vorstellen, wie ich mich fühlte, all die Mühe vergeblich …«

Ignazio legte weiter den Verlauf der Ereignisse dar: »Ihr müsst sie erkannt haben, als wir sie sahen, wie sie auf ihrem Maultier die Abtei Fontfroide verließ. Aber vermutlich habt Ihr schon vorher etwas geahnt, als Bischof Fulko uns von dem Beginenhof Santa Lucina berichtete … Lucina, ja, wie Eure *Mère Lusine*. Die Ähnlichkeit der Namen wird Euren Verdacht erregt haben, daher habt Ihr auch versucht, mich zu töten. Ihr wolltet verhindern, dass ich dieser Frau begegne, weil Ihr fürchtetet, sie würde mir die Geheimnisse von Airagne verraten. Und später habt Ihr Euren Schergen befohlen, nach ihr zu suchen und den Beginenhof in Brand zu setzen.«

»Und diese Hexe ist mir wieder entkommen.« Philippe schlug wütend mit der Faust in die Hand. »Sie hat den Kreis der Gelehrten gegen mich aufgehetzt. Dieses verfluchte Weib! Ich habe nie verstanden, weshalb sie so gehandelt hat.«

Ignazio runzelte streng die Stirn, seine Augen funkelten. »Sie tat es, weil Ihr ihre *Mater Lucina* entweiht habt, ihre wohltätige Göttin, als Ihr sie zu Eurer *Dea Draco* gewandelt habt, einem Ungeheuer, das fähig ist, das Leid von Airagne und die Zerstörung durch die Archonten hervorzubringen.«

»Und Ihr seid wirklich überzeugt, dass diese Gelehrten Airagne ursprünglich als einen Ort entworfen haben, der Gutes schaffen sollte? Wie kommt Ihr zu dieser Annahme?«

»Durch den Namen ›Airagne‹ selbst. Als ich mit der Äbtissin darüber gesprochen habe, habe ich ›Airagne‹ mit ›Ariadne‹ verglichen. Sie hat das bestätigt und gesagt, dass man den Namen ursprünglich ›Ariagne‹ schrieb, da er aus dem Griechischen komme. Damals habe ich es nicht verstanden, aber jetzt ist es mir klar. Das griechische Wort, das sie meinte, ist ›*agnós*‹, das Keuschheit und Reinheit bezeichnet, ganz wie ›*Mater Lucina*‹. Airagne war ursprünglich zum Wohle und zur Weiterentwicklung des Menschen erdacht worden, nicht zu seinem Fluch.«

De Lusignan presste die Kiefer zusammen, um seine Wut zu bezähmen. Er dachte über das eben Gehörte nach und schüttelte mehrmals den Kopf, als wollte er widersprechen, doch ehe er auch nur den Mund öffnen konnte, schreckte ihn etwas auf: Ein Schatten bewegte sich im Dunkeln.

Ein Pfeil zischte durch die Luft, und einer der Soldaten sank tödlich getroffen zu Boden.

Alle warteten bestürzt, was da kommen würde, bis drei Gestalten aus der Dunkelheit auftauchten: Uberto, Willalme und Moira, gefolgt von ihrem schwarzen Hund. Philippe sah sie verwundert heraneilen, während seine Überraschung sich schnell in Wut verwandelte. Das ist unmöglich!, dachte er. Airagne war ein riesiges Labyrinth! Selbst wenn die drei ihm von fern im Wald bis zur Öffnung des Geheimgangs gefolgt waren, wie hatten sie ihn in dem unterirdischen Tunnelsystem gefunden?

»Der Hund hat uns hierhergeführt«, sagte Uberto und beantwortete damit die Frage, die er in de Lusignans Augen gelesen hatte. Er sah ihn weiter herausfordernd an, doch sein Blick schoss auch immer wieder zu Ignazio. »Lasst meinen Vater gehen, es wäre besser für Euch!« Er wirkte reifer und entschlossener im Vergleich zu dem jungen Mann, der vor einem Monat in Kastilien aufgebrochen war. Um seinen Worten mehr Nachdruck zu verleihen, legte er einen zweiten Pfeil ein.

Der letzte verbliebene Soldat sah auf einmal die Pfeilspitze auf sich gerichtet. Er zückte sein Schwert und zog Ignazio vor sich, um ihn als lebenden Schutzschild zu benutzen, doch dieser holte den Dolch hervor, den er die ganze Zeit in seinem Gewand verborgen hatte, und bohrte ihm diesen blitzschnell durch einen Schlitz in der metallbewehrten Jacke bis zum Heft unter die Achsel. Mit schmerzverzerrtem Gesicht sank der *soudadier* auf die Knie und fiel mit einem jämmerlichen Röcheln tot zu Boden.

Wutentbrannt wollte sich de Lusignan auf Ignazio stürzen, doch dazu kam er nicht mehr, denn Willalme, der jetzt nicht mehr zu halten war, hatte sich ihm rasend vor Wut in den Weg gestellt.

Philippe zog sein Schwert. »Verfluchter Provenzale, wie kannst du es wagen?«, knurrte er ihn an. »Du wärst besser an dem Baum geblieben, an den wir dich gefesselt hatten. Jetzt werde ich dich in Stücke hauen!« Und er stürzte sich auf ihn.

Willalme schwang sowohl den Krummsäbel als auch die *jambiya* und konnte so etliche wütende Schläge Philippes abwehren. In der

Dunkelheit des unterirdischen Gewölbes flogen die Funken, die beim Aufeinanderprallen der Klingen entstanden, wie Glühwürmchen durch die Luft. Ein erbitterter Zweikampf kündigte sich an. Philippe war ein ausgezeichneter Kämpfer und schlug sich mit ungekanntem Geschick, seine schnellen, wohlgesetzten Schläge und Finten ließen die in zahlreichen Schlachten gesammelte Erfahrung erkennen. Uberto ließ ihn nicht aus den Augen und zielte mit dem Pfeil nach ihm. Nun, da er mit seinem Gewissen im Reinen war, war seine Hand wieder ruhig und sicher.

»Töte ihn nicht!«, rief Willalme. »Dieser Schuft gehört mir!«

In Willalmes Kopf tobte die Erinnerung an all das, was dieser Mann ihm und anderen angetan hatte: der Verrat, die Gefangennahme, die Demütigungen, das Feuer im Beginenhof. Gefühle, die er nicht mehr beherrschen konnte, spornten ihn an und verwandelten ihn in einen feurigen Racheengel. Erbittert wehrte er sich, bis er eine Ecke erreicht hatte, wo sein Rücken gedeckt war, sodass er zum Angriff übergehen konnte. Er wirbelte den Krummsäbel durch die Luft und zog dann die Waffe mit Schwung schräg von unten nach oben. De Lusignan konnte parieren, doch nun drehte Willalme sich einmal um sich selbst und führte einen zweiten Hieb gegen dessen Unterleib.

Auch den konnte Philippe gerade noch mit seinem Schwert abwehren, allerdings musste er dazu seinen Arm unnatürlich drehen. Er spürte einen brennenden Schmerz im Handgelenk und merkte nun, dass er seinen Gegner unterschätzt hatte. Er wich zurück, um sich zu befreien, doch Willalme verfolgte ihn und bedrängte ihn abwechselnd mit beiden Waffen, bis de Lusignan mit dem Rücken zur Wand stand. Willalme hob seinen Säbel zum tödlichen Schlag, doch der andere war schneller: Mit der linken Hand ergriff er die Fackel, die dort an der Wand hing, und hielt sie ihm ins Gesicht.

Schmerzverzerrt schrie Willalme auf und schlug sich die Hand vor die Augen, geblendet von einem scharlachroten Blitz. Er taumelte zurück und schlug blindlings mit dem Säbel um sich. Dieser Verräter hatte ihn überlistet! Seine Lider brannten, und als er sie wieder öffnen konnte, war seine Sicht getrübt. Dennoch gelang es ihm, die verschwommenen Umrisse seines Gegners zu erkennen, der vor ihm zu einem der zahlreichen Ausgänge lief, und er setzte ihm wütend hinterher.

Eilig öffnete de Lusignan eine Tür, zog sie gleich wieder hinter sich zu und legte von innen einen schweren Riegel vor. Willalme warf sich mit aller Macht dagegen, doch die Tür erzitterte zwar in den Angeln, aber sie gab nicht nach: Sie war aus beschlagenem Holz und mit eisernen Streben verstärkt. Nur mit einem Rammbock hätte man sie aufbrechen können.

Wütend hämmerte Willalme weiter gegen die Tür, bis er plötzlich eine Hand auf seiner Schulter spürte. Mit wutverzerrtem Gesicht wirbelte er herum. Es war Ignazio.

Willalme stieß einen tiefen Seufzer aus, doch dann legte sich sein Zorn.

»Beruhige dich, mein Freund, wir werden ihn schon fassen«, versicherte Ignazio. »Wichtig ist nur, dass wir unverletzt sind.« Er sah ihn forschend an, Willalme war zwar rot im Gesicht, doch sein Augenlicht schien unversehrt. Dann drehte er sich zu Uberto um und betrachtete das Mädchen, das mit ihm gekommen war. »Und zwar alle.«

»Vater, endlich«, rief Uberto freudig. Einen Moment lang fühlte er sich wieder wie ein kleiner Junge, eine Woge der Zuneigung erfüllte sein Herz und ließ ihn all die Schwächen in Ignazios Charakter vergessen, die er ihm sonst vorwarf. Er zeigte auf die junge Frau neben sich. »Das hier ist Moira. Ich habe sie auf meinem Weg ganz in der Nähe von Montségur getroffen. Seitdem sind wir zusammen gereist. Sie hat mir geholfen, den Weg nach Airagne zu finden.«

Ignazio nickte, dann neigte er anerkennend den Kopf vor dem Mädchen.

»Die Äbtissin von Santa Lucina sendet dir ihre Grüße«, fuhr der junge Mann fort.

Der Händler aus Toledo hob erstaunt eine Augenbraue: »Sie lebt also wirklich?«

»Sie konnte sich vor dem Brand in die unterirdischen Gewölbe der Kirche flüchten«, erklärte Uberto knapp. Nach einer kurzen

Pause fuhr er fort: »Ich habe gesehen, was sich dort verbirgt. Diese Frau hat mir die Weber gezeigt, und –«

»Und dann hat sie dir erzählt, dass sie zu der Gruppe Gelehrter gehörte, die Airagne mit aufgebaut haben«, kam ihm sein Vater zuvor.

»Woher weißt du das?«, fragte Uberto verwundert. »Die Äbtissin hat mir ausdrücklich gesagt, dass sie dir nichts darüber erzählt hat.«

»Jetzt schau mich nicht so an, als wäre ich ein *haruspex*!«, erwiderte Ignazio.

»Einen Moment«, mischte sich nun Willalme ins Gespräch und wandte sich an Ignazio, »du hast mir doch berichtet, dass die Äbtissin dir gesagt hat, sie sei niemals auf Airagne gewesen.«

»Sie hat mich auch nicht angelogen«, erklärte nun der Händler aus Toledo. »Sie hat mir nämlich gesagt, sie sei niemals Gefangene von Airagne gewesen, und das konnte sie mit Fug und Recht behaupten, schließlich waren die Gelehrten, die diesen Ort anlegten, Philippe de Lusignan aus eigenen Stücken gefolgt. Aber danach begann der Burgherr, eigenmächtig zu handeln, er ließ die Katharer entführen und versklaven, damit sie Unmengen von alchimistischem Gold für ihn herstellten, was der Ursprung der Legenden um den Grafen von Nigredo war. Die Gelehrten widersetzten sich diesem brutalen Vorgehen und bezahlten dafür mit ihrem Leben.«

»Alle außer der Äbtissin«, verbesserte ihn Uberto. »Sie konnte von Airagne fliehen, nahm dabei die ›Turba philosophorum‹ mit sich und ließ sie dann in einem Versteck in Montségur zurück. Dann floh sie für einige Zeit nach Spanien, bis das Heimweh und das Gefühl ihrer Schuld sie wieder ins Languedoc brachten, wo sie die *béguinage* gründete. Sobald sie die ersten Flüchtlinge von Airagne fand, entschied sie sich, ihnen zu helfen und ihnen Schutz zu gewähren.«

Ignazio wurde ungeduldig. »Nun, wo das geklärt ist, können wir endlich über die ›Turba philosophorum‹ reden«, drängte er. »Falls du etwas darüber weißt.«

»Ich kann sogar noch mehr tun«, erwiderte der junge Mann stolz und kramte in seiner Tasche. »Ich kann sie dir zeigen.«

Der Händler aus Toledo beobachtete ungläubig, wie sein Sohn

eifrig eine kleine Handschrift hervorholte und sie ihm reichte. Wenn es wirklich der Kodex war, von dem er gehört hatte, dann hatte er nun einen Text vor Augen, der nicht nur für die Christenheit, sondern für die gesamte Welt von unermesslicher Bedeutung war. Sobald er die Schrift in Händen hielt, atmete er tief ein, um seine innere Befriedigung zu kontrollieren. Er blätterte darin und verschlang die Zeilen mit seinen Augen, um sich zu überzeugen, dass es sich wirklich um die echte »Turba philosophorum« handelte.

»Ich habe das Buch aus dem Stein des Lichts tief unter der Burg Montségur«, berichtete Uberto aufgeregt. »Meister Galib hatte mich beauftragt, es dort für dich zu holen. In seinen Seiten sollen sich die Geheimnisse von Airagne verbergen.«

»Meister Galib ist für dieses Buch gestorben«, sagte Ignazio bitter. Diese Lektion hatte er bereits vor vielen Jahren in Toledo gelernt: Das wertvollste Wissen, das nur wenigen vorbehalten ist, verlangte stets die höchsten Opfer. Vielleicht würde auch er eines Tages einen ähnlichen Preis bezahlen müssen. Doch jetzt war nicht die Zeit, darüber nachzugrübeln. »Mit Hilfe dieses Buches können wir die Funktionsweise von Airagne begreifen. Da uns die Zeit davonläuft, werde ich es nur überfliegen. Ich hoffe, damit können wir uns einen Vorteil gegenüber de Lusignan verschaffen.«

»Bestimmt können wir ihn damit aufhalten«, sagte Willalme entschlossen.

Der Händler aus Toledo schüttelte den Kopf. »Philippe de Lusignan ist nicht der Einzige, den wir aufhalten müssen, und auch nicht der Gefährlichste. In diesen Mauern befindet sich noch der Graf von Nigredo, also derjenige, der sich seinen Platz angeeignet hat und Blanca von Kastilien gefangen hält. Es wird schwierig sein, einen geeigneten Plan zu entwickeln.«

Moira meldete sich zu Wort: »Wir müssen uns auch um die Menschen kümmern, die hier unter der Erde gefangen gehalten werden. Die Sklaven von Airagne. Wir dürfen sie nicht dort unten sterben lassen.«

Die Männer, die ihr aufmerksam zugehört hatten, pflichteten ihr bei.

Als de Lusignan die Tür hinter sich zugezogen hatte, stieß er einen tiefen Seufzer der Erleichterung aus. Um ein Haar hätte dieser entfesselte Wüterich ihn überwältigt.

Ein pulsierender Schmerz im rechten Handgelenk holte ihn wieder in die Gegenwart zurück. Gerade eben, als sie noch erbittert kämpften, hatte er den Schmerz gar nicht so stark empfunden. Doch nun verschlimmerte er sich und breitete sich weiter aus, so wie immer nach einem Kampf, wenn der Körper sich entspannte.

Er tastete seinen Unterarm an mehreren Stellen ab. Die Verletzung war nicht sehr schlimm, würde ihm aber wohl Probleme bereiten, wenn er das nächste Mal zum Schwert greifen musste. Zum Glück war diese Gefahr vorerst gebannt: Der Mozaraber und seine Begleiter würden ihn so schnell nicht aufspüren. Bis sie aus den Gängen von Airagne gefunden hatten, würde einige Zeit vergehen. Außerdem hatte er die Tür, hinter die er sich geflüchtet hatte, mit Bedacht gewählt. Vor ihm lag der einfachste und schnellste Zugang zum Wehrturm.

Die Dinge hätten schlechter stehen können …

Er ordnete seine Gedanken. Nun musste er als Erstes den Grafen von Nigredo finden und ihn ausschalten. Sobald er wieder die Macht über Airagne übernommen hatte, würde er diese Eindringlinge schon erledigen. Ignazio da Toledo, sein Sohn Uberto und dieser verfluchte Willalme hatten sich über ihn lustig gemacht und gewagt, ihn herauszufordern. Das würde sie teuer zu stehen kommen.

Doch jetzt musste er schnell handeln.

Mit eiligen Schritten durchquerte er den Gang, der vor ihm lag. Er musste möglichst schnell zum Wehrturm, solange er kaum bewacht wurde. Sobald er den geheimnisvollen Besetzer der Burg vernichtet hatte, würde es ihm bestimmt nicht schwerfallen, auch die Archonten wieder unter seinem Befehl zu versammeln. Wenn sie an das Gold von Airagne wollten, mussten sie sich ihm unterwerfen. Und was Fulko und seine *soudadiers* betraf, so stellten diese keine echte Bedrohung dar, sondern waren nur als Ablenkung für seine Gegner gedacht.

»Armer Fulko, du tust mir fast leid«, murmelte de Lusignan vor sich hin und grinste. »Deine Ritter werden alle fallen. Du warst vom Glanz des Goldes so verblendet, dass du nicht einmal bemerkt hast, dass ich dich nur benutzt habe.«

Er trat durch einen steinernen Bogen und stand nun in den Fundamenten des Wehrturms. Hier endete der enge Gang, ordentlich gemauerte, gerade Wände umgaben ihn jetzt. Von neuem Tatendrang beseelt eilte er so schnell voran, dass er die bucklige Gestalt beinahe nicht bemerkt hätte, die vor ihm aus der Dunkelheit getreten war.

Es war ein alter Mönch.

Sobald das dürre Männlein ihn bemerkte, fuhr es erschrocken zusammen und floh vor ihm.

Philippe durchzuckte eine Erinnerung, diesen alten Mann hatte er schon gesehen. Sogar schon zwei Mal. Zunächst in der Abtei von Fontfroide, dann im Lager der Archonten. Das war Gilie de Grandselve! Jetzt wusste er, wer dieser in Wirklichkeit war: ein Bote des Grafen von Nigredo, der nach Fontfroide geschickt worden war, um ihn auszuspähen! Eine andere Erklärung gab es nicht.

Philippe de Lusignan machte sich an die Verfolgung. Er musste diesen erbärmlichen Mönch erwischen.

Gilie de Grandselve rannte davon wie eine aufgeschreckte Ratte, man hörte ihn vor Anstrengung keuchen. Philippe de Lusignan war sicher, dass er ihn bald eingeholt hätte, und dann würde er ihn alles »beichten« lassen. In Gedanken kostete er diesen Moment schon aus, während er durch den Gang eilte, der immer breiter wurde.

Er war nur noch wenige Schritte von dem Mönch entfernt, als er hinter sich eine Bewegung spürte. Eine Seitentür hatte sich geöffnet. Aus dem Augenwinkel konnte er gerade noch einen riesigen Kerl erkennen, der einen Knüppel schwang, doch ehe Philippe handeln konnte, erhielt er einen heftigen Schlag auf den Kopf.

Er sah erst ein helles Licht, dann versank er in der Dunkelheit. Aber zuvor bemerkte er noch, wie Gilie de Grandselve zu ihm zurückkehrte und sich mit einem bösen Lachen über ihn beugte.

32

Burg von Airagne

Vierter Brief – Rubedo

Mater luminosa, *meine Kenntnisse und meine Fähigkeiten waren doch ausreichend, um das Werk zu vollenden. Die Arbeiten der* Nigredo, *der* Albedo *und der* Citrinitas *leiteten mich durch den* jardin *der Alchimie, und ich war in der Lage, zur Röte der* Rubedo *vorzustoßen. Doch wie ich dieses Wunder erlangte, soll ein Mysterium bleiben, deshalb werde ich nur in Bildern darüber sprechen. Ich bearbeitete den Wollfaden, wie man es in der Weberei tut, und erhielt ein goldenes Tuch, ganz so wie Jasons Vlies. Aber nun, da ich ein solches Wunder bestaunen darf, überfällt mich die Sehnsucht nach meinem alten Kloster, wo Gebet und Stille meiner Seele Frieden schenkten.* Mater luminosa, *ich frage mich, ob ich je wieder dorthin zurückkann.*

Kardinal Bonaventura legte den Brief wieder in das Kästchen zurück und presste die Daumen auf seine geschwollenen Lider. Wieder peinigten ihn heftig pochende Schmerzen hinter der Stirn.

Worauf spielten die Briefe an? Wer mochte sie geschrieben haben? Doch es war müßig, darüber nachzugrübeln, seine Gedanken verloren sich alle im Nichts. Sein Kopf war so dunkel und leer wie ein tiefes Loch. Außerdem hatte er das unangenehme Gefühl, er hätte etwas Schlimmes begangen, doch er konnte sich an nichts erinnern. Dabei musste es sich erst vor Kurzem zugetragen haben.

Krampfhaft durchforschte er sein Gedächtnis, und schließlich kehrte die Erinnerung zurück. Erst glaubte er noch, er habe es sich bloß eingebildet, doch bald musste er sich damit abfinden, dass das, woran er sich erinnerte, tatsächlich so stattgefunden hatte.

Er rekonstruierte die Ereignisse. Er hatte sich wie ein Verrückter gebärdet und die Beherrschung über sich verloren. Und das Schlimmste daran war, es war ihm ihr gegenüber passiert, der »Dame

Hersent«. Er hatte ihren Augen ein erbärmliches Schauspiel geboten und sich lächerlich gemacht.

Was geschah hier mit ihm? Seit er in Gefangenschaft geraten war, kam es ihm vor, als bemächtigte sich allmählich eine unbekannte Kraft seiner Person und triebe ihn zu unverständlichen Handlungen. Er fragte sich, ob es neben der gerade wieder peinlich in Erinnerung gekommenen Szene noch andere Begebenheiten geben mochte, an die er sich gar nicht mehr erinnerte. Dieser Gedanke erschreckte ihn. Er fühlte sich ohnmächtig, verstand sich selbst nicht mehr. Er war immer ein aufrechter, tugendsamer Mensch gewesen, niemals hatte er jemandem die Gelegenheit geboten, ihn zu bemitleiden, am wenigsten Frauen. Alle fürchteten sein strenges, gebieterisches Wesen. Schließlich war er der Kardinal von Sant'Angelo, der päpstliche Legat, ein mächtiger Mann in der Kirche. Keiner hatte je gesehen, dass er aus einem anderen Grund auf die Knie gesunken wäre als zum Gebet.

Das war allein Blancas Schuld, es gab keine andere Erklärung. Die Königin hatte ihn verhext und sich wie eine tückische Schlange in seine Gedanken geschlichen. Sie hatte ihn herausgefordert und dabei die Grenzen überschritten, die in dem Verhältnis einer Königin zu einem Mann der Kirche geboten waren. Zu seinem Erschrecken entdeckte er, dass er bei diesen Überlegungen wie ein Idiot lächelte, und ekelte sich vor sich selbst.

Er sprang auf und lief mit großen Schritten durchs Zimmer, sein Herz schlug wild. Nicht die Gefangenschaft brachte ihn um den Verstand, sondern die Nähe dieser Frau. Ihr Bild verfolgte ihn bis in seine Gedanken, ja sogar bis in seine Träume. Er hasste sie. Ja, er hasste Blanca von Kastilien. Er klammerte sich mit aller Macht an dieses Gefühl, denn sonst hätte er sich Dinge eingestehen müssen, die er so fürchtete, dass er sie nicht auszusprechen wagte.

Hass ist ein reines, unerschütterliches Gefühl, dachte er und empfand kurz Erleichterung. Er ist ein festes Bollwerk. Und wird er vom Verstand gelenkt, kann er durchaus Gutes bewirken.

Er presste sich wieder die Daumen gegen die Lider, dennoch nahm sein Kopfschmerz eher noch zu. Das war ein Nervenleiden, von seiner inneren Unruhe bedingt, so viel wusste er inzwischen, und je stärker er sich davon zu befreien suchte, desto schlimmer wurde der Schmerz, der seine Tentakel in sein Hirn bohrte. Doch der Kardinal litt lieber, denn so musste er sich wenigstens nicht seinen eigenen Gefühlen stellen. Er hatte beschlossen, dies als seine Strafe anzusehen, die ihm auferlegt wurde, um den Zauber zu bannen. Er musste sich von dieser Schwäche befreien, sich diese blinde Verliebtheit aus dem Kopf schlagen. Eine Frau zu begehren, der eigenen Manneskraft nachzugeben und sich danach zu sehnen, sie zu unterwerfen, war natürlich, ein verständlicher Trieb und vielleicht sogar verzeihlich.

»Ich … liebe … sie … nicht.«

Um dieses Gift aus seinem Kopf zu vertreiben, hatte er begonnen, laut mit sich selbst zu sprechen. Er biss sich auf die Zunge, ehe ihn andere hören konnten. Aber genau in diesem Moment war jemand hereingekommen.

Die Königin.

Der päpstliche Legat verzog sein Gesicht, ganz wie ein kleiner Junge, den man bei einem Streich ertappt hatte.

Blanca kam leichtfüßig auf ihn zu, als würde sie auf dem Wasser schweben. »Eminenz, endlich habt Ihr Euch wieder gefangen. Ich habe schon um Eure Gesundheit gefürchtet.«

Sie wirkte aufrichtig, als hätte sie sich ernsthaft um ihn gesorgt.

Romano Bonaventura blieb keine Gelegenheit, etwas zu erwidern, da war sie schon an ihm vorbei zum Fenster gelaufen. Erst in dem Moment bemerkte er den Kampfeslärm, der von draußen hereindrang, und verwundert fragte er sich, wie er ein derartiges Getöse bis jetzt hatte überhören können.

»Eminenz, seht doch, was dort draußen geschieht!« Mit unverhohlener Begeisterung beugte sich Blanca aus dem Fenster und zeigte auf die Kämpfenden unten am Fuß des Wehrturms. »Es wurde ja auch Zeit, dass jemand zu meiner Rettung erschien! Ach, seht diese Leidenschaft! Diese Männer kämpfen wie Löwen.« Verwundert drehte sie sich zu dem Kardinal um, der immer noch neben seinem Schreibtisch verharrte. »Aber was steht Ihr noch da? Kommt her, kommt her und seht doch. Habt Ihr vielleicht Angst, so nah neben mir zu sein?«

Der Kardinal kam zögernd näher und trat neben die Königin ans Fenster. Der Anblick verschlug ihm den Atem. Er hatte in den letzten Jahren viele Schlachten miterlebt, aber jedes Mal empfand er das gleiche Entsetzen und den gleichen Schmerz. Im Angesicht des Krieges erschien ihm das Leben als eine Aneinanderreihung merkwürdiger und sinnloser Ereignisse. Denn das, was er jetzt wieder vor sich sah, war ein Sturm, der alles mit sich fortriss, eine Orgie aus Leibern und Gefühlen, doch ohne jegliches Ziel, wenn nicht Menschen in wilde Tiere zu verwandeln.

Zwei Heere standen einander innerhalb der Burgmauern gegenüber. Im Nebel konnte man die Farben nicht erkennen, die sie trugen, aber die Lage ließ kaum einen Zweifel zu. Die Angreifer waren den Verteidigern der Burg klar unterlegen.

Bonaventura bemerkte, dass Blanca neben ihm vor Erregung bebte. Dass hier zwei Truppen miteinander rangen, erschreckte sie nicht, sondern schien sie vielmehr zu faszinieren. Ihre Augen funkelten wild auf. Kurz konnte er ihren Wunsch, sich selbst ins Getümmel zu stürzen, beinahe körperlich spüren. Wäre sie ein Mann, hätte sie einen großartigen Krieger abgegeben.

Doch dann löste sich Blanca vom Fenster und ging zu einem kleinen Holztisch, auf dem ein Tonkrug stand. Sie goss sich einen Kelch voll und führte ihn an die Lippen. Mit einer anmutigen Drehung des Körpers wandte sie sich wieder dem Kardinal zu. »Ihr seht immer noch blass aus, Eminenz«, sagte sie. »Ein Schluck Wein würde auch Euch guttun. Versucht doch diesen köstlichen *aygue ardent*.«

»Eure Majestät sollte inzwischen wissen, dass ich keinen Wein trinke. Er würde meine Kopfschmerzen nur verschlimmern.« Der Kardinal deutete auf einen Zinnkrug auf seinem Schreibtisch. »Ich ziehe Wasser vor.«

Die Königin wollte schon etwas erwidern, doch dann besann sie sich. Sie nahm einen Schluck Wein und kostete ihn genüsslich aus. Eine zarte Röte hatte ihre Wangen überzogen.

Humbert de Beaujeu durchschritt eine Stelle, wo der Gang sich verengte, und fand sich plötzlich an der Oberfläche wieder. Endlich war es ihm nach so vielen vergeblichen Versuchen gelungen, einen Ausgang aus dem unterirdischen Labyrinth zu finden!

Er hätte nicht sagen können, welche Tageszeit gerade war, denn alles vor ihm war in dichten bleigrauen Nebel gehüllt, doch er erkannte, dass er sich noch innerhalb der Burgmauern befand. Und obwohl er dachte, inzwischen auf alles gefasst zu sein, konnte er das unglaubliche Geschehen, das sich vor seinen Augen abspielte, zunächst nur wie gelähmt beobachten. Er sah nur Schemen, die aufeinander einschlugen, und hätte er nicht den Klang ihrer Waffen und ihre Kampfschreie vernommen, hätte er sie für Schattenheere gehalten.

Humbert trat in den Hof. Die Geschehnisse änderten nichts an seiner Situation: Er musste auf jeden Fall heil aus der Burg gelangen und von draußen die Befreiung der Königin planen. Er sah sich um, um sich einen Überblick zu verschaffen. Wenn Angreifer hereingekommen waren, bedeutete dies, dass das Burgtor offen stand. Zunächst musste er es finden, und wenn er einmal draußen war, würde er darüber nachdenken, wie er die neue Lage zu seinem Vorteil nutzen konnte.

Der *lieutenant* wollte gerade losgehen, als sich ihm ein Schlachtross in den Weg stellte. Laut wiehernd bäumte es sich auf und erhob die schlammverkrusteten Vorderbeine über seinem Kopf.

Als das Tier wieder mit allen vier Hufen auf dem Boden stand, konnte Humbert auch den Reiter erkennen. Die Farben seiner Rüstung waren unverkennbar: Es waren die des Bischofs von Toulouse. Und da Humbert auf der Brust die Zeichen des Königs von Frankreich trug, wähnte er sich in Sicherheit, denn somit stand er vor einem Verbündeten.

Doch entgegen seinen Erwartungen hob der Reiter sein blutverkrustetes Schwert und stürmte auf ihn zu. »Noch so einer!«, schrie er. »Verfluchte Archonten, bevor ich sterbe, schicke ich so viele von Euch in die Hölle, wie ich nur kann!«

Humbert griff instinktiv nach seinem Schwert, doch da erinnerte er sich, dass man ihm die Waffe abgenommen hatte, und er warf sich zu Boden, um dem Hieb zu entgehen. Er rollte sich im Staub einmal um die eigene Achse und stand schnell auf, während der Reiter, der ihn angegriffen hatte, sein Pferd herumriss, um ihn erneut anzugreifen. Doch er stellte keine echte Bedrohung dar, er wirkte erschöpft und bewegte sich langsam und nicht sehr treffsicher. Wahrscheinlich kämpfte er schon seit Stunden, und vielleicht war er auch verletzt. Geschickt wich Humbert ihm aus, glitt an seine Seite, ohne getroffen zu werden, bekam ein Bein zu fassen und zerrte den Reiter zu Boden, wo ihn der anschließende Aufprall betäubte.

Ohne sich weiter um seinen Angreifer zu kümmern, ergriff Humbert die Zügel von dessen Pferd, schwang sich in den Sattel und preschte mit gesenktem Kopf durch das Kampfgetümmel. Sein einziges Ziel war das Burgtor, er musste unbedingt nach draußen gelangen, doch die ganze Zeit fragte er sich, was hier vor sich ging und warum dieser Reiter ihn angegriffen hatte.

Direkt vor dem Tor wogte die Auseinandersetzung am heftigsten, beinahe wäre er dort in den Kampf zwischen Fußsoldaten und Reitern verwickelt worden, die einander heftig mit Lanzen und Schwertern bekriegten. Das Pferd war erschöpft, Schaum stand vor seinem Maul, doch Humbert gab ihm unablässig die Sporen. Er durfte nicht langsamer werden.

Der letzte Abschnitt kurz vor dem Tor war der schwierigste. Die Leiber der Soldaten formten ein unentwirrbares Knäuel, und ein Durchkommen schien schier unmöglich, ohne selbst getötet zu werden. Daher ergriff Humbert den Streithammer, der am Sattel festgemacht war, und schlug damit tapfer um sich. Wer immer sich ihm in den Weg stellte, wurde niedergemäht, ungeachtet auf welcher Seite er kämpfte. Endlose Male musste er den Streithammer niedersausen lassen, sodass sein rechter Arm vor Schmerz beinahe taub war, doch dann war er schließlich auf der Zugbrücke und konnte die letzten Fußsoldaten abschütteln, indem er sein Pferd hochsteigen ließ. Schließlich galoppierte er, endlich frei, davon.

Doch am Rande des Waldes tauchte ein Reitertrupp aus dem Nebel auf und stellte sich ihm in den Weg.

»Ich kenne Euch«, sagte einer von ihnen, ein alter Mann von vornehmem Gebaren.

»Und ich kenne Euch«, entgegnete Humbert und beobachtete ihn aufmerksam. Über dem Kettenhemd trug der Mann eine *casula* und ein *pallium*, außerdem hielt er einen Hirtenstab. »Ihr seid Fulko, der Bischof, den man aus Toulouse verjagt hat.«

»Ihr dagegen seid der Cousin des verstorbenen Königs Ludwig«, erwiderte der Prälat. »Aber wie seht Ihr denn aus? Euer Gesicht und Eure Gewänder sind voller Ruß, fast als wäret Ihr in einer Schmiede gewesen.«

»In gewisser Weise habt Ihr recht, Eure Exzellenz.« Der *lieutenant* zeigte auf die Burg hinter sich. »Sind das Eure Soldaten, die die Burg angreifen?«

»Zum Großteil ja, mit Unterstützung von einigen Söldnern.«

»Ihr solltet zum Rückzug blasen lassen. Bald werden nicht mehr viele übrig sein.«

»Das ist unmöglich!« Fulko wirkte unangenehm überrascht. »Man hatte mir versichert, der Graf von Nigredo verfüge nur über wenige Krieger zu seiner Verteidigung.«

»Oh nein, ganz im Gegenteil, Eure Exzellenz.« Humbert begriff, dass der Bischof in diesem Moment erst erkannte, wie falsch er seine Lage eingeschätzt hatte. Wahrscheinlich war er Opfer eines Verrats geworden. Doch wer hätte ihn so leicht überlisten können?

Der Bischof schwieg kurz, dann machte sich auf seinem wachsbleichen Gesicht wieder etwas Hoffnung breit. »Nun denn, Sieur de Beaujeu, wie sollen wir Eurer Meinung nach vorgehen?« Er zog sein Schwert, das am hinteren Sattelbogen befestigt war, eine symbolische Waffe, die eigentlich nicht zum Kämpfen gedacht war. Mit Bedacht überreichte er sie ihm. »Ludwig der Löwe vertraute Euch so sehr, dass er Euch noch im Sterben die Führung über seine Truppen übergab. Unter den gegebenen Umständen werde ich es ihm gleichtun.«

Humbert konnte ein triumphierendes Lächeln gerade noch unterdrücken. Das waren genau die Worte, die er hören wollte. Aber sie genügten ihm nicht. »Es gäbe schon eine Möglichkeit. Aber bevor ich sie Euch im Einzelnen erläutere, müssen Euer Gnaden mir erklären, was hier eigentlich vorgeht. Ich habe dort drinnen einiges gesehen, was ich mir nicht erklären kann.«

»Sprecht Ihr etwa vom Gold von Airagne?«, fragte Fulko nach einem kurzen Zögern. Sein faltenreiches Gesicht verzog sich gierig.

»Nein, Exzellenz. Ich spreche von den Soldaten, die die Burg verteidigen.«

33

Das flackernde Licht der Fackel drang kaum durch die Dunkelheit der unterirdischen Gänge.

Nachdem Ignazio die »Turba philosophorum« durchgeblättert hatte, vielleicht etwas länger als unbedingt notwendig, verharrte er auf einer Seite, die ihm die Wahrheit enthüllte. All die Fragen, die er sich im Laufe seines Lebens über das Wesen der Dinge und die Transmutation der Materie gestellt hatte, schienen hier in diesen Zeilen ihre Antwort zu finden. Er würde Geheimnisse erfahren, die zu kennen nur wenigen vergönnt war. Doch dies erfüllte ihn nicht etwa mit Erleichterung, sondern verstärkte noch ein Gefühl der Leere in ihm, als ob sich in seiner Seele ein Abgrund aufgetan hätte.

Er musste sich unglaublich anstrengen, um diese Gefühle zu beherrschen.

Doch dann sah er zu seinem Sohn auf, der nach zahllosen Abenteuern endlich wieder bei ihm war, und dieser Gedanke gab ihm Kraft.

Er las den Absatz laut vor, damit seine Gefährten nicht länger warten mussten: »*Huius operis clavis est nummorum ars ...*«

»Kannst du das bitte in einfachen Worten erklären?«, bat Willalme.

Ignazio sah wieder von der Handschrift auf und nickte. »Dieses Werk setzt sich aus verschiedenen Gesprächen zusammen, die schwer zu verstehen sind. Selbstverständlich haben wir jetzt nicht die Zeit, sie alle zu lesen, aber eines ist mir aufgefallen, da auf diesen Seiten am Rand Notizen beigefügt wurden. Irgendjemand muss sie aufmerksam studiert haben, daher schlage ich vor, wir beginnen damit. Dabei handelt es sich um die zehnte Rede, die tatsächlich von der Herstellung von Gold handelt. Das kann kein Zufall sein. Wenn Galib recht hatte und wenn dieses Buch tatsächlich dem Grafen von Nigredo gehörte, dann stehen wir vielleicht kurz vor der Enthüllung des Geheimnisses von Airagne.« Nachdem alle zustimmend genickt hatten, fuhr er fort:

»Der Text beschreibt, wie man Blei schmelzen und mit einem Dampf, der sogenannten *Ethelia*, abkühlen soll. Dadurch verwandelt sich das Blei in den ›Magneten‹, der die Farbe des Goldes binden soll, sobald es mit einer Tinktur behandelt wird. Das Verfahren wird in der nächsten Rede so beschrieben: ›Nehmt das Quecksilber und verfestigt es im Körper des Magneten, damit es nicht verbrenne; macht es zu einer weißen Natur, dann fügt die Bronze hinzu, so wird es endgültig weiß, und wenn ihr es rot macht, so wird es rot, und wenn ihr es darauf noch kocht, so wird es Gold.‹«

»Diese Worte sind vollkommen unverständlich und werden uns überhaupt nichts nützen«, wandte Willalme ein, der angelegentlich die Leichen der beiden Soldaten am Boden betrachtete.

»Da irrst du dich«, widersprach Moira. »Sobald wir sie einmal begriffen haben, wird sich uns auch erschließen, wie Airagne arbeitet.«

»Und sobald wir das wissen«, ergänzte Uberto, »können wir das Werk zerstören.«

»So ist es«, bestätigte Ignazio. »Wenn uns das gelingt, erreichen wir zweierlei: Zum einen können wir so für Ablenkung sorgen, um den Gefangenen die Flucht zu ermöglichen, zum anderen werden wir den gesamten Bau unbenutzbar machen. Wer auch immer der Graf von Nigredo ist, er wird in eine schwierige Lage kommen.«

Uberto nickte. »So wie du das sagst, hast du bestimmt auch schon einen Plan.«

»Noch nicht.« Ignazio sah wieder in die »Turba philosophorum«, in der Hoffnung, dort eine schnell zu verwirklichende Lösung zu finden.

Ihm war bewusst, dass es etwas ganz anderes war, sich einen Plan auszudenken, als ihn dann in die Tat umzusetzen. Als er umblätterte, fand er am Ende der Rede ganz am Rand eine kleine Skizze. Zunächst beachtete er sie nicht weiter, da er sie für eine Miniatur des Schreibers hielt, doch dann bemerkte er, dass es sich um etwas ganz anderes handelte.

Das brachte Ignazio auf eine Idee, und er war endlich felsenfest überzeugt, das richtige Buch in Händen zu halten. Er machte die anderen auf die Zeichnung aufmerksam. »Seht doch! Das ist bestimmt der Plan, nach dem die Gelehrten des Grafen von Nigredo vorgegangen sind, um Airagne zu errichten.« Seine Stimme zitterte vor Begeisterung. »Wenn ihr genau hinseht, werdet ihr bemerken, dass die Skizze exakt dem Grundriss der Burg entspricht. Aber damit nicht genug: Sie zeigt auch die acht Phasen des Werkes, die vier Hauptschritte – *ignis, aqua, aer, terra* – und die vier Nebenschritte – *calidus, frigidus, siccus, humidus*. Jede ist ihrem Gegenteil gegenübergestellt, sodass ein Gleichgewicht entsteht. Feuer steht Wasser gegenüber, Erde Luft und so weiter. Dieses Prinzip muss die Grundlage für die Umwandlung der Metalle sein.«

»Acht Schritte, genau so viele, wie die Burg Türme hat«, stellte Uberto fest.

»Es geht nicht um die Türme, sondern um die unterirdischen Gewölbe darunter. Das sind die acht Spindeln der Ariadne. In der Zeichnung wird die Herrin über das Labyrinth in der Mitte von einem Venusspiegel dargestellt, eingerahmt von den vier Zwischenstufen: *Nigredo, Albedo, Citrinitas* und *Rubedo*. Dort in den unterirdischen Gewölben werden die alchimistischen Verfahren durchgeführt. Die

Türme dienen nur dazu, den Rauch abzulassen und die Burg zu verteidigen.«

Willalme wandte skeptisch ein: »Wie können wir eine so große und verwinkelte Anlage zerstören?«

Ignazio war sicher, nun auf der richtigen Spur zu sein, daher antwortete er eifrig: »Gemäß der ›Turba philosophorum‹ hängt die Umwandlung und Abkühlung der Metalle stark von der *Ethelia* ab. Dieser Dampf wird in vielen Schritten des Werkes benötigt. Wenn wir also die Stelle finden, wo er ausgestoßen wird, und diese dann verstopfen, können wir den gesamten Prozess anhalten.«

»Dann sollten wir es ausprobieren«, sagte der Provenzale, der darauf brannte, zu handeln.

»Einen Augenblick.« Uberto zeigte auf eine der acht Türen in dem Gewölbe, in dem sie sich befanden. »Zuerst müssen wir herausfinden, welche dieser Türen zu einem Punkt führt, wo *Ethelia* ausgestoßen wird. Wenn wir nur auf gut Glück eine Tür wählen, könnten wir uns in dem Labyrinth unter Airagne verirren.«

»Wenn die Zeichnung dem Grundriss von Airagne entspricht, müssen wir hier den Zugang zu dem Gewölbe finden, das mit dem Wort ›*calidus*‹ bezeichnet wird, denn dort trifft das Feuer auf die Gase.«

Bei diesen Worten zuckte Moira zusammen. »Ich weiß, wo das ist«, sagte sie dann. »Ich kenne das Gewölbe.«

Ignazio sah sie zweifelnd an. »Wie kann das sein?«

»Ich war schon dort.« Das Mädchen nahm eine Fackel aus einem Halter an der Wand und schritt entschlossen auf eine der acht Türen zu. »Das hier ist der richtige Zugang.«

Die drei Männer folgten ihr widerspruchslos. Da sie alle hinter ihr gingen, konnte niemand Moiras Gesicht sehen. Keiner sah die Tränen, die über ihre Wangen liefen.

Tränen ihrer Angst.

Hinter der Tür wand sich der Gang in immer enger werdenden Biegungen nach unten. Dieser Ort erinnerte Ignazio an eine Stelle bei Hermes Trismegistos, wo die Finsternis mit den Krümmungen und

Windungen einer Schlange oder eines Drachen verglichen wurde. Den Windungen der Mutter Erde und der *Nigredo*. Der Melusine und der *Dea Draco* … Schnell verjagte er diese Gedanken, um nicht in Wahnvorstellungen abzugleiten. Im Grunde war das hier einfach nur ein unterirdisches Gewölbe, und auch wenn es in gewisser Weise einzigartig war, so glich es in vielem auch den Katakomben, in denen er seinen Bruder Leandro verloren hatte. Vielleicht war Airagne in der Vergangenheit auch eine Totenstadt oder etwas Ähnliches gewesen.

Sie eilten über viele Treppen, die in den Fels geschlagen waren, und das Licht der Fackeln ließ die bläulichen Galenitadern in den Wänden aufblitzen, als wären sie lebendig. Je tiefer sie in den Berg drangen, desto heißer und stickiger wurde die Luft.

Moira ging unerschütterlich voran. Jetzt wirkte sie ruhig und gefasst, ihr Gesicht zeigte keine Angst mehr, und sie schien es kaum noch erwarten zu können, ihr Ziel zu erreichen. Sie hatte die schrecklichen Erinnerungen in einen abgelegenen Teil ihres Gedächtnisses verbannt, und um sich zu beruhigen, hatte sie begonnen, an ihre Eltern zu denken und an ihre unbeschwerte Jugend vor dem unseligen Schiffbruch. Bis Uberto plötzlich sanft ihre Hand ergriffen hatte. Sie wollte ihn schon anfahren, weil er sie mit dieser einfachen Geste wieder in die Wirklichkeit zurückgebracht hatte, doch zugleich verlieh ihr die Berührung neue Kraft. Eigentlich war sie ja nur seinetwegen an diesen Ort zurückgekehrt.

»Vorsicht!«, warnte Ignazio plötzlich.

Alle blieben stehen. Wenige Schritte vor ihnen schwebte ein silbriger Staub in der Luft, der im Licht der Fackeln glitzerte. Er kam aus einer Spalte in der Wand.

»Das sieht aus wie Wasserdunst«, bemerkte Uberto. »Keineswegs gefährlich.«

»Das ist kein Wasserdunst, es hat eine andere Konsistenz«, widersprach Ignazio, der die Finger hineingehalten hatte und die Spitzen nun prüfend gegeneinanderrieb. Dann bedeckte er sein Gesicht mit der Kapuze, um Nase und Mund zu schützen, und forderte die anderen auf, es ihm gleichzutun. »Geht weiter, ohne den Dunst einzuatmen. Er könnte giftig sein.«

Danach kamen sie ohne weitere Zwischenfälle vorwärts. Zwei Treppenabsätze lagen noch vor ihnen, als sie endlich erkennen konnten, welche Vorrichtung sich in dem Saal an deren Ende verbarg: ein mindestens fünf Mann hoher Metallzylinder, über dem sich eine Art Kuppel aus hitzebeständigem Stein erhob. Darunter befand sich ein Ofen; Rauchwolken und Dämpfe drangen aus Schlitzen im Zylinder.

In der Nähe der Ofenöffnung verlief im Boden ein Rinnsal aus geschmolzenem Metall. Es strömte aus einem Loch in der Mauer, verlief dann glänzend in einem steinernen Bett, ehe es in einem Abfluss in der Wand verschwand.

Ignazio fragte sich fasziniert, welchem Zweck so ein Ort wohl dienen könnte, doch die Antwort ließ noch auf sich warten. Vor der letzten Biegung bedeutete Moira ihnen, stehen zu bleiben. Sie zeigte nach unten: An dem riesigen Zylinder arbeiteten viele Menschen. Einige überprüften etwas an unterschiedlichen Stellen und kletterten auf Holzleitern, um die höheren Punkte zu erreichen, während andere den Ofen befeuerten.

Willalme beobachtete aufmerksam die Arbeiter. Sie waren abgezehrt und in Lumpen gekleidet, ihre Rücken waren von der schweren Arbeit gebeugt. Einige fuchtelten mit den Händen wie Wahnsinnige, manche streckten beim Laufen die Arme vor oder stützten sich auf andere. Sie wirkten so eingeschüchtert, dass sie noch nicht einmal bemerkt hatten, dass sie keiner mehr bewachte. Sie hätten schon längst flüchten können, doch die Macht der Gewohnheit und die Angst fesselten sie an Airagne.

Ignazio und die anderen drei betrachteten den riesigen Zylinder.

»Das ist ein *athanor*«, sagte Ignazio schließlich, »ein Ofen der Alchimisten.«

Uberto sah überrascht zu ihm hin. »Bist du sicher?«

»Ja, ein *athanor*«, wiederholte der Händler aus Toledo. »Er ist wesentlich größer als sonst, das stimmt, aber nein, ich bin mir ziemlich sicher. Er funktioniert nach einem ganz einfachen Prinzip. In seinem Inneren befindet sich ein Gefäß, in das ein Gemisch eingefüllt wird, das dann Hitze und Gasen ausgesetzt wird.«

»Gase – du meinst die *Ethelia*-Dämpfe? Das, was wir suchen?«
»Ich glaube schon.«

In dem Moment kletterte eine Gruppe Arbeiter nach oben an die Spitze des Aufbaus und hob den kuppelförmigen Deckel hoch. Sofort entwich eine Wolke schwefliger Dämpfe, die so heftig waren, dass die Männer zurückweichen mussten. Erst nachdem der Dampf sich ein wenig verzogen hatte, kamen sie wieder vorsichtig näher, holten aus dem Ofeninneren ein Gefäß voller Metallsplitter und stellten stattdessen ein anderes hinein, das mit geschmolzenem Metall gefüllt war. Danach schlossen sie den Deckel und kletterten wieder hinab.

»Hast du den Dampf bemerkt?«, fragte Ignazio seinen Sohn. »Das muss *Ethelia* sein. Wir sind genau am richtigen Ort.«

Uberto nickte, dann betrachtete er das Gefäß, das die Männer aus dem *athanor* geholt hatten. »Und was ist das?«

»Ich glaube, das ist der ›Magnet‹, der aus Blei gewonnen wird. Diese Splitter werden mit der Tinktur behandelt und dann eine goldene Farbe annehmen.«

»Gut. Jetzt wissen wir genug.« Uberto wirkte entschlossen. »Wir müssen zuerst diese Menschen befreien, dann werden wir uns mit dem *athanor* beschäftigen.«

»Das wird nicht weiter schwer sein, jetzt, wo es keine Wachen mehr gibt.« Ignazio deutete auf die Spitze des Zylinders. »Ist dir etwas aufgefallen? Als die Arbeiter den Deckel angehoben haben, ist der Dampf zunächst sehr heftig herausgeströmt, dann hat er nachgelassen, und schließlich versiegte er. Also befand sich keine *Ethelia* mehr im *athanor*. Er war leer und im Prinzip in dem Moment nutzlos.«

»Ich glaube, ich weiß, worauf du hinauswillst. Wenn man den Deckel offen lässt, würde die *Ethelia* ständig nach oben verdampfen, und somit könnte keine Umwandlung mehr stattfinden.«

»So ist es. Außerdem darf man den Ofen nicht mehr befeuern.«

»Dafür muss man bloß die Menschen hier herausführen.« Plötzlich schoss Uberto ein Gedanke durch den Kopf, und er sah seinen Vater misstrauisch an. »Doch so werden wir dem Ofen keinen dauerhaften Schaden zufügen. Später könnte sich jederzeit wieder jemand der Burg bemächtigen und ihn erneut in Betrieb nehmen.«

»Das wird nicht geschehen, wenn wir den Grafen von Nigredo fassen«, beruhigte ihn Ignazio.

Doch Uberto ließ sich davon nicht täuschen. Er kannte seinen Vater und wusste genau, dieser würde es nie übers Herz bringen, ein Gerät, mit dem er sein Wissen mehren konnte, zu zerstören. Zumindest nicht, ehe er es bis ins kleinste Detail studiert hatte. Er konnte sich gut vorstellen, in was für einem Zwiespalt Ignazio gerade steckte: Einerseits wusste er, dass Airagne zerstört werden musste, andererseits brannte er darauf, dessen Geheimnisse zu entdecken. Obwohl er so teilnahmslos wirkte wie immer, sprach aus all seinen Worten sein unstillbarer Wissensdurst.

Uberto legte ihm eine Hand auf die Schulter. »Überlass das mir, Vater.«

Der Händler schien verärgert. »Was willst du tun?«

»Ich werde deinen Anweisungen folgen, den *athanor* blockieren und die Menschen, die hier wie Sklaven schuften, befreien.« Der junge Mann deutete nach oben. »Du hast eine andere wichtige Aufgabe zu erledigen.«

»Der Graf von Nigredo …«, murmelte Ignazio, als hätte er dies beinahe vergessen.

»Ja, genau. Und vergiss Blanca von Kastilien nicht. Jetzt ist der geeignete Moment, um sie zu befreien.«

»Bist du sicher, dass du hier unten allein zurechtkommst?«

»Das werde ich, keine Sorge.«

»Einverstanden.« Ignazio wandte sich an Moira, um sich von ihr den Weg beschreiben zu lassen. »Wie gelangen wir zum Wehrturm, sobald wir die Treppe wieder nach oben gestiegen sind?«

»Wenn ich mich recht erinnere, gab es einen kleinen Eingang genau gegenüber der Frauenstatue«, sagte Moira. »Er führt nach oben. Das ist der schnellste Weg in den Wehrturm, den ich kenne.«

»Danke.« Ignazio wandte sich noch einmal sehr ernst an seinen Sohn. »Dank sei auch dir dafür, dass du diese Aufgabe übernimmst.« Er drehte sich um und gab Willalme ein Zeichen, ihm zu folgen.

»Warte.« Uberto hielt ihn zurück. »Bevor du gehst, muss ich dir etwas geben.«

»Was denn?« Ignazio kehrte noch einmal um.

»Einen Brief.« Der junge Mann zog ein Pergament aus seiner Tasche und reichte es ihm. »Den hat mir die Äbtissin von Santa Lucina für dich mitgegeben.«

Ignazio nahm das Schreiben. Es enthielt einen kurzen Text, der in einer schönen Handschrift verfasst und mit »Fünfter Brief« überschrieben war.

»Ich verstehe nicht ...«

»Du wirst es so lange nicht verstehen, bis du die vier Briefe gefunden hast, die diesem hier vorangingen«, erklärte sein Sohn geheimnisvoll. »Zumindest hat mir das die Äbtissin so gesagt.«

»Dann ist sie also die Verfasserin dieser Botschaft?«

Uberto nickte. »Sie hat es als das Vermächtnis aus einem anderen Leben bezeichnet, als sie selbst so verblendet von ihrem Wissensdurst war, dass sie an der Errichtung von Airagne mitgewirkt hat. Sie hat gesagt, dass er dir helfen wird, viele Dinge zu verstehen ... und zwar vor allem über dich selbst.«

Der Händler aus Toledo lächelte. Die Äbtissin von Santa Lucina schaffte es doch immer wieder, ihn zu überraschen. Er seufzte tief, steckte den Brief in seine Tasche und ging dann zusammen mit Willalme auf die Treppe zu, die nach oben führte. »Wir sehen uns dann draußen wieder«, sagte er, »passt auf euch auf.«

Während Uberto seinem Vater hinterhersah, wurde Moira auf einmal mit voller Macht bewusst, dass sie wieder in Airagne war, und kurz überwältigte sie eine nur allzu vertraute Angst. »Was machen wir jetzt?«, fragte sie, um ihre Furcht abzuschütteln.

»Wir werden so viel zerstören, wie wir können.«

»Aber dein Vater hat doch gesagt ...«

»Wenn es nach ihm ginge, würde dieser Ort bis in alle Ewigkeit bestehen.« Uberto breitete hilflos die Arme aus, als ob es ihn bekümmerte, so über die Schwächen seines Vaters zu sprechen. Es war eine Sache, diese zu kennen und zu versuchen, etwas dagegen zu unternehmen, doch etwas ganz anderes, diese Dritten gegenüber eingestehen zu müssen. Bei Moira empfand er dies allerdings nicht so. »Du darfst nicht schlecht über ihn denken. In seinem unersättlichen Wissensdurst ist er nicht in der Lage, unter den gegebenen Umständen noch vernünftig zu denken und zu handeln. Die Geheimnisse von Airagne und der Alchimie verzaubern ihn wie Sirenengesang.«

Das Mädchen schien zu verstehen. »Deswegen wolltest du also, dass er geht.«

»Ja.«

»Was willst du nun tun?«

Uberto konnte sich ein schlaues Lächeln nicht verkneifen. »Genau das Gegenteil von dem, was er mir aufgetragen hat.«

34

Als Uberto und Moira die letzten Stufen hinabstiegen und noch überlegten, wie sie den *athanor* am besten zerstören könnten, stand plötzlich jemand vor ihnen. Uberto, der vorangegangen war, wich unwillkürlich zurück, erschrocken über das Aussehen dieses Mannes. Er war bis auf die Knochen abgemagert, sein Schädel vollständig kahl und der Rücken vom vielen Arbeiten gebeugt. Mit gierig vorgestreckten Händen lief er auf den jungen Mann zu.

Uberto stieß ihn zurück, angeekelt von den üblen Körperausdünstungen des Unglückseligen. »Verschwinde!«, schrie er ihn an. Er empfand eine Mischung aus Mitleid und Abscheu für ihn. »Ihr müsst alle von hier fliehen!«

Der gebeugte Mann starrte ihn nur stumpfsinnig an, brachte dann einen undeutlichen Laut hervor und warf sich schließlich vor ihm auf die Knie. »*Benedicite, bon homme*«, flehte er ihn mit übertriebener Ehrerbietung an. »*Benedicite, benedicite.*«

Inzwischen war noch ein zweiter Mann aus dem Schatten getreten, der zwar groß und kräftig war, aber auch sein Gesicht wirkte abgestumpft. Uberto hatte jedoch den Eindruck, dass er in wesentlich besserer Verfassung war als der erste, daher sprach er ihn direkt an: »Ihr seid noch nicht lange hier gefangen, nicht wahr?«

»Erst seit einem Monat«, erwiderte der Mann. Er zeigte auf den Abgemagerten, der auf dem Boden kniete. »Nach einem Jahr wird man dann so, wenn man nicht schon vorher stirbt.«

»Ihr müsst fort. Verschwindet sofort alle von hier.« Uberto musterte ihn scharf. »Habt Ihr verstanden, was ich gesagt habe?«

Der Mann zögerte. Er war erst seit einem Monat auf Airagne, und doch schien er bereits Schwierigkeiten zu haben, die grundlegendsten Gedanken zu ordnen. »Die Wachen ...«, stammelte er und sah sich um. »Die Wachen werden ...«

»Die Wachen sind beschäftigt, oben im Burghof. Keiner wird euch aufhalten.«

Der Mann staunte ungläubig.

So geht das nicht, dachte Uberto. So verlor er zu viel Zeit. Er packte den Mann bei der Schulter und führte ihn in die Mitte des Gewölbes. Sofort sammelte sich eine Menge Arbeiter um sie.

Als die vielen Menschen sie umzingelten, bekam Moira es erneut mit der Angst zu tun, doch Uberto konnte sie mit einem liebevollen Blick beruhigen. Er hatte sich schon gedacht, dass diese abgestumpften Menschen so reagieren würden, und wollte diesen Moment, wenn sich alle Aufmerksamkeit auf ihn richtete, nutzen. »Es gibt keine Wachen mehr hier!«, schrie er mit erhobenen Armen. »Das ist Eure Gelegenheit! Ihr müsst fliehen! Verschwindet alle von hier!«

In der Menge erhoben sich einige besessene Stimmen: »*Miscete, coquite, abluite et coagulate! Miscete, coquite, abluite et coagulate!*«

Der junge Mann schrie weiter: »Das Werk ist beendet! Verschwindet! Ihr seid alle frei!«

Nun fingen die Arbeiter an, heftig gestikulierend aufeinander einzureden. Einige schienen die Lage erfasst zu haben und seinen Anweisungen Folge leisten zu wollen. Wer sich noch ein wenig gesunden Menschenverstand bewahrt hatte, trieb seine unglücklichen Mitgefangenen an. Langsam zerstreute sich die aufgeregte Menge, viele strebten zur Treppe, andere gingen zu Ausgängen auf ebener Erde, die wohl in angrenzende Räume führten.

Ein alter Mann, der noch bei Verstand zu sein schien, drängte sich durch die Menge und packte Uberto am Arm. Besorgt, aber anscheinend bei klarem Verstand rief er: »Was ist mit den anderen Gefangenen? Wir können sie nicht zurücklassen! Unter der Burg gibt es noch sieben große Gewölbe wie dieses hier, außerdem noch die Galenitminen. Wir müssen uns auch um die Gefangenen dort kümmern.«

»Weiß jemand, wie man zu ihnen gelangt?«, fragte Uberto.

»Ja, einige von uns kennen sich in den Gängen recht gut aus.«

»Gut, dann teilt euch auf und versucht, so viele Gewölbe wie möglich zu erreichen. Aber beeilt euch, es ist nicht viel Zeit.«

Der alte Mann nickte und eilte zu einer Schar Männer, die schon auf ihn gewartet hatten. Als er ihnen die Lage erklärte, sahen einige von ihnen, die wahrscheinlich noch nicht unter dem Saturnismus litten, sich besorgt an, dann verschwanden sie eilig in verschiedene Richtungen.

Endlich stand Uberto bei seiner Aufgabe niemand mehr im Weg. »Komm mit mir«, sagte er zu Moira, »wir müssen etwas zu Ende bringen.«

Die Mitte des Gewölbes war nun verlassen. Die zwei kamen zum *athanor* und stiegen die Leiter hoch bis ganz nach oben.

Der große steinerne Deckel oben auf dem Zylinder sah aus wie die Kuppel einer Moschee, nur viel kleiner. Darunter hörte man die Gase zischen. Ignazio hatte seinem Sohn eigentlich aufgetragen, den Deckel so weit zu öffnen, dass die *Ethelia* sich stetig verflüchtigen sollte, doch Uberto hatte genau das Gegenteil vor, er wollte ihn so fest verschließen, dass sich im Inneren genug Druck aufbauen würde, um den gesamten Aufbau zu zerstören.

Zu beiden Seiten des Deckels funkelten dicke Ketten, an deren Enden Eisenhaken hingen. Sie waren an Metallringen an der Wand des Zylinders befestigt, wahrscheinlich hängten hier die Arbeiter ihre Werkzeuge auf. Uberto packte eine solche Kette und kletterte daran hoch bis auf die Kuppel. Die steinerne Oberfläche des Ofens war heißer, als er gedacht hatte, sodass er sich beinahe die Hände verbrannte, außerdem war sie ziemlich glatt und rutschig. Er musste sehr vorsichtig klettern, doch schließlich kam er oben auf dem Zylinder an und stellte sich hin.

»Bist du verrückt?«, schrie ihn Moira an, die seitlich des Zylinders auf der Leiter stand. »Was willst du denn da oben? Komm sofort wieder runter!«

»Ich komme schon, nur keine Sorge«, antwortete er, während er sich bemühte, das Gleichgewicht zu halten. »Doch vorher gib mir bitte die Ketten, die hier an den Seiten herunterhängen.«

»Was willst du denn damit?«

Uberto zwinkerte ihr zu. »Was passiert, wenn du auf einem Topf mit kochendem Wasser den Deckel fest schließt?«

»Er ... explodiert«, sagte sie nachdenklich.

»Ganz genau.«

Moira stellte keine weiteren Fragen und half ihm, aber es war nicht einfach. Die Ketten erwiesen sich als schwerer als gedacht, und sie musste ihre ganze Kraft aufwenden, um sie zu Uberto hochzureichen. Dieser nahm sie nacheinander entgegen und befestigte sie mit den Eisenhaken oben an der Kuppel.

Nach etlichen vergeblichen Versuchen hatte der junge Mann den Deckel des *athanors* endlich fest verschlossen. Und nachdem er ein letztes Mal überprüft hatte, ob die Ketten auch wirklich hielten, beschloss er herunterzusteigen, während der Zylinder unter ihm bereits ein wenig erzitterte. Die *Ethelia* sammelte sich schon unter der Kuppel an und wollte hinaus, aus den offen gebliebenen Entlüftungslöchern strömte pfeifend der Dampf.

Vor Verlassen des Raumes entschied sich Uberto für eine weitere Vorsichtsmaßnahme: Er wollte das Rinnsal aus flüssigem Metall umleiten, das in einem schmalen Kanal durch das Gewölbe verlief und in einer Schleuse endete, die man mit einem Hebel bedienen konnte.

Sobald man diesen Hebel öffnete, würde das geschmolzene Metall Richtung *athanor* fließen und sich dann zum Teil dahinein ergießen, wodurch es bestimmt zu einer noch größeren Dampfentwicklung käme. Uberto wusste nicht genau, was dann passieren würde, aber er öffnete den Hebel, da er den gesamten Aufbau so stark wie möglich beschädigen wollte.

Sobald er den Schleusenhebel betätigte, senkte sich eine Steinplatte an der Mündung der Schleuse herab, sodass das Metall nicht mehr abfließen konnte und über die Ufer trat. Die leuchtende Flüssigkeit breitete sich auf dem Boden aus und floss zur Mitte auf den Ofen zu, da dort die tiefste Stelle des Raumes war.

»Der Hund!«, rief Moira plötzlich aus und sah sich suchend um. »Wo ist mein Hund?«

»Er wird schon weggerannt sein«, erwiderte Uberto.

»Wir müssen ihn suchen.«

»Dazu haben wir keine Zeit«, sagte er und packte sie am Arm. »Wir müssen hier weg.«

In dem Moment drang ein ächzendes Geräusch aus dem *athanor*, als ob in seinen dicken Wänden ein wütender Geist erwacht wäre. Das Pfeifen aus den Entlüftungslöchern wurde ohrenbetäubend. Die Dämpfe, die zunächst bleigrau gewesen waren, färbten sich weiß, dann gelb und schließlich rot.

Einer der letzten Arbeiter, der floh, sah diesen Farbwechsel und schrie entsetzt auf: »*Cauda pavonis!*«

»›Pfauenschwanz‹? Was meint er wohl damit?«, fragte Moira atemlos.

»Ich habe keine Ahnung«, sagte Uberto, »aber das verheißt bestimmt nichts Gutes.«

Das flüssige Metall hatte sich inzwischen schon bis zur Treppe verteilt, daher mussten die beiden zum letzten verbliebenen Ausgang, den sie ebenerdig erreichen konnten. Moira rannte hindurch, während Uberto sich noch einmal umwandte und einen letzten Blick auf den *athanor* warf. Der riesige Zylinder erzitterte unter dem Druck einer unkontrollierbar gewordenen Macht, während heißer Dampf pfeifend durch die Öffnungen am Deckel austrat.

Der Gang, den sie eingeschlagen hatten, endete in einer Gabelung. Sie entschieden sich für den Weg nach oben, doch bald erwies sich dieser als unglaublich eng, und durch den dröhnenden Widerhall aus dem Gewölbe, der die Wände erzittern ließ, und das Pfeifen der Entlüftungsschlitze wurde der Aufstieg zu einer Tortur.

Schließlich gelangten sie zu einem Ausgang. Uberto ging als Erster hindurch und nahm erfreut den Windhauch wahr, der kühl über seine schweißbedeckte Stirn strich. Endlich waren sie im Freien.

»Wo sind wir?«, fragte Moira.

Er sah nach unten in den Hof, denn von dort hörte er zu seinem großen Erstaunen Schlachtenlärm. »Wir stehen wohl auf der Burgmauer«, sagte er und sah zwischen den Zinnen hindurch.

Unten im Burghof war offenbar eine Schlacht im Gang, aber der junge Mann konnte nicht erkennen, wer dort gegeneinander kämpfte. Der Nebel hüllte alles ein.

Uberto kniff die Augen zusammen und sah angestrengt nach vorn, bis er schließlich die Umrisse des Wehrturms erkennen konnte. Ganz oben meinte er eine Art Scheiterhaufen mit einem Pfahl in der Mitte zu sehen. Mehr konnte er nicht ausmachen, doch der Gedanke, dass Ignazio sich jetzt genau dort befinden musste, beunruhigte ihn.

Die Burgmauern schienen in keinem guten Zustand zu sein, als wären sie in aller Eile oder von unerfahrenen Arbeitern errichtet worden. Neben ihnen erhob sich ein weiterer Turm, aus dem eine riesige Dampfwolke aufstieg. Anscheinend lag das Gewölbe, in dem sie sich noch vor Kurzem aufgehalten hatten, genau darunter.

Doch zu weiteren Überlegungen blieb keine Zeit, denn ein Stoß erschütterte den gesamten Turm, als würde die Erde beben. Uberto nahm Moira in den Arm, er wusste, dass er nicht mehr tun konnte, um sie zu beschützen. Als er aus den Fundamenten des Turmes neben sich ein heftiges Grollen vernahm, wurde ihm schlagartig klar, dass dies kein Erdbeben war, sondern das Aufstöhnen des *athanors*.

Dann war auf einmal alles still.

Ungläubig und mit klopfendem Herzen starrte Uberto auf den Turm: Er bebte nun nicht mehr, zumindest nicht in diesem Augenblick. Als er nach unten sah, bemerkte er eine Steintreppe, die in den Burghof führte. Ohne zu zögern, nahm er Moira an die Hand und rannte so schnell er konnte auf die Stufen zu.

»Nichts wie weg hier!«, rief er. »Die Burgmauern stürzen gleich ein!«

35

Philippe de Lusignan erwachte mit dem brennenden Verlangen nach einem guten Glas Wein. Jetzt wäre ihm ein schöner würziger Malvasier recht gewesen. Er stellte sich vor, wie der feurig und ölig seine Kehle herunterlief, und sein Verlangen danach wurde fast unerträglich.

Ein Schluck Wein hätte ihn auch von den pochenden Schmerzen im Nacken und in den Gliedmaßen befreit, hätte ihn ein wenig berauscht und seine Lebensgeister wieder geweckt.

Als ihm jedoch klar wurde, wo er sich gerade befand, wusste er, dass er darauf verzichten musste, vielleicht sogar für immer. Er war an einem Pfahl auf einem mit Pech getränkten Holzstapel festgebunden. Und zwar ganz oben auf dem Wehrturm der Burg, denn nur von hier konnte man trotz des Nebels alle acht Türme sehen.

Vor dem Scheiterhaufen warteten zwei Männer schweigend darauf, dass er wieder erwachte. Einer war groß gewachsen und sehr kräftig und nach seiner eleganten Kleidung zu schließen bestimmt von Adel. Er hielt immer noch die Keule in der Hand, mit der er ihn niedergeschlagen hatte. Der andere Mann war Gilie de Grandselve.

»Was geht hier vor?«, fragte de Lusignan, nachdem er sich wieder gefangen hatte.

»Ihr habt die Ehre, Thibaut dem Vierten, dem Grafen der Champagne, gegenüberzustehen«, erwiderte der Mönch, während er auf den kräftigen jungen Mann neben sich zeigte.

»Und wer seid Ihr?« Philippe starrte ihn wütend an. »Als wir uns das letzte Mal getroffen haben, habt Ihr, wenn meine Erinnerung mich nicht täuscht, behauptet, Gilie de Grandselve zu heißen. Und Euch für einen Mönch ausgegeben.«

Der alte Mann schien fast belustigt. Aus seinem Gesicht stachen blutunterlaufene Augen hervor, die bösartig funkelten. »Nun ja, ein Mönch bin ich wirklich, meinen Namen habe ich allerdings in den letzten Jahren etliche Male gewechselt. Ihr könnt mich ›Alchimist‹ nennen.«

»Ein Alchimist«, sagte de Lusignan mit tiefster Verachtung. »Das behaupten viele von sich, wenige sind es wirklich.« Dann schrie er seine ganze Wut heraus. »Warum bin ich hier angebunden? Macht mich sofort los!«

»Das fehlte noch!«, rief der Mönch. »Wo wir uns so viel Mühe gegeben haben, Euch zu fangen und hierherzuschleppen.«

Während de Lusignan leise vor sich hin fluchte, bemerkte er, dass er durch den Scheiterhaufen so hoch oben stand, dass er über die Zinnen des Wehrturms hinwegblicken und den Kampf unten im Burghof beobachten konnte. Seine Söldner waren alle tot, und auch die wenigen verbliebenen Reitersoldaten von Bischof Fulko befanden sich auf dem Rückzug.

Der Ausgang des Kampfes stand fest, doch unter den Archonten schien eine Veränderung vorzugehen: Die Soldaten wirkten unentschlossen, sie beteiligten sich nicht mehr am Kampfgeschehen und lösten sich aus den geordneten Reihen. Viele warfen das Banner der Schwarzen Sonne fort und sammelten sich um einen Reiter. Wer mochte das sein?

Philippe wandte sich wieder dem unmittelbaren Geschehen zu. Graf Thibaut wirkte eher gelangweilt, während der Mönch geradezu erpicht darauf schien, sich mit ihm zu unterhalten. Er musste sich also mit ihm auseinandersetzen. »Was habt Ihr nun mit mir vor?«

»Selbstverständlich möchten wir Euch töten«, keifte der alte Mann. »Nachdem Ihr all diese feindlichen Soldaten in die Burg geführt habt, habt Ihr doch nicht allen Ernstes etwas anderes erwartet?«

Von seiner erhöhten Position auf dem Scheiterhaufen fuhr ihn de Lusignan an: »Ihr wisst ja nicht, mit wem Ihr es zu tun habt. Diese Burg ist mein Besitz!«

»Oh doch, das wissen wir sehr gut, Sieur Philippe. Wir wissen *alles* über Euch.« Der Mönch hielt einen Anhänger, der wie eine Spinne geformt war, hoch. »Als Ihr noch ohne Bewusstsein wart, habe ich das an Eurem Hals gefunden!« Er warf den Anhänger vor dem Scheiterhaufen auf die Erde, sodass der Gefangene ihn gut sehen konnte. »Nur ein einziger Mann konnte dieses Zeichen führen: der erste Graf von Nigredo, der das Werk von Airagne aufgebaut hat.«

Philippe ließ seinen Blick auf seinem Anhänger ruhen, dann ergriff er wieder das Wort: »Wo wir schon bei Enthüllungen sind, Alchimist, verratet mir doch, was Ihr in der Abtei Fontfroide getrieben habt.«

»Ich hatte mich eigens dort eingeschlichen, um Euch auszuspähen. Ich wusste, dass Ihr demnächst aus Kastilien eintreffen würdet. Ihr hattet schließlich einige Archonten davon unterrichtet, von denen Ihr annahmt, sie seien Euch treu ergeben, wie dieser grobe Klotz Jean-Bevon.« Der alte Mönch gestattete sich ein wenig Häme: »Ihr wart ziemlich unvorsichtig, solchen Söldnern zu vertrauten. Umso besser für uns, denn es war ein Leichtes, sie auf unsere Seite zu ziehen.«

Dieses »unser« musste er nicht näher ausführen, es war nur zu klar, dass er damit den Unbekannten bezeichnete, der sich als der Graf von Nigredo ausgab. Doch de Lusignan würde wohl nicht mehr herausfinden können, wer das war, er befand sich nicht in der Position, Fragen zu stellen. »Söldner sind schnell zum Verrat bereit«, knurrte er bitter. »Und doch ist mir eines noch nicht klar: Wie konntet Ihr Euch als *portarius hospitum* von Fontfroide ausgeben? Steckte der Abt vielleicht mit Euch unter einer Decke?«

»Das war nicht nötig. In dieser Abtei hassen die Geistlichen die Katharer wie überall sonst, daher stehen sie den Streifzügen der Archonten, bei denen die Katharer versklavt werden, wohlwollend gegenüber. Und selbst wenn sie vermeiden, sich öffentlich dazu zu bekennen, so stehen sie doch auf der Seite meines Herrn, des Grafen von Nigredo.«

Philippe verzog schmerzlich das Gesicht.

»Ja, ich habe Verbündete gefunden«, fuhr der alte Mönch fort, in seinem Eifer enthüllte er seine zahnlosen Kiefer. »Ihr hattet damit weniger Erfolg ...«

»Das ist alles die Schuld von Ignazio da Toledo!« Philippe de Lusignan packte der heilige Zorn. »Dieser verfluchte Mozaraber ist mir ständig entwischt wie ein schlüpfriger Aal. Und hat sein Spiel mit mir getrieben!«

»Kümmert Euch nicht um ihn, bald wird ihm ein ähnliches Schicksal zuteil wie Euch«, gab der Mönch zurück. »Kommen wir lieber zur Sache. Dass Ihr noch am Leben seid, verdankt Ihr allein dem Umstand, dass ich von Euch die Geheimnisse von Airagne erfahren möchte.«

»Welche Geheimnisse? Soweit ich sehen konnte, wisst Ihr doch schon alles.«

Der Mönch schüttelte den Kopf. »Es stimmt, ich kann die Gerätschaften in den unterirdischen Gewölben bedienen, doch ich verstehe ihre Funktionsweise nicht. Falls einmal etwas daran entzweigehen sollte, könnte ich es nicht instand setzen.« Er ergriff eine brennende Fackel und näherte sich damit dem Scheiterhaufen. »Sprecht also lieber, oder es wird ein böses Ende mit Euch nehmen.«

Philippe brach der kalte Schweiß aus. Die Fesseln schnitten ihm schmerzhaft ins Fleisch, er hatte Angst und fühlte sich gedemütigt. Gleichzeitig verspürte er den unbändigen Wunsch, diesen alten Mönch umzubringen. »Einverstanden, ich werde es tun! Doch vorher bindet mich los!« Er wusste selbst, dass er naiv wie ein kleiner Junge klang, wenn er in seiner derzeitigen Situation meinte, Bedingungen stellen zu können, doch das war seine einzige Möglichkeit, diesen Tag zu überleben.

»Dann beweist mir, dass Ihr mir von Nutzen sein könnt.«

Philippe wusste darauf nichts zu erwidern. Er hatte von seinen Gelehrten aus Chartres auch nicht alles erfahren. Hätte er nur die Äbtissin um Rat fragen können … Doch er musste etwas sagen: »Das Gold von Airagne ist nicht echt. Es entsteht nicht in einer wahren Umwandlung, sondern nur durch eine falsche Tinktur.«

Als Thibaut das hörte, fuhr seine Hand schnell in die Börse, die er am Gürtel trug, und holte einen Écu von Airagne hervor. Schweigend ließ er ihn durch die Finger gleiten und musterte ihn gründlich.

»Dummes Geschwätz.« Der alte Mönch wedelte drohend mit der Fackel. »Selbstverständlich sind sie echt. Sie sehen aus wie Gold, sind so schwer wie Gold und glänzen wie Gold. Die Archonten haben keine Probleme, sie bei den Banken einzulösen. Und die Geldwechsler können sie an die Geldmünzen weiterverkaufen, damit daraus neue Münzen geprägt werden. Anscheinend lügt Ihr lieber, als die Wahrheit über Airagne zu enthüllen. Ist Euch an Eurem Heil nicht gelegen? Ich gebe Euch noch eine letzte Gelegenheit.«

De Lusignan konnte den Blick nicht von der Flamme abwenden. Ein Funke davon genügte, und der Scheiterhaufen würde sich in eine Flammenhölle verwandeln. »Ich habe das Werk ja nicht selbst vollendet«, sagte er schließlich. »Dafür bediente ich mich eines Kreises von Gelehrten. Wenn Ihr wirklich wissen wollt, wie man Gold herstellt, dann müsst Ihr die ›Turba philosophorum‹ finden.«

»Die ›Turba philosophorum‹?«, fragte der Mönch misstrauisch. »Was ist das?«

»Ein Buch.«

»Davon habe ich noch nie gehört. Wo befindet es sich?«

Philippe knirschte wütend mit den Zähnen. »Fragt das doch den Mozaraber.«

»Das werde ich, seid Euch dessen gewiss.« Gilie de Grandselve nahm die Fackel wieder etwas zurück. »Ihr dagegen solltet noch etwas erfahren … Ich habe Euch belauscht, als Ihr Euch unter der Burg bei der Statue der Melusine unterhalten habt. Dabei habe ich einen Namen vernommen … Lucifer. Ja, genau, über Lucifer habt Ihr gesprochen. Wer oder was soll das sein?«

»Lucifer ist der Geist, der in der Materie gefangen ist.« Philippe wirkte wie besessen. Zu viel Hass, zu viel Wut und auch Angst beherrschten ihn jetzt. Inzwischen war er sicher, dass es für ihn keine Rettung mehr gab, daher flüchtete er sich in seinen Wahn. »Lucifer wird durch die Zersetzung der Nigredo befreit und enthüllt sich dem Alchimisten in der Phase der Albedo.«

»Ich verstehe kein Wort. Redet Ihr nun von Alchimie, Platonismus oder der Häresie der Katharer?«

»Was kümmert es Euch?«, geiferte der Gefangene. »Handelt es sich dabei nicht um ein und dasselbe? Wisst Ihr denn nicht, dass alle Philosophen Häretiker sind?«

Da mischte sich Thibaut ein. »Dauert das noch lange? Ich habe keine Lust mehr auf das Geschwätz dieses Irren.«

Unterwürfig wandte sich der Mönch ihm zu. »Sieur, etwas Geduld bitte … das hier ist der erste Graf von Nigredo … Der Gründer von Airagne … Von ihm können wir noch viel lernen.«

»Was brauchen wir denn noch?«, herrschte ihn Thibaut an und wedelte mit der Münze vor dessen Nase herum. »Dieses Gold ist echt, das sieht doch jedes Kind! Alles andere ist mir gleich. Bringt ihn ein für alle Mal zum Schweigen, damit das ein Ende hat.«

De Lusignan schrie auf in Todesangst. Auf dem Scheiterhaufen zu brennen wie ein Ketzer! Das konnte alles nur ein böser Traum sein. Ein entsetzlicher Alptraum!

Die Fackel fiel auf den Scheiterhaufen. Mit wachsendem Grauen hörte Philippe die Flammen zu ihm hochzischen und fühlte, wie sie seine Füße erreichten. Er schrie und wand sich, während das Feuer in sein Fleisch drang und es verzehrte. Er war immer noch bei Bewusstsein, als er etwas vollkommen Abwegiges beobachtete: Einer der acht Außentürme wackelte. Er zitterte wie von einem Erdstoß erschüttert, doch als er kurz davor war, in sich zusammenzubrechen, hörte das Beben auf.

Der Mann auf dem Scheiterhaufen glaubte, er phantasiere. Der Schmerz, der ihn quälte, war unerträglich.

Doch gleich darauf fing der Turm wieder an zu beben, diesmal noch stärker als vorher. Das war keine Einbildung! Nun hörte man ein lautes Grollen, dann spuckte der Turm aus seiner Spitze rotes Feuer. Ein schrecklicher Anblick.

Trotz der Qualen, die er in den Flammen litt, erkannte er, dass der *athanor* in den unterirdischen Gewölben zerstört worden war.

Die *Ethelia* entwich schlagartig nach oben und riss den Nebelschleier über der Burg auf, Trümmer flogen durch die Luft, und der Turm sank in sich zusammen. Auch die umstehenden Gebäude wurden mitgerissen, Zinnen, Wehrgänge, Teile der Burgmauer fielen in sich zusammen und gefährdeten auch die anderen Türme.

Von Airagne würde nur wenig übrig bleiben.

Durchdrungen von dieser Gewissheit spürte Philippe, wie die Flammen seinen Oberkörper, Gesicht und Haare erreichten.

Humbert de Beaujeu bewies Treue und Mut, denn er kehrte zur Burg zurück. Mit dem Schwert in der Hand, die Fersen fest in den Steigbügeln, ritt er durchs Kampfgetümmel, erst am großen Wehrturm hielt er sein Pferd an. Von hier aus konnte er alles überblicken, und er war gut zu sehen. Um ihn herum tobte der Kampf gnadenlos weiter.

Doch ganz wie der Konnetabel Frankreichs sich das gedacht hatte, wurden einige der Krieger aus den Reihen der Archonten auf ihn aufmerksam, und er forderte sie dazu auf, ihn anzuhören. Misstrauisch kamen sie näher.

»Kämpft für die Königin von Frankreich«, schrie de Beaujeu nun so laut, wie er konnte. »Kämpft für Blanca von Kastilien, die Mutter des Dauphins!«

Die Soldaten verharrten erstaunt, und es gesellten sich noch andere Kämpfer aus den Reihen der Archonten zu ihnen. »Der *lieutenant*!«, raunten einige von ihnen und deuteten auf ihn. »Der Cousin von König Ludwig dem Löwen! Was will der hier?«

»Folgt mir!«, befahl Humbert und erhob das Schwert zum Himmel. »Im Namen der Königin! Im Namen von Frankreich!«

Wenig später hatte sich ein Drittel der Truppen der Archonten aus dem Kampf zurückgezogen und versammelte sich um ihn. Immer mehr von ihnen bemerkten, dass der Konnetabel Frankreichs hier war, und wurden von ihm schier unwiderstehlich angezogen. Die Männer warfen die Zeichen der Schwarzen Sonne fort und lauschten seinen Worten. Die Verteidigung der Burg schien ihnen mit einem Mal unwichtig.

»Dient der Krone!«, spornte sie Humbert de Beaujeu immer leidenschaftlicher an, vor Eifer war er schon ganz rot im Gesicht. »Rettet die Königin!«

Es war eine heikle Situation, doch Humbert war sich vollkommen sicher, dass die Männer ihm gehorchen würden. Er wusste, wie er sich bei diesen Leuten Respekt verschaffen konnte. Schließlich hatte er es nicht mit einem wild zusammengewürfelten Haufen Söldner zu tun, die meisten der Krieger gehörten zum königlichen Heer. Er kannte den Grund dafür zwar nicht, aber so war es. Das war ihm klar geworden, als er, kurz nachdem er aus den unterirdischen Gewölben entkommen war, von einem von Fulkos Reitern für einen Archonten gehalten wurde. Und auch jetzt, da er den Burghof überschauen konnte, bemerkte er wieder, dass ein Großteil der Wachen von Airagne gleich ihm die Farben des königlichen Heeres trug.

Diese Männer waren auf irgendeine Art dazu gebracht worden, ihren Gehorsam gegenüber der Krone Frankreichs zu missachten und stattdessen dem Grafen von Nigredo zu dienen. Aber wer konnte sie hierher nach Airagne geführt haben? Mit welchen teuflischen Ränken waren sie verführt worden? Und vor allem, aus welchem Grund? Fulko hatte ihm dazu keinerlei Erklärung geliefert.

Humbert hatte sich noch nie durch große Klugheit ausgezeichnet. Er war mutig, immer bereit, sich treu und ergeben in den Kampf zu stürzen, doch wenngleich er über große Ausstrahlung verfügte, war er nicht dafür geschaffen, logische Zusammenhänge herzustellen, sondern nur darin gut, Befehle zu befolgen oder zu erteilen. Mit wachsender Erleichterung bemerkte er nun, dass sein Charisma genügte, um die Soldaten auf seine Seite zu ziehen. Sie standen treu zu ihm! Aber warum hatten sie überhaupt den König verraten? Das überstieg seine Vorstellungskraft. Nun gut, sagte er sich, er würde später nach Erklärungen suchen. Jetzt musste er handeln.

Das Kampfglück schien sich zu wenden. Die Archonten, die sich die ganze Zeit über tapfer geschlagen hatten, gerieten ins Wanken. Auch sie begriffen nicht, was vor sich ging. Fulkos Reitersoldaten, die auf wenige Mann zusammengeschrumpft und erschöpft waren, nutzten die Gelegenheit, den Rückzug anzutreten.

Humbert überlegte gerade, wie er die Lage nutzen sollte, als der Burghof plötzlich von Elendsgestalten in Lumpen und mit langen, ungepflegten Haaren überschwemmt wurde, die aus den Türen am Fuße der acht Türme herausströmten: Männer, Frauen, Kinder, die schrien oder weinten. Die Gefangenen von Airagne flohen aus dem unterirdischen Labyrinth.

Die Flüchtlinge drängten in den Burghof, schwärmten in kleinen wirren Grüppchen aus, ohne das Kampfgetümmel zu bemerken.

Und noch ehe de Beaujeu erfassen konnte, was hier geschah, ließ ihn ein zweites unerwartetes Ereignis innehalten: Ohne erkennbare Ursache begann der östlichste Turm auf einmal zu zittern. Irgendetwas erschütterte das hohe Bauwerk von den Grundfesten bis an die Spitze, sodass es beinahe auf die Burgmauer gestürzt wäre. Die Erschütterungen setzten sich im Boden fort und ließen auch diesen erbeben wie das Fell einer Trommel.

Da hielten nun wirklich alle inne, ganz egal, was sie zuvor getan hatten, sie kämpften, flohen, schrien nicht mehr. Viele sanken auf die Knie, andere schrien bestürzt auf. Schreckensstarr und mit den Waffen in der Hand sahen sich die Soldaten an, die sich eben noch erbittert bekämpft hatten.

Dann herrschte kurz Totenstille.

Schließlich erscholl aus der Tiefe ein lautes Grollen, das Beben setzte wieder ein, doch weit heftiger als vorher. Blutroter Rauch quoll oben aus dem Turm heraus. Mehr noch als das Erdbeben gerade versetzte dieser Anblick die Menschen in Panik.

Die Soldaten verließen die Reihen und flohen Hals über Kopf, sie mischten sich unter die ehemaligen Gefangenen, die ebenfalls davonrannten, Trümmer hagelten auf die fliehenden Menschen herab. Einige wurden davon getroffen, Reiter fielen aus dem Sattel und sanken verletzt oder vor Schwäche zu Boden. Die Menge verschluckte die Gestürzten und trampelte erbarmungslos über sie hinweg.

Wie eine wild gewordene Viehherde stürmten die Menschen aufs Burgtor zu, das natürlich nicht breit genug für alle war. Die Menschen drängten sich und versuchten verzweifelt, aneinander vorbeizukommen, und so wurden auch hier Leiber zu Boden geworfen und niedergewalzt. Manche starben, nur einen Schritt von der rettenden Freiheit entfernt.

Die Menge drängte weiter, über die Zugbrücke hin zum Wald. Auch hier glitten einige aus und stürzten in den schlammigen Graben, während die gesamte östliche Burgmauer unter ohrenbetäubendem Getöse in sich zusammenfiel.

Humbert de Beaujeu hatte das Ganze starr von seinem Platz am Fuß des Wehrturms verfolgt. Airagne stürzte in sich zusammen, und damit war Fulkos schöner Plan, wie man sich der Burg bemächtigen könnte, hinfällig geworden. Aber sollte ihn das bekümmern?

Als der *lieutenant* schließlich allein im Hof stand, wurde ihm klar, dass es nun nur noch eines zu tun gab. Er musste die Königin retten.

Äußerst beunruhigt trat Ignazio von der schmalen Öffnung in der Mauer des Wehrturms zurück, von der er den Zusammenbruch des östlichen Turms und der umliegenden Bauwerke verfolgt hatte. Willalme, der neben ihm stand, versuchte, in seinem Gesicht zu lesen, was er dachte.

Insgeheim fragte er sich, wer der Händler aus Toledo wirklich war. Er stand so nah, dass er ihn mit seinen Händen berühren konnte, und dennoch kam es ihm vor, als wäre er unsicher und hin- und hergerissen. So ähnlich hatte er schon einmal empfunden, diesmal allerdings waren die Zweifel noch deutlicher. Er spürte in Ignazio diesen brennenden Wissensdurst, aber andererseits auch einen tiefen inneren Kummer. Es quälte ihn, dass er instinktiv so gut wie alle Gefühle unterdrückte, aus Furcht, den falschen nachzugeben.

»Wir müssen weiter«, drängte Ignazio.

»In den Turm hineinzukommen war einfach.« Willalme sah sich misstrauisch um. Nach oben sah der Turm wie ein endloser schwarzer Schlund aus. Hier schien niemand zu sein. »Meinst du, beim Aufstieg werden wir das gleiche Glück haben?«

Ohne ihm eine Antwort zu geben, ging Ignazio entschlossen auf eine Wendeltreppe zu.

Während er immer zwei Stufen auf einmal nahm, grübelte Ignazio über die Soldaten nach, die er im Burghof beim Kampf beobachtet hatte. Dabei hatte er einige Antworten auf seine Fragen gefunden. »Hast du die Uniformen der Archonten bemerkt?«, fragte er Willalme, von dem er sich eine Bestätigung seiner Mutmaßungen erhoffte.

»Ja, etliche waren wie Soldaten des Königs von Frankreich gekleidet, sie sahen aus wie einige der Krieger, denen wir vor Tagen beim Beginenhof begegnet sind.«

314

»Ganz genau. Aber ich glaube, sie waren nicht nur so ähnlich gekleidet … das waren echte Uniformen.«

»Glaubst du etwa, diese Krieger gehören zum königlichen Heer?«

»So ist es.«

»Und aus welchem Grund sind sie dann hier?«

Ignazio zögerte einen Moment, dann antwortete er: »Das gehört zu den Dingen, die wir bald herausfinden werden.«

Am Ende der Treppe stießen sie auf einen leeren, recht weitläufigen Raum. Das einzige Licht kam von einer Kerze, die einen Schreibtisch beleuchtete, daneben stand ein hölzernes, mit Einlegarbeiten verziertes Kästchen. Feindselige Stille lag über dem Zimmer.

Ignazio ging zum Schreibtisch und untersuchte die Kerze. Jemand musste sie gerade erst angezündet haben, denn es war nur wenig Wachs heruntergetropft. »Bis eben war noch jemand in diesem Raum«, folgerte er. »Man muss uns gehört haben.«

Auf der Suche nach Hinweisen griff er nach dem Kästchen, und als er es öffnete, fand er darin vier Pergamentblätter. Schweigend überflog er sie. Willalme hatte den Eindruck, dass Ignazios Zweifel verflogen, jetzt wirkte er wieder so gelassen wie immer.

»Das sind Briefe«, erklärte Ignazio. »An eine gewisse leuchtende Mutter. Wahrscheinlich eine Anspielung auf *Mater Lucina*.«

Ignazio warf noch einmal einen Blick auf die Briefe, um die Schrift zu überprüfen. »Sie stammen ganz bestimmt von der Hand der Äbtissin von Santa Lucina. Ich kenne diese Schrift.« Er holte den Brief aus seiner Tasche, den er eben erst von Uberto erhalten hatte, und zeigte ihn Willalme. »Das ist der letzte Brief der Äbtissin, der fünfte, in dem sie das Geheimnis der Alchimie von Airagne enthüllt.«

Nach diesen Worten begann er, mit gerunzelter Stirn zu lesen.

FÜNFTER TEIL
DER PFAUENSCHWANZ

»Dieser Stein, aus dem das Werk entsteht, schließt in sich jede Farbe ein.«

Khalid ibn Yažid, »Liber trium verborum«, 1

36

Burg von Airagne

Fünfter Brief – Cauda Pavonis

Mater luminosa, *das Gewebe, das ich so kunstvoll gewirkt hatte, löste sich unter meinen Fingern wieder auf, und erst als seine Schönheit mir entglitt, entdeckte ich, welchen Fehler ich begangen hatte. Die vier Arbeiten der Alchimie sind nicht – wie ich geglaubt hatte – die Stufen einer Treppe, sondern sie sind Teil eines Rades, das sich in ewiger Bewegung befindet. Dieses Rad ist die Spindel der* necessitas, *die sich immerwährend vor den Parzen aufrollt. Diese ständige Farbveränderung, die ich* cauda pavonis *nenne, sind der Anfang und das Ende des Werkes. Du,* Mater bona, *hast mich durch dieses Labyrinth geführt. Du, denn du bist* lux, *das Licht, und auch* laus, *die Belohnung. Du,* Mater Lucina, *bist* Ariagne, *der Faden der Weisheit.*

Ignazio legte den letzten Brief zu den anderen vier in das Kästchen. Diese Schriften enthielten keine konkreten Angaben zur Alchimie, sondern waren eher eine Anleitung, wie man die in der »Turba philosophorum« beschriebenen Verfahren zu verstehen hatte. Wenn man den Worten der Äbtissin Glauben schenken wollte, lag das Geheimnis weniger in der Erzielung eines Ergebnisses, sondern in der ständigen Wiederholung der alchimistischen Schritte oder in dem immerwährenden Zyklus, der »*cauda pavonis*« genannt wurde … Die Regeln von Airagne waren nicht nur eine Methode zur Umwandlung von Metallen, sondern vor allem auch der Schlüssel zum Verständnis der Welt und zu den Herzen der Menschen. Wenn man dem Abgrund der *Nigredo* entgehen wollte, musste man sich von dem drängenden Wunsch befreien, unbedingt immer ein Ergebnis erzielen zu müssen, man musste vielmehr begreifen, dass jeder Moment des Lebens ein einzigartiger, unwiederbringlicher Teil des Ganzen war.

Das Geräusch von Schritten unterbrach seine Gedanken. Jemand musste den Raum betreten haben.

Ignazio hob die Kerze hoch, und der Schein fiel auf zwei Gestalten, die in der Tür erschienen waren. Der eine war ein Geistlicher mittleren Alters, wahrscheinlich ein Kardinal. Trotz seiner mächtigen Statur lief er gebückt, und sein Blick war getrübt. Die zweite Person war eine gebieterische Dame, in eleganter Kleidung.

Der Händler ließ von seinen Gedankenspielen ab und wandte sich an die Dame, in der er sogleich die Königin von Frankreich erkannt hatte. »Majestät, endlich.« Er verbeugte sich tief und bedeutete Willalme, es ihm nachzutun. »Wir haben lange nach Euch gesucht.«

Die stolze Blanca sah ihn zweifelnd an. »Wer schickt Euch?«

»Ferdinand der Dritte von Kastilien, Euer Neffe. Ich habe den Befehl, Euch in Sicherheit zu bringen.«

Die Frau legte sich eine Hand an die Brust. Sie war immer noch sichtlich erschüttert von dem Beben der Burg und dem Dröhnen des Zusammensturzes des Turms. Dennoch wirkte sie nicht schwach, sondern gefasst.

Der Kirchenmann neben ihr kam ihrer Antwort zuvor. »Ich glaube kaum, dass das möglich sein wird. Der Graf von Nigredo wird das zu verhindern wissen.«

Ignazio musterte den Mann, der apathisch und angriffslustig zugleich wirkte, und erkannte in ihm den Kardinal von Sant'Angelo, den Italiener Romano Bonaventura. Angeblich sollte er maßgeblichen Einfluss auf die Königin haben. Doch im Moment, angesichts seines unterwürfigen Verhaltens, sah es für Ignazio so aus, als verhielte es genau andersherum. »Der Graf von Nigredo?«, fragte er nach. »Wo befindet er sich im Moment?«

Bonaventura verzog grimmig sein Gesicht und setzte gerade zu einer Antwort an, als ihm eine schrille Stimme aus der Dunkelheit hinter ihm zuvorkam. »Der Graf von Nigredo ist näher, als Ihr denkt, Monsieur.«

Der Händler aus Toledo sah sich suchend um und entdeckte einen alten Mönch, der wie aus dem Nichts erschienen war. »Gilie de Grandselve«, sagte er und wirkte nicht im Geringsten überrascht.

319

»Ihr habt in dieser illustren Runde gerade noch gefehlt. Ich habe mich schon gefragt, wo ich Euch wohl wieder begegnen würde. Sicherlich nicht in Fontfroide. Besser wohl in Airagne, denn hier scheint Ihr Euch mehr zu Hause zu fühlen.«

Der alte Mann kam vorsichtig näher, wobei er mit seinen Schnabelschuhen über den Boden schlurfte. Seine Kleidung roch nach Rauch. »Ich hatte gerade eine kleine Unterhaltung mit jemandem, den Ihr kennt«, sagte er und kicherte spöttisch. »Ein ziemlich stolzer Ritter, doch leider nicht sehr redselig.«

»Ihr könnt nur Philippe de Lusignan meinen. Habt Ihr ihn …?«

»Getötet, ja. Bei lebendigem Leib verbrannt, um genau zu sein.« Die Äuglein des Mönches funkelten bösartig auf. »Diese Nachricht scheint Euch nicht sehr zu erschüttern.«

Ignazio ging nicht darauf ein, ihn beschäftigte etwas ganz anderes. Dieser kleine alte Mann konnte nicht allein einen so kräftigen und erfahrenen Krieger wie de Lusignan getötet haben. Jemand musste ihm geholfen haben, und zwar ein starker Mann, somit schieden der Kardinal und die Königin aus. Und das bedeutete, dass sich noch eine vierte Person irgendwo im Wehrturm verbarg, vielleicht befand sie sich sogar jetzt hier im Raum und beobachtete sie insgeheim.

Der Mönch zog die Augenbrauen hoch. »Ich hoffe, ich muss bei Euch nicht zu den gleichen Mitteln greifen, Monsieur.«

Ignazio lächelte überlegen und unterdrückte die Angst, die in seiner Brust aufstieg. Willalme neben ihm, der bei der Nachricht von Philippes Tod seine Befriedigung nicht hatte verbergen können, wäre nun am liebsten losgestürmt, doch Ignazio winkte entschieden ab: Noch war nicht der richtige Zeitpunkt zum Handeln gekommen. Er sah den Mönch herausfordernd an. »Soll das eine Drohung sein?«

»Das werdet Ihr bald herausfinden, falls Ihr mir nichts über die ›Turba philosophorum‹ erzählt. Sieur Philippe wusste zumindest zu berichten, dass Ihr über entsprechendes Wissen verfügt.«

Beinahe hätte Ignazio seine Tasche umklammert, in der sich das Buch befand, doch er konnte sich rechtzeitig beherrschen. Er musste äußerst vorsichtig sein. Nun, da er wusste, wonach der Mönch suchte, musste er herausfinden, was für ein Schicksal ihn erwartete. »Wenn

Ihr mir diese Frage stellt, heißt das wohl, dass Ihr der Alchimist seid, der derzeit das Werk von Airagne in Gang hält.«

»So ist es.«

»Ich möchte allerdings wetten, dass Ihr nicht der Graf von Nigredo seid, sondern nur einer seiner Diener.«

»Wie könnt Ihr Euch da so sicher sein?«

»Haltet Ihr mich etwa für dumm?«, fragte ihn Ignazio mit gespielter Empörung. »Gold allein reicht nicht, um sich der Gefolgschaft eines großen Heeres zu versichern. Dazu braucht es auch Autorität und eine gewisse Ausstrahlung, und das sind zwei Eigenschaften, an denen es Euch offensichtlich mangelt.«

»Wir kommen vom Thema ab. Kehren wir lieber zu meiner Frage zurück, zur ›Turba philosophorum‹.«

»Ein sehr heikles Thema.« Ignazio schien zu überlegen, doch eigentlich suchte er die Schatten des Raumes nach dem versteckten Beobachter ab, dessen Anwesenheit er deutlich spürte. Er fragte sich, wie lange dieser noch zögern wollte, ehe er sich zu erkennen gab. Wenn er ihn dazu bringen wollte, sich zu zeigen, musste er die anderen in die Enge treiben. »Schließen wir doch einen Handel. Ich werde Euch das Geheimnis enthüllen, und dafür lasst Ihr die Königin mit mir ziehen.«

Der alte Mönch biss sich auf die Lippen. Er konnte gar nicht so schnell antworten, da schnellte Kardinal Bonaventura wie ein bissiger Hund vor: »Ich habe Euch schon gesagt«, knurrte er wütend, »Ihre Majestät wird nirgendwohin gehen.«

Der Kardinal erbebte in all seiner Leibesfülle und schien kurz davor, endgültig den Verstand zu verlieren. Er wollte sich schon auf den Händler stürzen, doch Blanca hielt ihn zurück.

Nun grinste der Prälat bedrohlich und enthüllte dabei sein schwärzlich verfärbtes Zahnfleisch. »Wer seid Ihr? Wer sind diese vielen Menschen?«, schrie er wild. »Verschwindet, verfluchte Teufel! Sie gehört mir! Mir!«

»Er ist nicht bei sich«, erklärte die Königin, die Bonaventura weiterhin mit einer Kraft, die man ihr gar nicht zugetraut hätte, am Arm zurückhielt. »Seit er hier auf Airagne ist, wird er von Trugbildern gequält. Und es wird immer schlimmer.«

Der Händler aus Toledo nickte, er hatte verstanden. »Er ist ganz offensichtlich mit *plumbum nigrum* in Berührung gekommen oder mit dem Galenit, der in den unterirdischen Minen abgebaut wird.«

»Nein. Es ist das Wasser …«, sagte Blanca. »Er hat von dem aus der Quelle getrunken, die hier unter der Burg entspringt.«

»Ich rate Eurer Majestät, ihn schnellstmöglich von hier wegzubringen, solange man sein Leiden noch heilen kann. Ich meine, ehe er unwiederbringlich dem Saturnismus verfällt.« Ignazio wurde ernst. »Auch für Euch, Herrin, besteht diese Gefahr. Ganz abgesehen davon, dass die Türme von Airagne alle einzustürzen drohen.«

Der alte Mönch baute sich vor der Königin auf: »Niemand wird von hier fortgehen!«, schrie er heiser. »Nicht, solange Ihr mir nicht das Geheimnis von Airagne enthüllt habt! Wo ist dieses verfluchte Buch?«

»Schweig!«, fuhr ihn Willalme an, nachdem Ignazio ihm zugenickt hatte. »Du bist hier nicht in der Position, Bedingungen zu stellen. Aus dem Weg, oder es geht dir schlecht!«

Der alte Mönch wich ängstlich zurück und verbarg seinen Kopf zwischen den Händen. »Graf, oh Graf!«, jammerte er, doch seine Äuglein blitzten immer noch hasserfüllt. »So helft uns doch! Diese Eindringlinge bedrohen uns!«

Ignazio, der erkannte, dass der Mönch nur Theater spielte, packte Gilie de Grandselve am Arm und stieß ihn zurück, sodass der Mönch zu Boden fiel. Er empfand keinerlei Mitleid mit diesem abstoßenden Männlein. »Es gibt gar keinen Grafen von Nigredo, nicht wahr? In diesem verfluchten Turm haust gar kein unheilvoller Burgherr.« Seine Augen gingen von einem zum anderen. »Derjenige, der hinter alldem steckt, befindet sich bereits hier unter uns.«

Keiner wagte es, ihm zu widersprechen. Sogar die stolze Blanca verbarg erstaunt ihr Gesicht hinter den Schleiern ihrer Haube. Bislang hatte sie vor einem Mann aus dem Volk noch nie Respekt empfunden. Doch dieser Spanier beeindruckte sie: Er war klug und hatte eine faszinierende Persönlichkeit. In einem gewissen Sinn wirkte er entwaffnend. Und einen Augenblick meinte sie sogar, Furcht vor ihm zu empfinden.

»Kommt, Majestät«, forderte Ignazio sie nun auf. »Gehen wir. Es ist vorbei.«

»Oh nein, ganz im Gegenteil, das Spiel beginnt jetzt erst!«, schrie eine Männerstimme.

Ignazio schaute prüfend zu dem verwirrten Bonaventura und dem alten Gilie, der am Boden kauerte, beide stellten in ihrem Zustand keine Gefahr dar. Nein, diese Stimme war die eines leidenschaftlichen Kriegers. Gleich würde sich der Mann zu erkennen geben, der sich bis jetzt versteckt hatte!

Ignazio nahm eine Bewegung hinter sich wahr.

Doch darauf war er vorbereitet, blitzschnell wich er dem Hieb aus. Als er sich umdrehte, spürte er, wie ihm eiskalter Schweiß den Rücken hinunterlief. Er war ein hohes Risiko eingegangen.

Aus dem Schatten hinter ihm trat ein kräftiger junger Mann hervor.

»Thibaut!«, rief die Königin verwundert. »Weshalb seid Ihr hier?«

»Ich beschütze Euch, Majestät!«, erwiderte der Graf der Champagne. Lauernd wie ein Raubtier sah er sich um. Da Willalme ihm eine größere Bedrohung darzustellen schien als Ignazio, stürmte er nach einem kurzen Zögern mit hocherhobener Keule auf den Provenzalen los. Doch dieser reagierte prompt, packte ihn bei den Handgelenken und stieß ihn zu Boden. Thibaut fiel sofort die Waffe aus der Hand.

Pater Gilie nutzte die allgemeine Verwirrung, stand auf und schnellte flink wie eine Eidechse auf Ignazio zu. Er sprang auf seinen Rücken, krallte sich in seinem Gesicht fest und versuchte gleichzeitig, ihn zu kratzen und ihm die Finger in die Augen zu stoßen. »Verrate mir das Geheimnis von Airagne!«, schrie er. »Sag mir alles über die ›Turba philosophorum‹! Sag es! Sag es mir!«

Der Händler aus Toledo schützte sein Gesicht vor den Krallenhänden und konnte den alten Mann abschütteln.

Als dieser mit immer noch wild verzerrtem Gesicht nach hinten fiel, prallte sein kahler Schädel gegen eine Kante, und der Mönch blieb leblos liegen.

Die Königin schrie bei dem Anblick auf. Sie presste die Hände gegen die Schläfen, und ihre stolzen Züge waren verzerrt. Ignazio beobachtete sie: Auf ihrem Gesicht zeichnete sich keineswegs Furcht ab, sondern Wut, Wut über eine Niederlage.

Inzwischen schlugen Willalme und Thibaut aufeinander ein. Nachdem sie einige Zeit miteinander gerungen hatten, konnte Willalme sich gegen den anderen durchsetzen, er stand über ihm und hieb ihm wild die Faust ins Gesicht.

»Haltet ein!«, schrie Blanca, sie wirkte besorgt um Thibaut. »Genug! Genug, habe ich gesagt.«

Ignazio eilte herbei, um die Kämpfenden zu trennen. Der Kardinal von Sant'Angelo dagegen ließ sich am Schreibtisch nieder, als ob nichts geschehen wäre, und starrte dumpf vor sich hin.

Willalme ließ auf die Aufforderung des Freundes hin von seinem Gegner ab und richtete sich auf. Er musterte den Krieger, der keuchend vor ihm auf dem Boden lag. War das etwa der berüchtigte Graf von Nigredo? Hatte er Philippe de Lusignan die Burg Airagne entrissen? Und Blanca von Kastilien entführt? Hatte er die Archonten den Süden Frankreichs verheeren lassen? Der wehrlose Thibaut, dessen Gesicht gerötet und bis zur Unkenntlichkeit geschwollen war, starrte wutentbrannt zurück.

Da trat ein weiterer Mann in den Raum – Humbert de Beaujeu. In einer Hand hielt er sein blankes Schwert, in der anderen eine Fackel. Voller Verwirrung sah er sich um und ging dann auf die Königin und den päpstlichen Legaten zu.

»Seid Ihr der *lieutenant* Frankreichs?«, fragte Ignazio und lief ihm entgegen.

»Ja …«, antwortete Humbert verwirrt, er hatte die Lage immer noch nicht durchschaut.

»Sehr gut. Bringt die Königin in Sicherheit. Niemand wird Euch daran hindern.«

Der Ernst der Lage duldete keinen Widerspruch.

Dann wandte sich Ignazio an Willalme. »Du wirst sie begleiten.«

Der Provenzale sah ihn überrascht an. »Und du?«

»Ich werde euch bald folgen. Doch zuvor möchte ich im Wehrturm noch etwas überprüfen.«

»Ich warte hier auf dich.«

»Nein.« Ignazio zog ihn auf die Seite und flüsterte ihm ins Ohr: »Behalte die Königin im Auge.«

»Aber sie ist jetzt doch außer Gefahr«, gab Willalme ebenso leise zurück. »Der Graf der Champagne kann ihr nichts mehr tun.«

»Begreifst du denn nicht?« Der Händler aus Toledo sah misstrauisch zur Königin hinüber. »Sie stellt die eigentliche Gefahr dar.«

Willalme traute seinen Ohren nicht. Dies war eine ungeheuerliche Behauptung. »Das musst du mir erklären. Wie kannst du dir so sicher sein?«

»Jetzt ist keine Zeit für Diskussionen. Ich erkläre es dir später, wenn ich wieder bei euch bin. Nun geh!« Ignazio legte ihm die Hände auf die Schultern und sah ihm eindringlich in die Augen. »Steig diesen verfluchten Turm nach unten und such meinen Sohn! Vergewissere dich, dass es ihm gut geht!«

»Aber du …«

»Ich muss wissen … Dieser Turm birgt Geheimnisse, das verstehst du doch, oder?«

Willalme sah ihn verbittert an. »Nein, das verstehe ich nicht«, seufzte er. »Ich werde dich wohl nie verstehen, mein Freund.«

Ignazio sah verärgert zu Boden. Seine Augen wirkten wieder undurchdringlich, doch sie hatten einen fiebrigen Glanz. Wieder einmal konnte sich keiner sein Verhalten erklären, am allerwenigsten er selbst.

Es war alles gesagt. Mit schnellen Schritten ging Willalme zur Tür und vermied es, sich noch einmal zu Ignazio umzudrehen. Die anderen waren schon vorausgeeilt: allen voran Königin Blanca, dann der übel zugerichtete Thibaut und der Kardinal, der nicht gut zu Fuß war, sodass Humbert ihn stützen musste. Romano Bonaventura schien von allen in der schlimmsten Verfassung zu sein, die Spuren des *plumbum nigrum* im Wasser hatten seinen Verstand umnachtet.

Doch als sie draußen vor den Wehrturm traten, musste sich Willalme einer völlig unerwarteten Situation stellen.

37

Als Ignazio endlich allein war, erforschte er kurz sein Gewissen. Eigentlich hatte er geglaubt, er habe seinen unbändigen Wissensdurst vorerst besänftigt, doch dieser war wieder erwacht, und zwar heftiger als je zuvor. Er war von Zweifeln zerrissen, doch im Augenblick war seine Neugier stärker als sein Wille, und so ließ er sich von ihrer Gewalt fortreißen wie ein Schiff vom Sturm. Nun, da er die Königin entfernt hatte, konnte er noch einer Angelegenheit nachgehen, für die ihm vorher keine Zeit geblieben war.

Er stieg über die Leiche von Pater Gilie hinweg und eilte in die oberen Stockwerke des Wehrturms. Während er die Treppen nach oben hastete, dachte er über das nach, was ihm de Lusignan enthüllt hatte: Hier im Turm musste es ein Zimmer geben, in dem seltene Bücher über Alchimie untergebracht waren. Und der Händler aus Toledo konnte diesen Ort nicht verlassen, ehe er nicht wenigstens versucht hatte, sie zu retten.

Er sah in jedem Raum nach, doch bald hatte er die Terrasse oben auf dem Turm erreicht, ohne dass einer darunter gewesen wäre, der wie eine Bibliothek aussah. Die Bücher waren bestimmt in einem Geheimversteck untergebracht! Er musste also wieder nach unten und gründlicher suchen.

Er wollte gerade zurückgehen, da hielt ihn etwas zurück. Der Geruch nach verbranntem Fleisch drang ihm in die Nase. Und als er dann weiter auf die Terrasse hinaustrat, entlockte ihm das, was er dort sah, einen unterdrückten Schrei.

Am äußersten Rand lag ein Haufen verkohlter Holzscheite, auf denen an einen Pfahl gebunden ein schwarzer, rauchender Klumpen zu erkennen war: die Überreste eines Menschen. Die unteren Gliedmaßen waren auf makabre Weise zusammengeschrumpft. Im Gesicht, das zum Teil noch erkennbar war, stachen die leeren Augenhöhlen und der Mund hervor, der in einem ewigen Schrei aufgerissen war.

Dass der Leichnam nicht vollständig verbrannt war, machte den Anblick noch grauenvoller. Ignazio hatte schon von diesem Phänomen gehört, so etwas geschah immer dann, wenn die zum Scheiterhaufen Verurteilten im Regen verbrannt wurden. Dann verlängerte sich ihr Leiden unsäglich, denn die Gliedmaßen verbrannten nur sehr langsam und nur zum Teil. Dieses Schicksal musste nun auch de Lusignan erlitten haben, wahrscheinlich weil sich der Nebel und die geheimnisvollen Dämpfe aus den Türmen auf seinem Körper niedergeschlagen und so den Verbrennungsprozess verlangsamt hatten.

Angewidert senkte Ignazio den Blick nach unten und bemerkte auf dem Boden knapp vor dem Scheiterhaufen einen kleinen glitzernden Gegenstand: einen Anhänger, der ihm bekannt vorkam. Er stellte eine Spinne mit eingerollten Beinen dar, und er hatte ihn schon am Hals von de Lusignan gesehen. Instinktiv bückte er sich und hob ihn auf.

Jetzt hatte er auch wieder die Kraft, sich noch einmal der Leiche zu widmen. Obwohl er in seinem Leben schon Schlimmeres zu Gesicht bekommen hatte, verstörte ihn dieser Anblick. Ja, er jagte ihm einen Todesschrecken ein. Denn in seinem Innersten befürchtete er, dass ihn, wenn er seine Neugier nicht bezähmen konnte, früher oder später das gleiche Schicksal ereilen könnte.

Der Gestank nach verbranntem Fleisch verschlug ihm den Atem, sodass er an den Zinnen Halt suchen musste. Die kühle Nachtluft strich ihm über die Stirn und beruhigte ihn ein wenig. Der Himmel hatte teilweise aufgeklart, und er konnte die Sterne sehen. Nach dem Einsturz des *athanors* stießen die Türme keine Dämpfe mehr aus, der dumpfe Nebel, der bislang über Airagne gehangen hatte, löste sich langsam auf.

Die Hügel der Cevennen erhoben sich rau und anmutig zugleich vor ihm im Mondlicht. Eine tiefe Stille lag über den zerfurchten Felsen.

Doch der Zauber währte nur kurz, dann meldete sich wieder Ignazios Vernunft. Denn als er nach unten geblickt hatte, hatte er dort etwas Unerwartetes entdeckt. Der Kampf war beendet, der

Burghof lag beinahe verlassen da. Alle Soldaten und ein Großteil der Gefangenen waren geflohen. Doch einige von ihnen waren geblieben und hatten sich um den Wehrturm versammelt. Was hatten sie vor? Da wurde ihm klar, dass sie mit den Fackeln in ihren Händen Feuer an den Turm legten.

Ignazio erschrak. Was diese Menschen taten, war nur zu verständlich, sie wollten das Symbol zerstören, das für all ihre Leiden stand. Doch für ihn, der sich hoch oben auf der Spitze des Turmes befand, konnte die Lage höchst gefährlich werden.

Die Wände des Wehrturms bestanden aus mächtigen Steinquadern, daher würden ihnen die Flammen nichts anhaben können. Doch das Innere – Balken, Fußböden, Decken – war aus Holz. Das Feuer würde alles vernichten, und die Flammen würden vermutlich schnell ganz bis nach oben schlagen. Seines stützenden Gerüstes beraubt würde das Gebäude in sich zusammenfallen.

Erschreckt von der Aussicht, dass er nun tatsächlich bei lebendigem Leib verbrennen könnte, wollte Ignazio schon losrennen, da fesselte eine kleine Szene unten im Hof erneut seine Aufmerksamkeit: Etwas abseits von den Menschen mit den Fackeln sah er drei Gestalten, in denen er Willalme, Uberto und Moira erkannte. Sie schienen etwas in seine Richtung zu rufen, wahrscheinlich forderten sie ihn auf, so schnell wie möglich herunterzukommen. Plötzlich sah er, wie Uberto auf den Eingang des Wehrturms zurannte und die beiden anderen ihm folgten. Sie wollten ihm zu Hilfe kommen.

»Was macht ihr denn da?«, schrie Ignazio auf. »Nein, bleibt unten!«

Doch sie achteten nicht auf ihn, wahrscheinlich hatten sie ihn nicht einmal gehört.

Oh, diese dummen Kinder! Warum brachten sie sich nicht in Sicherheit? Was konnten sie denn schon ausrichten?

Besorgt lief er los und tat damit das einzig Vernünftige: Wenn er sie nicht aufhalten konnte, musste er ihnen entgegengehen. Wenn sie sich auf halbem Weg träfen, wäre die Gefahr, der sie sich aussetzten, wenigstens geringer.

Ignazio rannte mit halsbrecherischer Geschwindigkeit die Treppen hinunter, während der Rauch, der ihm von unten entgegendrang, immer dichter wurde. Seine Augen begannen zu brennen, während das Gebälk im ganzen Turm knackte. Überall hörte man aufplatzendes Holz und den zischenden Atem des Feuers.

Als er auf halber Höhe des Turms war, begegnete er den ersten Flammen. Sie verschlangen alles und wanden sich unter Heulen wie rote Girlanden an den Decken entlang. Immer wieder hörte er ein Knallen und das Knacken von Holz. Der Weg hinunter wurde immer schwieriger, aber es war die einzige Möglichkeit. Ignazio fürchtete ernsthaft, dass Airagne sein Grab werden würde. Er hoffte nur, dass Uberto und Willalme bald bemerken würden, wie gefährlich und aussichtslos ihr Vorhaben war, und wieder umkehrten.

Eng an die Wand gepresst lief er weiter nach unten, bis er schließlich das Erdgeschoss des Turms sehen konnte. Es kam ihm noch unendlich fern vor, doch er hatte keine Wahl: Er musste weiter. Der Lärm dieser Flammenhölle machte ihn fast taub, die Hitze war inzwischen unerträglich geworden.

Dann erkannte er mitten in dem Tosen der Flammen eine Stimme: Es war Uberto, der nach ihm rief. Schon sah er ihn auch, nur noch wenige Schritte von ihm entfernt, aus einer Rauchwolke auftauchen.

Ignazio wollte auf ihn zueilen, doch plötzlich gaben die Holzstufen unter ihm nach, und die Treppe brach auseinander.

Überrascht fiel Ignazio in die Öffnung. Er schlug mehrfach mit Kopf, Rücken und Armen an und konnte sich gerade noch an einem Balken festhalten, was ihm das Leben rettete, dann rutschte er jedoch ab und fiel zu Boden. Langsam richtete er sich auf, er hatte sich zwar wehgetan, doch alles in allem war er ohne größere Verletzung davongekommen.

Er war in einem Raum unterhalb der Treppe gelandet, der ihm vorher nicht aufgefallen war. Hier hatte das Feuer noch nicht gewütet, aber schon drang der Rauch durch die zerborstenen Balken über seinem Kopf.

Ignazio sah sich um. Dieser Raum war eine Art Werkstatt, in deren

Mitte ein runder Tisch voller Gefäße und Röhren aus Glas stand, die Wände waren mit Regalen voller Bücher bedeckt.

Hier also mussten sich die alchimistischen Schriften befinden, von denen de Lusignan gesprochen hatte! Schnell ging er zu den Regalen, gierig flog sein Blick über die Werke. Einige holte er hervor, um rasch die Namen und Titel auf der ersten Seite zu lesen. Zum Großteil waren sie auf Latein verfasst, einige auch auf Arabisch. Als er sich mit Letzteren beschäftigte, entdeckte er zu seinem großen Erstaunen darunter die Werke des Alchimistenfürsten Khalid ibn Yažid, Gebers »Siebzig Bücher« und das »Buch der Geheimnisse« von Abu Bakr Muhammad ibn Zakariya ar-Razi. Er fand den »Brief der Sonne an den zunehmenden Mond« und die »Chemische Tabelle« von Muhammad ibn Umail al-Tamimi, besser bekannt unter dem Namen Senior Zadith, und das »Ziel des Weisen« von Māslama ibn Ahmad al-Maǧrītī. Und noch so viele andere. Er stand vor einem unermesslichen Schatz.

Vergessen waren die Schmerzen nach seinem Sturz. Er raffte aus den Regalen so viele Bücher zusammen wie möglich, in dem verzweifelten Versuch, sie vor den Flammen zu retten. Er hielt bereits viel mehr Bücher in den Armen, als er tragen konnte, da hörte er, wie neben ihm eine Seitentür aufging. Es war Uberto! Sein Sohn hatte ihn gefunden.

»Vater, was tust du da?« Uberto war außer sich vor Sorge. »Meinst du wirklich, jetzt ist der Moment, sich um Bücher zu sorgen?«

»Ich komme«, rief Ignazio und balancierte den Stapel vor sich her. »Ich bin fast fertig …«

In dem Moment kamen auch Willalme und Moira herein.

»Schnell, wir müssen los!«, trieb sie Willalme an. »Bis auf dieses Zimmer steht schon alles in Flammen!«

Der Händler aus Toledo nickte wieder, doch er kam nur langsam vorwärts, da er seine wertvolle Beute nicht verlieren wollte. Er stand wie unter einem Bann und schien den Ernst der Lage nicht zu erkennen. Uberto packte ihn an einem Arm und schüttelte ihn, sodass einige Schriften zu Boden fielen. Da tauchte Ignazio aus seinem schlafwandlerischen Zustand auf und ließ sich fortziehen, doch seine

Blicke blieben auf den Büchern haften, die er verloren hatte. Erst als sie endlich vor dem Zimmer standen und die Flammen um sie herum tosten, fand er zu seiner üblichen Vernunft zurück.

Sie schafften es wohlbehalten bis ins Erdgeschoss, doch dort versperrte ein Haufen lodernder Trümmer den Ausgang. Ein Knirschen im Gebälk kündigte an, dass bald der ganze Turm in sich zusammenstürzen würde. Jetzt galt es, rasch einen Ausweg zu finden.

»Versuchen wir es durch die unterirdischen Gänge!«, schlug Moira vor.

»Hier entlang«, sagte Ignazio und zeigte auf eine Falltür.

Schnell waren sie alle in dieser Öffnung verschwunden und befanden sich nun wieder in dem unterirdischen Labyrinth von Airagne. Sie durchquerten den Gang, der Ignazio und Willalme in den Wehrturm geführt hatte, bis sie wieder das große Gewölbe mit der Statue der Melusine erreichten. Dort hatten der Austritt der *Ethelia*-Dämpfe und der Einsturz der Türme zum Glück noch keinen Schaden angerichtet, doch man spürte, dass es nur noch eine Frage der Zeit war, bis alles in sich zusammenfiel.

Moira erkannte den Gang, der nach draußen führte, und kurz darauf erreichten sie die Oberfläche. Sie waren wieder außerhalb der Burgmauern im Wald.

Dort fanden sie drei friedlich weidende Pferde vor: Jaloque, den Schecken des Mauren und den weißen Hengst von Philippe.

Schweigend wandten sie sich noch einmal um und beobachteten, wie der Wehrturm von den Flammen verschlungen wurde. Die dunkle Nacht nahm ihn unbarmherzig auf. Das Geheimnis von Airagne würde auf ewig verloren sein.

»Gehen wir!«, brach Ignazio schließlich die Stille. Seine Enttäuschung konnte er nur schlecht verhehlen.

38

Nachdem sie den Wald hinter sich gelassen hatten, liefen sie zunächst zu Fuß über den holprigen Pfad weiter, bis das Gelände endlich so eben war, dass sie ihre Reise zu Pferde fortsetzen konnten. Ignazio schwang sich auf den Schecken, an dessen Sattel er bereits vorher eine ausgebeulte Tasche mit den geretteten Büchern festgemacht hatte. Uberto nahm Moira hinter sich auf Jaloque, während Willalme auf den nunmehr herrenlosen Schimmel stieg. Gerade als sie losreiten wollten, hörte sie ein Bellen. Ein großer schwarzer Hund, aus dessen schwarzem Fell der Ruß nur so aufstob, tauchte zwischen den Büschen auf und rannte mit hängender Zunge auf sie zu. Moira schrie erfreut auf und ließ sich vom Pferd gleiten, um ihn zu streicheln. Der Hund bellte freudig, dann umkreiste er aufgeregt Uberto.

Der junge Mann lächelte. »Ist ja schon gut. Wir nehmen dich ja mit, du Riesenvieh.«

Dann ritten sie nach Westen. Müde, hungrig und von den Erlebnissen erschöpft wollten sie nur noch möglichst bald eine Unterkunft finden, wo sie sich erfrischen konnten.

Bei Tagesanbruch, als auch die Landschaft sanfter wurde, begegneten sie einem Trupp Soldaten, die einer Kutsche folgten. Neben dem Gefährt ritt Humbert de Beaujeu.

Ignazio trieb sein Pferd auf den Mann zu, die anderen folgten ihm. Der *lieutenant* begrüßte ihn erfreut und sagte: »Ich habe mich schon gefragt, wo Ihr wohl geblieben seid, Monsieur.«

»Die Pfade in diesen Bergen sind verschlungen«, erklärte Ignazio. »Wir sind wohl auf verschiedenen Wegen ins Tal gelangt.«

»Es freut mich, Euch wiederzusehen.« Humbert lächelte allen huldvoll zu. »Ich bin mir immer noch nicht sicher, was sich in der Burg wirklich abgespielt hat, aber ich glaube, dass wir auf die eine oder andere Weise in Eurer Schuld stehen.«

»Zu gütig, Sieur. Was genau habt Ihr denn nicht verstanden?«

Humbert de Beaujeu zögerte einen Moment, dann entschloss er

sich doch zu einer Antwort. »Mich quält eine Frage ganz besonders. Ich verstehe einfach nicht, weshalb ein Teil des königlichen Heeres sich entschließen konnte, dem Grafen von Nigredo zu dienen.«

»Für dieses Rätsel gibt es eine ganz einfache Lösung. Dazu müsst Ihr bloß die Soldaten befragen.« Ignazio sah ihn schräg von der Seite an. »Ihr wisst tatsächlich nicht, wer der Graf von Nigredo nun wirklich war, habe ich recht?«

»Ihr habt vollkommen recht«, erwiderte Humbert und runzelte die Stirn. »Das wusste ja nicht einmal Bischof Fulko.«

»Bischof Fulko …«, wiederholte Ignazio leise. »Den hatte ich fast vergessen. Was ist aus Seiner Exzellenz geworden?«

Humbert de Beaujeu winkte gleichgültig ab. »Nachdem die Burg in sich zusammengefallen war, ist er Hals über Kopf geflohen und der Rest seiner Reiter mit ihm. Offenbar habe ich mich in ihm getäuscht. Ich hatte angenommen, er sei zur Rettung der Königin gekommen, stattdessen hat ihn nur eine ungesunde Gier nach Airagne geführt. Er hat die goldenen Écus erwähnt, diesen galt sein ganzes Interesse.«

»Ihr wisst doch, wie die Männer der Kirche sind, niemals enthüllen sie einem ihre wahren Absichten …«

»Da bin ich ganz Eurer Meinung. Doch Ihr seid nicht weniger geheimnisvoll, Monsieur. So kenne ich noch immer nicht Euren Namen. Ihr habt Euch an mich gewandt, ohne Euch vorzustellen.«

Ignazio lächelte. »Nun ja, eigentlich habt ja Ihr das Gespräch begonnen.«

»Seht Ihr? Schon wieder weicht Ihr mir aus. Und ich kann gar nicht genau sagen, ob mich Euer Verhalten mehr ärgert oder belustigt … Nun sagt schon, wie Ihr heißt, und erzählt, was Ihr auf Airagne gesucht habt.«

Ignazio wollte schon antworten, als eine Frauenstimme aus dem Inneren der Kutsche sie unterbrach: »Humbert, mit wem redet Ihr?« Die Vorhänge wurden zurückgeschoben, und das Gesicht der Königin erschien im Fenster. »Ach, der Spanier«, rief sie nicht gerade begeistert.

»Wir reden gerade über das, was vorgefallen ist, Majestät«, erklärte der *lieutenant*.

»Lasst den Mann in meine Kutsche«, befahl Blanca. »Ich habe einige Fragen an ihn.«

»Wie Eure Majestät wünscht.« Humbert hielt den Zug an und bedeutete Ignazio, sich der Kutsche zu nähern.

Dieser saß ab und kletterte ins Innere der Kutsche. Hier saß die Königin auf einem Polster aus rotem Samt, doch sie war nicht allein. Der Kardinal von Sant'Angelo hatte sich wie ein schlummerndes Kind in einer Ecke zusammengerollt. Seinem Gesichtsausdruck nach zu schließen hatte er angenehme Träume.

»Ich hatte damit gerechnet, Euch in Gesellschaft des Grafen der Champagne anzutreffen«, begann der Händler aus Toledo ohne Umschweife, ihn schien es nicht zu bekümmern, ob er unhöflich war.

»Er hat sich, so schnell er konnte, verabschiedet«, sagte Blanca und konnte einen Seufzer nicht unterdrücken.

Ignazio wurde ernst. Sein ohnehin strenges Gesicht wirkte durch die Verletzungen, die er sich bei der Flucht aus dem Wehrturm zugezogen hatte, noch finsterer.

Blanca musterte ihn kühl. »Ich weiß nur zu gut, wer Ihr seid, Ignazio Alvarez«, sagte sie schließlich. »Ich war bereits vor Eurem Erscheinen auf Airagne über Euch unterrichtet.«

Ignazio tat geschmeichelt. »Und ich weiß ebenfalls, wer Ihr seid, Majestät.«

Zum zweiten Mal innerhalb kürzester Zeit durchzuckte Blanca Achtung und Furcht vor diesem Mann. »Was meint Ihr damit?«

Die Unterredung wurde kurz unterbrochen, weil die Kutsche über eine Unebenheit im Weg holperte. Die Insassen wurden kräftig durchgeschüttelt. Kardinal Bonaventura knurrte und schien zu erwachen, doch dann warf er sich auf die andere Seite und versank wieder in tiefem Schlaf.

Sobald erneut Ruhe eingekehrt war, antwortete Ignazio: »Der erste Verdacht kam mir vor zwei Wochen, als ich auf ein Lager der Archonten stieß. Unter ihnen waren auch einigen Soldaten aus dem königlichen Heer. Sie trugen die gewohnten Farben, und es waren zu viele, als dass es sich um Deserteure handeln konnte.« Ignazio schloss die Augen, bevor er zum endgültigen Schlag ausholte. »Die Soldaten des Königs von Frankreich sind keine gemeinen Söldner, sie sind nicht so einfach zu bestechen: Sie gehorchen nur dem Herrscher, seinen direkten Untergebenen und selbstverständlich auch … der Königin.«

Blanca zuckte zusammen. »Ihr ergeht Euch in wilden Vermutungen. Und selbst wenn es wahr wäre, so gibt es doch keine Beweise oder Zeugen.«

»Das nicht, aber für all dies gibt es nur eine einzige Erklärung. Beginnen wir bei den Dörfern, die von den Archonten ausgelöscht wurden. Die Einwohner wurden entführt oder getötet. Die wenigen, die entkommen konnten, haben aus Angst geschwiegen. Die anderen haben nichts gesagt, weil sie wussten, dass die Lage sich so zu ihren Gunsten entwickeln würde. Die Vernichtung der Katharer spielt vielen in die Hände, nicht nur der katholischen Kirche.«

»Und wie erklärt Ihr, dass die Soldaten des Königs abtrünnig wurden?«, fragte ihn Blanca und zwinkerte unruhig mit den Lidern.

Ignazio unterdrückte ein spöttisches Grinsen. Die Königin bebte innerlich, auch wenn sie sich noch so ungerührt gab. Ganz gewiss nicht aus Angst, sondern vor Wut. Das Netz ihrer Ränke wurde vor ihren Augen zerrissen, und sie konnte nichts tun, um es aufrechtzuerhalten.

»Das ist ganz einfach, denn niemand von ihnen wurde abtrünnig, Majestät«, erklärte Ignazio. »Diese Soldaten dienten weiter der Krone, die Ihr repräsentiert. Ihr habt sie dazu gebracht, unter dem Banner der Schwarzen Sonne zu marschieren und die Burg Airagne zu verteidigen. Und die Soldaten sind Euch, ohne zu zögern, gefolgt, denn das war Euer Befehl. Wem sonst hätten sie gehorchen sollen?« Ganz in seine Gedanken versunken verschränkte er die Arme. »Im Grunde hat es keinerlei Gewalt gegeben. Die Entführung wurde nur vorgetäuscht, und die Soldaten dachten, sie verfolgten weiter ihren Kreuzzug gegen die Ketzer, den sie schon unter Eurem verstorbenen Gemahl begonnen hatten. Ihr habt einfach das Hauptquartier an einen anderen Ort verlegt und sie dazu bewogen, weitere Soldaten in ihre Reihen aufzunehmen.«

Blanca kniff die Augen zu schmalen Schlitzen zusammen. »Man hatte mir gesagt, dass Ihr ein scharfsinniger Mann seiet, Ignazio Alvarez. Ich hätte Euch töten lassen sollen.«

Der Händler aus Toledo zuckte mit den Schultern. »Oh, das hat man versucht, Majestät. Sogar mehr als einmal.«

»Und diese Indizien haben Euch genügt, um alles aufzudecken?«

»Einige Details haben mich auf die richtige Fährte geführt. Zunächst war da dieser alte Mönch, Gilie de Grandselve. Er muss Euch in vielerlei Hinsicht nützlich gewesen sein. Als Bote und als Späher, aber vor allem als Alchimist. Als er starb, habe ich Bedauern in Eurem Gesicht gelesen, aber auch ein wenig Zorn. Es war klar, dass Ihr eine wichtige Stütze verloren hattet. Und das hat meinen Verdacht bestätigt: Der Alte war nicht Euer Kerkermeister, sondern Euer Komplize. Genau wie Thibaut de Champagne.«

»Thibaut wusste zunächst nichts«, erklärte Blanca. »Ich hatte ihn zu mir rufen lassen, als ich schon auf Airagne war. Erst nachdem ich mich versichert hatte, dass ich auf ihn zählen konnte, habe ich ihn über die Lage aufgeklärt. Indem ich ihn zu meinem Komplizen machte, konnte ich ihn davon abhalten, sich weiter mit den aufständischen Baronen gegen die Krone zu verschwören.«

»Aber den Kardinal von Sant'Angelo habt Ihr im Unklaren gelassen.«

»Der arme Romano Bonaventura …« Die Königin lächelte mitleidig. »Ich musste es tun. Seine Treue gilt Rom, nicht mir. Der Kardinal dachte wirklich, wir seien vom Grafen von Nigredo entführt worden. So wie im Übrigen auch Humbert de Beaujeu.«

»Ach ja, Humbert de Beaujeu. Er hat Euch so vorbehaltlos geglaubt, dass er ständig an einem Plan zu Eurer Befreiung arbeitete.«

»Das war sehr ritterlich von ihm, aber eher unklug«, bemerkte Blanca. »Romano und Humbert wissen nichts über meine eigentlichen Pläne. Ich hatte mich mit ihnen auf den Weg gemacht und vorgegeben, dem Konzil von Narbonne beiwohnen zu wollen. Während der Reise habe ich ihnen ein starkes Schlafmittel verabreicht. Dann habe ich angeordnet, einen anderen Weg zu nehmen, und Boten ausgeschickt, damit der größte Teil meiner Truppen in den Cevennen an einem bestimmten Ort zu mir stoßen sollte. Von dort habe ich das Heer nach Airagne geführt. Als meine beiden Begleiter erwachten, waren sie schon in der Burg eingeschlossen, doch sie wussten von nichts. Ich habe ihnen dann erklärt, der Graf von Nigredo habe uns entführt und dass wir an einem unbekannten Ort gefangen gehalten würden. Selbstverständlich haben sie mir alles geglaubt.«

»Dem habe ich nichts hinzuzufügen, Majestät«, schloss Ignazio. »Ihr seid zweifelsohne eine großartige Strategin. Ihr habt die Stärke Eures Vaters geerbt, des großen Königs Alfons des Achten von Kastilien, und das Talent für das Intrigenspiel des Hauses Plantagenet, aus dem Eure Mutter stammt. Ihr macht beiden Familien große Ehre, wenn man das so sagen darf.« Nach einer Pause schaute er Blanca direkt in die Augen. »Wenn es mir erlaubt ist, möchte ich Euch eine Frage stellen.«

»Nachdem Ihr derartigen Scharfsinn bewiesen habt, habt Ihr Euch das wohl verdient.«

»Also gut, warum habt Ihr dieses ganze Schauspiel in Szene gesetzt?«

Bei der Frage verfinsterte sich das Gesicht der Königin. »Meint Ihr, es sei einfach für mich, eine Frau und allein, das Königreich von Frankreich zusammenzuhalten? Indem die Grafen im Süden die Katharer unterstützen, haben sie sich zu einem religiösen Bund gegen die Krone zusammengefunden. Und damit nicht genug, nach dem Tod meines Gemahls haben die Barone Frankreichs gegen mich rebelliert und sich um den Herzog Mauclerc versammelt. Ihr könnt Euch nicht vorstellen, was ich alles unternehmen musste, um mir die Neutralität Englands zu sichern.«

»Daher seid Ihr nach Airagne geeilt, weil Ihr dachtet, hier könntet Ihr Eure Probleme lösen. Doch wie habt Ihr überhaupt von diesem Ort erfahren?«

»Ich halte mich immer über meine Feinde auf dem Laufenden und über diejenigen, denen ich nicht vollständig über den Weg traue. Dazu zählt auch das Haus de Lusignan. Und als ich über seine Familie Erkundigungen einzog, entdeckte ich das Geheimnis von Sieur Philippe: Airagne. Dann nutzte ich seine Abwesenheit, um mich der Burg zu bemächtigen. Mit Hilfe der Archonten wollte ich das Languedoc wieder befrieden, und mit dem alchimistischen Gold hätte ich die Truppen der aufständischen Barone abgeworben. Und durch die vorgebliche Entführung habe ich meine Feinde in die Irre geführt.«

»Warum habt Ihr allein gehandelt?«

»Ich kann mich auf niemanden verlassen, nicht einmal auf den Konnetabel Humbert de Beaujeu«, seufzte die Königin. »Allein sein Pflichtgefühl treibt ihn dazu, sich für mich einzusetzen. Und ich konnte ihn ja auch nicht frei herumlaufen lassen: Durch seine Gefangennahme bekam ich direkten Zugriff auf das Heer Frankreichs.«

Ignazio begriff, dass er einer Frau gegenübersaß, die ebenso geschickt wie unerbittlich darin war, Menschen nach ihrem Willen zu lenken. Er erinnerte sich an eine Begebenheit, es musste zehn Jahre her sein, als Blanca und ihr Gemahl Ludwig noch nicht über Frankreich herrschten. Damals war Ludwig der Dauphin von Frankreich und befand sich auf der anderen Seite des Ärmelkanals, wo er gegen die Engländer kämpfte wegen eines Erbes, das seiner Frau verweigert worden war. Nachdem sie in einer Schlacht eine schwerwiegende Niederlage erlitten hatten, hatte sich Blanca an seinen Vater gewandt, König Philipp August, damit dieser zu ihrer Unterstützung Truppen nach England schickte. Nachdem er ihr zunächst eine Absage erteilt hatte, hatte sie damit gedroht, ihre eigenen Kinder jedem als Pfand zu überlassen, der einen Feldzug in England finanziell unterstützte. Schließlich hatte die Entschlossenheit seiner Schwiegertochter Philipp August zum Einlenken veranlasst.

»Die Burg Airagne war für Euch eine großartige Einnahmequelle, nicht wahr?«, sagte Ignazio, der zum Schluss kommen wollte.

»Und mein Neffe Ferdinand wusste das nur zu gut, das kann ich Euch versichern. Er und sein Beichtvater, dieser Gonzalez de Palencia, haben überall Augen und Ohren«, bestätigte Blanca. »Der König von Kastilien hat Euch nicht hierhergeschickt, um mich zu retten, sondern um mir zu schaden. Was glaubt Ihr wohl? Sein äußerliches Desinteresse an Frankreich ist in Wirklichkeit eine stillschweigende Erpressung: Seit Jahren schon bin ich gezwungen, mir seine Neu-

338

tralität zu erkaufen, indem ich seine königlichen Kassen auffülle, nur so kann ich ihn davon abhalten, sich mit Aragonien zu verbünden und sich jenseits der Pyrenäen in mein Königreich auszubreiten.«

»Der Apfel fällt eben nicht weit vom Stamm«, bemerkte Ignazio dazu nur. »Doch indem Ihr Euch der Burg Airagne bemächtigt habt, habt Ihr Not und Leid über Tausende von Familien gebracht.«

»Ich an Eurer Stelle würde lieber nicht so selbstzufrieden dreinschauen.« Die Königin funkelte ihn drohend an. Sie war wieder zur unbezwingbaren Kriegerin geworden. »Wenn Ihr glaubt, ich lasse Euch einfach so gehen, damit Ihr Eure Erkenntnisse überall verbreiten könnt, dann irrt Ihr.«

»Ich bin das geringste Eurer Probleme, Majestät«, wiegelte er unbeeindruckt ab.

Die Königin wirkte sehr überrascht. »Wer könnte sonst noch die Wahrheit herausfinden?«

»Euer *lieutenant* zum Beispiel, um mal mit einem anzufangen.« Ignazio beugte sich vertraulich zu ihr vor. »Genau in diesem Moment ist Humbert dabei, die Soldaten zu befragen. Er möchte unbedingt erfahren, wer sie während Eurer angeblichen Gefangenschaft befehligte. Stellt Euch nur seine Bestürzung vor, wenn er von seinen Männern erfährt, dass sie niemals aufgehört haben, Euch zu gehorchen. Sie werden ihm schon sagen, dass Ihr nach dem Konzil von Narbonne dem königlichen Heer befohlen habt, Euch bis in die Cevennen zu eskortieren, um Euch dann in Airagne niederzulassen. Dort habe Ihr noch andere Milizionäre angeworben, die ehemaligen Gefolgsleute von de Lusignan, indem Ihr Euch deren Gunst mit dem alchimistischen Gold erkauft habt, so wie Ihr es mit ihnen schon vorab vereinbart hattet. Dank der tätigen Mithilfe von Gilie de Grandselve habt Ihr die Archonten ›wiederbelebt‹ und sie mit Eurem Heer vereint.«

»Das könnte äußerst peinlich werden, wenn Humbert davon erfahren würde. Ich würde seine Unterstützung verlieren.« Blancas Miene verfinsterte sich schlagartig, sie wirkte besorgt. »Welche Lösung schlagt Ihr vor?«, fragte sie und war selbst am meisten überrascht, dass sie einen Fremden um Hilfe bat.

»Ganz einfach«, sagte der Händler aus Toledo, der ihr verändertes Verhalten erfreut bemerkt hatte. Schließlich hatte er ja die Königin auf derartige Überlegungen gebracht. Er hatte sich schon alles zurechtgelegt, bevor er in die Kutsche gestiegen war, das war sein Plan, um ungeschoren aus der ganzen Geschichte herauszukommen. »Sagt ihm, Ihr wurdet vom Grafen von Nigredo erpresst und dass Ihr nicht anders handeln konntet. Erklärt, Ihr habet nur Befehle an das Heer weitergegeben, die man Euch aufgetragen hatte.«

»Das würde tatsächlich alles lösen«, sagte sie nachdenklich. »Aber wir wissen beide, dass dies nicht der Wahrheit entspricht. Ich hatte die Macht über Airagne. Außerdem hat Humbert niemals den Grafen von Nigredo getroffen. Ich müsste ihm jemanden statt meiner nennen. Doch wen? Thibaut sicher nicht und auch nicht den Kardinal Bonaventura.«

Ignazio beglückwünschte sich innerlich, dass die Königin im Moment nicht sehr viel Weitsicht bewies, und raunte ihr verschwörerisch zu: »Was mich betrifft, so war der Graf von Nigredo immer nur Philippe de Lusignan. Keiner hat je seinen Platz eingenommen. Ihr müsst nur sagen, dass seine Söldner Euch entführt haben. Und schließlich habt Ihr angeordnet, er möge auf dem Scheiterhaufen verbrannt werden.«

»Das ist gut. Ich pflege immer die Leute aus dem Weg zu räumen, die mich behindern. Und dieser Mann stellte eine Bedrohung dar. Er wollte sich Airagne zurückholen.«

Es verlief alles, wie er es geplant hatte. Ignazio brauchte nun nichts weiter zu tun, um die Königin auf die offensichtlichste Lösung zu bringen. »Ich kann bezeugen, dass ich die Überreste des Grafen von Nigredo, also Philippe de Lusignans, gesehen habe. Wir werden einfach behaupten, seine Soldaten hätten ihn verraten und ihn verbrannt, kurz bevor Humbert zu Eurer Rettung gekommen war. Wenn Ihr Euch an diese Version haltet, wird kaum jemand daran zweifeln.«

»Humbert hat den Scheiterhaufen doch gar nicht gesehen«, warf Blanca ein. »Wenn wir jeden Zweifel ausräumen wollen, brauchen wir handfeste Beweise.«

»Ich habe vorgesorgt.« Ignazio kramte in seiner Tasche. »Nehmt das.« Damit legte er den goldenen Anhänger in ihre Hand. »Den hier trug Philippe de Lusignan immer um den Hals. Ich habe ihn bei seinen verkohlten Überresten gefunden.«

»Es sieht aus wie ein heidnisches Amulett …« Die Königin untersuchte den Anhänger, dann sah sie überrascht auf. »Das ist ja eine Spinne mit eingerollten Beinen. Das gleiche Bild wird auf die Münzen von Airagne geprägt.«

»Das ist das Zeichen des Grafen von Nigredo. Alle Soldaten werden es erkennen. Meint ihr, das genügt als Beweis?«

Blancas Augen funkelten zufrieden. »Bestimmt wird es das.«

Somit hatte Ignazio ein Druckmittel in der Hand, um sich abzusichern. »Dieser Anhänger hat allerdings seinen Preis, Herrin«, fuhr er schnell fort, ehe sie es sich anders überlegte. Er wollte so schnell wie möglich von dieser gefährlichen Frau fort.

»Welchen, was meint Ihr?«

»Meine uneingeschränkte Freiheit!«

»Einverstanden«, sagte die Königin. »Überbringt meinem lieben Neffen Ferdinand die besten Grüße.«

»Worauf Ihr Euch verlassen könnt.«

Mit einer Verbeugung verließ Ignazio die Kutsche. Dann gab er Humbert de Beaujeu eine knappe Zusammenfassung der Ereignisse auf Airagne. Seine Schilderung der Tatsachen, die ebenso überzeugend wie gelogen war, passte ganz genau zu der Version, die Blanca erzählen würde.

Als Ignazio endlich frei war zu gehen, wohin er wollte, rief er Uberto, Willalme und Moira zu sich. Gemeinsam verließen sie die königlichen Truppen, die sicher nach Paris ziehen würden.

39

Sobald Ignazio, Willalme, Uberto und Moira sich aus dem Gefolge der Königin von Frankreich entfernt hatten, verdunkelte sich der Himmel, und es brach ein heftiges Gewitter los. Sie konnten sich gerade noch in ein Gasthaus am Rande des Tals flüchten.

Unter dem Dach der Veranda stand ein Mann. Er sah eher wie ein Bauer aus, mit zusammengewachsenen Augenbrauen und einem verfilzten Bart, der beinahe sein ganzes Gesicht verdeckte. Er kaute auf einem Strohhalm herum und starrte gelangweilt in den Regen. Als er die vier Fremden heranreiten sah, warf er den Strohhalm fort und lachte herzhaft. »Wo kommt Ihr denn her?«, fragte er. »Das ist bestimmt kein guter Tag zum Reisen.« Grimmig zeigte er nach oben in die dunklen Wolken. »Wenn es jetzt nicht bald aufhört zu regnen, wird auch in diesem Jahr ein Gutteil der Ernte verfaulen.«

»Wir brauchen eine Unterkunft«, sagte Ignazio und schlug die durchnässte Kapuze zurück.

»Kommt nur herein«, erwiderte der Mann, ohne ihn weiter anzusehen. Sein Blick verlor sich schon wieder im Regen.

Eine dicke, kleine Frau kam aus der Küche und führte sie über eine knarrende Treppe nach oben, dabei zog sie eine deutliche Spur angenehm würziger Gerüche hinter sich her. Sie betrat einen großen Raum im ersten Stock und zeigte auf eine Reihe Strohlager, die durch Vorhänge und Holzparavents voneinander getrennt waren.

Inzwischen hatte Willalme die Pferde in den Stall geführt, um sie abzusatteln. Da fielen aus einer Tasche des Sattels, der vormals Philippe de Lusignan gehört hatte, zwei Briefe. Obwohl Willalme in den letzten Jahren auf Ignazios fortwährendes Betreiben Lesen und Schreiben gelernt hatte, kam er mit Latein immer noch nicht besonders gut zurecht und verstand somit nicht den vollständigen Inhalt der Schreiben. Doch einige Worte erweckten seine Sorge. Schnell ging er wieder in das Gasthaus, um seinem Freund von seiner Entdeckung zu berichten.

Ignazio nahm die Briefe, die Willalme ihm brachte, und untersuchte sie im Lichtschein des kleinen Kamins. Bald tanzten die Zeilen vor seinen Augen. Ihm wurde ganz schwindlig, als er den Sinn der Schreiben erfasste, und er musste sich sehr beherrschen, damit er nicht von der Verzweiflung überwältigt wurde. Die beiden Briefe waren von Philippe verfasst worden und an den Bischof Fulko von Toulouse und Pater Gonzalez adressiert: höchst vertrauliche Botschaften. Beide hatten den gleichen Inhalt. Er blieb an einigen Zeilen hängen.

… Da ich diesen Mann für untreu und den häretischen Doktrinen zugeneigt halte, auch befunden habe, dass er sich gegenüber der kirchlichen Autorität und den Vorschriften der Heiligen Römischen Kirche nicht respektvoll verhält, rate ich Euer Gnaden, diese Worte zu beherzigen und die Möglichkeit in Betracht zu ziehen, ernsthafte Maßnahmen gegen Meister Ignazio Alvarez da Toledo zu unternehmen, damit er am Hofe König Ferdinands keinen schädlichen Einfluss nehmen kann …

»So eine falsche Schlange!« Ignazio knüllte die Briefe zusammen und warf sie wutentbrannt ins Feuer. Die Flammen hatten sie bald verschlungen. »Zum Glück ist er gestorben, ehe er diese Botschaften verschicken konnte.«

Schlecht gelaunt ging er in den Gastraum, wo ihn eine warme Mahlzeit und eine Flasche Rotwein erwarteten. Vergeblich versuchte, er die schlimmen Gedanken zu verdrängen. Er fragte sich, warum de Lusignan diese Briefe überhaupt geschrieben hatte und ob ihn wohl jemand darum gebeten hatte. Pater Gonzalez und Bischof Fulko waren zwei einflussreiche Männer der Kirche, die man fürchten musste, und der Gedanke, dass einer – oder gar beide – Philippe gebeten haben mochten, ihn auszuspähen, machte ihm Angst.

Er musste an den verkohlten Scheiterhaufen hoch oben auf dem Wehrturm von Airagne denken. Das Bild stand jetzt wieder klar und deutlich vor seinen Augen, nur dass diesmal er selbst an dem geschwärzten Pfahl festgebunden war und sein Gesicht sich zu einem unsäglichen Schrei verzerrt hatte.

All dies hätte nie geschehen dürfen. In Zukunft würde er vorsichtiger sein, er würde den Hof und die Sitze der Prälaten meiden und sich ganz auf ein ruhiges Leben im Kreis seiner Familie konzentrieren. Schließlich hatte er genügend Reichtümer angesammelt, um sich ein angenehmes Leben leisten zu können.

Schluss mit den Abenteuern und den irrwitzigen Suchen!, sagte er sich. Schluss mit unvernünftigen Gefahren!

Er musste damit aufhören. Seine Frau Sibilla erwartete ihn.

Sie hatte die ganze Zeit auf ihn gewartet.

Er verdrängte die Angst und setzte sich voll neuer Hoffnung an den Tisch. Seine Gefährten lächelten ihm beruhigend zu.

In den nächsten Tagen zogen sie weiter gen Norden entlang der Ländereien des Toulousain. Sie suchten nach einem ebenso direkten wie sicheren Weg nach Spanien und fanden ihn in einer steinigen Straße, die Pilger nach Santiago de Compostela angelegt hatten. Dieser folgten sie, bis sie den Ort Conques erreichten, wo sie eine kurze Rast einlegten, um zu entscheiden, wie die Reise weitergehen sollte. Hier befand sich eine Abtei, in der die Reliquien der heiligen Fides aufbewahrt wurden, einer wundertätigen Märtyrerin. Die Sonne, die schon vor Längerem wieder hervorgekommen war, ließ die eleganten Reliefs in der Fassade der Kirche besonders gut zur Geltung kommen.

Ignazio und Willalme unterhielten sich angeregt, während Uberto sich mit Moira in den Schatten einer Buche zurückgezogen hatte. Der junge Mann wirkte ziemlich angespannt.

Er dachte wieder an das Gesicht von Galib, an das Verlies von Montségur und das Versprechen, das er Corba de Lanta gegeben hatte, an Kafir, der durch seinen Pfeil gestorben war, und an die Begegnung mit der geheimnisvollen Äbtissin von Santa Lucina. Der Schatten von Airagne, der bis jetzt über den Ereignissen geschwebt hatte, war endlich verschwunden. Dennoch fand er keine Ruhe. Und er kannte auch den Grund dafür.

Während Uberto schweigend darüber nachdachte, was er nun am besten sagen sollte, sah ihn das Mädchen fragend an. Er erfreute sich an ihrem Anblick, doch gleichzeitig fühlte er sich unwohl. Seine Gefühle machten ihn angreifbar.

»Sobald wir die Pyrenäen überschritten haben, bringe ich dich nach Katalonien zu deinen Verwandten«, sagte er, und seine Stimme klang traurig. Er hätte lieber andere Worte benutzt, doch er wusste nicht, wie er sich ausdrücken, wie er sich erklären sollte. Obwohl er sonst sehr selbstsicher und fast schon zu vernünftig war, war er bei manchen Themen eher unbeholfen. Er begehrte Moira, er begehrte sie von ganzem Herzen, doch er war nicht in der Lage, seine Gefühle in Worte zu kleiden. Er hätte sie auch einfach zwingen können, ihm zu folgen und ihn zu heiraten, wie es viele Männer taten, das wusste er. Keiner hätte ihm daraus einen Vorwurf gemacht. Aber sie war ein freier Mensch. Er hätte es niemals über sich gebracht, sie zu etwas zu zwingen.

Moira nahm stumm seinen Arm. Was sollten hier Worte, die Geste sprach für sich.

»Es sei denn …«, stammelte Uberto.

Sie zuckte leicht zusammen. »Es sei denn …«

»Es sei denn, du möchtest bei mir bleiben«, stieß er schließlich in einem Atemzug heraus.

Das Mädchen sah ihn weiter an, ihre langen Haare wiegten sich sanft im Wind. Schweigend streichelte sie über sein Gesicht und sagte schließlich hocherfreut: »Ja.«

Willalme hatte sich mit ernstem Gesicht Ignazio genähert. Er wirkte entschlossen, aber auch sehr traurig. »Mein Freund«, hatte er begonnen, »für mich ist es Zeit, Abschied zu nehmen.«

Ignazio hatte seinen Freund daraufhin lange und liebevoll angesehen. Schon seit einiger Zeit hatte er einen ähnlichen Entschluss erwartet. »Bist du dir sicher?« Man konnte ihm anhören, wie schwer ihm das fiel.

»Ich muss Frieden finden«, hatte Willalme geantwortet. »Meinen Frieden, Frieden in meinem Inneren.«

Der Händler aus Toledo hatte nur genickt. Er spürte, wie es ihm die Kehle zuschnürte, und in gewisser Weise stimmte ihn das sogar

froh. Zeigte es doch, wie viel ihm Willalme bedeutete. Er erinnerte
sich daran, wie er ihm vor vielen Jahren zum ersten Mal begegnet
war und ihm das Leben gerettet hatte. Seitdem war der Provenzale
ihm nicht mehr von der Seite gewichen und war ihm wie ein Schatten
gefolgt, ein weiser und stiller Freund. »Weißt du wenigstens, wohin
du gehen willst?«

»Ja.«

»Dann geh, ich werde dich nicht zurückhalten.« Ignazio umarmte
ihn, wie man einen Sohn umarmt, den man vielleicht nie mehr wie-
dersieht. Und hinter dieser Geste verbarg er seine Traurigkeit. »Finde
deinen Frieden, mein Freund. Finde ihn auch für mich.«

»Dein Frieden ist leicht zu finden«, sagte Willalme leise. »Er liegt
genau vor dir, und doch hast du ihn niemals bemerkt.«

Willalme ging an diesem Sommertag fort, machte sich auf über
steinige Pfade im gleißenden Licht der Sonne des Südens.

Ignazio sah ihm lange nach. Sosehr er sich auch anstrengte, er
konnte sich nicht mehr erinnern, wann er zum letzten Mal geweint
hatte.

EPILOG

Ferdinand der Dritte von Kastilien rutschte auf dem Stuhl in seinem Arbeitszimmer hin und her, um eine bequemere Position zu finden. Er fühlte sich unwohl. Sein Gesicht, auf das der flackernde Schein einer Öllampe fiel, wirkte überaus blass. Er hielt die Augen starr auf ein Schreiben von Ignazio Alvarez gerichtet, das ein Bote heute aus Mansilla de las Mulas gebracht hatte, wo der Händler wohnte.

In dem Schreiben gab Ignazio eine ziemlich verworrene Zusammenfassung der Ereignisse des letzten Sommers in Frankreich. Die Worte waren nur auf den ersten Blick vage, sie deuteten auf die tatsächlichen Ereignisse hin, ohne sie direkt anzusprechen. Im Grunde hatte der Händler aus Toledo es vermieden, skandalöse Behauptungen aufzustellen, da sich diese gegen ihn selbst richten könnten. Und das konnte man ihm nicht vorwerfen.

Ferdinand der Dritte beendete seine Lektüre und warf das Schreiben vor sich auf den überfüllten Schreibtisch. Dokumente, Gänsefedern und Tintenfässer stapelten sich unordentlich auf der Tischplatte und spiegelten seinen zerrissenen Seelenzustand. Er wusste nicht, was er davon halten sollte.

Die Stimme des Dominikanermönches, der vor ihm saß, unterbrach das Schweigen und bot ihm einen Denkansatz: »Zweifellos hat Alvarez hervorragende Dienste geleistet. Er hat nicht nur Ermittlungen angestellt, sondern auch Blanca von Kastilien befreit. So hat er uns aus einem gewaltigen Dilemma geholfen.«

Der Herrscher nickte schweigend, sein Gesicht ließ nichts erkennen.

»Allerdings behauptet er in seinem Brief«, fuhr der Dominikaner fort, »dass das Gold von Airagne nicht echt ist.«

»Na und«, fuhr Ferdinand auf und presste wütend die Kiefer aufeinander. »Das hat auch schon Meister Galib gesagt, wenn Wir Uns recht erinnern.«

»Ich für meinen Teil habe da meine Zweifel, Majestät.« Pater

Gonzalez beugte sich vor und stützte sich an der Schreibtischkante ab. »Dieser Mozaraber weiß mehr, als er sagt, traut ihm nicht über den Weg.« Er kniff die Augen zusammen. »Wenn ich ihn nur etwas länger befragen könnte … Ihr wisst, was ich meine.«

»Wir glauben nicht, dass Wir diesen Weg einschlagen sollten.« Die Stimme des Königs klang etwas unsicher. »Wir schlagen eher vor, dass Wir die Angelegenheit auf sich beruhen lassen. Im Grunde kann Alvarez Uns noch nützlich sein.«

Der Dominikaner seufzte enttäuscht auf, wie eine Katze, der die Beute davonspringt, die sie schon zwischen ihren Krallen hatte. Er beobachtete, wie der König seine Hände zu einem Seitenregal ausstreckte, auf dem er seine Elfenbeinmadonna abgestellt hatte. Während er seinen Blick nicht von diesen fahrigen Händen wenden konnte, sprach er leise, fast wie zu sich selbst: »Ich hatte Sieur Philippe die heikle Aufgabe anvertraut, Alvarez auszuspähen, in der Hoffnung, darauf eine Anklage wegen Häresie aufbauen zu können, sodass man ihn hätte befragen können.« Er zuckte mit den Schultern. »Doch leider ist de Lusignan nicht von dieser Mission zurückgekehrt.«

Ferdinand der Dritte stellte die kleine Statue wieder beiseite und zeigte auf den Brief auf seinem Schreibtisch. »Laut dem Bericht von Alvarez ist Philippe de Lusignan umgekommen, als der Wehrturm von Airagne eingestürzt ist.«

»Eine weitere Lüge, nehme ich an«, zischte Pater Gonzales bösartig.

»Doch auch Ihr seid nicht ganz aufrichtig. Ihr habt Uns nicht über die Absprache unterrichtet, die Ihr mit de Lusignan und vielleicht noch anderen getroffen hattet.« Der König sah seinen Berater durchdringend an. »Wir wissen zum Beispiel, dass Ihr mit dem Bischof Fulko von Toulouse in Verbindung steht, und zwar aus Gründen, die Ihr Uns sorgsam verschweigt. Das ist höchst ärgerlich: Wir wünschen über alles unterrichtet zu werden, Vater. Das wisst Ihr nur zu gut.«

Der Dominikaner zog sich in den Schatten zurück. »Selbstverständlich, Sire. Dieser Alvarez jedoch …«

»Lasst diesen Mann in Ruhe. Alles in allem kann man sagen, dass die Angelegenheit Blanca von Kastilien gelöst ist. Unserer Tante wird es nicht gelingen, ihre Herrschaft in Frankreich zu festigen. Und das genügt Uns.« Ferdinand fuhr mit der Handkante durch die Luft, als wollte er die Unterhaltung beenden. »Vergessen wir das Gold von Airagne. Es gibt Wichtigeres, um das wir uns kümmern müssen.« Er entrollte einige Pergamente auf seinem Tisch. »Konzentrieren wir uns zum Beispiel darauf, nach welcher Strategie wir gegen den Emir von Córdoba vorgehen sollen …«

Mit angespanntem Gesicht folgte Pater Gonzalez mit den Augen dem Zeigefinger des Königs, der über eine große Landkarte fuhr.

Einen Moment lang hasste er ihn. Am liebsten hätte er sich die Elfenbeinmadonna genommen und sie in tausend Stücke zerschmettert.

Genau einen Monat nach ihrer Rückkehr aus Kastilien heirateten Uberto und Moira in dem mozarabischen Kloster San Miguel de Escalada, bei Mansilla de las Mulas. Es war ein wunderschöner Sommertag. Ignazio und seine Frau Sibilla verfolgten zusammen mit einigen Freunden die Zeremonie, als würde damit ein neues Kapitel in ihrem Leben aufgeschlagen.

Die Brautleute standen hinten im Hof, beide waren in Rot gekleidet und trugen einen weißen Schleier auf dem Kopf. Der Priester vor ihnen vollzog die Trauung mit heiterem Ernst.

Ignazio bewunderte seinen Sohn. Er war schön, stark, klug und heiratete gerade die Frau, die er liebte. Die Freude überwältigte ihn. Seine Frau neben ihm war zu Tränen gerührt. Ignazio wandte sich ihr zu. Sibilla war leidenschaftlich und schön wie das Land Spanien. So hatte er sie immer gesehen, seit sie sich kennengelernt hatten. Doch die langen, bangen Jahre des Wartens hatten sie gezeichnet. Er war sich schmerzlich bewusst, dass nur er dafür verantwortlich war, und nahm sich wieder einmal vor, sie niemals mehr allein zu lassen.

Nachdem die Brautleute die Ringe getauscht hatten, nahm der Geistliche die beiden bei der Hand und führte sie nach draußen. Die Luft war mild, und leise hörte man den Klang einer Rebec.

349

Sie suchten im Schatten des Säulengangs Schutz vor der heißen Augustsonne.

In ihrem Hochzeitskleid sah Moira umwerfend aus. So wie es Brauch war, trug sie ihre langen schwarzen Haare offen, nur von einem weißen Schleier bedeckt. Uberto konnte seinen Blick nicht von ihr abwenden, er war durchdrungen von einem Gefühl der Vertrautheit. Erst jetzt wurde ihm bewusst, dass er meinte, sie schon seit jeher zu kennen. In ihren Augen las er das gleiche Gefühl. Und er war glücklich.

Jenseits der Pyrenäen hielt Willalme in einem schattigen, weitläufigen Tal des Languedocs an, um die Landschaft zu bewundern. Vor ihm lagen zwischen den weichen Ausläufern der Wälder die Überreste einer abgebrannten Kirche.

Eine Gruppe Beginen war im ehemaligen Innenraum damit beschäftigt, mit Hilfe einiger Freiwilliger ihre Kirche wiederaufzubauen.

Ein friedvoller Anblick, bei dem Willalme fühlte, wie sein Herz leicht wurde. Die Falten auf seiner Stirn entspannten sich.

Er hatte gefunden, wonach er gesucht hatte.

Ohne weiter zu zögern, ging er darauf zu.

Anmerkungen des Autors

Wenngleich diesem Roman eine rein fiktive Handlung zugrunde liegt, ziehen sich durch das gesamte Buch Anspielungen auf politische und kulturelle Ereignisse und Legenden aus dem dreizehnten Jahrhundert, vor allem aber basiert es auf den Eindrücken, die ich bei meiner Recherche über mittelalterliche Alchimie, über ihre symbolischen Aspekte und ihre Auswirkungen auf Religion, Philosophie und Brauchtum gewonnen habe.

Sämtliche Zitate im Buch, einschließlich derer aus der »Turba philosophorum«, sind jedoch historisch belegt. Auch die pseudowissenschaftliche (besser gesagt, die vor-wissenschaftliche) Terminologie, die an mehreren Stellen der Erzählung zitiert wird, ist der handschriftlichen Überlieferung entnommen, da sie sowohl für die Handlung hilfreich ist als auch der mittelalterlichen Geisteshaltung entspricht. Ähnlich verhält es sich mit den historischen Fakten, falls der Leser sie denn in einem Roman nachvollziehen möchte. Allerdings unterscheidet sich die Annahme von vier Phasen der Alchimie (Nigredo, Albedo, Citrinitas, Rubedo), die ich im Roman darstelle, ganz bewusst von der im Mittelalter am weitesten verbreiteten Theorie, die nur auf drei Grundfarben basiert (Schwarz, Weiß, Rot). Diese hier verwendete Theorie stammt aus dem sogenannten »Komarius-und-Kleopatra-Traktat«, das zu dem griechisch-ägyptischen Corpus der Alchimie der hellenistischen Epoche gehört und vielleicht von einem byzantinischen Mönch verfälscht wurde (siehe dazu auch die »Collection des anciens alchimistes grecs«, herausgegeben 1888 in Paris von Marcellin Berthelot). Von mir stammt dagegen die Idee, die Prozesse der Alchimie mit dem Spinnen und Weben in Verbindung zu bringen.

Die Ideen von Alchimie, Philosophie und kultureller Anthropologie, die in der Handlung vorkommen, spiegeln sich in dem symbolischen Aufbau der Burg Airagne wider, die so einen Bedeutungswandel erfährt. Gleiches gilt für die Armee der Archonten, deren Name an die gnostischen Doktrinen der »Pistis Sophia« erinnert und das Wortpaar Finsternis—Materie assoziiert, das sich sowohl in der hermetischen wie auch in der manichäischen Tradition wiederfindet und hier mit den Konzepten von Demiurg und Nigredo verbunden ist.

Was die in dem Roman genannten historischen Persönlichkeiten betrifft, so stimmen die biografischen Angaben zu Ferdinand dem Dritten von Kastilien, Pater Pedro Gonzalez de Palencia, in Deutschland als Heiliger Petrus González bekannt, Fulko von Toulouse, in Deutschland bekannter als Fulko von Marseille, Raymond de Péreille und Corba Hunaud de Lanta.

Die städtebaulich-architektonischen Rekonstruktionen von Teruel, Toulouse und Akkon entsprechen ebenso der historischen Wahrscheinlichkeit wie die Beschreibungen der folgenden Gebäude: die Brücke und das *castillo* von Andújar, die Burg Montségur und die *Sacra Praedicatio* von Prouille (aber nicht deren Verliese), die Abtei Fontfroide und die Abtei von Conques.

Mehr Freiheiten habe ich mir allerdings bei der Figur des Galib (Galippus) genommen, einer historischen Persönlichkeit, über die man jedoch kaum mehr weiß, als dass er zu den mozarabischen Mitarbeitern von Gherardo da Cremona zählte.

Alle genannten historischen Ereignisse sind authentisch und dokumentiert, einschließlich der Hinweise auf Georgien und die Königin Rusudan.

Das Konzil von Narbonne fand tatsächlich 1227 statt, dort wurde der Kirchenbann gegen die Adligen des Languedoc ausgesprochen, die die Katharer unterstützten. Über die separatistischen Neigungen – politisch-religiöser Natur – der Grafen von Toulouse und Foix hatte man bereits 1215 auf dem Vierten Laterankonzil diskutiert. Historisch verbürgt ist auch die Strafmission, die als »Verbrannte Erde« bekannt wurde und vom Bischof Fulko initiiert wurde, nachdem er von der ketzerfreundlichen Bewegung unter Führung des Grafen Raimund des Siebten aus Toulouse verjagt worden war. Belegt ist ebenfalls die Existenz der »Weißen« und der »Schwarzen Bruderschaft«.

Das Verhalten von Mönchen, die gegen die Klosterdisziplin verstießen, ist in zeitgenössischen Dokumenten ausführlich beschrieben und belegt.

Der von Bischof Fulko verwendete Exorzismus ist Lied 54 der »Carmina Burana« entnommen.

Nach dem Tod von König Ludwig dem Siebten dem Löwen sah sich Blanca von Kastilien unvermittelt allein auf dem Thron von Frankreich und durchlebte eine vorübergehende politisch schwierige Lage, da sich ihr eine Schar aufständischer Barone widersetzte, die sich mit dem Herzog der Bretagne, Pierre de Dreux, genannt »Mauclerc«, verbündet hatten. Romano Bonaventura, der päpstliche Legat, setzte sich mit aller Kraft an der Seite der Regentin dafür ein, den Untergang der Monarchie abzuwenden; ebenso aufopferungsvoll wie Humbert de Beaujeu als Oberbefehlshaber des französischen Heeres.

Es ist nicht bekannt, ob Blanca von Kastilien jemals entführt wurde, mit Sicherheit weiß man, dass diese Gefahr für ihren Sohn, den Dauphin und späteren Heiligen Ludwig den Neunten, bestand. Zahlreiche historische Belege gibt es für den Beinamen der Königin von Frankreich, »Dame Hersent«, den man ihr wegen ihres kämpferischen Charakters und ihrer viel gepriesenen Schönheit gab, die selbst Kardinal Romano Bonaventura nicht gleichgültig gelassen haben soll. Nicht verbürgt ist dagegen, ob Blanca mit Thibaut dem Vierten von Champagne, dem »Troubadour«, ein Verhältnis hatte, obwohl der Chronist und Mönch Matthäus von Paris (»Historia maior«, anno 1226) sich nicht zu berichten scheute, dass Ludwig der Achte von Blancas Liebhaber, dem Grafen von Champagne, vergiftet wurde, der allerdings in seinen Annalen den Namen Henricus trägt, nicht Thibaut.

Die Anspielungen auf *herba diaboli*, das Teufelskraut, und seine halluzinogene Wirkung in Verbindung mit Hexerei sind belegt, ebenso die pathologischen Symptome, die dem Saturnismus (Bleivergiftung) zugeschrieben werden.

Es gibt eine historische Quelle aus dem 12. Jahrhundert für die Fee Melusine, die Schlangenfrau, in der Geschichte »Henno mit den großen Zähnen« von Walter Map (»De nugis curialium«, IX, 2). Interessant dazu ist auch die verloren gegangene Geschichte von Hélinand de Froidmont, auf die Vinzenz von Beauvais zurückgreift (»Speculum naturale«, II, 27). Ins folgende Jahrhundert gehört das Werk von Jean d'Arras, von dem mehrere Titel erhalten sind, darunter »La noble histoire de Lusignan« oder »Le roman de Melusine en prose«, wo man darauf verweist, dass das Haus derer von Lusignan von diesem Phantasiewesen, halb Hexe, halb Sirene, abstammt.

Ich habe mich bemüht, die Rituale der Katharer (die in der Sprache des Languedoc *texerant* heißen oder auch *albigenses*) möglichst wahrscheinlich zu rekonstruieren, ebenso das Leben in der Gemeinschaft der Beginen, die in der ersten Hälfte des 13. Jahrhunderts zaghaft anfingen, in Südfrankreich Fuß zu fassen.

Es ist schwer nachzuvollziehen, was sich im Inneren von Montségur befand, das 1243 und 1244 belagert und von der Brutalität der französischen Kreuzritter überrollt wurde: ein Heer von mindestens sechstausend Mann, angeführt von Hugues d'Arcis, Seneschall von Carcassonne, und Pierre Amiel, Erzbischof von Narbonne. Ein dramatisches Ereignis, bei dem religiöse Ideale zum Vorwand genommen wurden, um Intoleranz und menschliche Grausamkeit auszuleben. Damals beherbergte die Burg eine Gemeinschaft von etwa fünfhundert Menschen, von denen einige in den Höhlen wohnten, die man in der Nähe der Fundamente der Burg gefunden hat.

Es heißt, ehe die Bewohner von Montségur gefangen genommen und auf dem Scheiterhaufen verbrannt wurden (darunter auch Raymond de Péreille, der Burgherr, und seine Familie), habe eine Gruppe von Katharern der Wachsamkeit der Belagerer entgehen und von der Burg einen ebenso wertvollen wie mysteriösen Schatz fortschaffen können, wodurch sie ihn zwar dem Zugriff des Erzbischofs Amiel entzogen, er aber auch für alle Zeit verschwand. Das ist auch der Grund, weshalb die Katharer unter anderem so oft als die letzten Gralshüter gelten. Die Legende vom Stein des Lichts ist daher authentisch, auch wenn man beim derzeitigen Stand der Mittelalterforschung nicht genau sagen kann, was er eigentlich war. Und vielleicht wird man das auch niemals erfahren.

Danksagung

Zunächst gilt mein Dank Ignazio da Toledo. Ich bin ihm nur ein einziges Mal flüchtig auf den Seiten eines geschichtswissenschaftlichen Werkes begegnet, vielleicht war es auch ein Abenteuerroman. Begegnungen mit solchen Persönlichkeiten ziehen immer unvorhersehbare Folgen nach sich. Ein besonderer Dank geht auch an Leo Simoni, ohne seinen Rat hätte ich wahrscheinlich schon vor meinem zwanzigsten Lebensjahr die Kraft und die Begeisterung fürs Schreiben verloren. Ich danke ihm, aber ich muss ihn gleichzeitig um Verzeihung bitten, dass ich ihn nicht bis ins Letzte verstanden habe. Übrigens habe ich oft das Gefühl, dass ich von den Menschen, die mir nahestehen, viel mehr empfange, als ich ihnen gebe. Das gilt besonders für meine Eltern, die sich immer bemüht haben, mir einen Weg aufzuzeigen. Ich bin nicht sicher, ob ich den richtigen gewählt habe oder den, den sie von mir erwartet haben, aber ich hoffe, sie schätzen doch meine Bemühungen. Und ein besonderer Dank geht natürlich auch an Giorgia, die mir zur Seite steht, mich berät und bisweilen geduldig erträgt, wenn meine Phantasie mich irgendwohin weg aus der realen Welt führt.

Aber ich bin noch mehr Menschen zu Dank verpflichtet. Zuerst einmal Roberta Oliva und Silvia Arienti, echte Profis und enge Freundinnen, und dann natürlich Newton Compton. Den richtigen Verlag gefunden zu haben ist nicht nur eine Frage von Verträgen und verkauften Büchern, vor allem bedeutet es, ein Feeling mit jemandem aufzubauen, der einen versteht und die eigene kreative Arbeit schätzt. Deshalb werde ich Raffaello Avanzini und meiner Lektorin Alessandra Penna immer dankbar sein, in denen ich genau die gleiche Leidenschaft und Begeisterung wie bei mir erkenne, jeden Tag aufs Neue zu kämpfen und sein Bestes zu geben. Natürlich sollen hier auch Fiammetta Biancatelli, Maria Galeano, Carmen Prestia, Giovanna Iuliano und alle anderen von diesem wunderbaren Verlagsteam nicht unerwähnt bleiben.

Glossar

Al-anbiq: Alambik oder auch Destillierhelm, Vorrichtung zur Trennung von Stoffen durch Destillation

Albedo: Weißung, zweiter Schritt in der Alchimie zur Transmutation von unedlen Metallen zu Gold

Albigenser: nach der südfrz. Stadt Albi, auch Katharer: Anhänger der katharischen Lehre, einer religiösen Laienbewegung des Mittelalters, verbreitet vorwiegend im Süden Frankreichs. Aus »Katharer« bildete sich der abwertende Begriff »Ketzer«, da die römisch-katholische Kirche in dieser Bewegung eine Bedrohung sah und die Anhänger durch die Inquisition als Häretiker verfolgte.

Almogàvers: katalanische Söldnertruppen

Aqua fortis: Scheidewasser

Archonten: in der Antike und im Byzantinischen Reich Bezeichnung für Amtsträger

Arisleus genitus Pitagorae, discipulus ex discipulis Hermetis gratia triplicis, expositionem scientiae docens: lat. für »Der von Pythagoras gezeugte Arisleus, der als einer der Schüler des dreifach begnadeten Hermes eine Darlegung der Wissenschaft vorträgt«

Athanor: Ofen der Alchimisten

Aygue ardent: Armagnac

Baselard: langer Kampfdolch, auch Schweizer Dolch genannt

Bastide: im Mittelalter in Südfrankreich neu gegründete Dörfer und Städte, die eigens zum Schutz der Landbevölkerung verteidigungsgünstig angelegt wurden

Bec de corbin: »Rabenschnabel«, Streithammer, dessen Kopf auf einer Seite spitz wie ein Schnabel ist

Beginen: weibliche Angehörige einer Gemeinschaft, die ein frommes Leben in der Nachfolge Christi, aber ohne Klostergelübde pflegen. Anders als Nonnen können Beginen jederzeit aus der Gemeinschaft ausscheiden und wieder ein weltliches Leben mit Familie führen.

Béguinage: Beginenhof

Benedicite: lat. für »Segnet mich!«

Bliaut: Obergewand im Mittelalter, das Männer wie Frauen trugen

Bons chrétiens: frz. für »gute Christen«, Eigenbezeichnung der Katharer im Languedoc

Bona mater: lat. für »gute Mutter«

Boni homines: lat. für »gute Menschen«, siehe »perfecti«

Bruja: span. für »Hexe«

Burnus: Kapuzenmantel der Berber

Calatrava: Stammburg des Ordens von Calatrava, des ersten großen Ritterordens Spaniens, gegründet 1158

Calidus, frigidus, siccus, humidus: lat. für »heiß, kalt, trocken, feucht«

Camino aragonés: Teil des Jakobswegs, der durch Aragonien führt

Carpitte: grobe, dicke Decke der Tempelritter für das Feldlager

Castillo: span. für »Burg«, »Schloss«

Cauda pavonis: lat. für »Pfauenschwanz«

Casula: lat. für »Kasel«, »liturgisches Gewand«

Celle que j'aime est de tel signeurie, que sa biautez me fait outrecuider: südfrz.
für »Die, die ich liebe, ist von solcher Erhabenheit, dass ihre Schönheit mich
erschauern lässt«

Citrinitas: Gelbung, die dritte Phase in der Alchimie zur Herstellung des Steins
der Weisen

Clericus: lat. für »Geistlicher«

Clusel: südfrz. für »Höhle«

Comendador: span. für »Komtur«

Consolamentum: Ritual der Katharer, die sogenannte Geisttaufe, mit der man in
die Kirche der Katharer aufgenommen wurde

Curia regis: lat. für »königlicher Rat«

Curiositas est scientia funesta: lat. für »Neugier ist eine unheilvolle Wissenschaft«

Dame Hersent: Wölfin aus dem »Roman de Renart«, dem Fuchsroman, einer po-
pulären französischen Verssammlung mit Tierepisoden aus dem 12. Jahrhundert

Dea Draco: lat. für »Drachengöttin«

Diabolica mulier, magistra mendaciorum, homines seducit libidini carnis: lat. für
»Das teuflische Weib, die Lehrmeisterin der Truggebilde, verführt die Männer
zur Fleischeslust«

Diffamatio: Teil eines kirchengerichtlichen Verfahrens, durch den jemand für
»ehrlos« erklärt wird

Draco: lat. für »Drache«

Ethelia: Dampf zur Abkühlung von Blei beim Schmelzvorgang

Fabula: lat. für »Fabel«, »Sage«

Fata: lat. für »Schicksal«, auch für die Schicksalsgöttinnen, also die »Parzen«

Fatae sunt foeminae diabolicae: lat. für »Die Schicksalsgöttinen sind teuflische
Frauen«

Foeminae sylvaticae: lat. für »Waldfrauen«

Fons frigidus: lat. für »kalte Quelle«

Fratres: lat. für »Brüder«

Guerrejador: provenz. für Krieger, Kämpfer

Haruspex: lat. für »Wahrsager«, der die Zukunft aus Eingeweiden deutet

Herba diaboli: lat. für »Teufelskraut«

Hospitium: Krankenabteilung von Klöstern

Huius operis clavis est nummorum ars: lat. für »Der Schlüssel dieses Werkes ist die
Kunst der Münzen«

ignis, aqua, aer, terra: lat. für »Feuer, Wasser, Luft, Erde«

Jambiya: arabischer Krummdolch

Jardin: frz. für »Garten«

Komplet: Nachtgebet im Stundengebet, damit wird der Tag beendet, und in Klöstern
herrschte danach Stillschweigen, circa 21 Uhr

Komturei: Niederlassung eines Ritterordens

Konnetabel: »Stallmeister«, eines der höchsten Ämter am französischen Hof,
Oberbefehlshaber der Streitkräfte

Laborare sine intellecto est grave delictum: lat. für »Arbeiten ohne Verstand ist
ein schweres Vergehen«

Laboratores: lat. für »Arbeiter« (Plural)

Laus: lat. für »Belohnung«

Lieutenant: »Statthalter«, Stellvertreter des französischen Königs im Heer und damit nach ihm Oberbefehlshaber der Streitkräfte

Lux: lat. für »Licht«

Magister: lat. für »Lehrer«, »Meister«

Maleficium: lat. für »Schadenzauber«, »Schwarze Magie«

Maria von Oignies: Mystikerin und eine der ersten Beginen

Mater luminosa: lat. für »leuchtende Mutter«

Matutin: Gebet zum Morgen, etwa gegen 3 Uhr

Miscete, coquite, abluite et coagulate: lat. für »Mischt, kocht, spült und lasst gerinnen«

Mozaraber: Christen, die im Mittelalter unter muslimischer Herrschaft im heutigen Portugal und Spanien lebten und gegen die Zahlung einer Kopfsteuer (Dschizya) eine gewisse Eigenständigkeit, vor allem des Glaubens, bewahren durften, auch wenn sie sich in ihrer Lebensweise an die Mauren anpassten

Mudéjar-Stil: Architekturstil, der sich in Spanien nach der Rückeroberung der maurischen Gebiete durch das Zusammenleben von verbliebenen Mauren und Christen entwickelte und Elemente aus beiden Kulturen vereint

Necessitas: lat. für »Notwendigkeit«

Nekromantie: Totenbeschwörung, im Mittelalter anderer Begriff für »Schwarze Magie«

Nigredo: die Schwärze, Urzustand der Materie, erste Phase in der Alchimie zur Herstellung des Steins der Weisen, einer Art Tinktur, mit deren Hilfe man dann unedle Metalle wie Blei in Edelmetalle, vor allem Gold, umwandeln könnte

Non: Gebet und Gebetszeit, entspricht 15 Uhr

Notarius: lat. für »öffentlicher Schreiber«

Oculus: lat. für »Auge«, kreisrundes oder ovales Fenster, auch Ochsenauge genannt

Omne genus demoniorum cecorum, claudorum sive confusorum, attendite iussum meorum et vocationem verborum. Vos attestor, vos contestor per mandatum Domini, ne zeletis, quem soletis vos vexare, homini, ut compareatis et post discedatis et cum desperatis chaos incolatis: lat. für »Dämonen aller Art, die verblenden, die schaden, die lähmen und die verwirren, gehorcht meinen Befehlen und meinen Worten. Ich ermahne euch, ich beschwöre euch im Auftrag des Herrn, nicht mehr die Menschen zu stören, wie ihr es für gewöhnlich tut, indem ihr erscheint und dann verschwindet und bei verzweifelten Seelen haust«

Pallium: lat. für »Pallium«, Amtsabzeichen des Papstes oder von Bischöfen in Form einer Stola

Perfecti: Kerngruppe der Mitglieder der Katharer, die das Vaterunser beten und das *consolamentum* erteilen durften

Plaza del mercado: span. für »Marktplatz«

Plumbum nigrum: lat. für »Blei«

Pluralis majestatis: Plural, mit dem ein Herrscher bezeichnet wird beziehungsweise sich selbst bezeichnet

Portarius hospitum: eigentlich zwei verschiedene Ämter in Zisterzienserklöstern, Pförtner und Gastmeister

Primicerius: in Kathedralen dritthöchster Geistlicher nach dem Archidiakon und dem Archipresbyter

Rebec: Saiteninstrument, Vorläufer der Violine

Reconquista: Wiedereroberung der Iberischen Halbinsel von den Mauren durch die Christen. Sie begann 718 kurz nach der Eroberung durch die Mauren und endete 1492.

Rubedo: Rötung, die vierte Phase in der Alchimie zur Herstellung des Steins der Weisen

Sacra Praedicatio: anfänglicher Name des Klosters Prouille, der »Wiege des Dominikanerordens«

Sauveté: extraterritoriale Schutzzonen, die im Mittelalter im Süden Frankreichs eingerichtet wurden

Scriptorium: lat. für »klösterliche Schreibstube«

Socius: lat. für »Gefährte«, »Kamerad«, »Partner«

Soror: lat. für »Schwester«

Soudadier: okzitan. für »Söldner«

Tatorha: arab. für »Teufelskraut«

Testis synodalis: vom Bischof ausgewählter Laie von unbescholtenem Lebenswandel, der Kirchenvergehen anzeigen sollte

Texerant: Bezeichnung in Frankreich für die Katharer

Tres fatae celant cruxem: lat. für »Die drei Feen verbergen das Kreuz«

Turba philosophorum: lat. für »Versammlung der Philosophen«, einer der ältesten alchemistischen Texte in lateinischer Sprache

Vesper: Abendgebet als Teil des liturgischen Stundengebets und Gebetszeit, entspricht 18 Uhr

Marcello Simoni
DER HÄNDLER DER VERFLUCHTEN BÜCHER
Klappenbroschur, 368 Seiten
ISBN 978-3-95451-193-8

»*Geheimnisvoll. Furios!*« Joy

www.emons-verlag.de